相期古今

古典学研究成果选编 中学篇

全国哲学社会科学工作办公室 编

中国社会科学出版社

## 图书在版编目(CIP)数据

相期古今：古典学研究成果选编：全二篇／全国哲学社会科学工作办公室编. -- 北京：中国社会科学出版社，2024. 10. -- ISBN 978-7-5227-4204-5

Ⅰ. I109.2-53

中国国家版本馆 CIP 数据核字第 2024VE9131 号

| | |
|---|---|
| 出 版 人 | 赵剑英 |
| 责任编辑 | 钟　社 |
| 责任校对 | 杨　林 |
| 责任印制 | 王　超 |

| | |
|---|---|
| 出　　版 | 中国社会科学出版社 |
| 社　　址 | 北京鼓楼西大街甲 158 号 |
| 邮　　编 | 100720 |
| 网　　址 | http://www.csspw.cn |
| 发 行 部 | 010-84083685 |
| 门 市 部 | 010-84029450 |
| 经　　销 | 新华书店及其他书店 |
| 印刷装订 | 北京君升印刷有限公司 |
| 版　　次 | 2024 年 10 月第 1 版 |
| 印　　次 | 2024 年 10 月第 1 次印刷 |
| 开　　本 | 650×960　1/16 |
| 印　　张 | 48.25 |
| 字　　数 | 620 千字 |
| 定　　价 | 228.00 元（全二篇） |

凡购买中国社会科学出版社图书，如有质量问题请与本社营销中心联系调换
电话：010-84083683
版权所有　侵权必究

# 出版说明

在世界文明史上，中华文明与西方文明皆有源远流长的古典文明传统。深入认识西方文明的源头，重新思考古今中西的复杂问题，对发展中国新时期的古典学意义重大。通过吸纳西方古典学的研究成果，以资比较互鉴，以期推陈出新。

全国哲学社会科学工作办公室策划出版《相期古今：古典学研究成果选编》，宣传和推介国家社会科学基金项目在新时期中国古典学研究领域的优秀成果。全书分为"中学篇""西学篇"，限于篇幅，我们仅选录了其中 34 篇古典学研究领域的代表性研究成果，以呈现近二十多年来中国的古典学研究概貌，供读者学习参考。

全国哲学社会科学工作办公室<br>
2024 年 10 月

# 目　录

## 中学篇

**重新认识儒家经典**
　　——从世界经典现象看儒家经典的
　　　　内在根据 …………………………………… 姜广辉 / 3

**《周易》的观象体系和古史序列**
　　——试论中华文明的基础 ………………………… 张文江 / 24

**先秦乐教制度略论**
　　——以《周礼》《礼记》为基础 ………………… 王顺然 / 39

**君子之乐**
　　——《论语》之始 ………………………………… 娄　林 / 56

**论孔子律法**
　　——以《孝经》五刑章为中心的讨论 …………… 唐文明 / 73

**清华简《赤鸠之集汤之屋》篇笺释衍说** ………… 侯乃峰 / 94

**礼乐文明的根基重建**
　　——《中庸》的古典学阐释 ……………………… 孟　琢 / 117

**"六家""六艺"与"一家之言"**
　　——司马迁《太史公自序》探析 ………………… 李长春 / 137

**从《五帝本纪》取裁看太史公之述作** …………… 李　霖 / 165

六朝易学研究的新进展 …………………………… 谷继明 / 186

工夫与教化
　　——论朱子"学之大小"之思想结构的形成与
　　　特点 ……………………………………………… 何青翰 / 208

《永乐大典》本宋《吏部条法》考述 ……………… 戴建国 / 229

"帝王之学"
　　——《四库全书》及《总目》的清代官学建构 …… 何宗美 / 249

论《四库全书总目》的"附录"
　　——兼论中国古代书目分类体系的成熟 ………… 杨新勋 / 272

中国学术史著述中的"学术" ……………………… 傅荣贤 / 288

"天下一家"与儒家的秩序理想
　　——重审马克斯·韦伯的中国论述 ……………… 陈　赟 / 308

"诗言志"的内传理解 ………………………………… 刘小枫 / 329

　Contents ………………………………………………………… 353

　Abstract ………………………………………………………… 356

中学篇

# 重新认识儒家经典[*]

## ——从世界经典现象看儒家经典的内在根据

### 姜广辉

（湖南大学岳麓书院）

在世界文明史上有一个重要的现象，就是许多文明民族都有作为其精神信仰的经典，如西方基督教文明的《圣经》、阿拉伯民族伊斯兰教文明的《古兰经》以及中国儒家文明的"六经"等。这些经典产生的时代条件和历史原因是什么呢？它们各有什么类型特点呢？中国自殷商以来可以征信的历史有三千余年，其中两千余年是在儒家经典思想主导之下。历史上人们尊信儒家经典，是因为人们的迷信与盲从呢，还是因为儒家经典中自有其作为经典的内在根据呢？笔者以为，对于上述问题，应将其置于人的本质、人类社会发展历史的理论视域之上来讨论。

人类是社会化的动物。然而不仅人类是社会化的动物，像蜜蜂、蚂蚁、猿猴等群居而且有内部分工的动物也可以被看作社会化的动物。但这一类动物的社会化生活基本依靠其本能，这种本能千百万年来没有发生大的变化。从这个意义上说，这些动物没有社会发展的历史。而人类属于本能的东西很少，但却有一种所有生物都不具备的特

---

[*] 本文系国家社会科学基金一般项目"中国经学思想史"（97BZX013）的阶段性成果。原载《中国哲学》第二十三辑，沈阳：辽宁教育出版社，2001。曾作为"绪论一"收入姜广辉主编《中国经学思想史》第一卷，北京：中国社会科学出版社，2003。另，本文英文版见："Reconsidering the Confucian Classics", *Contemporary Chinese Thought*, Vol. 36, No. 4（Summer 2005）。

点——自由意志的创造性。这种创造性又有两面性，它可以为善，也可以为恶。

人类在不断发挥其物质生产的创造性的同时，也在创造他们的社会化的生活方式。人类的社会化生活以不断扩大其社群范围呈现于历史。从一定意义上说，人类的历史乃是世界不同族群、不同民族的人们通过不同道路、不同方式汇聚融合的过程。但人类也和其他许多动物一样，社群之间存在着某种初始的、天然的敌意，所谓"非我族类，其心必异"，① 因此在汇聚融合的过程中往往充满着矛盾、冲突，甚至血腥的斗争。按理说，人们在创造物质财富和社会化生活方式的同时，应克服人类自身的动物性，从而将自己造就成真正的人——具有高尚道德修养和精神内涵的人。然而历史向人们展示的是，在许多时候，人们创造了先进的物质生产力，创造了异常庞大的社会，但人们由于缺乏应有的高尚道德和精神内涵，因而生活在一种矛盾、冲突、争夺的人生焦虑和制度焦虑之中。

"经"产生于这样的时代，当人们的精神素质尚不健全即"民智未开"的时候，却已先进入了一个生产力水平和社会化生活较为发展的时代。"经"是历史上被称作"圣人"的先觉者为人们所制定的思想准则和行为规范。从本质上说，"经"体现一定民族的价值观和生活方式，其作用在于维持该社会的整体性和相对的一致性，使某种社会化的生活方式能进入一种良性循环的状态，并在此社会化生活中培养人们应有的高尚道德和精神内涵，从而成为增强其民族凝聚力的文化精神。

与基督教的《圣经》和伊斯兰教的《古兰经》等宗教经典相比，中国儒家经典具有鲜明的人文色彩，儒家经典反映了中国先民对人类所关心的重大问题如自然、社会、人生的思考，具有多方面的原创性，后世许多思想都可以从中找到最初的原型，由此而形成中华民族认识世界和把握世界的思维方式。

---

① 杜预注，孔颖达疏：《春秋左传正义》，阮元校刻《十三经注疏》，北京：中华书局，2009，页4128。

## 一  经典产生的时代条件及其类型特点

说到经典的产生，我们有必要从德国哲学家雅斯贝尔斯（Karl Jaspers，1883—1969）关于"轴心时代"的理论谈起，他认为：以公元前500年为中心——从公元前800年到公元前200年——人类的精神基础同时地或独立地在中国、印度、波斯、巴勒斯坦和希腊开始奠定。而且直到今天人类仍然附着在这种基础上。雅斯贝尔斯把这个时期称为"轴心时代"。① 我们应该承认，雅斯贝尔斯所指出的现象是一个事实。问题并不在于以什么词语来概括，而是在于：为什么这一"轴心时代"会在世界范围内差不多是"同时"而又各自"独立"地出现？这真是一个奇迹！

这里，我们不想用一种圣人或先知的理论去解释它，而是想从这样一种因果关系来说明它，即技术发明对生产方式的影响，生产方式对社会结构的影响，以及社会结构对文明类型的影响等。

在我们看来，一个民族的文明包括语言、文字、价值观和生活方式等，要传播给另一个民族是相当困难的。相比之下，一种技术的传播要容易得多。而某种重要的技术的应用，则足以对一个社会引起飞跃性的发展，由此而发生的经济、政治、文化的变化，便可能同另一同等生产力发展水平的民族和国家相媲美。我们认为，在上古时代，至少在欧、亚地区的各不同文明国度之间并不是完全隔绝的，古代欧亚大陆的民族大迁徙、民族间的战争、陆地和海上贸易等都促进了世界各地的技术交流和传播，这导致了各文明古国的生产力发展水平的大体一致性。而这正是轴心时代在差不多的时段出现在各文明古国的原因。

我们注意到，如果说上述进入"轴心时代"的各文明古国有什么共同点的话，那就是这些国家在这一时期先后进入了铁器时代。具体说，希伯来在公元前1000年前后，希腊在公元前1000年至前700

---

① 卡尔·雅斯贝尔斯：《论历史的起源与目标》，李雪涛译，上海：华东师范大学出版社，2018，页7—8。

年，印度在公元前 800 年前后；而中国大约在春秋时期（公元前770—前 477 年）进入了铁器时代。

由青铜时代发展到铁器时代，是人类文明史上的一个大的飞跃。因为所谓青铜时代，实际上一直是铜、石并用，此一时代农业工具一直停留在石器阶段。青铜可以制造有用的工具和武器，但是并不能排挤掉石器，这一点只有铁才能做到。铁将人类引向一个非常重要的时期。[①]

由于铁的应用大大提高了社会生产力，作为军队来源的人口迅速增加，而坚甲利兵使军队的战斗力大幅度提高，从而使战争的规模空前扩大。相应地，国家机器也随之大大加强，从而对广大疆域的直接政治控制成为可能，因而国家所需要的专门的管理人才和知识阶层的人数也随之增加。思想家也正是在这样的社会需要中成长起来。

铁的发明和使用，在物资上给人类带来了巨大的财富，也在精神上给人类带来了紧张与不安。生命无常的恐惧、分裂与纷争，奴役和压迫，以及其他种种肉体的与精神的痛苦，未尝不是铁器时代所赐。一方面是创造、征服和财富，另一方面是战争破坏、奴役和苦难，时代陷入了这样一个怪圈中，愈演愈烈，不能自拔。这种情况带给思想家一种非议现实的、反抗现实的思考——对世俗的、功利的社会的反思与超拔，因而倡导某种秩序的、合理的、宁静的，乃至超越的精神生活，因此而有宗教的、道德的教派或学派。

我们相信这样一个信条：苦难出真理。各民族的经典都是各个民族的真理。作为一个民族的经典，有其酝酿、形成的过程，起初它被某一学派或教派尊敬和重视。随着这一学派或教派的发展壮大，它为更多的人群所尊敬和重视，成为苦难现实的精神寄托。经，是某种精神性的权威，强调一种带强制的精神性的东西。这种精神权威在于，要从精神上抓住群众，它本身即是一个精神的轴心，群众要围绕它旋转。

---

[①] 参见恩格斯《家庭、私有制和国家的起源》，中共中央马克思恩格斯列宁斯大林著作编译局编译，北京：人民出版社，1999，页 164—185。

人类文化本有一定的共性特点，这就是说，表现在西方文化的某些特点，在东方也一定会有所表现，反之也是一样。但当文化朝着某一方向发展的时候，那向其他方向发展的可能性便会受到抑制，从而形成各具特色的文化传统。各文化传统之间的区别，最具代表性的是各民族经典所表现的精神的不同。下面我们来分析一下产生这些差别的社会条件和原因。

作为民族的经典，是其民族精神的直接反映，它产生于该民族所经历的长期而深重的苦难时代。虽然各文明民族在历史上都曾经历苦难，但苦难的类型却有所不同。华夏民族与西亚、欧洲民族的不同点在于：华夏民族相传自上古炎帝、黄帝以下，尤其是西周以来，虽然有许许多多的国家，但大家都认同出自相同的祖先，是相同的民族。这些国家相互之间的战争，往往被看作"兄弟阋于墙"，① 他们所感受的痛苦是家国变故、众叛亲离。即使被灭国绝祀，也不会有异民族间的那种仇恨。因而华夏民族当经历春秋战国时期的长期战争的苦难时，思想家所眷顾的是昔日大家族的"其乐融融"，他们所开出的药方就是回到古代已有的文明：亲亲、尊尊、和谐、秩序。

而西亚、欧洲的战争是在异民族之间进行的。他们所感受的痛苦是被异民族征服、压迫、奴役的痛苦。在精神上他们需要创造出一个上帝，并通过先知来宣布自己的民族是"上帝的选民"，以此来作为他们的精神支柱。并且为了本民族的生存，他们必须强调一种斗争哲学，一种抗争的精神。

还有一点也许更为重要。那就是当华夏民族与西方民族面对苦难，提出应对之策的时候，他们各自的社会组织结构已然不同。希腊人在进入文明时，他们的原始部落经历了更为动荡的历史生活和各种遭遇，纯粹自然形成的部落受到极大的破坏，产生了脱离氏族制脐带的自由民小农。而正是在个体私有制和商品经济瓦解氏族制的基础上，希腊雅典建立了城邦民主制的社会组织结构。华夏民族在进入文明前的原始时代，"天下万邦"，人口渐众，人们共同面临多灾的

---

① 毛亨传，郑玄笺，孔颖达疏：《毛诗正义》，阮元校刻《十三经注疏》，北京：中华书局，2009，页871。

生存环境的挑战。为了解决人与人、人与自然的巨大矛盾，华夏民族以同祖同根的理念在幅员广大的地区内建构一种社会管理组织，在社会的公共事务方面发挥其协调职能。① 正因为有这样的一种前提条件，华夏民族在进入文明国家时期，血缘氏族的形式非但没有被破坏，反而被强调，并由此形成家、国一体的社会组织结构。正因为有了这样的差别，那本民族的经典所产生的社会条件和精神资源也就不同。

由于东、西方文明面对不同的挑战，采取不同的回应方略，因而发展出不同的文化类型特点。兹罗列如下：

（一）中国文化与价值取向：历史记忆型、群体团结型、血缘宗法型、伦理型、利益合义型、和谐型、集权型。

（二）西方文化与价值取向：神话幻想型、个人英雄型、地缘法律型、宗教型、利益存储型、奋斗型、民主型。

对此，笔者想略作几点说明。第一，华夏民族由于历史上从未间断聚族生活，集体保存着远古的记忆，那些关于有巢氏、燧人氏、伏羲氏、神农氏各发展阶段的传说，完全符合早期人类的发展规律。这不是人们可以凭空想象出来的。② 从考古学的观点看，人类掌握摩擦取火本领的时间要推到几十万年之前。可见华夏民族历史记忆的久远。而西方民族由于较早脱离聚族生活，集体保存的历史记忆也随之断裂了，于是有普罗米修斯盗取天火，触怒主神宙斯的神话。此外，各文明民族都有关于人类曾经历大洪水的传说，在中国相传是由大禹团结和领导各氏族集体战胜洪水，而在基督教《圣经》中则有诺亚在天主的指示下建造方舟带上家小及物种逃难的神话。第二，古代西方文化歌颂个人英雄，因而有歌颂武力征服的英雄史诗，古代华夏文化却没有这样的英雄史诗，华夏民族所感戴的是文明的缔造者和重要

---

① 参见姜广辉《论中国文化基因的形成——前轴心时代的史影与传统》，国际儒学联合会编《国际儒学研究》第六辑，北京：中国社会科学出版社，1999，页282—330。

② 参见姜广辉《论中国文化基因的形成——前轴心时代的史影与传统》，页282—330。

技术的发明者。第三，因为华夏民族是以血缘家族群体为本位的，因而它的文化朝着宗法伦理型发展；西方民族是以地缘公民个体为本位的，因而它的文化朝着法律宗教型发展。宗法伦理引导人善性的推扩；法律宗教限制人恶性的膨胀。第四，从利益原则而言，华夏民族强调个人利益服从集体利益，道德为最高命令，牺牲私利被视为理所当然的。西方民族强调私人财产神圣不可侵犯，宗教体现高尚精神，个人捐献会在天国得到加倍的回报。第五，亦因为华夏文明是以家族群体为本位的，所以它是强调和谐精神的，是主张家长式的集权政治的；西方文明是以公民个体为本位的，所以它是强调奋斗精神的，是主张公民选举的民主制度的。

总之，华夏文明与西方文明各由其文化基因而有其合逻辑的发展。两种文明各有其长处，也有其短处。若将二者向对方转换和改进，并不是一件简单的事，那将是一项文化基因转变和变异的大工程。

由上述可知，经典是一民族通过长期的社会苦难所积累、凝结的生存智慧；民族的文化巨人是通过对其作文化整理的过程成长起来的；民族的凝聚力和亲和力是通过强化对它的信仰来增强的；民族的文明体系也是以它为核心价值来构筑的。

## 二　儒家六经的形成过程

古人称某些权威著作为"经"，此"经"字所从取义，盖有二说。一是许慎《说文解字》所说"经，织从（纵）丝也"。段玉裁《说文解字注》："织之纵丝为之经。必先有经，而后有纬，是故三纲、五常、六艺，谓之天地之常经。"[1] 此说以"织之纵丝"为"经"之本义。二是刘熙《释名·释典艺》所说："经，径也，常典也。如径路无所不通，可常用也。"[2] 此说以路径之"径"为"经"

---

[1] 许慎撰，段玉裁注：《说文解字注》，上海：上海古籍出版社，1988，页644上。

[2] 刘熙撰，毕沅疏证，王先谦补：《释名疏证补》，祝敏彻、孙玉文点校，北京：中华书局，2008，页211。

之本义。

关于"经"字的本义，笔者以为当从字音说起。先民在造字之前已有"经"的声音，此"经"的声音究表何义？经、径、茎、胫数字在上古音韵中都在见系耕部，它们都有一共同的物象就是"直而长"，对先民而言，在未知路径之"径"与经线之"经"的物象之前，已先知人体之"胫"与植物之"茎"的物象，刘熙《释名·释形体》："胫，茎也，直而长似物茎也。"① 先民有相当漫长的植物采集生活，对植物根、茎、花、果等早已相当熟悉，并有约定俗成的称呼。《汉书·礼乐志》说"颛顼作《六茎》，帝喾作《五英》"，② 这是反映先民植物崇拜的乐舞。以后先民凡称"直而长似物茎"的东西，皆作"茎"音。"经"作为织机上的纵线，是较晚起的物象；因纵线先绷直在织机上，先民据其"直而长"的物象，亦以"茎"音称之。以后编织活动在人民生活中日显重要，因而在造字时，在同音所表"直而长"的诸物象中，以织机经线最具代表意义，由此而有"巠"字，以象织机纵线之形。

经典之"经"是一引申义，有典则法规、通用常行的意义。它可以是泛称，也可以是专称。在中国古代，儒家、墨家、道家、法家、医家及其他诸杂家，皆有其所称之"经"或经典，这种意义的"经"或经典是泛称。自汉武帝"罢黜百家，独尊儒术"之后，一般知识分子所称"读经"，则专指儒家《诗》《书》等重要典籍而言。这种意义的"经"或经典是专称。本文所论，主要是儒家经典。

儒家经典最初是指《诗》《书》《礼》《乐》《易》《春秋》六种书。开始各书并不缀以经名，亦无"六经"总称。"六经"之名是后来才有的。为了方便，我们不妨先以"六经"称之。这里，我们先须知道"六经"是什么样的书？

首先，六经是流传于后世的最古之书。在六经之前，传说有《三坟》《五典》《八索》《九丘》。《春秋左传·昭公十二年》说楚左

---

① 刘熙撰，毕沅疏证，王先谦补：《释名疏证补》，页 77。
② 班固撰，颜师古注：《汉书》卷二十二《礼乐志》，北京：中华书局，1962，页 1038。

史倚相"能读《三坟》《五典》《八索》《九丘》",①《周礼·春官》云:"外史……掌三皇五帝之书。"② 依传统的说解,《三坟》谓伏羲、神农、黄帝之书,"坟"之义为大,意谓大道;《五典》谓少昊、颛顼、高辛、唐、虞之书,"典"之义为常,意谓常道。"八卦"之说,谓之《八索》,索,求也,求其义也。《九丘》之"丘",其义为"聚",言九州所有、土地所生、风气所宜,皆聚此书。观此,则此数书似曾为西周王官所藏、春秋之时犹有存者。总之,在六经之前,可能有更古之书,今既不传,可以不必深论。

六经中,各书受重视有先后之不同。《诗》、《书》、礼、乐最初作为知识的载体,成为西周王官之学。周代本以《诗》、《书》、礼、乐四科教育、培养贵族子弟,如《礼记·王制》曰:

> 乐正崇四术,立四教,顺先王《诗》、《书》、礼、乐以造士。春、秋教以礼、乐,冬、夏教以《诗》《书》。王大子、王子、群后之大子、卿大夫元士之嫡子、国之俊选,皆造焉。③

当时此四科并不称为"经",其原因在于当时"学在官府",民间无学,且无书与之争。因之,西周时《诗》、《书》、礼、乐虽作为研习科目,但亦只如后世之教科书而已,未必有后世绝对尊崇的地位;而且那时的《诗》《书》内容与后世传本也一定有很大的不同。因为后世传本有春秋时期的内容(如《诗》之《国风》各篇、《书》之《秦誓》等)。在孔子之前,各国都修有《春秋》,并曾以《春秋》教人,如《国语·楚语上》言:"申叔时曰:教之《春秋》而为之耸善而抑恶焉,以戒劝其心。"④ 大概也曾以其国《春秋》之书

---

① 杜预注,孔颖达疏:《春秋左传正义》,页4482—4483。
② 郑玄注,贾公彦疏:《周礼注疏》,阮元校刻《十三经注疏》,北京:中华书局,2009,页1771。
③ 郑玄注,孔颖达疏:《礼记注疏》,阮元校刻《十三经注疏》,北京:中华书局,2009,页2905。
④ 徐元诰撰:《国语集解》,王树民、沈长云点校,北京:中华书局,2002,页485。

教人，但所教的对象是贵族子弟，而非一般平民。

孔子首开私人讲学之风，"有教无类"，一般平民子弟也可就学，"学在官府"的学术垄断和贵族特权从此被打破。孔子当时教育学生，大概也主要是以《诗》、《书》、礼、乐为教材。《论语》说"兴于《诗》，立于礼，成于乐"，① 又说"子所雅言：《诗》、《书》、执礼"。② 所谓雅言，即是当时之官话，即宗周地区（今陕西地区）的语音。这也可以佐证西周确曾以《诗》、《书》、礼、乐教士子。

孔子习《易》、修《春秋》之时，已是晚年。因此《易》与《春秋》成为儒者研习的科目，当在孔子之后。

经学史上常用以下两条材料指陈"六经"的原始出处。一是《庄子·天运篇》记孔子对老聃之言："丘治《诗》《书》《礼》《乐》《易》《春秋》六经，自以为久矣。"③ 二是《礼记·经解篇》，文中依次论列《诗》《书》《礼》《乐》《易》《春秋》的教化功效，④ 虽未迳称此六书为"经"，然既以"经解"名篇，似亦以《诗》《书》《礼》《乐》《易》《春秋》为六经。上述两条材料，一条明言"六经"，一条隐言"六经"，但学者于此总未能心安，原因在于，对《庄子·天运篇》以及《礼记·经解篇》的年代问题不能确切考订。庄子"寓言十九"，其说未必可信；其书中各篇亦未必皆其自著。南宋黄震说："'六经'之名始于汉，《庄子》书称'六经'，未尽出庄子也。"⑤ 近代学者罗根泽在《"庄子""外""杂"篇探源》中指出，《天运篇》是汉初作品。⑥《庄子·天运篇》或系晚出，但亦不

---

① 何晏注，邢昺疏：《论语注疏》，阮元校刻《十三经注疏》，北京：中华书局，2009，页5401。
② 何晏注，邢昺疏：《论语注疏》，页5392。
③ 郭庆藩撰：《庄子集释》，王孝鱼点校，北京：中华书局，2012，页531。
④ 郑玄注，孔颖达疏：《礼记注疏》，页3493。
⑤ 黄震：《黄氏日抄（二）》，《景印文渊阁四库全书》第708册，台北：台湾商务印书馆，1986，页401。
⑥ 参见罗根泽《"庄子""外""杂"篇探源》，《诸子考索》，北京：人民出版社，1958，页288—291。

足证明先秦一定不能出现"六经"字样。

近年在湖北荆门郭店一号墓出土一批竹简,定名为《郭店楚墓竹简》,于1998年发表,其中提供了两条新资料,对解决上述问题会有一定的帮助。

其一,《郭店楚墓竹简·语丛一》说:

> 《易》所以会天道、人道也;《诗》所以会古今之恃也者;《春秋》所以会古今之事也;礼,交之行述也;乐,或生或教者也……者也。①

其二,《郭店楚墓竹简·六德》说:

> 夫夫,妇妇,父父,子子,君君,臣臣,六者各行其职而狱犴亡由作也。观诸《诗》《书》则亦在矣,观诸礼、乐则亦在矣,观诸《易》《春秋》则亦在矣。②

考古学界确定郭店一号墓的下葬年代在公元前300年之前,学术界亦认为墓主应在孟子之前。上述两条材料中都将《诗》《书》《礼》《乐》《易》《春秋》六者相提并论(其中第一条材料略残,可推知是讲《书》),虽未明言为"六经",说明在孟子之前的年代,这六种书的内容已经为孔门儒者所研习了。其中第二条材料尤显重要,我们可以从中分析出如下意义。第一,六经虽为体裁很不同的六种书,但还是有其共同的思想倾向,即都重视夫妇、父子、君臣的伦常关系。第二,可以印证先秦原本有《乐经》的看法。六经中的《乐经》至汉代失传,对此,历史上曾有两种解释:古文经学认为《乐经》毁于秦火;今文经学认为乐本无文字,不过是与《诗》、礼相配合的乐曲。在我们看来,乐只有乐曲而无文字,是不可思议的;今

---

① 荆门市博物馆编:《郭店楚墓竹简》,北京:文物出版社,1998,页194—195。

② 荆门市博物馆编:《郭店楚墓竹简》,页188。

《礼记》中的《乐记》应是解释《乐经》的说记，《乐》若无经文，又如何有"记"？而从上面的第二条材料看，若乐仅是乐曲，如何从中来"观"夫妇、父子、君臣的伦常关系？由此看来，古文经学认为先秦原本有《乐经》的看法比较合理。

战国之时，学派蔚起。各学派标榜自家宗旨，称自家所习之文献为"经"，以竞压别家文献。《晋书·刑法志》说魏文侯师李悝（公元前455—前395年）"撰次诸国法，著《法经》"。① 《庄子·天下篇》称墨子后学"俱诵《墨经》而倍谲不同"。② 《荀子·劝学篇》则说："始乎诵经，终乎读礼。……《礼》之敬文也，《乐》之中和也，《诗》《书》之博也，《春秋》之微也，在天地之间者毕矣。"③ 《吕氏春秋·察微篇》亦曾称引《孝经》。④ 如此等等，是"经"名之立，应始于诸子纷纷著书立说之时。所谓"经"者，相对于一般书籍而言，意谓最重要之书。（先秦诸子时代是一理性化的时代，此时学者虽然对经书格外尊重，然尚无后世那种超乎寻常的神圣化、神秘化的倾向。此点是学者所宜分辨者。）

由上所论，我们似可作出两点判断：第一，在孔子之后儒家学者已将《诗》《书》《礼》《乐》《易》《春秋》作为研习科目；第二，在战国时期诸子百家已多有立"经"之事。由此两点推论，即使《庄子·天运篇》关于"六经"的说法不足据，"六经"之名实已呼之欲出，完全可以顺理成章地构成了。

## 三 "六经"作为经典的内在根据

由于秦始皇的"焚书"事件，使得《乐经》从此失传，因此汉

---

① 房玄龄等撰：《晋书》卷三十《刑法》，北京：中华书局，1974，页922。
② 郭庆藩撰：《庄子集释》，页1079。
③ 王先谦撰：《荀子集解》，沈啸寰、王星贤点校，北京：中华书局，1988，页12。
④ 参见许维遹撰《吕氏春秋集释》，梁运华整理，北京：中华书局，2009，页420。

以后文献常见"五经"字样，随着历代朝廷功令的变化，儒家经数续有增加，至宋以后而有十三经之目。但因文献中有孔子手订六经之说，习惯上，学者仍以"六经"作为儒家经典的代称，如清代王夫之的名句"六经责我开生面"，因此，后世所谓"六经"，非指实数，而是儒家经典的代称。

关于六经被确定为经典的原因，从一般经学史著作来看，似乎是不证自明的，即由于儒者的大力推崇，以及国家最高统治者的权力意志。这完全忽视了六经作为经典的内在根据。倘若六经本身没有作为经典的内在根据，单靠儒者的推崇和统治者的权力意志，是否一定能传承两千年而不断呢？

当初，孔子认为有了这些文献便可以"述而不作"，这些文献中究竟具有什么内涵，以至于中国历代学者乐此不疲地传述《诗》《书》中的内容？孔子又称"信而好古"，这是否意味至少在《诗》《书》内容形成之初，中国先民已经有了一定的价值取向？而先秦儒家至少在荀子之时，已将《诗》《书》等文献作为经典来修习。儒家为什么要把这些文献作为经典？这样一些问题促使我们思考六经作为经典的内在根据。以下是我们通过思考所得出的几点认识。

### （一）价值取向的合宜性

生活于某一社会共同体的民族都有一定的价值体系，这一价值体系通过文字形式表现出来，便被视为该民族最具代表性的经典。这个关于"经典"的定义在于强调两个方面内容。第一，经典的核心是其价值观，这种价值观有可能在经典形成之前即已存在。经典是创造它的那个民族传统价值观的集中反映，从这个意义上，可以了解经典之所以为经典的重要性。第二，作为民族最具代表性的经典，言下之意即是说它构成该民族的主流文化。在一个民族文化之中，可能不止一种经典。就中国先秦时期而言，墨家、道家、法家都有其经典，这些经典没有构成后来中国社会的主流文化，因此也就不能被视为该民族最具代表性的经典。

问题在于，古代中国社会的主流文化，为什么不会由墨家、道家、法家的经典构成，而由儒家经典构成？如果将其原因简单归结为统治者的权力意志，那就未免浅薄了。一个简单的事实是：一种思想体系服从于政治需要，一是统治者比较乐于利用，二是被统治者也比较容易接受，才能持久地维持统治。从统治者乐于利用来说，法家思想似乎更能满足统治者的权势欲，但由于被统治者不堪于其严苛，所以法家思想便不能长久立足。这个事实说明：儒学不只是反映了一定的时代性、阶级性，也反映了民族共同生活的基本准则。

要解释儒学构成中国古代主流文化的原因，我们以为应从古代社会结构着眼。从根本上说，儒学适应了中国古代血缘家族的社会结构。血缘关系是人类社会最初的一种社会关系。世界各民族在原始社会时期都曾以血缘关系组成氏族组织，但是在欧洲，当原始社会向奴隶制社会转变时，个人私产的独立性分解了氏族的血缘关系，国家代替了家族。而在中国，个人私产关系没有得到充分发展，从氏族直接发展到国家，国家混合在家族里面。①

从本质上说，儒家的价值观正是血缘家族社会观念的升华。儒家以家庭、家族为价值本位，以社会和谐为价值准则，其理想的目标是将和谐的家庭、家族模式推之于天下，实现天下一家。儒家倡言"仁者，人也，亲亲为大"，②正与血缘家族政治相适应。对比而言，道家"绝去礼学，兼弃仁义"；③法家"仁义不施"，"至于残害至亲，伤恩薄厚"；④墨家"见俭之利，因以非礼，推兼爱之意，而不别亲疏"，⑤都与血缘家族观念相凿枘。因而当血缘家族社会进行文化选择时，自然非儒家思想莫属。

## （二）文化本源的启示性

在中外思想史上有一个值得注意的现象：尽管思想在不断进步和

---

① 参见侯外庐《中国古代社会史论》，北京：人民出版社，1955，页32。
② 郑玄注，孔颖达疏：《礼记注疏》，页3535。
③ 班固撰，颜师古注：《汉书》卷三十《艺文志》，页1732。
④ 班固撰，颜师古注：《汉书》卷三十《艺文志》，页1733。
⑤ 班固撰，颜师古注：《汉书》卷三十《艺文志》，页1733。

发展，但在形式上却一次次表现为原典的回归运动，以致西方有人说：一部西方哲学史，不过是对柏拉图的诠释。实则这种现象在中国思想史上表现得更为典型，我们有理由认为，一部中国思想史，不过是对六经的诠释。

六经是中国文化的源头活水，诸子百家之学皆从其中化出，班固《汉书·艺文志》在谈到六经与诸子之关系时说：

> 诸子十家，其可观者九家而已。皆起于王道既微，诸侯力政，时君世主，好恶殊方，是以九家之术蜂起并作，各引一端，崇其所善，以此驰说，取合诸侯。……今异家者各推其所长，穷知究虑，以明其指，虽有蔽短，合其要归，亦六经之支与流裔。①

班固曾提出"诸子出于王官论"，认为诸子出于某一王官，未必可信。但王官之学在当时几乎是唯一的教育途径，诸子皆曾研习王官之学，当在事理之中。六经作为官学，本有极大的涵盖性。诸子鉴于春秋战国的时势，就六经思想的某一侧面"穷知究虑"，成就其偏至之论，如今之所谓"深刻的偏激"或"偏激的深刻"，从而形成自己的思想体系。但诸子百家，毕竟是"六经之支与流裔"。秦、汉时期的思想界虽然曾一度被法家和黄老之学统治，但很快便转到儒家经学的轨道上来。

此后，由于受各时代思潮的影响，尤其是受佛老"异学"的冲击，思想界可能会偏离六经思想的轨道，但随后便会有回归原典的运动。这种回归并不是简单的回归，而是在更高阶段上的回归，是在批判诸家之短、吸纳诸家之长基础上的回归。

那么，为什么人们要不断对其民族文化的本源进行反省呢？文化本源反映了一个民族从野蛮时代进入文明时代的一种选择、一种态度，其最初表现是对人类原始的情欲所采取的态度，是放纵它，还是禁止它，或者节制它？其中所反映的人性的内在张力，不仅表现于人

---

① 班固撰，颜师古注：《汉书》卷三十《艺文志》，页1746。

类早期文明的时代，也会带给以后各文明阶段的人类。在犹太教、基督教的教义中，人类由于其祖先犯下偷吃禁果的"原罪"，最终要由上帝来救赎。这是一种隐喻，暗示人们即使放纵情欲，通过忏悔机制，即可求得上帝的宽恕。这种对待情欲的态度表现为纵欲与禁欲两个极端的内在紧张。中国文化自始就采取一种中道的态度，即凛遵圣训："发乎情，而止乎礼义。"① 通过长期的道德涵养来化解人性的内在张力，最终做到自然与名教、生命与意义融为一体。这样一种态度，久而久之，便形成民族的社会心理，这种社会心理既不能容忍"人欲横流"的社会现象，也不能容忍禁欲主义的"异学"宗旨。因此每当社会思潮这样或那样偏离六经思想的轨道时，思想界便会有回归原典的呼声。

基尔凯戈尔说："生活始终朝着未来，而悟性则经常向着过去。"② 人类社会永远是通向未来的，可是未来并没有现成的大道等着人们去走。因此当人们在面对现实和未来时，总是回首过去，反复体味自己民族在幼年时期所领悟的东西，以修正前进的方向。

### （三）思想体系的开放性

六经各书体裁跨度很大，从不同侧面反映了古代的社会生活和思想风貌。以今人的观点看六经，大体上《诗》为文学科目；《书》为古代历史科目（关于上古的历史文献）；《礼》为社会礼仪、礼制科目；《乐》为音乐科目；《易》为哲学科目；《春秋》亦为历史科目，相传是孔子亲修的他那个时代的近代编年史。《荀子·劝学篇》说："《礼》之敬文也，《乐》之中和也，《诗》《书》之博也，《春秋》之微也，在天地之间者毕矣。"③ 就当时时代而言，可以说六经涵盖了学问的一切方面。当时儒者习惯于用一"礼"字来概括传统文化，而"礼"之涵义，实与今天的文化、文明相当。这说明六经本身的

---

① 毛亨传，郑玄笺，孔颖达疏：《毛诗正义》，页 567。
② 阿巴·埃班：《犹太史》，阎瑞松译，北京：中国社会科学出版社，1986，页 1。
③ 王先谦撰：《荀子集解》，页 12。

涵盖性很大。

章学诚说："六经皆史。"① 六经可以历史之视角观之，但六经所记述的历史不是白描的、无灵魂、无精神的历史，而是美丑是非爱憎分明的历史，是昂扬着道德精神的历史；历史不能凝固于某一时代，历史是要延续发展的。六经歌颂人类的仁爱和谐精神，向往太平大同盛世。六经所引导、所指示的路将是一个长期的历史发展过程，正因为有这些内在的品格，所以六经从本质上说是开放性的。

但"人能弘道，非道弘人"。② 六经的思想毕竟是要人来继承和弘扬的。那么，哪一个学派可以继承和弘扬六经的思想呢？继承六经的思想必须有一种开放的、求知的精神，在这一点上非儒家莫属。孔子及其弟子说"学而不厌""博学于文""见贤思齐""博学而笃志，切问而近思""尊贤而容众，嘉善而矜不能"，③ 这些均反映出儒家开放的胸襟和求知的精神。

相比之下，墨家的思想体系就显出一种自我封闭性。墨子说："吾言足用矣，舍吾言革思者，是犹舍获而拾粟也。"④ 意思是他讲的一套学说已经基本够用了，没有必要再创新。

道家的思想体系则显出一种反智主义的特点。如老子说，"绝圣弃智""见素抱朴""少则得，多则惑""塞其兑，闭其门，终身不勤""古之善为道者，非以明民，将以愚之"。⑤

而法家则推行一种愚民主义政策。《韩非子》说："明主之国，无书简之文，以法为教；无先王之语，以吏为师。"⑥

---

① 叶长青：《文史通义注》，张京华点校，上海：华东师范大学出版社，2012，页 2。
② 何晏注，邢昺疏：《论语注疏》，页 5470。
③ 何晏注，邢昺疏：《论语注疏》，页 5390、5385、5367、5501、5501。
④ 孙诒让撰：《墨子间诂》，孙启沿点校，北京：中华书局，2001，页 448。
⑤ 王弼注，楼宇烈校释：《老子道德经注校释》，北京：中华书局，2008，页 45、45、55、139、167。
⑥ 王先慎撰：《韩非子集解》，钟哲点校，北京：中华书局，1998，页 452。

从以上比较中可以看出，继承和弘扬传统文化的历史重任必然落到儒者的肩上。而从实际的历史看，正是儒家以地负海涵、吞吐百川的气概发展了中国文化，特别是宋代以后，二程、朱熹、陆九渊、王阳明等儒家学者吸纳融合佛道两家思想发展出博大精深的宋明理学；明代末年，徐光启、李之藻等儒家学者学习吸收了西方的近代科学知识，而清代末年，康有为、谭嗣同等儒家学者又学习借鉴了西方近代民主的思想。凡此种种，都说明儒学的思想体系是开放的、发展的。

### （四）本文意义的演绎性

六经中各经文字大都文约义丰，言简意赅，学者可以有不同的理解，所谓"仁者见之之谓仁，智者见之之谓智"，以至于后世儒者有"《诗》无达诂，《易》无达占，《春秋》无达例"① 之说。从一定意义上说，经典的意义在于诠释。经典与各历史时期人们的现实活动紧密联系，不断互动与反馈，从而开出"我注六经，六经注我"的新生面。应该承认，经典在其传承过程中，有一个意义不断添加和丰富的过程。

六经是圣人因事寓教。就其精神而言，经有基本的原则和方向。但经本身不是僵化的教条，这一点很重要。懂得这个道理，后人便不应该去做刻舟求剑、胶柱鼓瑟的蠢事。而就其义理而言，经的意义表述不是直接的，而是象征性的、启示性的。因此它就有多向解释和演绎的可能性，甚至有反向解释和演绎的可能性。

关于经典本文的演绎性，王夫之曾提出"六经皆象"的理论说明。王夫之说："盈天下皆象矣。《诗》之比兴，《书》之政事，《春秋》之名分，《礼》之仪，《乐》之律，莫非象也。而《易》统会其理。"② 章学诚也说："象之所包广矣，非徒《易》而已矣，六艺莫

---

① 此言原出董仲舒《春秋繁露》："《诗》无达诂，《易》无达占，《春秋》无达辞。"因《春秋》由辞以见例，故"无达辞"，犹云无达例也。见苏舆撰，钟哲点校《春秋繁露义证》，北京：中华书局，1992，页95。

② 王夫之：《周易外传》，北京：中华书局，1977，页179。

不兼之。"①

　　所谓"象"，本义是物象和事象，起初是作为具体的心灵所感知的事实和过程而存在的，其中那些引起人们心理共鸣的意义母题，便成为"文化意象"保留下来，六经的内容正是这些"文化意象"的结集。以《诗经》为例，《诗经》之所以称为"经"，它的深层的魅力，在于它是一部情感母题的结集，就其中的十五国"风"而言，其中所呈现的是"发乎情，止乎礼义"，②"乐而不淫，哀而不伤"③的意义；而其中的"雅"和"颂"作为宗庙诗，所反映的多半是宗教情感，以祖先的光荣历史激励后人，团结族群；歌颂祖先的盛德，目的是把祖先的盛德变成自己内在的力量。虽然每一首诗，都可能有其"本事"，即原本的事象，但解诗如果只是为了求得"诗本事"，那便会索然无味。从这个意义上说，"象"即是隐喻。如王夫之所说，六经皆"象"，六经都是隐喻。六经既然是隐喻，那六经的时代性便成为可以随时调换的外壳，就像寄居蟹可以随时调换外壳一样。隐喻的解释可能会因人而异，孟子说"以意逆志，是为得之"，④就是这个意思。

　　隐喻的指向是意义。意义的追求不是虚无缥缈的精神追求，也不是闭门修养式的道德追求。意义是"活泼泼的"，它体现着生命的昂然状态，体现在主体对价值作能动选择的张力之间。人的社会生活面对多重价值，例如礼与乐、忠与孝、仁与义、亲亲与尊尊等，如何在这些看上去都是正面价值，但却又有内在张力的社会生活多面体之间，做到面面兼顾、恰到好处呢？张力引发价值选择的思想与实践，而正是有了这样的张力，有了这样的价值选择，意义才能得以开显。

### （五）时代主题的超越性

　　从本质上说，儒学是关于协调人与自然、人与人关系的学问。这

---

① 叶长青：《文史通义注》，页 19。
② 毛亨传，郑玄笺，孔颖达疏：《毛诗正义》，页 567。
③ 何晏注，邢昺疏：《论语注疏》，页 5360。
④ 赵岐注，孙奭疏：《孟子注疏》，阮元校刻《十三经注疏》，北京：中华书局，2009，页 5950。

种关系是合理的，便被看作符合"道德"的。儒家思想可以远溯于上古时代的"德治"传统，即由尧、舜、禹、汤、文、武、周公所树立的政治楷模。所谓"德治"，即是指"王制"。它体现了人与人、人与物共生共存、和谐相处的根本原则和理念。《尚书·尧典》歌颂尧能由近及远团结天下人民："克明俊德，以亲九族；九族既睦，平章百姓；百姓昭明，协和万邦。"① 这是人与人和谐相处的典范。《逸周书·大聚篇》载周公之语："旦闻禹之禁：春三月山林不登斧，以成草木之长；夏三月川泽不入网罟，以成鱼鳖之长。"② 这是人与自然和谐相处的典范。儒家所说的"德治"或"王制"，颇有理想的成分。

六经所反映的是三代社会政治，尤其是西周的政治，其精神是礼乐文明。"礼"意味秩序，"乐"意味和谐。这种礼乐文明是为儒家所肯定的。可是，春秋时代，"礼坏乐崩"，社会失序，臣弑其君者有之，子弑其父者有之。人与人的关系问题成为时代的主题。而在人与人的各种关系中，最主要的是夫妇、父子、君臣关系。儒家所主要关注的也正是这个问题。这正如《郭店楚墓竹简·六德》说："夫夫，妇妇，父父，子子，君君，臣臣，六者各行其职而狱讼亡由作也。观诸《诗》《书》则亦在矣，观诸礼、乐则亦在矣，观诸《易》《春秋》则亦在矣。"③ 当时儒者所提出的解决方案是双向的，即双边各有应尽的道德义务，并由此而实现家庭与社会的和谐。在对待人与人的关系上，儒学思想主张的核心是"仁爱"。《礼记·中庸》说："仁者，人也，亲亲为大。"④《礼记·祭义》说："立爱自亲始。"⑤ 仁爱从本质上说，是血缘亲情的显发和推扩，由爱父母兄弟推而及于社会其他人。在儒家看来，血缘亲情是人类自原始时代以来就有的，

---

① 孔安国传，孔颖达疏：《尚书正义》，阮元校刻《十三经注疏》，北京：中华书局，2009，页250。

② 黄怀信、张懋镕、田旭东撰：《逸周书汇校集注》，上海：上海古籍出版社，2007，页406。

③ 荆门市博物馆编：《郭店楚墓竹简》，页188。

④ 郑玄注，孔颖达疏：《礼记注疏》，页3535。

⑤ 郑玄注，孔颖达疏：《礼记注疏》，页3459。

是符合人性的，如果一个人连自己的父母亲人都不爱，就很难谈得上爱别人。只有具有爱自己父母亲人的真挚感情，才能把这种爱推扩于社会。

儒学创立之初，突破西周"亲亲""尊尊"的局限性，主张由"亲亲"而"仁民爱物"，由"尊尊"而"尊贤重知"，以此为基础提出民本主义、"大同"理想等社会政治主张。但是社会的发展却走向了君主专制的道路。随着汉代大一统君主专制制度的建立，儒学被附加进去许多内容，比如"君权神授""三纲五常"等，并被意识形态化了。而儒学原来关于仁爱、秩序、和谐的理念，也被统治阶级利用来作为稳定社会的思想武器。至民国废除尊孔读经，儒学失去了思想界的支配地位。但儒学的某些思维方式和价值观，仍潜移默化地在现实社会生活中发生作用，并构成中华民族内在的凝聚力和亲和力。

在人与自然、人与人的关系问题上，儒学凸显"仁爱""秩序""和谐"的价值，这些价值对于人类是可以超越时间和空间的，是具有恒常意义的。有人提出儒学是农业社会的精神文化，在现代工业社会已经失去了意义。难道说现代工业社会就没有人与自然、人与人的关系问题，儒学所提出的"仁爱""秩序""和谐"理念就失去其价值了吗？

**【作者简介】**

姜广辉，著名思想史家、经学史家，湖南大学岳麓书院特聘教授、博士生导师。国家社会科学基金2010年重大招标项目"中国经学史"首席专家。主持国家社会科学基金一般项目"中国经学思想史"（97BZX013）。

# 《周易》的观象体系和古史序列*

## ——试论中华文明的基础

### 张文江

（同济大学人文学院）

传世经典文献中，中华文明的制高点，概括于《周易·系辞下》第二章。《系辞下》此章的作者，传统认为是孔子，实际上文字可能完成于战国（约公元前 300 年，作者为赵人）。① 此章展示的观象体系和古史序列，建立了中华学术的结构，总结了中华文明的基础。汉以后《易》为六经之首，对中国古代学问的认知，可以从不同途径相应于此。原文如下：

> 古者庖牺氏之王天下也，仰则观象于天，俯则观法于地，观鸟兽之文与地之宜，近取诸身，远取诸物，于是始作八卦，以通神明之德，以类万物之情。
> 
> 作结绳而为网罟，以佃以渔，盖取诸离。
> 
> 庖牺氏没，神农氏作，斫木为耜，揉木为耒，耒耨之利，以教天下，盖取诸《益》。日中为市，致天下之民，聚天下之货，交易而退，各得其所，盖取诸《噬嗑》。神农氏没，黄帝、尧、舜氏作，通其变，使民不倦，神而化之，使民宜之。《易》穷则

---

\* 本文原载刘小枫主编，林志猛执行主编《古典学研究》第七辑《〈论语〉中的死生与教化》，上海：华东师范大学出版社，2021。

① 潘雨廷：《上古三代易简论》，《潘雨廷著作集（三）：易学史丛论》，张文江整理，上海：上海古籍出版社，2016，页 34。

变，变则通，通则久。是以"自天佑之，吉无不利"。黄帝、尧、舜垂衣裳而天下治，盖取诸乾、坤。

刳木为舟，剡木为楫，舟楫之利，以济不通，致远以利天下，盖取诸涣。

服牛乘马，引重致远，以利天下，盖取诸随。

重门击柝，以待暴客，盖取诸豫。

断木为杵，掘地为臼，杵臼之利，万民以济，盖取诸小过。

弦木为弧，剡木为矢，弧矢之利，以威天下，盖取诸睽。

上古穴居而野处，后世圣人易之以宫室，上栋下宇，以待风雨，盖取诸大壮。

古之葬者，厚衣之以薪，葬之中野，不封不树，丧期无数。后世圣人易之以棺椁，盖取诸大过。

上古结绳而治，后世圣人易之以书契，百官以治，万民以察，盖取诸夬。

此段的思想，大体分为三层。

其一，庖牺氏观照天地人之象，展示其观象体系（分六类），以此王天下（《说文解字》引孔子曰"一贯三为王"）而成为人文初祖。

其二，《周易》建立的古史序列，最早推原至庖牺氏，以《易》的初创为文明起源。

其三，陈列制器尚象十三卦（即十三"盖取"），生生不息地跟随演进，改善人类的生活，体现文明的进步。

中华的文明和文化，来自观象于天人，以神道设教而天下服。《易·贲象》："观乎天文以察时变，观乎人文以化成天下。"又《观象》："观天之神道而四时不忒，圣人以神道设教而天下服矣。"这里的神道并非其他，是阴阳变化的两方面。《系辞上》"阴阳不测之谓神"，此致其用；又"一阴一阳之谓道"，此建其体。而阴阳变化就是文，《系辞上》："物相杂，故曰文。"又曰："知变化之道者，其知神之所为乎。"庖牺氏创造八卦，作为最早的记录和演算符号，构成象数的起源。传说黄帝之史仓颉创造文字，逐步衍生渐多，构成文字的起源。

以庖牺氏创设符号为开端,推论还有以前,比如说燧人氏(《尚书大传》)。①伏羲、神农(加上此前的燧人氏),为最初的创制,主要相应自然。此后黄帝、尧、舜,为进一步的创制,主要相应社会。垂衣裳以设计等级制度,可以认为是政治的开端。在十三"盖取"中,以"刳木"为界,分前五后八,由简而繁,为后来居上的加速发展。最终产生文字,随后又创制经典,归结为"六艺"或"六经",标志政治文明体的形成。

《史记·五帝本纪》开始于黄帝,为划时代的巨大贡献,与传说中创造文字的时间相合。结束于尧舜,初步形成经典,为《书》和《诗》的起源。由尧舜而三代,殷商有祝宗卜史(《左传》定公四年,《礼记·礼运》作卜史祝宗),西周有史官。于春秋末出现孔老,官学进入民间。以《史记》作为衔接古今的桥梁,其文献的主体,此前为经(其变化为子),此后为史(其变化为集),构成中国古代的文教体系。对此体系的总结,为《七略》或《汉书·艺文志》。《七略》于汉后演变为四部,不得不然,亦有得有失。而贯通源流,本末兼赅,则有"六经皆史"之说。②

于汉延续至清末,发生"三千年未有之大变局",③此文教体系

---

① 《周礼·春官·外史》:"掌三皇五帝之书。"《庄子·天运》及《秋水》亦言三皇五帝。历代举三皇有多说,《尚书大传》以燧人、伏羲、神农为三皇,分系于天地人(《三五传》)。《白虎通义·号》:"三皇者,何谓也?谓伏羲、神农、燧人也。或曰伏羲、神农、祝融也。"燧人、祝融皆相关火,或为其同。唐司马贞补《三皇本纪》,以伏羲、女娲、神农为三皇(《风俗通义·皇霸》引《春秋运斗枢》同),引入女性代表。兼列他说,以天皇、地皇、人皇为三皇,推原至三才之根。按《史记·秦始皇本纪》:"古有天皇,有地皇,有泰皇,泰皇最贵。"亦序天地人。于《易》泰当天地交,"泰皇"相应人皇。

② 章学诚《校雠通义》卷三《宗刘》,举四部不能返《七略》者五。参见叶瑛《文史通义校注》下册,北京:中华书局,2014,页1114。

③ 梁启超《中国四十年来大事记》(一名《李鸿章》)第六章,引李氏同治十一年(1872)五月《复议制造轮船未可裁撤折》:"臣窃惟欧洲诸国,百十年来,由印度而南洋,由南洋而中国,闯入边界腹地,凡前史所未载,亘古所未通,无不款关而求互市……此三千余年一大变局也。"又引光绪元年(1875)《因台湾事变筹画海防折》:"今则东南海疆万余里,各国通商传教,往来自如,麋集京师及各省腹地,阳托和好之名,阴怀吞噬之计,一国生事,(转下页注)

所维护的政治文明体发生剧烈震荡，至今尚未停歇。为了重新辨认方向，提高文明自觉，必须追溯世界各大文明的源流演变，也必须认识中华文明的源流演变。

于《系辞下》此章第一层思想，引用潘雨廷先生一段阐发：

> 若八卦之作，本诸外物。曰"仰则观象于天"者，今日天文学，包括气象学；曰"俯则观法于地"者，今日地质学，包括矿物学和水利；曰"观鸟兽之文"者，今日动物学，包括仿生学；曰"与地之宜"者，今日地理环境，包括植物学；曰"近取诸身"者，今日人类学，包括生理学、心理学和医学；曰"远取诸物"者，今日物理学，包括化学。当八卦既作，"以通神明之德"者，今日社会科学；"以类万物之情"者，今日自然科学。我国先秦之学者，能有如是明确概念，以分析宇宙中一切现象，文化之发达可喻，《周易》之价值亦可喻。①

可作图如下：

| | |
|---|---|
| 仰则观象于天 | 天文学 |
| 俯则观法于地 | 地质学 |
| 观鸟兽之文 | 动物学 |
| 与地之宜 | 植物学 |
| 近取诸身 | 人类学 { 医学 / 社会学 |
| 远取诸物 | 一切无生物 |

此节内容深邃，前引未尽之意，再引用潘雨廷先生另一段阐发：

其一：

> 此节中首宜注意王天下之"王"字，王者一贯三，三画各

---

（接上页注③）诸国搆煽，实惟数千年来未有之变局。"梁评云："由此观之，则李鸿章固知今日为三千年来一大变局。"见梁启超《中国四十年来大事记》，《饮冰室合集·专集》第二册，北京：中华书局，2015，页39—41。

① 张文江记述：《潘雨廷先生谈话录》，上海：复旦大学出版社，2012，页451。

有所指，即上画为天，下画为地，中画为人，以一贯三者，以理贯天地人三才。人于天地，今日宇宙观，乃能改造宇宙，是为"王"字之真正含义。古者庖羲氏既王天下，乃分辨三才为六类……而八卦即本此六类知识，准具体事物之变化，抽象其概念而作。若卦象之用，不外二方面。曰"以通神明之德"者，今日"社会科学"；曰"以类万物之情"者，今日"自然科学"。①

其二：

　　此谓包犠氏所观之象，而文王系辞之取类，不外乎此。其本为天地犹阴阳，阴阳合德而刚柔有体，即盈天地之间者唯万物。物有阴阳，当生物与无生物，无生物即远取诸物。于生物中又有阴阳，当动物与植物，植物即与地之宜。于动物中又有阴阳，当人与禽兽，禽兽即鸟兽之文。于人又有阴阳，心与身是也。身即近取诸身，心所以作八卦。八卦之用二，亦为阴阳，阳以通神明之德，阴以类万物之情。通德者，人心上合天地而参焉，元亨利贞之正言当之。类情者，人心下化万物而备焉，吉凶悔吝厉咎之断辞当之。②

见下图：

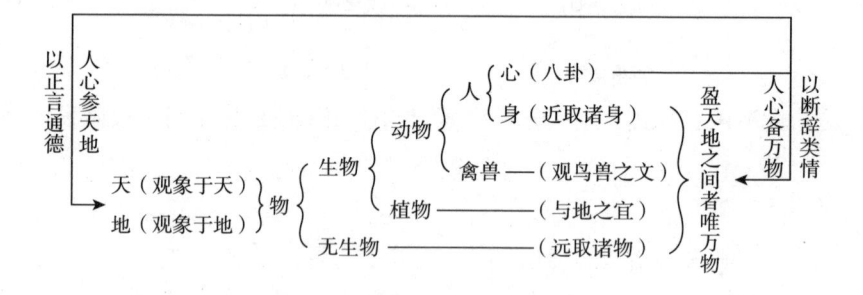

---

①　潘雨廷：《〈周易〉十讲》，《潘雨廷著作集（十三）：易学史入门·论吾国文化中包含的自然科学理论》，张文江整理，上海：上海古籍出版社，2016，页93。

②　潘雨廷：《卦爻辞析义》，《潘雨廷著作集（十三）：易学史入门·论吾国文化中包含的自然科学理论》，页201。

第二层思想，可排列如下：

伏羲，畜牧社会。（动物）
神农，农业社会的开始。（植物）
黄帝尧舜，此前以生产力为主，至此以生产关系为主，更兼及上层建筑。儒道两家皆由此演变而来。
据《皇极经世》，尧大致相当公元前2357年。
尧舜易，确立父系社会。
夏商易，确立家天下。
周易，传说由文王系辞；《系辞下》："《易》之兴也，其于中古乎？作《易》者其有忧患乎？"大约公元前1000年，距今3000余年。

第三层思想，十三"盖取"，先列前五，为根本性创制。次列后八，即制器尚象之八事，为更广泛发挥。

其中交通二，水陆。
生前死后二，宫室、营葬地。
应用二，文字和杵臼之利。
防卫二，守和攻。

此制器尚象之大用，各有其专门的知识。而于八之中，最后为三"后世圣人易之以"，乃见生生进化之迹。《系辞上》云："备物致用，立成器为天下利，莫大于圣人。"可当各类创制的总结，推衍之，发展之，其精神永远激励后人。所有创制中，最后一项是文字，为最重要的发明。"王天下"是秩序的建立，相应于八卦；"百官以治，万民以察"是社会的安定，相应于书契。始八卦而终文字，人类的经验得以保存，协作得以深化。

《尚书·盘庚》："人惟求旧，器非求旧，惟新。"标示古今两个向度。《吕氏春秋·君守篇》尚记录其他发明："奚仲作车，仓颉作书，后稷作稼，皋陶作刑，昆吾作陶，夏鲧作城，此六人者，所作当矣。"（参见《世本·作篇》）此外还可指出四事：乐律，甲子，指南车，五行生克之理。①

秦汉结束三代，完成大一统疆域。汉初废除"挟书律"（公元前191年），重新搜集图书。"百年之间，天下遗文古事靡不毕集太史公"（《太史公自序》），为完成划时代巨著《史记》提供了条件。以后刘向（约公元前77—前6年）校订古书，完成《别录》。刘歆（公元前50—23年）继承其父亲编成《七略》。班固（32—92年）采用其主要内容为《汉书·艺文志》，对先秦至汉的书籍作出总结。

汉代去古未远，《汉书·艺文志》收书大凡共六略，三十八种，五百七十六家，一万三千二百六十九卷，可谓琳琅满目，美轮美奂。所存书大半佚失，仍可窥见上古灿烂文化的一斑。《汉书·艺文志》进一步采用《系辞下》此节，重新肯定《周易》的古史序列，并扩展至三代，完成对先秦文化的整体认识。以此书为中心，前二后二，尝试选五篇文献，贯通古今学术的流变（参见拙稿《中华学术的源流和演变》）。

其后有"三千年未有之大变局"，和西方文化的进入相应。由于科学技术的引进，兼中华地不爱宝，大量器物、文献相继出土，闻所未闻，见所未见，更新对上古文化的认识。今已大致厘清殷周之际至汉的主要脉络，并上窥殷周以前。

《七略》的编排，以孔子和儒家为标准。此用《周易》三古的下古之说，以孔子上通尧舜。此书的编纂过程体现于总序，原文如下：

> 昔仲尼没而微言绝，七十子丧而大义乖。故《春秋》分为五，《诗》分为四，《易》有数家之传。战国从衡，真伪分争，诸子之言纷然淆乱。至秦患之，乃燔灭文章，以愚黔首。
> 
> 汉兴，改秦之败，大收篇籍，广开献书之路。迄孝武世，书缺简脱，礼坏乐崩，圣上喟然而称曰："朕甚闵焉！"于是建藏

---

① 潘雨廷：《上古三代易简论》，《潘雨廷著作集（三）：易学史丛论》，页35以下。八事，见页41。此外四事，见页42。

书之策，置写书之官，下及诸子传说，皆充秘府。至成帝时，以书颇散亡，使谒者陈农求遗书于天下。诏光禄大夫刘向校经传诸子诗赋，步兵校尉任宏校兵书，太史令尹咸校数术，侍医李柱国校方技。每一书已，向辄条其篇目，撮其指意，录而奏之。会向卒，哀帝复使向子侍中奉车都尉歆卒父业。歆于是总群书而奏其七略，故有《辑略》，有《六艺略》，有《诸子略》，有《诗赋略》，有《兵书略》，有《术数略》，有《方技略》。今删其要，以备篇籍。

以孔子和七十子为判断标准，孔子相应微言，七十子相应大义。经历世事的变迁动荡，《论语·述而》的"文学"，由经传而及诸子，于是有秦之燔灭文章，汉之求遗书于天下，直至刘向校书而成《别录》，刘歆总群书而成《七略》，完成对古代文化的总结，开辟未来的途径。刘歆总结的"七略"如下：

辑略（总纲）
六艺略
诸子略
诗赋略（以上三略，刘向校）
兵书略（任宏校）
术数略（尹咸校）
方技略（李柱国校）

理解《汉书·艺文志》的结构，在于《辑略》和《六艺略》（后世称为经部）。《辑略》为根本的编辑思想，概括于诸篇序文。而《六艺略》为骨干性文献，而《易》为群经之首，其序文即引用《系辞下》此节，作为中华学术的结构所在。原文如下：

《易》曰："宓戏氏仰观象于天，俯观法于地，观鸟兽之文，与地之宜，近取诸身，远取诸物。于是始作八卦，以通神明之德，以类万物之情。"至于殷、周之际，纣在上位，逆天暴物，文王以诸侯顺命而行道，天人之占可得而效，于是重《易》六爻，作上下篇。孔氏为之《彖》《象》《系辞》《文言》《序卦》之属十篇。故曰：易道深矣，人更三圣，世历三古。及秦燔书，而《易》为筮卜之事，传者不绝。汉兴，田何传之。讫于宣、元，有施、孟、梁丘、京氏列于学官，而民间有费、高二家之说。刘向以中古文《易经》校施、孟、梁丘经，或脱去"无咎""悔亡"，唯费氏经与古文同。

此取《系辞下》此节之半，以"宓戏氏"（即"庖牺氏"）为上古，当古史序列之始（《汉书·古今人表》亦以"太昊帝宓戏氏"为开端）。略过黄帝至尧舜的时代（《史记》有《五帝本纪》），以及夏（传说有《连山》）和商（传说有《归藏》），直至殷周之际。然后取文王的中古（传说编成《周易》），加上孔子的下古（传说编成《十翼》）。形成三古之说，为《周易》古史序列的完整表达。

这段话的纲领是"三圣""三古"，两千年对易学的认识，全部在此范围之内。① 可示意如下：

| 三圣 | 三古 |
| --- | --- |
| 伏羲（宓戏） | 上古 |
| 文王 | 中古 |
| 孔子 | 下古 |

《易》为六经之首，统摄其余五经，为中华文明的政教原则。汉以后王朝的绵延和更替（《六艺略》），皆未脱离此。子为经之变，由干而枝，由事而理（《诸子略》）。于古"六经皆史"（《史记》最初归入《春秋》类），并不另立史部。史部的确立，始于《隋书·经籍志》（继承《中经新簿》）。《诗赋略》演变为集，始于《楚辞》，为

---

① 参见潘雨廷《易学史入门》，《潘雨廷著作集（十三）：易学史入门·论吾国文化中包含的自然科学理论》，页 4。

经子之余绪。以专家校其余三略（《兵书略》《数术略》《方技略》），为十三"盖取"的遗意。后世将其散入子部，或有损失。

于《六艺略》中，首先为《易》，于中华学术当六经之首，序文即引此章《系辞下》。引文见前。

其次为《书》，引《易·系辞》"河图洛书"为先导，亦由伏羲至孔子。其后引出今古文之争，又涉及真伪之辨，影响延续到清末。

再次为《诗》，引《书·舜典》发端。相对于《书》始尧舜，《诗》始文王。纯取周诗，上采殷，下取鲁。

复次为《礼》和《乐》，皆引《易》，前者引《序卦》"有夫妇父子"云云，后者引《大象》"先王作乐崇德"云云。

最后为《春秋》，述三代之礼，未直接引《易》。慎言行以修身。昭法式（王念孙谓当作法戒）以垂象，亦不脱离于《易》。

六经以下引申，又有三类。连同六经，开为九类。

《论语》记载孔子及其弟子的言行，相当于六经的通论，是理解六经的入口。宋以后以此为核心形成"四书"。

《孝经》也来自孔子和弟子，建立国和家的联系，稳定王朝的意识形态。"志在《春秋》，行在《孝经》"（《钩命决》），以《孝经》总会六经（《隋书·经籍志》引郑玄《六艺论》）。陈述天地人，未引《易》，亦由《易》而来。

最后一类，小学。接续《系辞下》末节，文字的创造及其演变，一切典籍皆基于此（清乾嘉学派之失，或知小学而不知大学），传说中仓颉造字，天雨粟，鬼夜哭（《淮南子·本经训》）。文字的产生，祸兮福兮，倚伏未定，可不慎乎？引《易》亦出此节。

《六艺略》小结极精彩：

> 六艺之文，《乐》以和神，仁之表也。《诗》以正言，义之用也。《礼》以明体，明者著见，故无训也。《书》以广听，知之术也。《春秋》以断事，信之符也。五者，盖五常之道，相须而备，而《易》为之原。故曰："《易》不可见，则乾坤或几乎息矣。"言与天地为终始也。至于五学，世有变改，犹五行之更

用事焉。古之学者耕且养，三年而通一艺，存其大体，玩经文而已，是故用日少而畜德多，三十而五经立也。后世经传既已乖离，博学者又不思多闻阙疑之义，而务碎义逃难；便辞巧说，破坏形体；说五经之文，至于二三万言。后进弥以驰逐，故幼童而守一艺，白首而后能言；安其所习，毁所不见，终以自蔽。此学者之大患也。

经学由此形成整体，包含阴阳五行之象数。以《易》为根本，其核心以《系辞下》此节为根本。又，《系辞上》曰："易与天地准，故能弥纶天地之道。"又曰："范围天地之化而不过，曲成万物而不遗。"由《易》而五经，"言与天地为终始也"相应之。对五经的经意，有"存大体，玩经文"和"碎义逃难"两种解读方式。"存大体"（包含整体结构）来自"观象"，"玩经文"（透彻理解后活用）当指"玩辞"。若未能通经以致用，失去整体格局而"碎义逃难"，则导致经学的堕落。

《汉书·艺文志》序六艺为九种，最后一种是小学，引于此作为补充。"六艺"和"五经"，两者亦同亦异。以时间方向而论，六艺上出先秦，五经下及后世。六艺的根本在象数，而五经的基础在小学。"小学"类序文，以《系辞下》"上古结绳以治"开篇，即"制器尚象"的末节，可见衔接紧密。"盖取诸夬"，宣扬王化，由治官而理民。且夬者，书契也，决断也。

《易》曰："上古结绳以治，后世圣人易之以书契，百官以治，万民以察，盖取诸夬。""夬，扬于王庭"，言其宣扬于王者朝廷，其用最大也。古者八岁入小学，故《周官》保氏掌养国子，教之六书，谓象形、象事、象意、象音、转注、假借，造字之本也。汉兴，萧何草律，亦著其法，曰："太史试学童，能讽书九千字以上，乃得为史。又以六体试之，课最者以为尚书、御史、史书令史。吏民上书，字或不正，辄举劾。"六体者，古文、奇字、篆书、隶书、缪篆、虫书，皆所以通知古今文字，摹印章，书幡信也。古制，书必同文，不知则阙，问诸故老。至于衰世，是非无正，人用其私。故孔子曰："吾犹及史之阙文也，今亡矣夫！"盖伤其寖不正。《史籀篇》者，周时史官教学童书也，与孔氏壁中古文异体。《苍颉》七章者，秦丞相李斯所作也；《爰历》六章者，车府令赵高所作也；《博学》七章者，太史令胡毋敬所作也：文字多取《史籀篇》，而篆体复颇异，所谓秦篆者也。是时始造隶书矣，起于官狱多事，苟趋省易，施之于徒隶也。汉兴，闾里书师合《苍颉》《爰历》《博学》三篇，断六十字以为一章，凡五十五章，并为《苍颉篇》。武帝时司马相如作《凡将篇》，无复字。元帝时黄门令史游作《急就篇》，成帝时将作大匠李长作《元尚篇》，皆苍颉中正字也。《凡将》则颇有出矣。至元始中，征天下通小学者以百数，各令记字于庭中。扬雄取其有用者以作《训纂篇》，顺续《苍颉》，又易《苍颉》中重复之字，凡八十九章。臣复续扬雄作十三章，凡一百二章，无复字，六艺群书所载略备矣。《苍颉》多古字，俗师失其读，宣帝时征齐人能正读者，张敞从受之，传至外孙之子杜林，为作训故，并列焉。

由西汉而东汉，六经上通《易》，下通小学，完成学术的整体，稳定王朝的统治。中华学术几经摧折而屹立不倒，有其深厚的根源。以文字的繁衍，对应认识事物的繁衍，由《史籀篇》以下，传承不绝。东汉时许慎（约58—约147年）《说文解字》成书（121年由儿子许冲献于朝廷），蔚为大观。

此书的核心是通经学，"五经无双许叔重"（《后汉书·儒林传》），绝非虚言。全书的根本在于《易》，始一终亥，收字9353个，重字1163个，共10516字，按540个部首排列，统摄天下古今之字，处处体现易象。主要思想表达于序言，和《七略》小学类一脉相承。原文如下：

古者包羲氏之王天下也，仰则观象于天，俯则观法于地，观鸟兽之文，与地之宜，近取诸身，远取诸物。于是始作《易》八卦，以垂宪象。及神农氏结绳为治，而统其事，庶业其繁，饰伪萌生。黄帝之史官仓颉，见鸟兽蹄迒之迹，知分理之可相别异也，初造书契，"百工以乂，万品以察，盖取诸夬。""夬，扬于王庭"，言文者宣教明化于王者朝廷，君子所以施禄及下，居德则忌也。

仓颉之初作书，盖依类象形，故谓之文。其后形声相益，即谓之字。文者，物象之本；字者，言孳乳而浸多也。著于竹帛谓之书。书者，如也。以迄五帝三王之世，改易殊体。封于泰山者七十有二代，靡有同焉。《周礼》：八岁入小学，保氏教国子，先以六书。一曰指事。指事者，视而可识，察而见意，上下是也。二曰象形。象形者，画成其物，随体诘诎，日月是也。三曰形声。形声者，以事为名，取譬相成，江河是也。四曰会意。会意者，比类合谊，以见指㧑，武信是也。五曰转注。转注者，建类一首，同意相受，考老是也。六曰假借。假借者，本无其字，依声托事，令长是也。

及宣王太史籀著《大篆》十五篇，与古文或异。至孔子书六经，左丘明述《春秋传》，皆以古文，厥意可得而说。其后诸侯力政，不统于王，恶礼乐之害己，而皆去其典籍。分为七国，田畴异亩，车途异轨，律令异法，衣冠异制，言语异声，文字异形。秦始皇初始天下，丞相李斯乃奏同之，罢其不与秦文合者。斯作《仓颉篇》，中车府令赵高作《爰历篇》，太史令胡毋敬作《博学篇》，皆取史籀大篆，或颇省改，所谓小篆者也。是时秦烧灭经书，涤除旧典，大发隶卒，兴役戍，官狱职务繁，初有隶书，以趣约易，而古文由此绝矣。

由八卦而书契，阐说文、字、书三者的关联，可见象数和文字的联系。"于是始作《易》八卦，以垂宪象"，宪者，法也。《易》而六经，为中华文明的根本大法。"黄帝之史官仓颉，见鸟兽蹄迒之迹，知分理之可相别异也，初造书契，'百工以乂，万品以察，盖取诸夬'。"追根溯源，衔接《系辞下》和《说文解字》。

"仓颉之初作书，盖依类象形，故谓之文。其后形声相益，即谓之字。文者，物象之本；字者，言孳乳而浸多也。"文者，象形也，象也（"文者，物象之本"，段玉裁注据《左传》宣公十五年《正义》补）。字者，由文辗转相生，其不同组合方式，被称为"六书"。文字孳乳渐多，表现万事万物，可引《系辞上》为赞："引而伸之，触类而长之，天下之能事毕矣。"

此序以下为秦汉之演变，姑且省略。最后录入末节，以见小学（文字学）和经学的联系：

《书》曰："予欲观古人之象。"言必遵修旧文而不穿凿。孔子曰："吾犹及史之阙文，今亡也夫！"盖非其不知而不问，人用己私，是非无正，巧说邪辞，使天下学者疑。盖文字者，经艺之本，王政之始，前人所以垂后，后人所以识古。故曰："本立而道生"，"知天下之至赜而不可乱也"。

今叙篆文，合以古籀，博采通人，至于小大，信而有证。稽撰其说，将以理群类，解谬误，晓学者，达神旨恉。分别部居，不相杂厕。万物咸睹，靡不兼载。厥宜不昭，爰明以谕。其称《易》，孟氏；《书》，孔氏；《诗》，毛氏；《礼》，《周官》；《春秋》，左氏；《论语》《孝经》，皆古文也。其于所不知，盖阙如也。

引《书·益稷》曰："予欲观古人之象。"当追溯《周易》之观象体系。"遵修旧文"，即《论语·述而》之"述而不作，信而好古"，维护文明的传承。以文字为"经艺之本，王政之始"，影响延续至清末。[1]"前人所以垂后，后人所以识古。"文明的存续和发展，当辨识源流。"本立而道生"，化用《论语·学而》；"知天下之至赜

---

[1] 张之洞《书目答问》称："由小学入经学者，其经学可信。由经学入史学者，其史学可信。由经学、史学入理学者，其理学可信。以经学、史学兼词章者，其词章有用。以经学、史学兼经济者，其经济成就远大。"见张之洞撰，范希曾补正，徐鹏导读：《书目答问补正》附二《国朝著述诸家姓名略总目》，上海：上海古籍出版社，2001，页258。

而不可乱也",化用《周易·系辞上》。圣人和君子,象数和文字,息息相通。

至于"分别部居,不相杂厕",或来自《易·同人》"类族辩物";"万物咸睹,靡不兼载",或来自《易·文言》"云从龙,风从虎,圣人作而万物睹"。回归群经诸家,"皆古文也",相关东汉的时代,丰富经学的整体。"其于所不知,盖阙如也",相应《汉书·艺文志》"多闻阙疑"(《论语·为政》)。此为学习之道,亦为上出之道。

【作者简介】

张文江,同济大学人文学院教授。主要研究领域(方向)为古代经典解释、先秦文化和文学。主持国家社会科学基金青年项目"钱钟书《管锥编》研究"(94CZW007)。

# 先秦乐教制度略论[*]

## ——以《周礼》《礼记》为基础

王顺然

（深圳大学饶宗颐文化研究院）

《礼记·明堂位》记：

> 昔殷纣乱天下，脯鬼侯以飨诸侯。是以周公相武王以伐纣。武王崩，成王幼弱，周公践天子之位以治天下；六年，朝诸侯于明堂，制礼作乐，颁度量，而天下大服；七年，致政于成王；成王以周公为有勋劳于天下，是以封周公于曲阜，地方七百里，革车千乘，命鲁公世世祀周公天以子之礼乐。

无论是周公"制礼作乐"使"天下大服"，还是世世传承"周天子之礼乐"，礼乐制度不只是一种文化传统，也是周以降设计用以改革宗法制度的社会政治制度。根据相关典籍的记载，围绕"乐"所形成的"学校""典乐""采风"等一系列的制度，成为先秦社会政治制度的重要环节。

## 一 以"乐"启蒙的"学校"制度

一般来说，先秦"学校"教育制度在等级上可分为"国学"和

---

[*] 本文系国家社会科学基金青年项目"先秦诸子乐论研究"（20CZX024）的阶段性成果。

"乡学"两级，教学内容分"童蒙""小学"和"大学"三个阶段。①《礼记·内则》见：

> 十有三年学乐，诵诗，舞勺。成童，舞象，学射御。二十而冠，始学礼，可以衣裘帛，舞大夏，惇行孝弟，博学不教，内而不出。

"十有三年学乐"，是对照贵族子弟入"小学"（"小学在公宫南之左"②）的时间来讲。③换言之，小童经过六岁辨识器物、七岁知男女有别、八岁辞让长者、九岁了解纪年计时、十岁开始外出学习文字书写等的"童蒙"④阶段之后，在十三岁左右入"小学"学习"乐"。"小学"教育以"乐"之诗、曲、舞为基础辐射开去。以"乐舞"为例，儿童时学习"勺舞"、青春期时学习"象舞"，待到二十岁左右才能学习"大夏舞"。此次第是随着身体、心灵的成长进行安排设计的。

---

① 相关讨论参见马宗荣《中国古代教育史》（贵阳：文通书局，1942）论"周代学制与教育"、陈东原《中国古代教育》（上海：商务印书馆，1931）论"所谓庠序教育"、林琳《中国古代教育史》（哈尔滨：黑龙江人民出版社，2006）论"夏商西周时期的教育"等七种。就"学习阶段三分""入学时间"及"小学"学习内容等问题从马宗荣说。参见马宗荣《中国古代教育史》，贵阳：文通书局，1942，页47—48。

② 《礼记·王制》曰："殷人养国老于右学，养庶老于左学。周人养国老于东郊，养庶老于虞庠；虞庠在国之西郊。"知"东宫南之左"当为殷制"小学"，属"国学"。参见马宗荣《中国古代教育史》，页50。

③ 《礼记·内则》记："六年教之数与方名。七年男女不同席，不共食。八年出入门户及即席饮食，必后长者，始教之让。九年教之数日。十年出就外傅，居宿于外，学书计，衣不帛襦裤，礼帅初，朝夕学幼仪，请肄简谅。"一般说"太子"八岁之前为"童蒙"，八岁入"小学"，十五岁入"大学"，中下官吏之子弟到了十五岁才可以入"小学"，十八岁入"大学"，平民之子中极优秀者，经过三层选拔后，也可能到"小学"里学习。参见马宗荣《中国古代教育史》，页47。

④ "童蒙"应当在临近的"家塾"中进行，方便父母与之亲近及照看；小童学习的"六甲、五方、书计之事始知室家长幼之节"（《汉书·食货志》）可以称为"小六艺"或"洒扫应对进退之学"。

与"乐舞"类似,"诗""曲"等方面的训练也遵循由简而繁的过程。

在"小学"的学习中,小童要经历一系列的"中年考校"达标考核。在"乡学"中就是"乡遂大夫考校其艺",在"国学"中则由专门老师负责考核。孔颖达说:"非惟乡人所教如此,王子公卿之子亦当须教,其不肖者亦当退之。"① "中年考校"作为阶段性考评,考评之重点并不只在于小童对诗、曲、舞等技艺的掌握程度,更针对小童对"乐"之德性启示的理解深度。《礼记·学记》说:

> 一年视离经辨志,三年视敬业乐群,五年视博习亲师,七年视论学取友,谓之小成。九年知类通达,强立而不反,谓之大成。

"离经"者,"离析经理,使章句断绝";"辨志"者,"辨其志意趣乡,习学何经矣"。② 由此可以看出,"小学"的第一年,小童就应该做到通过对经典章句的辨析(比如对《诗经》的诵读),树立对德性生命最初的追求。学三、五、七年而所谓之"小成",是经由"敬业乐群"(按:安心学业并与同学友好相处)、"博习亲师"(按:广泛学习并亲近老师)、"论学取友"(按:明辨所学之是非且以德行结交朋友)等德性生命之逐次展开而达至"修身工夫"的"小成"。这里的"小成",是"小学"教育的基本目的。注重考核小童对"乐德"的理解程度、领悟程度,这既符合"学校"教育之初衷,也为之后的"大学"学习打好了基础。③

---

① 郑玄注,孔颖达疏:《礼记正义》,龚抗云整理,李学勤主编《十三经注疏》,北京:北京大学出版社,2000,页1227。
② 郑玄注,孔颖达疏:《礼记正义》,页1227。
③ 七年之数也正是"太子"八岁到十五岁的七年,《周礼》《礼记·王制》《礼记·学记》《礼记·内则》等文献中有关学校教育制度的描述是可以相互发明的。王应麟在《玉海》卷一百十一中说:"周之制,自王宫、国都、闾巷党街莫不有学,司徒总其事,乐正崇其教,下至庠塾,皆以民之有道德(之)老为左右师,自天子之元子、众子,公卿大夫士之适子,至庶民之子弟,八岁(按:对应贵族子弟之十三岁)入小学。教之洒扫应对进退之节,礼乐射御书数之文。十有五(按:对应贵族子弟之二十岁),进乎大学,教之致知格物正心诚意之道。"

经过一次次"中年考校"的小童也随着年龄的增长、学养工夫的加深,"可以衣裘帛,舞大夏,惇行孝弟,博学不教,内而不出"(《礼记·内则》)。《大夏》者,帝禹之乐,《白虎通·礼乐》曰:"禹曰《大夏》者,言禹能顺二圣之道而行之,故曰《大夏》也。"演绎大禹之乐以修孝悌之行,正是由研习技艺转向德性修养,学会欣赏、践行帝禹的《大夏》之乐中透显出的更为复杂与深邃的德行,便是"九年知类通达,强立而不反"。对此,孔颖达解释说:"九年考校之时,视此学者,言知义理事类,通达无疑。'强立',谓专强独立,不有疑滞。'而不反',谓不违失师教之道,谓之大成。""学校"教育在"小学"阶段,实现了通过"乐"对人的"启蒙",这种启蒙既包含了"小成"所谓的技能、智力,更强调了"大成"注重的德性、人格。

## 二 以"乐"明德的"典乐"制度

如果说"小学"可以算作先秦涵盖士人的公民教育、基础教育,那么"大学"就近似为一种精英教育,而且是为国家储备行政人才的精英教育。《尚书》言"国之大事,在祀与戎",俊士们在"大学"学习过程中会在"乐官"的指导下常规性地参与到"典乐"祭祀活动中,这也为其未来处理国家、地方行政事务做准备。

经过层层考核与选拔之后,[1]"小学"学习中出类拔萃的人才被选为"俊士",进入政教合一的"大学"学习。"乐"作为"大学"教育的重要支柱主要体现在两个方面:一方面是学习内容,"大学"

---

[1] "命乡论秀士,升之司徒,曰选士。司徒论选士之秀者而升之学,曰俊士。升于司徒者不征于乡,升于学者不征于司徒,曰造士。"(《礼记·王制》)就是说,被选上的小童都要上报司徒审核,这些人就被称作"选士"(被选上的人);司徒再从这些"被选上的人"中做筛选,优中择优,就是"俊士"(出众的人),"俊士"就可以入"大学"学习了;同时,上报到司徒那里的"选士"不必在乡服役,可以进入"大学"学习的"俊士",连司徒也不能让他们服役,这就是"造士"(有才德可以造就的人)。参见钱玄、钱兴奇编《三礼辞典》,南京:江苏古籍出版社,1998,页696。

教育强调"俊士"对"诗""曲""舞"等不同艺术形式的多角度的深入领会；另一方面是人员结构，"大学"教育基本是由"乐官"支撑支持起来的，这些作为教官的乐工们围绕着"乐"的不同艺术形式来设计、开展教学工作。

先看前者，《礼记·学记》曰：

> 夫然后足以化民易俗，近者说服，而远者怀之，此大学之道也。……大学始教，皮弁祭菜，示敬道也；《宵雅》肄三，官其始也……时观而弗语，存其心也；幼者听而弗问，学不躐等也。……大学之教也时，教必有正业，退息必有居。

"大学"之道不再局限为个人德性生命的启蒙，更要使"俊士"明明德于天下、树立其对家国天下的责任感与担当意识，故有"化民易俗，近者说服，而远者怀之"的说法。以"诗教"为例，俊士们要通过学习《小雅》中讲入仕志向的三首诗，建立"君臣和睦"（《鹿鸣》）、"鞠躬尽瘁"（《四牡》）、"周爱天下"（《皇皇者华》）的政治理想。① 同时，"大学"教育强调对独立认识的塑造。所谓"时观而弗语，存其心也"，是说独立思考依赖本心的涵养体贴，由涵养体贴而生发出"自己解决问题的能力"。②

"大学"教育与乐官、乐工的密切关系，更深刻地体现着"乐教"在先秦社会政治制度中的重要地位。这些乐官、乐工既是"大学"教育的主要负责人，又是国家祭祀的重要参与者；既是"大学"的教官，又是"典乐"的乐官。

先说主持"大学"教育的人。《礼记·王制》曰：

---

① 如《左传》襄公四年记："三《夏》，天子所以享元侯也，使臣弗敢与闻。《文王》两君相见之乐也，臣不敢及。《鹿鸣》，君所以嘉寡君也，敢不拜嘉？《四牡》：'君所以劳使臣也，敢不重拜？《皇皇者华》，君教使臣曰：'必咨于周。'臣闻之：'访问于善为咨，咨亲为询，咨礼为度，咨事为诹，咨难为谋。'臣获五善，敢不重拜？"

② 郭齐家：《中国古代学校》，北京：商务印书馆，1998，页21。

> 乐正崇四术,立四教。顺先王"诗""书""礼""乐"以造士。春秋教以"礼""乐",冬夏教以"诗""书"。

"乐正"是早期乐官的名称,也是国家掌管教育的最高负责人,孔颖达注曰:"乐正,乐官之长,掌国子之教。"乐正奉"夔"为祖而有"大乐正"和"小乐正"之别,有《虞书》为证,曰:"夔,命汝典乐,教胄子。"到了《周礼》,"大、小乐正"便成为"大司乐"和"乐师",所谓"大司乐掌成均之法,以治建国之学政,而合国之子弟焉"(《周礼·春官宗伯》),就是解释"大司乐"("中大夫"之职)之"典乐""掌教"的双重职责。概括地说,"大学"教育是"乐正"通过编修"诗""书""礼""乐"四教,① 按照季节、动静规律,选择恰适内容来培养人才。《周礼·春官宗伯》又进一步描述了"大司乐"这两重职责,它讲:

> 大司乐……以乐德教国子:中、和、祗、庸、孝、友。以乐语教国子:兴、道、讽、诵、言、语。以乐舞教国子:舞云门、大卷、大咸、大韶、大夏、大濩、大武。以六律、六同、五声、八音、六舞大合乐。以致鬼、神、示,以和邦国,以谐万民,以安宾客,以说远人,以作动物。

引文前句就是描述"大司乐"的"掌教"之责,用"乐"教育国子具备忠诚、刚柔得当、恭敬、有原则、孝顺父母、友爱兄弟的德行,用"乐"教会国子比喻、称引古语、背诵诗文、吟咏诗文等语言技巧,用"乐"教国子学会"云门""大卷""大咸""大韶""大夏""大濩""大武"等舞蹈。后句则说"大司乐"有"典乐"祭祀的职责,能带领众乐师用六律、六同、五声、八音和六代的舞一起配合演奏,以招致人鬼、天神和地神来祭祀,以使各国亲睦,民众和谐,宾客安定,远人悦服,动物繁盛。

---

① 《礼记·王制》将"诗"从"乐"中分离出来讲,是根据季节变化、寒暑交替,将适合室内学习的"诗"与室外演练的"乐舞"进行区分。

相较于"大司乐"(或者说"大乐正")总掌国家教学体系而言,"乐师"("下大夫"之职,或称为"小乐正"),被规定为"掌国学之政,以教国子小舞"。① 也就是具体负责调配、安排教学内容、教师人选的官员,或者说是总领"大学"教学事务的官员。那么,他又会如何安排这些俊士们的学习任务呢?《礼记·文王世子》曰:

> 凡学世子及学士,必时。春夏学干戈,秋冬学羽籥,皆于东序。小乐正学干,大胥赞之。籥师学戈,籥师丞赞之。胥鼓南。春诵夏弦,大师诏之。

这段话包含的内容不少,我们先来看"小乐正"(即"乐师")如何安排学校教学事务。"小乐正"根据时令、季节变化,春夏教"武"舞,秋冬教"文"舞,② 都在东序(按:夏代"大学"之称)中进行。"武"舞中,"小乐正"教"武"舞怎样运用"干",由"大胥"协助他;"籥师"教"武"舞怎样运用"戈",由"籥师丞"协助他。由"大胥"击鼓为节奏以教授《南》。春季重吟诵,夏季教操琴,而"大师"③ 是分管教学演示的。这里我们也可以看到,"大学"教学内容围绕着"乐"及相关艺术形式而展开,④ 授课内容正合"乐"之诗、曲、舞等方面。

我们再来看看这段文字中涉及的三种"乐官"。

第一,"大胥"("中士"之职)。按《周礼·春官宗伯》所讲,"大胥:掌学士之版,以待致诸子。春,入学,舍采合舞。秋,颁学合声。以六乐之会正舞位,以序出入舞者,比乐官,展乐器。凡祭祀

---

① 郑玄注,贾公彦疏:《周礼注疏》,李学勤主编《十三经注疏》,北京:北京大学出版社,2000,页701。

② 这里所谓文舞即与"诗"相关,属于室内活动,亦与前文相呼应。

③ 乐官中应是"大师",与"乐师(即,小乐正)"相对,同为"下大夫"之职。参见钱玄、钱兴奇编《三礼辞典》,页217—218。

④ 比如,"瞽宗"即乐之鼻祖所祭祀之地,因为"瞽"作为四种盲眼乐师之一,成为"乐"的一个符号,著名的"瞽叟"(帝舜之父)就是帝尧时代著名的音乐家。

之用乐者，以鼓征学士。序宫中之事"。"大胥"这个乐官是掌管"俊士"户籍的官员，也在春季帮助"小乐正"排练舞蹈，秋季考核"俊士"学习效果，并根据成绩发放榜单。在负责考校年轻俊士们的过程中，"大胥"也要对乐官、乐器等进行考核、检视。所谓"序宫中之事"，"宫"即为学校，是说"大胥"类似"教导主任"，需要监管学校的制度落实和教学效果，维护和伸张"小乐正"的教学理念。

第二，"籥师"（"中士"之职）。按《周礼·春官宗伯》所讲，"籥师：掌教国子舞羽吹籥。祭祀，则鼓羽籥之舞；宾客、飨食，则亦如之。大丧，廞其乐器，奉而藏之"。较之"小乐正"和"大胥"来看，"籥师"算是第一线的专科教员，并在祭祀场合中负责处理有关"籥"的使用问题。

第三，"大师"（"下大夫"之职）。按《周礼·春官宗伯》所讲，"大师：掌六律、六同，以合阴阳之声。阳声：黄钟、大蔟、姑洗、蕤宾、夷则、无射。阴声：大吕、应钟、南吕、函钟、小吕、夹钟。皆文之以五声：宫、商、角、徵、羽。皆播之以八音：金、石、土、革、丝、木、匏、竹。教六诗，曰风，曰赋，曰比，曰兴，曰雅，曰颂；以六德为之本，以六律为之音"。"大师"一条目所记载之内容是我们最为熟悉的，可以说，"大师"之职就是统管、演示"乐"的所有理论问题、专业知识。同时，作为与"乐师"（"小乐正"）同为"下大夫"的官员，"大师"为"大司乐"之下等阶最高的"乐官"。如果说"乐师"是总管"大学"教学事务的官员，则"大师"就应该是负责"教学演示""实践训练"的官员。

有学者据此认为"乐师"与"大师"是自"大司乐"下分出的两系，"乐师统领一系，以掌学政为主；大师统领另一系，以掌乐事为主。大师下辖乐官分工较细，唱歌、舞蹈、音律调试、乐器保存等均有专职，显示出周代中后期以来的乐官制度的确趋于严密"。① 这个观察是合理的，但其中将"学政"与"典乐"（或曰"乐事"）分

---

① 黎国韬：《先秦至两宋乐官制度研究》，广州：广东人民出版社，2009，页62。

开的表述就不甚理想。

首先,对于"俊士"而言,"大学"学习是"学政"与"典乐"相即不离。前文说过,"大学"教育注重培养俊士们的独立思考能力与实践能力。当"乐"作为一部完整的"历史戏剧"① 出现在大型祭祀活动之中时,每一个参演者都寓"学习"于"表演"之中。如果俊士们难以领会课堂上的说教,不妨就用这种实践参与的方式让他们产生切身体会。这也就是孔颖达一面说"大学之道"是"学贤圣之道理,非小学技艺耳",另一面说"至二十入大学之时,仍于大学之中兼习四术"的原因,寓"道"于"艺"也。

其次,从制度上看,所谓"学政"与"典乐"的分离本身就是不完全的。自"乐师""大师"之下的大多"乐官"既要在"学政"中教导"俊士"技艺与理念,也要在"典乐"实践中担负起演奏的工作。这从《周礼》对"乐官"职能的说明就能看出端倪:

> 大司乐:中大夫二人。……以治建国之学政,而合国之子弟焉。
>
> 乐师:下大夫四人,上士八人,下士十有六人;府四人,史八人,胥八人,徒八十人。……掌国学之政,以教国子小舞。……凡丧,陈乐器,则帅乐官。及序哭,亦如之。凡乐官,掌其政令,听其治讼。
>
> 大胥:中士四人。……掌学士之版,以待致诸子。……凡祭祀之用乐者,以鼓征学士,序官中之事。
>
> 小胥:下士八人。府二人,史四人,徒四十人。……掌学士之征令而比之,觥其不敬者,巡舞列而挞其怠慢者。
>
> 大师:下大夫二人。……教六诗:曰风、曰赋、曰比、曰兴、曰雅、曰颂。……大飨,亦如之。大射,帅瞽而歌射节。大师,执同律以听军声,而诏吉凶。大丧,帅瞽而廞;作柩,谥。
>
> 小师:上士四人。……掌教鼓鼗、柷、敔、埙、箫、管、

---

① 王顺然:《周秦时期具有"戏剧"性质的"乐"如何承担道德教化》,《中国哲学史》2018 年第 3 期,页 5。

弦、歌。大祭祀，登歌击拊，下管击应鼓，彻歌。大飨，亦如之。大丧，与廞。凡小祭祀、小乐事，鼓朄，掌六乐声音之节。

磬师：中士四人，下士八人；府四人，史二人，胥四人，徒四十人。……掌、教击磬、击编钟。凡祭祀，奏缦乐。

笙师：中士二人，下士四人；府二人，史二人，胥一人，徒十人。……掌、教吹竽、笙、埙、龠、箫、篪、笛、管，舂牍、应、雅，以教祴乐。凡祭祀、飨射，共其钟、笙之乐。燕乐，亦如之。大丧，廞其乐器。及葬，奉而藏之。大旅，则陈之。

鎛师：掌教鎛乐。祭祀，则帅其属而舞之。大飨，亦如之。

旄人：掌教舞散乐，舞夷乐，凡四方之以舞仕者属焉。凡祭祀、宾客，舞其燕乐。

籥师：掌教国子舞羽、龡籥。祭祀则鼓羽龠之舞。宾客飨食，则亦如之。大丧，廞其乐器，奉而藏之。

籥章：掌土鼓、豳籥。中春昼，击土鼓，龡豳诗，以逆暑。中秋夜迎寒，亦如之。凡国祈年于田祖，龡豳雅，击土鼓，以乐田畯。国祭蜡，则龡豳颂，击土鼓，以息老物。

鞮鞻氏：掌四夷之乐与其声歌。祭祀，则龡而歌之。燕，亦如之。

典庸器：掌藏乐器庸器。及祭祀，帅其属而设筍虡，陈庸器。飨食、宾射，亦如之。大丧，廞筍虡。

司干：掌舞器。祭祀，舞者既陈，则授舞器。既舞，则受之。宾飨，亦如之。大丧，廞舞器。及葬，奉而藏之。（《春官宗伯》）

鼓人：中士六人；府二人，史二人，徒二十人。……掌、教六鼓、四金之音声，以节声乐，以和军旅，以正田役。

舞师：下士二人；胥四人，舞徒四十人。……舞师：掌、教兵舞，帅而舞山川之祭祀；教帗舞，帅而舞社稷之祭祀；教羽舞，帅而舞四方之祭祀；教皇舞，帅而舞旱暵之事。凡野舞，则皆教之。（《地官司徒》）

事实上，《周礼》所见大多乐官都是兼顾"学政"与"典乐"两事。乐官、乐工基本是将祭祀仪式上分管的内容在学校中教授给学子。

从"学校"教育的职能看，他们或总体负责教学设计，或具体负责课程讲授，或担任监督考核之职责等。教"音律"的"乐官"（如"大师"）让俊士们知道什么是准确的音高，教"乐器"的"乐官"（如"小师""磬师"等）让俊士们知道如何制造、演奏乐器，教"舞蹈"的"乐官"（如"旄人"等）让俊士们知道进退的节奏和动作的意义，如此等等。特别的是，在说到"舞师"教授舞蹈技艺时，《周礼》强调："凡野舞，则皆教之。""舞"之行列进退和军旅、阵型、战争等军事相关，故言"皆"以强调各种类型的队列都会在学校传授，俊士们需要对此有一定程度的掌握和运用。如此细致的分科，也代表着俊士们在大学接受着最高水平、最全面的培养，这既可以满足俊士们各有所长、各有所专，又通过多门类的培训，广泛了解不同科目的技艺，以便更加充分地领会"乐"的意义，学会"赏乐"。

从"典乐"祭祀的职能看，参与仪式的乐工也有细致的分工。他们之间的配合，是一场庄严祭祀得以完成的客观保证。依照《周礼·春官宗伯》记载，这当中负责"台前"演奏的乐官有：

> 瞽矇：上瞽四十人，中瞽百人，下瞽百有六十人。……掌播鼗、柷、敔、埙、箫、管、弦、歌。……以役大师。
> 视瞭：三百人，府四人，史八人，胥十有二人，徒百有二十人。……掌凡乐事播鼗，击颂磬、笙磬。
> 钟师：中士四人，下士八人；府二人，史二人，胥六人，徒六十人。……掌金奏。
> 镈师：中士二人，下士四人；府二人，史二人，胥二人，徒二十人。……掌金奏之鼓。
> 鞮鞻氏：下士四人；府一人，史一人，胥二人，徒二十人。……掌四夷之乐与其声歌。

同时，也有专门的乐官负责"后台"工作：

> 典同：中士二人；府一人，史一人，胥二人，徒二十人。……掌六律、六同之和，以辨天地四方阴阳之声，以为乐器。
> 典庸器：下士四人；府四人，史二人，胥八人，徒八十人。……掌藏乐器、庸器。
> 司干：下士二人；府二人，史二人，徒二十人。……掌舞器。

当然，这里也有一些问题。既然负责演奏各种乐器的乐官主要是以"瞽"为代表的四类盲乐师，① 那么演出如何形成统一调度？想要解释这一问题，我们不妨尝试复原"典乐"祭祀的整体过程，看一下诸位乐工，如何在"大司乐""乐师"和"大师"的调度下各司其职，如何在"奏乐"的过程中协同运作，使"典乐"祭祀有条不紊。其过程大致如下。

"大司乐"依照时令确定祭祀之神祇、祖先，则所用之"乐"["乃奏黄钟，歌大吕，舞《云门》，以祀天神"（《春官宗伯》）]便随之确定。之后，"乐师"与"大师"便要依例筹备"乐"的用地、人员、乐器、服饰、排演等。此时，"乐师"充当艺术总监之职，"大师"则是"奏乐"的指挥。一般来说，固定的祭祀都会演奏固定的"乐"，而固定的"乐"亦有固定的乐器、服饰等器材要求，这时"典同"就要负责依照"音律"调试、制造"乐器"，"司干"就要负责准备道具、服饰等材料。"典乐"祭祀之始，由"视瞭"引导"瞽矇"到相应方位的乐器坐好，"钟、镈"二师到体相较大的立式金属乐器前，舞者戴好"司干"准备的服饰、道具，演职人员做好准备等"大师"的开场号令发出。"大师"敲击节奏，带领众"瞽

---

① 郑玄云："无目眹谓之瞽，有目眹而无见谓之矇，有目无眸子谓之瞍。"有人认为天生眼盲之人都在听觉上有神通，称为"神瞽"，故选择四类盲人为乐师；亦有人认为以盲人为乐师也是社会助养的方法。参见郑玄注，贾公彦疏《周礼注疏》，页 518。

朦"开始吟诵,①乐器奏响、舞者登台。舞者由"乐师"引导的"国子""俊士"组成,他们动作统一、行列整齐,并对乐器演奏之曲调、节奏相当熟悉,也清楚自己一举一动所表示的意义。乐章结束,"大师"发出号令,"奏乐"中止,"典庸器"替换准备下一场乐器,舞者更换下一场服饰,如果需要表现少数民族的风气、风俗,就要请"掌四夷之乐与其声歌"的"鞮鞻氏"表演特定段落。如此进行,直至"奏乐"结束、祭祀完毕。

由此过程可见,在"典乐"祭祀过程中,乐工们有着合理的秩序,通过协同调整,完成整个"乐"的演奏。②

总的看来,无论是在"学校"教育的工作上,还是在"典乐"祭祀的活动中,乐官、乐工的职能分工有着统一性与系统性。在"学校"教育中,他们保证俊士们实践课程与理论课程的传授;在"典乐"祭祀中,他们担任表演与辅助的职责。从教育培养的角度看,一方面,俊士们在日常学习时排演、揣摩"大武"乐的不同篇章,获得乐官们细致的教导;另一方面,俊士们在乐官们的引领下,定期参与到"典乐"祭祀中。在祭祀"典乐"时,借助乐官们亲身示范,通过庄严而完整的表演,将先圣先贤的精神再现于舞台之上,俊士们在神秘而充满仪式感的"典乐"中获得一种"明德"的感召。③正是这种关系,不断强化"学校"制度与"典乐"制度的紧密相连,在以"乐"明德的"大学"教育中,树立起俊士们的政治理想。

## 三 以"乐"辅政的"采风"制度

除"学校"和"典乐"制度之外,与"乐"关系密切的还有"采风"制度。一般来讲,"采风"是"乐官"讽谏权的体现,而

---

① "令奏击柎"者,柎所以导引歌者,故先击柎瞽乃歌也。参见郑玄注,贾公彦疏《周礼注疏》,页720。

② 当然,不同的祭祀,"典乐"的情况有出入,乐官分工也会有细节调整。

③ 参见王顺然《从"大武"乐看戏剧教化人心之能效》,《戏曲研究》第104辑,北京:文化艺术出版社,2017,页147。

"采风"谏言包含着三重职责，即了解汇报各地风俗、提供策略意见和举荐人才。

先说"采风"如何了解、汇报各地风俗。《周礼·春官宗伯》记载的"籥章""旄人""韎师""鞮鞻氏"四种"乐官"[①] 和《地官司徒》记载的、负责教授各地乐舞的"舞师"等，都有收集各地风俗的职责。例如"鞮鞻氏"要在"典乐"祭祀时表演不同地域风俗的乐舞，这就要求他不断关注各地风俗变化、动态，对各地的新风尚、新观念及时把握。同时，"鞮鞻氏"还要将其所了解的风俗，恰当地采编在祭祀乐舞之中，在祭祀"典乐"的过程中表演给天子、诸侯乃至俊士们观看，让他们了解各地动态，以便制定有效的政策。

《汉书·艺文志》云："古有采诗之官，王者所以观风俗，知得失，自考正也。"《诗》三百篇，尤其是"出于里巷歌谣"的《国风》一百六十篇，反映了西周到春秋末社会生活的方方面面。有暴露政治弊端、权贵荒淫的诗，如《魏风·伐檀》《魏风·硕鼠》；有控诉徭役的诗篇，如《齐风·东方未明》《王风·君子于役》；有赞美爱情的诗，如《周南·关雎》《秦风·蒹葭》；也有爱国抗敌诗，如《秦风·无衣》《鄘风·载驰》。所谓"饥者歌其食，劳者歌其事"，各地的诗歌、风俗中蕴含着民众的喜怒哀乐，表达了对时政的意见，堪称社会的一面镜子。

《国语·周语上》记，"天子听政，使公卿至于列士献诗，瞽献曲，史献书，师箴，瞍赋，矇诵，百工谏，庶人传语，近臣尽规"，《汉书·食货志》又云，"孟春三月，行人振木铎徇于路以采诗，献之大师，比其音律，以闻于天子"。"行人"即采访员，将所采之风俗交给"大师"来审查、修饰，编订设计祭祀"典乐"。乐官、乐工通过行使"采风"的权力，向上汇报各地民风民情。

乐官又如何通过"采风"对国家行政提供意见策略呢？这里的"提供意见策略"包含很多内容，比如对军事战争的意见、节气农耕

---

① 黎国韬：《先秦至两宋乐官制度研究》，页61。

安排的建议等。以中士"籥章"为例,《春官宗伯》记,"籥章:掌土鼓、豳籥。中春,昼击土鼓、吹《豳》诗,以逆暑。中秋,夜迎寒,亦如之。凡国祈年于田祖,吹《豳》雅,击土鼓,以乐田畯。国祭蜡,则吹《豳》颂,击土鼓,以息老物",孔颖达注曰,"《豳诗》,《豳风·七月》也",贾公彦疏曰:

> 云"《七月》言寒暑之事"者,《七月》云"一之日觱发,二之日栗烈",七月流火之诗,是寒暑之事。云"迎气歌其类也"者,解经吹《豳诗》逆暑,及下迎寒,皆当歌此寒暑之诗也。①

简言之,"籥章"作为一个专管"土鼓、豳籥"的乐官,一方面要对四季更替、气候变化有及时的把握,另一方面要针对不利于农耕的气候提供应对之策。

"举荐人才"也是乐官"采风"的重要职责。"大学"教育是广纳天下英才,而乐官、乐工们则是"得天下之英才而育之"。《礼记·王制》曰:

> 王大子、王子、群后之大子,卿大夫、元士之适子,国之俊选,皆造焉。大乐正论造士之秀者,以告于王,而升诸司马,曰进士。……将出学,小胥、大胥、小乐正简不帅教者,以告于大乐正,大乐正以告于王。王命三公、九卿、大夫、元士皆入学。不变,王亲视学。不变,王三日不举屏之远方,西方曰棘,东方曰寄,终身不齿。

俊士们临近毕业时,"大乐正"(即"大司乐")就可以举荐那些优秀的人才,入朝承担适合的行政工作。同时,小胥、大胥、小乐正逐级检举不遵循教导的子弟以报告大乐正,大乐正再报告给天子。天

---

① 郑玄注,贾公彦疏:《周礼注疏》,页741。

子命三公、九卿、大夫、元士到学校去帮助教导这些子弟；如果还没有改进，天子就亲自到学校劝诫；如果还不改变，天子就三天用膳不奏乐，并（忍痛）驱逐这些不遵循教导的子弟。一方面，配合"大乐正"完成相关的教学工作、帮助学校成功培养人才，是自天子、三公以至于百官的共同责任；另一方面，朝堂之士多是经过学校的培养，"大乐正"因此具有崇高的学统地位。

还有诸如"保氏"等以讽诵"掌谏王恶，而养国子以道"的官员，也同样处在以"乐"为核心的制度之中。这样看"采风"辅政，既能通过搜集民间诗曲歌谣、故事传说，了解民情民意、体察国政之得失；又能利用"乐"所代表的先进文化，处理应对军事、农耕、祭祀等政治重大事件；更能在培养、举荐人才的过程中，推动社会人才的流动，为国家发展提供源源动力。

所谓"王者不窥牖户而知天下"，"采风"制度的建立形成周以"乐"辅政的传统，让整个先秦社会生活形成一个以"乐"为联系的、流动的整体，这就使社会活动之政治、文化、生活的不同分支、各个角落更加紧凑。"采风"制度对后世政治"纳言""讽谏"制度的建立，也有着很深远的影响。

## 结　语

通过梳理《周礼》《礼记》等经典文献中对先秦乐事的记载，①我们可以看到，以"乐"教化的"学校"制度，在传递、教授"乐"之诗、曲、舞等艺术形式的过程中，唤醒了个体的德性意识；以"乐"实践的"典乐"制度，在参与、体验"乐"的严肃和神秘的过程中，树立了士人对家国天下的责任感与担当意识；而以"乐"辅政的"采风"制度，使得社会流动、意见互通、风俗教化成为可

---

① 相关材料主要集中在《周礼》之《春官宗伯》《地官司徒》和《礼记》之《文王世子》《王制》《学记》等篇目。学界一般认为《周礼》《礼记》成书晚于战国时期，其中所记录的制度除部分有迹可循外，更含有理想设计的成分。

能。围绕"乐"所设计、形成的"学校""典乐""采风"等制度，使得先秦人才培养得到保障、人才举荐进入良性循环。

**【作者简介】**

王顺然，香港中文大学哲学博士，深圳大学饶宗颐文化研究院副教授、特聘研究员。研究专长为中国哲学、传统乐教。主持国家社会科学基金青年项目"先秦诸子乐论研究"（20CZX024）。

# 君子之乐[*]

## ——《论语》之始

### 娄 林

### （中国人民大学古典文明研究中心）

古人重始,《礼记·经解》曾引《易纬》:"君子慎始。"政治生活——以《礼记·学记》言之,即"建国君民",当以教学为始;而教学,同样重始,故《尚书》佚篇《兑命》中有"念终始典于学"之言——《礼记》中的《文王世子》和《学记》两篇皆引此文。"始"之所以重要,不唯其是行为立事的开始,更在于它是所习之"典"的开始,因为对古代经典的重视程度和学习方式决定了一个时代的基本精神质量,而学者的性情与为学也都因此而开其端绪。学典之始当然是典籍的开篇,所以六经开卷的篇目通常有深意存焉。

《诗经》以《关雎》为首,据鲁诗所解:"后妃之制,夭寿治乱存亡之端也……孔氏大之,列冠篇首。"齐诗之解亦极了然:"孔子论《诗》,以《关雎》为始……纲纪之首,王教之端也。"[①]《尚书》以《尧典》为先,正义曰:"以此第一者,以五帝之末接三王之初,典策既备,因机成务,交代揖让,以垂无为,故为第一也",以今人的说法,"更深一层的意义〔在于〕……《尧典》的内容,有三项是主要的,一是制历,二是选贤德,三是命官",[②] 意即自尧开始才确

---

[*] 本文原载程志敏、张文涛主编《从古典重新开始:古典学论文集》,上海:华东师范大学出版社,2015。

[①] 王先谦撰:《诗三家义集疏》,吴格点校,北京:中华书局,1987,页4。

[②] 金景芳、吕绍纲:《〈尚书·虞夏书〉新解》,沈阳:辽宁古籍出版社,1996,页5。

立了政治的真正制度和品性。《仪礼》以《士冠礼》为先，若依《礼记·冠义》的说法，可谓一目了然："冠者，礼之始也，是故古者圣王重冠。"《周易》以乾卦为始，《彖传》释曰"大哉乾元！万物资始，乃统天"。《文言》进而述之："乾始能以美利利天下，不言所利，大矣哉！"《春秋》以隐公为编年之始，经文首句"元年春，王正月"。《公羊传》解释："元年者何？君之始年也。春者何？岁之始也。王者孰谓？谓文王也。曷为先言王而后言正月？王正月也。何言乎王正月？大一统也。"字字言乎其正，即汉世董仲舒所言"《春秋》大一统者，天地之常经，古今之通谊也"（《汉书·董仲舒传》）。

同样，无论《论语》的作者或编者是谁，① 其开篇自然也不外乎此，传之释经，其旨并无二致。《论语·学而》首章曰：

子曰："学而时习之，不亦说乎？有朋自远方来，不亦乐乎？人不知而不愠，不亦君子乎？"

本章何以作为《论语》之始，历代不乏解读，如清儒梁清远《采荣录》说：

《论语》一书，首言为学，即曰悦，曰乐，曰君子，此圣人最善诱人处，盖知人皆惮于学而畏其苦也，是以鼓之以心意畅适，动之以至美之嘉名，令人欣羡之意，而不得不勉力于此也。此圣人所以为万世师表。②

梁清远的说法固然有理，孔子教人，善于劝诱其学，但孔子之为

---

① 《论语崇爵谶》："子夏六十四人，共撰仲尼微言。"《汉志》："《论语》者，孔子应答弟子、时人及弟子相与言而接闻于夫子之语也。当时弟子各有所记。夫子既卒，门人相与辑而论纂，故谓之《论语》。"郑玄："仲弓、子游、子夏等撰定。论者，纶也，轮也，理也，次也，撰也。"《文选·辩命论注》引《傅子》："昔仲尼既殁，仲弓之徒追论夫子之言，谓之《论语》。"

② 梁清远撰：《雕丘杂录·采荣录》，《续修四库全书》第 1135 册，上海：上海古籍出版社，2002，页 328。

万世师表，劝勉于学是远远不够的——即便是首章三句，意蕴也远不止于"劝学"。

## 一 乐"始乎诵经"

但"学而"一章的确关乎对为学之人的劝勉。首句"学而时习之，不亦说乎"，《论语集解》："诵习以时，学无废业，所以为悦怿。"学习过程中的所得，能够令学者产生愉悦之情，所以，历代对这一章的注解，自《论语集解》以来都强调学习之悦的效果，并以这样的愉悦效果勉励学者的向学之心。皇侃的疏解似乎更为圆通，他融入了学本身的"可欣之处"："知学已为可欣，又能修习不废，是日知其所亡，月无忘其所能，弥重为可悦，故云不亦悦乎。"至朱子《论语集注》，强调学与习的共同效果："既学而又时时习之，则所学者熟，而中心喜说，其进自不能已矣。"[①]

但学习毕竟有所内容，终究不能凭空向学。在朱子看来，令"中心喜说"的学习内容是什么呢？他在《论语集注》正文的第一句注解是："学之为言效也。人性皆善，而觉有先后，后觉者必效先觉之所为，乃可以明善而复其初也。"学之言效言觉，并非新见，《礼记·学记》中就引用过《兑命》中的"学学半"，前一个"学"读为斅，《说文》："斅，觉悟也。"但关键在于，所学所效者，究竟是什么？根据朱子这里的讲法，人性皆善，先觉者之所觉悟，就是先明此性之善，从而"复性"。朱子对《论语》《孟子》极其重视，"某自三十岁便下工夫，到而今改犹未了，不是草草看者"。[②] 那么，朱子开篇言性，当然不可"草草"看过，而是将性之复视作为学之"始"。

自朱子这番解释之后，宋明诸儒的解释几乎均在"性"字或究性之"理"上下功夫。这样，《论语》之"学"的方向似乎就是对性和理的探究：

---

[①] 朱熹撰：《四书章句集注》，北京：中华书局，1983，页47。
[②] 黎靖德编：《朱子语类》卷一一六，王星贤点校，北京：中华书局，1986，页2799。

> 论天地之性，则专指理言；论气质之性，则以理与气杂而言之。未有此气，已有此性。气有不存，而性却常在。虽其方在气中，然气自是气，性自是性，亦不相夹杂。①

如此，"古人学问便要穷理、知至"。②

为学之道遂成穷理尽性之学。所以，朱子与学生在探讨"学而时习之"一章的意蕴时，更多是从理、性和心上谈论"学"，若以今日话语言之，就是对"学"本身进行形而上的探讨和个体的心性修养。③

可是，孔子如何言性？我们试着从《论语》中有所发现。根据子贡的说法，"夫子之文章，可得而闻也；夫子之言性与天道，不可得而闻也"（《公冶长》）。《论语》中第一次出现"性"的地方恰恰是否定之辞。朱子训"文章"为"威仪文辞"，他承认：

> 夫子之文章，日见乎外，固学者所共闻；至于性与天道，则夫子罕言之，而学者有不得闻者。盖圣门教不躐等，子贡至是始得闻之，而叹其美也。④

善为朱子辩护的简朝亮也无法继续：

> 此《集注》有朱子未及修者焉。其释文章者，以威仪释之，盖杂也。威仪，谓见不谓闻也。其以文辞释之，盖泛也。⑤

---

① 黎靖德编：《朱子语类》卷五，页67。
② 黎靖德编：《朱子语类》卷五，页86。
③ 参见黎靖德编《朱子语类》卷二十，页446—450。
④ 朱熹撰：《四书章句集注》，页79。
⑤ 简朝亮：《论语集注补正述疏：附〈读书堂问答〉》上册，唐明贵、赵友林点校，上海：华东师范大学出版社，2013，页296。

子贡所"闻"之文章，自然不可能仅为威仪。无论我们是否认同戴望和刘宝楠视"文章"为《诗》《书》礼乐的训释，至少，从《论语》此章可闻与不可闻的区分，我们可以清晰地看出孔子教诲的等级区分，高才如子贡者也有无力通达的教诲。子贡无力通达的教诲，关乎"性与天道"，那么，"性与天道"作为"深微"（《论语集解》）之教，连子贡这样的高才都无力为之，孔子怎么可能在学者为学之初便以此教人？如此看来，若依从孔子的看法，复其初性就不应该是"学而时习之"的内容。

回到"学而时习之，不亦说乎"，"说"或许能够启发我们理解学的内容，因为在《论语》中，孔子还明确提到自己的弟子之悦：

> 子曰："回也非助我者也，于吾言无所不说。"（《论语·先进》）

"无所不说"即所学皆悦。颜回之非助孔子，是历来解释本章的重点，但这并非本文的关注，姑且不论。孔子对颜回的学习总是盛赞有加，哀公问及谁人好学，孔子回答："有颜回者好学，不迁怒，不贰过。不幸短命死矣！今也则亡，未闻好学者也。"（《雍也》）所以，孔子才能够"与回言终日"（《为政》），"终日"一词表明孔子与颜回之间言谈程度之深。那么，颜回对于孔子无所不悦的"吾言"究竟是什么？历来的释义几乎都没有任何解释，只是泛泛称之为"言"，只有邢昺的《注疏》以子夏作为对比"若与子夏论《诗》，子曰：'启予者商也。'如此是有益于己也"。我们或可推断，孔子之言就是与颜回论述《诗》等六经之言。颜回对于孔子的教诲无所不悦，反过来推论，就是颜回之所悦，是孔子的六经之教。但是，纵然孔门弟子，达到"说"的状态也并非易事：

> 冉求曰："非不说子之道，力不足也。"子曰："力不足者，中道而废。今女画。"（《论语·雍也》）

冉有是孔门十哲中精于政事科的高徒（《先进》），但即便如此，他也曾力有不逮，虽然这是由于冉有个人不精进的缘故，为学精进者依然可以"说子之道"。孔子的回答其实有两层含义：其一，冉有是故步自封，他的教诲实际上足以令冉有得到学子之悦；其二，力不足者虽然中道而废，也未必不悦——所谓"废"，"古通置，置于半途，暂息之，俟有力而肩之也"。① 这是一条孜孜不倦的求学之路，学者或未必皆成颜回，但是，通过学习孔子之言之道，"不亦说乎"会成为真实的生命力量和感觉。

孔子之言自非空言。司马迁记载：

> 故孔子闵王路废而邪道兴，于是论次《诗》《书》，修起礼乐。适齐闻韶，三月不知肉味。自卫返鲁，然后乐正，雅颂各得其所……故因史记作《春秋》，以当王法，其辞微而指博，后世学者多录焉。（《史记·儒林传》）

又据《孔子世家》：

> 孔子晚而喜《易》，序彖、系、象、说卦、文言。读《易》，韦编三绝。曰："假我数年，若是，我于《易》则彬彬矣。"

但是，孔子用以教学的内容则是《诗》《书》礼乐，"弟子盖三千焉，身通六艺者七十有二人"（《孔子世家》）。这就是说，孔子对自己删定的六经，在施教过程中有一个等序的差异，有可教之经，有不可轻教之经。而且，即便是"可得而闻之"之教，学而力不足者亦是学习的常态。那么，在学之开端，则务必以《诗》《书》礼乐为本，根据《礼记·王制》中的说法便是：

> 乐正崇四术，立四教，顺先王《诗》、《书》、礼、乐以造

---

① 黄式三撰：《论语后案》，张涅、韩岚点校，南京：凤凰出版社，2008，页150。

士，春秋教以礼、乐，冬夏教以《诗》《书》。

《诗》《书》礼乐之教，是"造士"之教。孔子之教，智性上的发端既不是开始，也不是目的——虽然是达成的效果之一。所谓"士"：

> 子贡问曰："何如斯可谓之士矣？"子曰："行己有耻，使于四方，不辱君命，可谓士矣。"曰："敢问其次。"曰："宗族称孝焉，乡党称弟焉。"曰："敢问其次。"曰："言必信，行必果，硁硁然小人哉！抑亦可以为次矣。"曰："今之从政者何如？"子曰："噫！斗筲之人，何足算也！"（《论语·子路》）

《学记》明言教学的根本目的是"化民成俗"，化民成俗的方法却不是开发民智，因为民智之开并不可能："唯上知与下愚不移"（《阳货》），真正的做法是培养士人君子，令其"知类通达，强立而不反"，"夫然后足以化民易俗，近者说服而远者怀之"。这才是真正的士，是"行己有耻，使于四方，不辱君命"的从政与教化者。倘若学习的过程因个人才情学力的限制，不足以成为通达之士，但学者还是可以做到"言必信、行必果"，再次者还可以"宗族称孝焉，乡党称弟焉"，这些都可谓"士"。正是通过不同层次的"士"的教育，风俗才可因之而移于良善。那么，学者之悦从根本上来说，就不是智性开发带来的愉悦，而是因学习而得到为人立世的德性根基，并由此而成为有益于政治生活的有德之士，学者由此而心生愉悦。所以，紧随第一章，《学而》第二章说道：

> 有子曰："其为人也孝弟而好犯上者，鲜矣！不好犯上，而好作乱者，未之有也。君子务本，本立而道生。孝弟也者，其为仁之本与！"

反之，如果以智性为学的开端和乐处，学者则会因智性开发而丧失节制，倘若竭尽性、理之学，鼓吹智性，并以之为学之端，很容易成为不负责任的教育，因为为学之人多是中人："中人以上可以语上，中人以下不可以语上。"（《雍也》）这句话通常被视为孔子对人的类型的区分，但实际上还暗含了一个衡量和教育的标尺：中人。中人是教育的主体，是政治生活中的活动主体，唯有中人得到《诗》《书》礼乐的熏习而成其德性，整个社会的道德根基才能由此确立，而中人并不是智性开发的恰当对象：

> 孔子曰："中人之情，有余则侈，不足则俭，无禁则淫，无度则失，纵欲则败。饮食有量，衣服有节，宫室有度，畜聚有数，车器有限，以防乱之源也。故夫度量不可不明也，善言不可不听也。"（刘向《说苑·杂言》）①

中人的性情根基容易朝向放纵一面，只有"饮食有量，衣服有节，宫室有度，畜聚有数，车器有限"，才能防止其纵乱，而要做到这些，需要的不是智性上的理解，而是内心真实认可的礼的约束。② 开发中人的智性，不但不足以达成节制，更可能的局面或是其人因智性开发而更加放肆。

那么，"学恶乎始？……曰：其数则始乎诵经"（《荀子·劝学》）。此经则《诗》《书》礼乐。当"学"面向不知其天性（或天性未定）的学者时，保守而有效的做法，以作为可闻之文章的《诗》《书》礼乐为为学之始，以德性固其始基，这既可以作为更高的智性学习的智力根基，也是约束智性的道德根本。

---

① 语或本《孔子家语·六本》："孔子曰：'中人之情也，有余则侈，不足则俭，无禁则淫，无度则逸，从欲则败。是故鞭扑之子，不从父之教；刑戮之民，不从君之令。此言疾之难忍，急之难行也。故君子不急断，不急制。使饮食有量，衣食有节，宫室有度，畜积有数，车器有限，所以防乱之原也。'"

② 《礼记·坊记》："礼者，因人之情而为之节文，以为民坊者也。故圣人之制富贵也使民富不足以骄，贫不至于约，贵不慊于上，故乱益亡。"

## 二　君子之乐

一般来说,"有朋自远方来,不亦乐乎"与"人不知而不愠,不亦君子乎"是学者为学的进阶。所谓朋,是指有着共同追求和志向之人,《周易·兑卦·象传》:"君子以朋友讲习。"《周易正义》解释:"同门曰朋,同志曰友。"所以《白虎通·辟雍》云:"师弟子之道有三,《论语》曰'朋友自远方来',朋友之道也。"这是后来关于此处文本是"有朋"还是"友朋"争论的直接证据。① 不过,无论原初文本是否为"友",释者通常都将"朋"解释为"朋友","朋"与"友"在古代文本经常并列出现,尤其是"朋友"连用,② 这意味着"朋"与"友"之间同门或同道的区分并不严格。③ 此处关键在于,"远方"之来者所以成为"朋"或"友朋",是由于因学而兴起的共同志趣(邢昺:"同其心意所趣乡也。"),从而"不亦乐乎",如刘宝楠所言:

> 此文"时习"是"成己","朋来"是"成物"。但"成物"亦由"成己"。既已验己之功修,又以得教学相长之益。人才造就之多,所以乐也。

"乐"即是学习之乐,尤其是共同学习之乐,皇侃引《学记》:"独学而无友,则孤陋而寡闻。"《学记》中还有"三年视敬业乐群"的教学次第,以及"安其学而亲其师,乐其友而信其道,是以虽离师辅而不反也"的君子之学。前者可谓小乐,是大学之学初阶不久

---

① 阮元《论语校勘记》:"旧本皆作'友'字。"《论语集释》,页 5;另参见冯登府《异文考证》。

② "友朋"连用可参《左传》庄公二十二年引诗"翘翘车乘,招我以弓。岂不欲往,畏我友朋",《风俗通义·皇霸·六国》亦引。"朋友"连用则随处可见,《学而》有"与朋友交而不信乎?"余不一一列举。

③ 郑玄注《周礼·大司徒》:"同师曰朋,同志曰友。"

的乐群好学，敬爱自己的所学之典；后者可谓大乐，学者已进"大成"，因此，"乐"伴随着学习的整个过程——如果把"说"理解为较之小乐略低的乐，那么，乐既是学习之始，也是学习之成。在这个意义上，"乐"与后半句的"君子"就没有一种学习等次的关系，而是相互交融的成德气象，比如《学记》在"乐其友而信其道"之前的文字是："故君子之于学也，藏焉修焉，息焉游焉。"故紧随"乐"之后，言"君子"也正得其宜。

"人不知而不愠"，似乎是对君子是否成学的考验。经由所学与朋友的切磋琢磨，学者或已有所成，但还要做到"人不知而不愠"，方可谓君子。但是，何谓"不愠"，向有两解：

> 一言古之学者为己，己学得先王之道，含章内映，而他人不见知，而我不怒。……又一通云，君子易事，不求备于一人，故为教诲之道，若人有钝根不能知解者。君子恕之而不愠怒之也。（皇侃《论语义疏》）

朱子主第一种解释，《朱子语类》中有更明晰的说法，将学者之"不愠"看作一种内在的精神修炼，这种修炼关键在于"为善乃是自己当然事，于人何与"。[①] 这与孔子"古之学者为己"（《宪问》）的说法并不相悖，荀子后来将此解释为"君子之学也，以美其身"（《荀子·劝学》），但为己之学不止于此。"夫仁者，己欲立而立人，己欲达而达人。"（《雍也》）为己之学，并不是纯然的内修之学，而是必然与他人相关，若依照皇侃第二种解释可能，即谓君子之学，终究是要成"教诲之道"，即《学记》所言"君子既知教之所由兴，又知教之所由废，然后可以为人师也"。只是在教诲之际，因忠恕之德而不求全责备。所以，这两种解释看似有别，但其实只是君子为学与为教的两个阶段。若是过于强调第一种解释，则很容易流为个人心性之学，而不是关乎政治生活的整体学问。更重要的是，"远

---

① 黎靖德编：《朱子语类》卷二十，页453。

来"在先秦典籍中的意蕴几乎都与求学无涉,而是政治品性的某种标志;同样,所谓"愠",也是一种政治德性不足的表现。"有朋自远方来",其乐之所在,固然与自我修习之乐相关,但既然经过"学而时习之",为什么还要着意强调共学之乐?同样,"人不知而不愠"者为君子,君子固然慎独,但君子之为君子,正如《白虎通·号篇》之言:

> 或称君子何?道德之称也。君之为言群也;子者,丈夫之通称也。故《孝经》曰:"君子之教以孝也,下言敬天下之为人父者也。"何以言知其通称也,以天子至于民。故《诗》云:"凯弟君子,民之父母。"《论语》云:"君子哉若人。"此谓弟子。弟子者,民也。

虽然孔子将君子的政治统治意味转向道德层面,但这并不意味他取消了君子的政治意味,毋宁说,他在更本质的意义上充实了君子的意义。

我们首先看"远来"。《子路》曰:"叶公问政。子曰:'近者说,远者来。'"《季氏》:"丘也闻有国有家者,不患寡而患不均,不患贫而患不安。盖均无贫,和无寡,安无倾。夫如是,故远人不服,则修文德以来之。既来之,则安之。"《子张》:"夫子之得邦家者,所谓立之斯立,道之斯行,绥之斯来,动之斯和。"在《论语》中,"来"字除了表示时间和动作的普通含义之外,[①] 其余凡言及"来"处,均是远人之来。那么,"有朋自远方来",首先的意味就是远来之服,因"学而时习之"而具文德,若以为政,则"远者来"。

但是,所来者,在类似的语境中,并不会明确为"朋"或是"民"。比如《荀子·议兵》:

> 近者亲其善,远方慕其德,兵不血刃,远迩来服,德盛于此,

---

[①] 即此三处:《子罕》:"后生可畏,焉知来者之不如今也?"《阳货》:"来!予与尔言。"《微子》:"往者不可谏,来者犹可追。"

施及四极。《诗》曰:"淑人君子,其仪不忒。"此之谓也。①

荀子所言远方之人,钦慕其德而归服,虽不能明确为"朋"或"民",但就此处所引《鸤鸠》之句"淑人君子,其仪不忒"而言,当是君子对民的吸引,而此处"四极"正可对应原诗中的"正是四国",其来服者,自然是四国或四极之民。

而在"有朋自远方来"中,则对来者有确实的限定:"朋友。"朋友当然不是民,但是,志气相同者则与此处之君子共为君子,因此,所来之朋暗含了两层意蕴。其一,君子之治,当然不是独夫之治,《礼记·祭义》:"先王之所以治天下者五:贵有德,贵贵,贵老,敬长,慈幼。"贵有德君子是政治的第一要义,程功积事,推贤而进达。《荀子·王制》首句"请问为政",荀子之答第一条便是"贤能不待次而举"。因此,远来之朋,便形成一个有德的君子共同体,这才能够维持一个政治社会的道德根基。其二,唯有朋来,才能民来。能够检视君子的,唯有君子,民或不知君子相惜之处,但能够有感于行德行仁的共同气象,因此才可能有远来的局面,因此,"朋来"事实上是远方民众来附的桥梁。

"朋来"如果作此理解,那么,"人不知而不愠"的君子,当然也就不止于内修其德的境界,而必然与政治生活相关。所谓愠,旧本《说文》释为"怒",段注以为"怨",但他也承认"有怨者必怒之"。怨怒作为负面情绪,当然不是君子所当有。六经中唯有《诗经》中两次出现"愠"字。《大雅·绵》:"肆不殄厥愠、亦不陨厥问。"据《齐诗》《绵》之作,"人之初生揆其始,是必将至着有天下也"。② 此诗是赞周之勃兴。周代的礼乐之备是异于夷狄的根本,

---

① 另参见《解蔽》,亦有类似说法:"文王监于殷纣,故主其心而慎治之,是以能长用吕望,而身不失道,此其所以代殷王而受九牧也。远方莫不致其珍;故目视备色,耳听备声,口食备味,形居备宫,名受备号,生则天下歌,死则四海哭。夫是之谓至盛。《诗》曰:'凤凰秋秋,其翼若干,其声若箫。有凤有凰,乐帝之心。'"

② 王先谦撰:《诗三家义集疏》,页834。

本句所言之"愠",是夷狄对周之怨恨,"言昆夷愠怒于我"。① 另一处"愠"则屡屡为后世所引:"忧心悄悄,愠于群小"(《柏舟》),群小者,群小人也,"以不听群小人之言,而为所愠怒"。② 综合这两处的诗意,"愠"的政治义涵泠然可现,亦可对观《夬卦》九三爻:"君子夬夬独行,遇雨若濡,有愠,无咎。"

这种怨恨之情,出自文教和德行的低层,因其对更美好事物和美好生活的无知而心生"愠"情。③ 君子断乎不能有这种阴郁的情感。夷狄与群小之愠,恰恰出自其"不知","愠"字本身蕴含的意义就已经昭示,君子如果同样因人之不知——无论是不知己之才德或是不知己之教化——而愠怒,那么,这就将是一种无知之怒。其无知有二。一是对人性缺乏真正的洞察,孔子屡屡言及人性的差序,上知、中人与下愚之别,是人类政治生活中极其常见的现实。因人之无知于己之德才而怒,或是因己之教化(即今日所谓启蒙)难行而怒,都是出自对人性的过高估计,这当然也是无知之一种。二是对政治教化缺乏认识。《学记》在言及教育君子的过程中,都仍然清晰地区分了可教与不可教的差异:"力不能问,然后语之;语之而不知,虽舍之可也。"更何况,教化的根本并不在于"知"的进阶,而是以君子之德行为民则。④ 因人之不知而愠,则必然陷入"知"的困境而沦为愠怒之群小——这与君子之乐截然相反。

## 三 孔子之乐

《论语》首章既是劝学,亦是君子为学、为政之道。由学开始,成君子终,这既是首章的要义,也可称为《论语》全书的要义。但

---

① 钱澄之撰:《田间诗学》,朱一清点校,合肥:黄山书社,2005,页685。
② 王先谦撰:《诗三家义集疏》,页132。
③ 《说文》:"情,人之阴气有欲者。"
④ 这种"则"以天子之法天地为始,百官之法天子为其要:"天子者,与天地参。故德配天地,兼利万物,与日月并明,明照四海而不遗微小。其在朝廷,则道仁圣礼义之序;燕处,则听雅、颂之音;行步,则有环佩之声;升车,则有鸾和之音。居处有礼,进退有度,百官得其宜,万事得其序。"(《礼记·经解》)

是，稍读《孟子》与《公羊传》，便会产生一个正常的联想，既然开篇如此重要，那么，这里的"君子"与孔子是何关系？毕竟，《孟子·尽心下》中曾以君子指代孔子："君子之戹于陈蔡之间，无上下之交也。"而据公羊家，《公羊传》中的君子大多数时候是指孔子："君子谓孔子也。"（何休《解诂》释桓公五年春《传》文曰："君子疑焉。"）①《论语》中的君子虽然不能视为孔子直陈己事，但是，在更高的意义上，开篇的"君子"具有暗指孔子的意蕴，这种可能性必然存在于"学"的最高层次。

孔子周游列国而不得用，"自周反鲁，道弥尊矣。远方弟子之进，盖三千焉"。这是《孔子家语·观周》中的说法，此处"远方"与弟子相连，弟子自远方而来，若与"有朋自远方来"相比，"朋"自然就可能指孔子的弟子，所以宋翔凤在《论语说义》中将"朋"解释为"弟子"。这并不是宋翔凤的一己私见，潘维城《论语古注集笺》中也持相同的看法，因为除了《孔子家语》的记载，还有不少早前的文本都有类似的记述。据《史记·孔子世家》，定公五年，"鲁自大夫以下皆僭离于正道。故孔子不仕，退而修《诗》、《书》、礼、乐，弟子弥众，至自远方，莫不受业焉"。弟子自远方而来。西汉末世，刘向记曰："孔子在州里，笃行孝道，居于阙党，阙党之子弟畋渔，分有亲者多，孝以化之也。是以七十二子，自远方至，服从其德。"（《新序·杂事一》）孔子弟子自远方而来，正是"有朋自远方来"最为恰当的现实写照。因此，以"远方"来者为孔门弟子，至少在汉代是一种平常的看法，比如，司马迁在《史记·儒林列传》中叙述鲁诗的传授者申培时写道："弟子自远方至受业者百余人。申公独以诗经为训以教，无传（疑），疑者则阙不传。"这当然是在模仿对孔子的描述，并且表明远方来者为求学弟子，是"远方"这个词语的义项之一，甚至成为形容儒师卓异的惯

---

① 庄公七年《春秋》："夜中星霣如雨。"《公羊传》："不修《春秋》曰：'雨星不及地尺而复。'君子修之曰：'星霣如雨。'何以书？记异也。"明言孔子修《春秋》。

用写法。① 称"远方"必然为来学的弟子，这自然是以偏概全；但是，一旦将"有朋自远方来"与孔子自身的经历并置考虑时，或者说，当我们把《论语》首章施诸孔子自身时，与孔子教授弟子的事略多有契合。

孔子之言"人不知而不愠，不亦君子乎"之"愠"，明显与《诗经》中"忧心悄悄，愠于群小"具有义脉上的直接关联。孟子尝言："士憎兹多口。《诗》云：'忧心悄悄，愠于群小。'孔子也。'肆不殄厥愠，亦不陨厥问。'文王也。"（《孟子·尽心下》）②孟子举《诗经》中仅见的两处与"愠"相关的诗句，以表达孔子和文王之愠于群小或夷狄。据孟子所言，孔子正是为"不知"的群小所愠怒，反之，此处若以"君子"为孔子，则孔子之为君子，正是其不愠之故。《柏舟》诗中愠怒的群小，除去其道德意义，还有实际的政治义涵，指"卫之群臣"（《诗三家义集疏》，页132）。同样，此处"不知"之人非但不知，同样有所愠怒，与作为君子的孔子正好相反。与《诗》意类似，"人不知而不愠"之人，既不是概称之人，也与民不同，因为"民无能名焉"，而所谓"人"其实是具有相当政治权力者，具有诸如参政议政以及军事权力。③ 一言以蔽之，与"群小"一样，是国家中实际运转政治权力的人，但于孔子之时，非但没有"知"孔子的能力，反而心生愠怒。郑玄对《礼记·儒行》"儒有不陨获于贫贱，不充诎于富贵，不慁君王，不累长上，不闵有司，故曰儒"的注解，正可以为此愠之脚注："言不为天子、诸侯、卿、大夫、群吏所困迫而违道，孔子自谓也。"孔子恰恰受此困迫，孔颖达引《史记》详细解释了这种因愠而导致的

---

① 比如晋人皇甫谧《高士传》言经师挚恂和姜肱："挚恂字季直，伯陵之十二世孙也。明《礼》《易》，遂治五经，博通百家之言。又善属文，词论清美，渭滨弟子、扶风马融、沛国桓驎等，自远方至者十余人。……肱习学五经，兼明星纬，弟子自远方至者，三千余人，声重于时。"

② 焦循撰：《孟子正义》，沈文倬点校，北京：中华书局，1987，页979—980。另参见姚永概《孟子讲义》，陈春秀点校，合肥：黄山书社，1999，页253。

③ 参见赵纪彬《释人民》，《论语新探》，北京：人民出版社，1976，页1—28，尤参页23—24；另参文集中《君子小人辨》，页98—135。

"辱类":"在鲁,哀公不用;在齐,犁锄所毁;人楚,子西所谮;适晋,赵鞅欲害;伐树于宋,削迹于卫,畏匡厄陈。"

宋翔凤在解释"人不知而不愠"时便明言:"'人不知而不愠',谓当时君臣皆不知孔子,而天自知孔子,使受命当素王,则又何所愠于人。盖人心之不失,纲维之不坏,皆系于学。"(《论语说义》)由此,"学而时习之"虽为开篇首句,但是从意义脉络上讲,恰恰是孔子在人所不知之后,垂之后世所必需的经典教育与文教根基。要之,本章可视为孔子的一生事实,即如阮元所言:

"人不知"者,世之天子诸侯皆不知孔子,而道不行也。"不愠"者,不患无位也。学在孔子,位在天命,天命既无位,则世人必不知矣,此何愠之有乎?孔子曰"五十知天命"者,此也。……此章三节,皆孔子一生事实,故弟子论撰之时,以此冠二十篇之首。①

然则,开篇首章若是夫子一生行状,君子是谓孔子,那么,"说""乐"与"不愠"哪一个才是孔子最恰当的描绘?必然是"乐",因为"说"只是学之开端的情绪,而"不愠"作为否定性的说辞,不能作为本质的说明,更重要的是,除了三者的比较,"乐"更关系到孔子一生行为的根本意义——戴望《论语注》释此章:"下学上达,君子之事。《春秋传》曰:'末不亦乐尧舜之知君子',明凡人不知。"② 孔子之乐不只是个人修养之乐,也不仅是孔子于其时一生为学为教之乐,更在于这种乐贯通诸种乐处,并在最高的意义上确立了后世文教的保守品性与政治的道德内涵。

哀公十四年,孔子《春秋》绝笔之年,以"春,西狩获麟"终其篇章,《公羊传》曰:

---

① 阮元撰:《揅经室集》,邓经元点校,北京:中华书局,1993,页50。
② 戴望注,郭晓东校疏:《戴氏注论语小疏》,上海:华东师范大学出版社,2014,页38。

何以终乎哀十四年？曰：备矣！君子曷为为《春秋》？拨乱世，反诸正，莫近诸《春秋》。则未知其为是与？其诸君子乐道尧舜之道与？末不亦乐乎尧舜之知君子也？制《春秋》之义以俟后圣，以君子之为，亦有乐乎此也。

《公羊传》终篇言"乐"，而《论语》开篇言"乐"。表面而言，《论语》的"乐"只是学习之乐，但真正的学一定关乎个人品性之学，关乎政治之学，所以孔子一生可以为楷模，"今世行之，后世以为楷"。

**【作者简介】**

娄林，中国人民大学古典文明研究中心副教授，《经典与解释》辑刊主编。研究专长为中西古典学。主持国家社会科学基金后期资助项目"莎士比亚《李尔王》与现代思想的兴起"（18FWW012）。

# 论孔子律法*

## ——以《孝经》五刑章为中心的讨论

### 唐文明

### （清华大学哲学系）

《孝经》五刑章文字简短，意涵丰富，主旨是孔子论"罪莫大于不孝"：

> 子曰："五刑之属三千，而罪莫大于不孝。要君者无上，非圣人者无法，非孝者无亲，此大乱之道。"

此章经文分为两节，前节将不孝之罪与五刑之罪相对照，明言不孝为最大的罪，后节将"要君者无上"与"非圣人者无法"与"非孝者无亲"连说，明言此三者为大乱之道，从上下文看应当是对"罪莫大于不孝"的进一步阐发。如此陈述并不意味着此章经文的意蕴已全然明晰：不仅前后两节的核心断言需要进一步解释，前后两节之间的意义关联也需要进一步解释。

## 一

首先来看"五刑之属三千"。对于此句，郑玄注曰：

---

\* 本文原刊于《孔子研究》2024 年第 2 期。

正刑有五，科条三千。五刑者，谓墨、劓、宫割、膑、大辟。穿窬盗窃者墨，劫贼伤人者劓，男女不以礼交者宫割，逾人垣墙、开人关籥者膑，手杀人者大辟。各以其所犯罪科之。条有三千者，谓以事同罪之属也。①

在《尚书·吕刑》中，五刑之次序按照由轻至重排列为：墨、劓、剕、宫辟、大辟。② 既然刑对应的是法，我们就能够从郑玄对五刑的这个注释中分析出上古圣王付诸实践的诸条律法，按照用刑由轻至重的次序排列就是：勿偷盗；勿抢劫伤人；勿侵犯他人领地；勿奸淫；勿杀人。

关于刑法在上古圣王之治中的形态，儒教经学史上最重要的一个叙述是"唐虞象刑，三王肉刑"。《周礼》外史疏、司圜疏并引《钩命决》云："三皇无文，五帝画象，三王肉刑。"《白虎通》引作："三皇无文，五帝画象，三王明刑，应世以五。"《公羊传》襄公二十九年何休注引《孝经说》云："三皇设言民不违，五帝画象世顺机，三王肉刑揆渐加，应世黠巧奸伪多。"扬雄《法言·先知》云："唐虞象刑惟明，夏后肉辟三千。"③ 关于象刑，《白虎通·五刑》解释得最为清晰："五帝画象者，其衣服象五刑也。犯墨者蒙巾，犯劓者赭著其衣，犯膑者以墨蒙其膑处而画之，犯宫者履杂扉，犯大辟者布衣无领。"陈立《白虎通疏证》曰："《书钞》引《书大传》云：'唐虞象刑，犯墨者蒙皂巾，犯劓者赭其衣，犯膑者以墨蒙其膑处而画之，犯大辟者衣无领。'《白帖》引《书传》又云：'唐虞之象刑，

---

① "穿窬盗窃者墨，劫贼伤人者劓"原文为"穿窬盗窃者劓，劫贼伤人者墨"，皮锡瑞云："穿窬盗窃罪轻，劫贼伤人罪重。刑法墨轻劓重。严氏谓'劓'当作'墨'，'墨'当作'劓'，是也。"皮锡瑞：《孝经郑注疏》，吴仰湘编《皮锡瑞全集》第3册，北京：中华书局，2015，页97。此处经文引用以陈壁生重考郑注的《孝经正义》为主（上海：华东师范大学出版社，2022，页169），又参考严可均、皮锡瑞的看法而改。

② 剕即膑，宫辟即宫割。

③ 引文见郑玄注、陈壁生疏《孝经正义》，页170。从陈壁生的整理可以看到类似说法在古代文献中还有多处，此处并未全引。

上刑赭衣不纯，中刑杂屦，下刑墨幪，以居州里而人耻。'……《御览》引《慎子》云：'有虞氏之诛，以幪巾当墨，以草缨当劓，以菲履当刖，以艾韠当宫，布衣无领当大辟。'"① 又，《公羊传》襄公二十九年徐彦疏引《孝经疏》云："五帝之时，黎庶已薄，故设象刑以示其耻，当世之人，顺而从之，疾之而机矣，故曰'五帝画象世顺机'也，画犹设也。"②

必须指出的是，"唐虞象刑，三王肉刑"并非单纯描述象刑与肉刑在历史上出现的次序，而是就上古理想的治理秩序而言的，此正如《荀子·正论》所云："治古无肉刑，而有象刑。"也就是说，我们断不能从"唐虞象刑，三王肉刑"的表述中得出在历史上象刑先于肉刑而出现的结论，理由非常简单：既然象刑是通过画像来象征五种肉刑，那么，作为被象征对象的五种肉刑就一定先于因象征行为而存在的五种象刑。质言之，象刑因肉刑的存在而存在。③ "五刑"之说，在传世文献中首见于《尚书·尧典》，而详述于《尚书·吕刑》；也正是这两篇经典文献，让我们能够对五刑的起源及"唐虞象刑，三王肉刑"的确切涵义有更清晰的理解。

《吕刑》开篇即以"古训"之名叙述五刑之起源及唐虞象刑之原委：

> 王曰："若古有训，蚩尤惟始作乱，延及于平民，罔不寇贼、鸱义、奸宄、夺攘、矫虔。苗民弗用灵，制以刑，惟作五虐之刑曰法。杀戮无辜，爰始淫为劓刵椓黥。越兹丽刑并制，罔差有辞。民兴胥渐，泯泯棼棼，罔中于信，以覆诅盟。虐威庶戮，方告无辜于上。上帝监民，罔有馨香德，刑发闻惟腥。皇帝哀矜庶戮之不辜，报虐以威，遏绝苗民，无世在下。乃命重黎，绝地天通，罔有降格。群后之逮在下，明明棐常，鳏寡

---

① 陈立撰：《白虎通疏证》，吴则虞点校，北京：中华书局，1994，页439。
② 郑玄注，陈壁生撰：《孝经正义》，页170。
③ 由此，基于"唐虞象刑，三王肉刑"的信念而断言"三王之世，始制肉刑"就是错误的。历史上很多注家都未能免于这个错误的理解。

无盖。皇帝清问于民，鳏寡有辞于苗。德威惟畏，德明惟明。乃命三后，恤功于民。伯夷降典，折民惟刑；禹平水土，主名山川；稷降播种，农殖嘉谷。三后成功，惟殷下民。爰制百姓于刑之中，以教祗德。穆穆在上，明明在下，灼于四方，罔不惟德之勤。故乃明于刑之中，率乂于民棐彝。典狱非讫于威，惟讫于富。敬忌，罔有择言在身。惟克天德，自作元命，配享在下。"

对此则古训的理解存在着诸多争议，现代以来顾颉刚、刘起釪的解读最具参考价值，其故事梗概包括如下四个主要情节：首先，五刑即肉刑，又称"五虐之刑"，因蚩尤作乱导致的民性败坏而起源于有苗；其次，五刑虽为应对苗民的"寇贼、鸱义、奸宄、夺攘、矫虔"而被发明，但在发明后即被施于无辜；[1] 再次，因受害于五刑的无辜之民的申诉，上帝在灭绝了有苗之后又采取了"绝地天通"的措施；最后，上帝又命令伯夷、禹和稷"恤功于民"，从

---

[1] 关于"寇贼、鸱义、奸宄、夺攘、矫虔"，顾颉刚、刘起釪的解释要点如下。(1) 寇贼：孔传云："群行攻劫曰寇，杀人曰贼。" (2) 鸱义：方宗诚曰："鸱枭，贼鸟也。古人谓害义者为'鸱张'，又曰'枭张'，盖贼义之谓。"另，孙星衍："今文'鸱义'为'消义'。"皮锡瑞从之，曰："'消义'，犹灭义，即传所谓'男女不以义交'也。"这一解释认为"鸱义"即指奸淫之罪。参见皮锡瑞《尚书大传疏证》，吴仰湘编《皮锡瑞全集》第1册，北京：中华书局，2015，页295。(3) 奸宄：作奸犯科，或干犯轨法。(4) 夺攘："夺"，一作"敓"，《说文》云："敓，强取也。"《周礼·司刑》疏引郑玄注云："有因而盗曰攘。" (5) 矫虔：一作"挢虔"，韦昭曰："称诈为挢，强取为虔。"由此可见，"寇贼、鸱义、奸宄、夺攘、矫虔"皆不出前述上古圣王所实践的律法思想所涉及的偷盗、抢劫伤人、侵犯他人领地、奸淫、杀人等罪行。参见顾颉刚、刘起釪《尚书校释译论》第四册，北京：中华书局，2005，页 1930—1934。关于"五虐之刑"，顾颉刚、刘起釪引戴均衡《补商》云："'五虐之刑'，言五等残害肢体之刑（《墨子》引作'五杀之刑'），非暴虐也。……后儒或疑苗民虐刑，帝王不宜遵用，或谓古自有五刑，苗民更加惨虐，夫经文明曰'作五虐之刑'，曰'始为劓刵椓黥'，则五刑非始于苗民而何？秦改封建为郡县，遂为三代后天下之定制，不得因苗民而疑五刑不可遵用也。且五刑不始于苗民，穆王又何为引之乎？"参见顾颉刚、刘起釪《尚书校释译论》第四册，页1940。

而下民得到庇佑——而"伯夷降典，折民惟刑"正是对伯夷事功的描述。① 此处需要进一步解释的正是引文中的"绝地天通"与"伯夷降典，折民惟刑"。

关于"绝地天通"，顾颉刚、刘起釪引苏轼《书传》云："人无所诉，则诉于鬼神。德衰政乱，则鬼神制世，民相与反复诅盟而已。"又云："民渎于诅盟祭祀，家为巫史，尧乃命重黎授时劝农而禁祭祀，人神不复相乱，故曰'绝地天通'。"又引林之奇《尚书全解》云："《传》曰：'国之将兴，听于民；国之将亡，听于神。'三苗之虐，刑严法峻，民无所措手足，惟为盟诅诉于鬼神而已。……惟诅盟之屡，则渎于鬼神，故神人杂扰，天地相通，盖有鬼神自上而降格者，以其家为巫史，享祀无度故也。……舜既遏绝苗民之世，则命南正重司天以属神，北正黎司地以属民，使天地不得而相通，亦无有降格，则神人不相杂乱，盖所以变苗民之恶俗也。"又引吕祖谦《书说》云："治世鬼怪之所以不兴者，只为善恶分明，自然不求之神。乱世善恶不明，自然专言神怪、言鬼、言命。"又引顾炎武《日知录》"罔中于信以覆诅盟"条云："国乱无政，小民有情而不得申，有冤而不见理，于是不得不诉之于神，而诅盟之事起矣。苏公遇暴公之谮，则'出此三物，以诅尔斯'；屈原遭子兰之谗，则告五帝以折中，命咎繇而听直。至于里巷之人，亦莫不然。而鬼神之往来于人间者，抑或著其灵爽，于是赏罚之柄乃移之冥漠之中，而蚩蚩之氓，其畏王鈇常不如其畏鬼责矣。乃世之君子犹有所取焉，以辅王政之穷。今日所传地狱之说，感应之书，皆苗民诅盟之余习也。'明明棐常，鳏寡无盖'，则王政行于上，而人自不复有求于神。故曰：'有道之世，其鬼不神。'所谓'绝地天通'

---

① 引文中两处"皇帝"指"皇天上帝"，即等于前面之"上帝"，这也是顾颉刚、刘起釪力辩的。其实从"皇帝哀矜庶戮之不辜"与"虐威庶戮，方告无辜于上"的对应关系中也能得出"皇帝"是指"上帝"的结论。皮锡瑞认为今文无"皇"字，即释"帝"为"上帝"，与我们的理解一致。参见皮锡瑞撰《今文尚书考证》，盛冬铃、陈抗点校，北京：中华书局，1989，页443。当然，说人间之帝为上帝之代表，乃是"绝地天通"的具体施行者，不失为一个两兼的看法。

者，如此而已矣。"①

综合上述看法，理解"绝地天通"的关键，在于以"家为巫史"为"享祀无度"，为苗民之恶俗，且此恶俗来自肉刑之施于无辜，而上帝之所以阻断民众上诉于各方鬼神的路径，是为了更好地施行王政。这也就是说，家为巫史则王政难行，绝地天通因而被认为是施行王政的先决条件。由此亦可明白，顾炎武揭出"赏罚之柄"落在何处的问题，是点出了要害。如果认为君主赏罚之柄来自上帝，那么，我们就能将"绝地天通"的叙事解读为一种多神信仰状况下的整饬行为：作为民众之上诉对象的各方鬼神皆在上帝之下，而只有作为至上神的上帝才有权柄绝地天通，而上帝绝地天通的结果其实是将赏罚之权柄收回到能够合法代表他的人间之帝那里。

关于"伯夷降典，折民惟刑"，争议的关键首先在于对"典"的理解。《尚书大传》将"伯夷降典"述为"伯夷降典礼"，开了将"典"解释为"典礼"的先河，后世多从之。② 顾颉刚、刘起釪力辩"典"为"刑典"非"礼典"，因《吕刑》后文中有"播刑之不迪"之说，并未涉及礼。③ 此说可从。也就是说，《吕刑》中伯夷的形象为掌五刑之官，而非掌三礼之官。至于《尧典》中舜以伯夷为秩宗（即掌三礼之官），以皋陶为士（即掌五刑之官），则可理解为二者官职的变动，即伯夷于尧在位时为掌五刑之官，后由舜任命而成为掌三礼之官，而皋陶则接替伯夷为掌五刑之官。在此笔者试图提出一个新的看法，即《吕刑》中的"伯夷降典，折民惟刑"，与《尧典》中的"象以典刑"其实是对同一件事的两种不同叙述。

笔者的理由主要有如下三点。首先，既然"伯夷降典，折民惟刑"中的"典"指的是刑而非礼，那么，这在文义上就和"象以典

---

① 顾颉刚、刘起釪：《尚书校释译论》第四册，页 1956。原引顾炎武语有省略，此处补全，引文参见顾炎武著，黄汝成集释《日知录集释：全校本》（上），乐保群、吕宗力校点，上海：上海古籍出版社，2006，页 108。

② 《尧典》舜以伯夷为秩宗，即掌天地人三礼的礼官，这可能是《大传》将"伯夷降典"之"典"解释为"典礼"的一个缘由。

③ 另，如顾颉刚、刘起釪所引，《世本》有"伯夷作五刑"之言。

刑"中的"典刑"高度一致了。其次,《吕刑》所述古训之主要情节即在"伯夷降典",其要义则在德主刑辅,以刑弼德,而这也正是唐虞象刑说的要义所在。按照《尧典》的记载,"象以典刑"发生在舜摄位之后,其时尧尚未去世。也就是说,象刑之发明实由舜所主导,但因其时仍在世的尧亦有功于此事,故记录者以"唐虞象刑"来概括之。① 最后,《吕刑》中关于三后恤功的叙述在时间次序上与《尧典》完全对应,充分显示二者所说的是同一件事。关于此点,此处需详加说明。

对于三后恤功,孔安国注云:"伯夷下典礼,教民而断以法,禹治洪水,山川无名者主名之,后稷下教民播种,农亩生善谷,所谓尧命三君,有功于民。"这是以尧为三后恤功的主使者,释"伯夷降典"为"伯夷下典礼"。孔颖达遵循疏不破注的规则,基于孔安国的理解而提出了"伯夷降典""禹平水土""稷降播种"的次序问题,并提出了自己的理解:

> 此三事之次,当禹功在先,先治水土,乃得种谷,民得谷食,乃能行礼。管子云:"衣食足知荣辱,仓廪实知礼节。"是言足食足衣,然后行礼也。此经先言伯夷者,以民为国之本,礼是民之所急,将言制刑,先言用礼,刑礼相须重礼,故先言之也。②

不难看出,正是因为将"伯夷降典"释为"伯夷降典礼",才产生了"三事之次"的问题。孔颖达意识到了这一点,故而曲为之说。反过来说,如果将"伯夷降典"直接理解为"象以典刑",就不存在孔颖达所谓的"三事之次"的问题,因为直面混乱之局,首先确立

---

① 因此后世述及此事,有时会将象刑之主要功德归于舜,如《史记·孝文帝本纪》曰:"盖闻有虞氏之时,画衣冠异章服以为僇,而民不犯。"《三国志》魏明帝诏曰:"有虞氏画象而民勿犯。"

② 孔安国传,孔颖达疏:《尚书正义》,阮元校刻《十三经注疏》,北京:中华书局,1980,页248。

象刑之法，然后平治水土，再发展农业，这个次序于事于理皆顺。基于这个认识，我们再来看《尧典》，就会发现对类似情节的叙述与《吕刑》中关于三后恤功的叙述次序完全对应：

> 象以典刑，流宥五刑，鞭作官刑，扑作教刑，金作赎刑，眚灾肆赦，怙终贼刑。钦哉，钦哉，惟刑之恤哉！

> 舜曰："咨，四岳！有能奋庸熙帝之载，使宅百揆亮采，惠畴？"佥曰："伯禹作司空。"帝曰："俞，咨！禹，汝平水土，惟时懋哉！"禹拜稽首，让于稷、契暨皋陶。帝曰："俞，汝往哉！"

> 帝曰："弃，黎民阻饥，汝后稷，播时百谷。"

根据这三段引文在《尧典》中的上下文可知，"象以典刑"发生在舜摄位而尧未去世之时，舜命禹平水土、命弃教民播种以及命皋陶为士则依次发生在尧去世之后。①

由此我们可以断言，《吕刑》中的"伯夷降典，折民惟刑"就是对《尧典》中的"象以典刑，流宥五刑，鞭作官刑，扑作教刑，金作赎刑，眚灾肆赦，怙终贼刑"的另一种叙述。很显然，《尧典》的叙述突出了作为人间之帝的舜在象刑之发明与实行中的功绩，而《吕刑》则突出了作为司政典狱的伯夷在象刑之发明与实行中的功

---

① 对于引文第二段的理解，需要注意的是，平水土为司空之责，故舜对禹说"汝平水土，惟时懋哉"，即是命令禹去平水土，以履行其为司空之责。旧注以禹已有平水土之功而以司空兼百揆，是错以百揆为一官职。皮锡瑞力辩百揆非官职名："百揆为百官揆事之处，本非官号。"参见皮锡瑞撰《今文尚书考证》，页40。因此，引文第二段与第三段分别记载了舜命禹去平水土、命弃去教民播种之事，恰与《吕刑》中所叙述之"禹平水土，主名山川；稷降播种，农殖嘉谷"完全一致。与此理解相关，《尧典》中"肇十有二州"并非如孔安国所说，是指禹平水土后始分旧时九州为十二州，反而是说，"十二州之分，实因洪水之故"。故《汉书·地理志》曰："尧遭洪水，襄山襄陵，天下分绝为十二州，使禹治之。"皮锡瑞的详细辨析参见皮锡瑞撰《今文尚书考证》，页65。

绩，其中特别表现在将伯夷降典的行为直接归诸上帝的命令这一点上。与此相关，《吕刑》还将伯夷所代表的"四方司政典狱"之官称作"天牧"，更明确地揭示了皇天上帝才是律法之权威性的终极根源：

> 王曰："嗟！四方司政典狱，非尔惟作天牧？今尔何监？非时伯夷？播刑之不迪，其今尔何惩？"①

孔安国云："非尔惟为天牧民乎？言任重是汝。"吕祖谦《书说》云："五刑五用，是谓天讨。虽君不得而与，司是柄者，非君之臣，乃天之牧也。故曰'非尔惟作天牧'。盖呼而警之，使知其任之重如此。"可以说，"非君之臣，乃天之牧也"一语道出了"天牧"之名的实质。②

唐虞象刑的要义在德主刑辅，以刑弼德，相比于《尧典》中关于"象以典刑"的叙述，《吕刑》中关于"伯夷降典"的叙述更明确地呈现出这一点。在上引古训之文中，无论是"爰制百姓于刑之中，以教祗德"，还是"穆穆在上，明明在下，灼于四方，罔不惟德之勤"，还是最后的"惟克天德，自作元命，配享在下"，皆非常明确地呈现出"德主刑辅，以刑弼德"的意思，因而也突出了刑法的教化功能。③ 除

---

① 此处引文断句与文字皆以今文说为准："非时伯夷"断句，作"播刑之不迪"而不作"播刑之迪"。古文以"不"为衍文。皮锡瑞云："案《缁衣》引《甫刑》'播刑之不迪'，为政不行、教不成之证，则今文《尚书》当有'不'字，非衍文也。今文《尚书》当以'非时伯夷'断句，'播刑之不迪'连下句'其今尔何惩'为义，今尔当何所监视，非是伯夷乎？若播刑之不迪，其今尔将何以惩恶也？郑据古文无'不'字，故以为衍文。"参见皮锡瑞《今文尚书疏证》，页447。

② 《孟子·尽心上》记载："桃应问曰：'舜为天子，皋陶为士，瞽瞍杀人，则如之何？'孟子曰：'执之而已矣。''然则舜不禁与？'曰：'夫舜恶得而禁之？夫有所受之也。'"孟子针对桃应之问而说皋陶"有所受之"，即指受之于天，此即"天牧"观念之体现。

③ 治理之本在教化，乃是古代德政之要义。另，关于此义之表达，后世经常被引用的一段话出自《白虎通·五刑》："圣人治天下，必有刑罚何？所以佐德助治，顺天之度也。故悬爵赏者，示有所劝也；设刑罚者，明有所惧也。"

了教化的层面，其实我们还能够从人如何实现其美善本性从而成就其幸福生活的层面去理解刑法的意义，此点亦见诸《吕刑》所述之古训。

对于"典狱非讫于威，惟讫于富"一句，王引之《经义述闻》云：

> "讫"，竟也，终也。"富"，当读曰"福"。《谦·象传》："鬼神害盈而福谦。"京房"福"作"富"。《郊特性》曰："富也者，福也。"《大雅·瞻卬》："何神不富。"《毛传》曰："富，福也。"《大戴礼·武王践阼》："劳则富。"卢辩注曰："躬劳终福。""威""福"相对为文（《洪范》亦言"作福作威"），言非终于立威，惟终于作福也。"讫于福"者，下文曰："惟敬五刑，以成三德。一人有庆，兆民赖之。"是其义。①

按照这个解释，刑法的最终目的是人民的幸福，而非为统治者立威。至于这里的"福"背后所隐含的有关人性的基本信念，则可以从"率乂于民，棐彝"一句看到。

孔安国解"率乂于民"为"循道以治于民"，解"棐彝"为"辅成常教"，即是以"循"训"率"，以"治"训"乂"，以"辅"训"棐"，以"常教"释"彝"。此处以"常教"释"彝"不切。吕祖谦《书说》则说："率皆治民，辅迪其秉彝，而保其德，所谓刑罚之精华也。"这是关联于"天生烝民，有物有则；民之秉彝，好是懿德"来解释"棐彝"一语。② 蔡沈《书集传》直接以"辅其常性"释"棐彝"，即意味着基于孟子首次提出、宋儒特别发扬的性善说来理解刑法的意义，可谓的解。曾跟随蔡沈父亲蔡元定治《尚书》的夏僎则在《尚书详解》中说："尧之所以率乂者，亦岂专于伤民肢体哉？亦不过欲辅其常性耳。盖民失常性，特以刑警之，使耸动知畏，而复其常性。是尧之刑虽具，而实未尝用也。此又《吕刑》详

---

① 转引自顾颉刚、刘起釪《尚书校释译论》第四册，页 1976。

② 吴经熊在《孟子的人性论与自然法》一文中据此语而论孟子的自然法思想，参见吴经熊《法律哲学研究》，北京：清华大学出版社，2005，页 232。

明尧所以用刑之意。"此处从"辅其常性"说到"复其常性",相当于说,刑法之用,在于复性。这就是一个典型的理学表达了。其后学者大多基于"辅其常性"的理解加以发挥,如元人王充耘说:"然后明于刑之中者以治民,而辅其常性。彝即彝伦,如纠之以不孝不弟之刑,以驱而入于孝弟,是即所谓棐彝也。此是先德教而后刑戮之意。又以见德化虽已兴行,而刑亦不可废。盖非此无以弼教也。"此处特别提到了"不孝不弟之刑",当与不孝之罪被纳入刑律的实际历史有关,而理解上的要点,仍在于德主刑辅,以刑弼德。清康熙《御制日讲书经解义》亦以"辅其常性"释"棐彝",并说:"而率此以乂于民,激发其迁善之心,以辅助其君臣父子夫妇长幼朋友秉彝之常性。则虽有必非德之所能化者,而或入于刑,仍是劝民以德之具,而非残民以逞之具也。舜之制刑如此,则用刑又岂舜之心哉。"① 刑法之目的在于激发人们的迁善之心,此处将这个意思说得非常明白了。

既然"唐虞象刑"的经典叙事充分表达了"德主刑辅,以刑弼德"的教化理念,那么,又该如何理解"三王肉刑"的合理性呢?换句话说,"三王肉刑"何以与"德主刑辅,以刑弼德"的教化理念不相龃龉呢?尤其当像蔡沈、夏僎那样将首揭于孟子的性善说与刑法的意义关联起来解读时,这个问题可能会变得更加凸显。对这个问题的回答其实也很简单,关键在于区分"人性"与"民性"这两个概念。如果说"人性"是指人的本然之性,即天地生人时所赋予人的原初本性,所谓"天命之性",那么,"民性"就是指实际历史兴衰过程中的人的习染之性,所谓"气质之性"。② 于是就会有一个关联于民性之变化的历史叙事:人的原初本性是善的,但在历史的习染过程中存在一个民性不断败坏的过程,相应的则是不同的治理与教化模式,此即儒教经典中所言皇、帝、王、霸所代表的不同历史阶段。不

---

① 以上解释及引文详见尤韶华《归善斋〈吕刑〉汇纂叙论》,北京:社会科学文献出版社,2013,页231以下。

② 由此亦可窥见蕴含在宋儒"气质之性"这一概念中的历史维度。另,既然"民"是一个政治概念,那么,"民性"概念的政治意味也就是不言而喻的。

同的治理与教化模式因应于民性被败坏的程度，从而也因应于民众所犯之罪的恶的程度。此处若聚焦于帝与王的差异，就意味着，在帝的时代，民众所犯之罪普遍比较轻，因而象刑即可起到止恶迁善的作用，但在王的时代，民众所犯之罪相比之下更重一些，象刑已不足以起到止恶迁善的作用，于是只好采取肉刑。这就解释了三代圣王何以都采取肉刑，从而也就解释了"三王肉刑"何以仍未脱离"德主刑辅，以刑弼德"的教化理念。

还需要说明的是，如果说礼乐即为德教，那么，"德主刑辅，以刑弼德"的教化理念即与"出礼入刑"之说并无二致。郑玄《〈周礼〉目录》云："刑者，所以驱耻恶，纳人于善道也。"① 可以想见，在郑玄的理解中，这里的"善道"当与作为德教的礼乐有关。而关于这一点，《孔子家语·五刑解》说得最为细致、清晰，也可以说是基于"唐虞象刑"之治理与教化典范，而将礼与刑恰当地统摄于德教的理念之下：

> 冉有问于孔子曰："古者三皇五帝不用五刑，信乎？"孔子曰："圣人之设防，贵其不犯也。制五刑而不用，所以为至治也。凡夫之为奸邪、窃盗、靡法、妄行者，生于不足。不足生于无度，无度则小者偷盗，大者侈靡，各不知节。是以上有制度，则民知所止；民知所止，则不犯。故虽有奸邪、贼盗、靡法、妄行之狱，而无陷刑之民。不孝者生于不仁，不仁者生于丧祭之无礼。明丧祭之礼，所以教仁爱也。能教仁爱，则服丧思慕，祭祀不懈，人子馈养之道。丧祭之礼明，则民孝矣。故虽有不孝之狱，而无陷刑之民。弑上者生于不义，义所以别贵贱、明尊卑也。贵贱有别，尊卑有序，则民莫不尊上而敬长。朝聘之礼者，所以明义也。义必明则民不犯，故虽有弑上之狱，而无陷刑之民。斗变者生于相陵，相陵者生于长幼无序而遗敬让。乡饮酒之礼者，所以明长幼之序而崇敬让也。长幼必序，民怀敬让，故虽

---

① 转引自郑玄注，陈壁生疏《孝经正义》，页170。

有斗变之狱，而无陷刑之民。淫乱者生于男女无别，男女无别则夫妇失义。婚礼聘享者，所以别男女、明夫妇之义也。男女既别，夫妇既明，故虽有淫乱之狱，而无陷刑之民。此五者，刑罚之所以生，各有源焉。不豫塞其源，而辄绳之以刑，是谓为民设阱而陷之。"

依孔子的这段话，三皇五帝治理天下之方法，是以包括制度与礼乐在内的德教为主，以止恶迁善的刑狱为辅。相反，若径直以刑法为主，则是以刑陷民。

## 二

现在来看"罪莫大于不孝"。关于这一句，儒教经学史上讨论最集中的问题是不孝之罪是否在作为五刑之属的三千条中。郑玄注云："三千之罪，莫大于不孝，圣人所以恶之，故不书在三千条中。"① 其后如谢安、袁宏、王献之、殷仲文等，皆申郑注，以"五刑之罪可得而名，不孝之罪不可得而名，故在三千之外"为说，而王肃、刘炫、唐明皇等人则皆欲辩不孝之罪在三千条中。② 依郑玄注，圣人之所以不书不孝之罪于三千条中，是为了将之区别于书在三千条中的其他罪，从而凸显不孝之罪的极恶性质。至于谢安等人所谓"不孝之罪不可得而名"，亦不能因遵从郑注而将之理解为不孝之刑"更重于大辟，当在三千条外"（皮锡瑞语），而是应当将之理解为，对于不孝之罪，圣人并非以刑治之，故不书在三千条中。③ 此即是说，相对

---

① 郑玄注，陈壁生疏：《孝经正义》，页169。
② 相关争论可参见郑玄注，陈壁生疏《孝经正义》，页175—178。
③ 这个意思即是说圣人以教化对治不孝之罪，此处可参考陈壁生的辨析"盖经为孔子立法所定，乃万世之公理，典章之渊薮。此经专言孝为德之本，教之所由生，人之行莫大于孝，教民亲爱礼顺，莫善于孝悌，故罪之至大，莫过于不孝，故云'罪莫大于不孝'。是言不孝之至于罪，虽大辟之刑不足以罚之，故不书在三千条中，非谓一切可称为不孝者，皆当刑以大辟以上也。"参见郑玄注，陈壁生疏《孝经正义》，页177。

于五刑之罪，即偷盗、抢劫伤人、侵犯他人领地、奸淫、杀人等罪，不孝之罪乃是一种更为根本性的罪。

而理解上的一个难点也正在此：如果说不孝之罪比偷盗之罪要大，或许在某种意义上还可以理解，但如果说不孝之罪比抢劫伤人、奸淫乃至比杀人之罪还要大，可能与我们现在大多数人的直觉相悖。就我们现在大多数人的直觉来说，孝似乎没有那么重要，反过来说，不孝也似乎没有多么严重。以《孝经》言，与"人之罪莫大于不孝"相对应的正面表述是"人之行莫大于孝"，二者都要面对"孝仅为家庭内之私德，不足以应家庭外之领域"的质疑。[①] 这一质疑自然也是对《孝经》一开篇所言"孝为德之本"的质疑。因此，要真正理解"人之罪莫大于不孝"，还是需要正面理解"人之行莫大于孝"，还是需要回到"孝何以为德之本"这个至关重要的问题。

从我们现在的日常体验来说，孝来自一个人对其父母给予其生命的感恩，即俗语所说的"不忘本"。但仅仅在血缘关系的意义上理解孝，与《孝经》所赋予孝那么高的地位根本无法相称。在《仁感与孝应》一文中，笔者已经指出，孝是人直接对上帝的超越性觉情，是人对天地生生之仁的切身性感应。[②] 在《承认理论的创造论回归：一项关于人伦的哲学研究》一文中，笔者进一步指出，作为人的根本承认的父子之伦是基于作为人的原初承认的天人之伦建立起来的。[③] 而这就使我们能够对"孝何以为德之本"的问题给出一个明确

---

[①] 这种质疑并非现代才有，如简朝亮所说："或曰，今之非孝者云，孝知有家，不知有国也。《韩非子》云：'鲁人从君战，三战三北。仲尼问其故，对曰："吾有老父，身死，莫之养也。"举而上之。以是观之，夫父之孝子，君之背臣也。'今之非孝者，乃若斯乎？甚矣，韩非之诬也！《周官》有养死政之老，圣人奚以是举邪？《礼·祭义》称曾子云：'事君不忠，非孝也；战阵无勇，非孝也。'故《经》曰：'君子之事亲孝，故忠可移于君。'孝子忠臣，相成之道也。"简朝亮：《孝经集注述疏——附〈读书堂问答〉》，周春健校注，上海：华东师范大学出版社，2011，页87。

[②] 参见唐文明《仁感与孝应》，《哲学动态》2020年第3期，页28。

[③] 参见唐文明《承认理论的创造论回归：一项关于人伦的哲学研究》，唐文明主编《公共儒学（第三辑）：教化传统与制度实践》，上海：上海人民出版社，2023。

的回答。首先需要说明的是，在儒教经典中，由于自然等级论这一历史因素的影响，天人之伦只呈现于天子与天之间，而未能呈现于每个人与天之间，也就是说，天人之伦未能呈现为每个人实际生活中的第一个常伦。如果我们基于经典中隐含的意思而将天人之伦明确为每个人实际生活中的一个常伦，那么，我们就能明确地看到，父子之伦是基于天人之伦建立起来的。在儒教经典中，作为每个人实际生活中的第一个常伦即是父子之伦。这其实意味着天人之伦被以某种方式——用宋儒的话来说即是以理一分殊的方式——隐含在了父子之伦中，此即是说，事父隐含着事天。① 对父的尊与亲隐含着对天的尊与亲，此即是说，我们因为对天的尊与亲从而对父尊与亲，而非因为对父的尊与亲从而对天尊与亲。从承认的体验来说此即意味着，原初承认优先于根本承认，而不是相反。运用宋儒"理一分殊"的理解架构，则可以说，爱天、敬天是理一，爱父、敬父是分殊。这样一来，孝就能被恰当地理解为在自己的分上爱天、敬天。② 只有将这一点清晰地揭示出来，我们才能真正理解"孝为德之本"这个看起来与我们现在的日常体验相悖的命题。质言之，正因为孝意味着爱天、敬天，故而才是最大的德行；反过来说，正因为不孝意味着不爱天、不敬天，故而才是最大的罪。将不孝是人之为人的最大的罪反过来表述就可以说，孝是一条律法，且是一条联结着天人之伦与其他人伦的根本性的律法。或者说，孝作为一条根本性的律法，是规范社会秩序的其他一切律法的基础，因而是诸律法的律法。

理解了这一点也就意味着，隐含在孔子所说的"五刑之属三千，而罪莫大于不孝"这一句中的，是一个关于人的罪——反过来说就是人应当遵守的律法——的序列，其排序方式则是基于对天的笃信而

---

① 董仲舒在《春秋繁露》中说："孝子之行，忠臣之义，皆法于地也。地，事天者也。"（卷十一《阳尊阴卑》）又说："天子受命于天，诸侯受命于天子，子受命于父，臣受命于君，妻受命于夫，诸所说受命者，其尊皆天也。"（卷十五《顺命》）都在申明事父隐含着事天。

② 由此也可看出，来自西方的传教士将"孝"翻译为英文的"filial piety"，其实是非常到位的。

界定的罪的不同严重程度：最大的罪自然是不爱天、不敬天，依《中庸》《孟子》的概念，不爱天、不敬天即是不诚，或曰自欺，然后是不爱父、不敬父，即不孝。因此，正如《中庸》《孟子》所示，诚是孝的前提，不诚则不孝。① 但由于孔子并未将诚与孝作一明确区分，而是在自然等级论的影响下停留于"孝就是于自己的分上爱天、敬天"这一更为紧敛的认识，从而才将孝界定为最大的德，此即"人之行莫大于孝"，从而才将不孝界定为最大的罪，此即"人之罪莫大于不孝"。而偷盗、抢劫伤人、侵犯他人领地、奸淫、杀人之罪，则自然要按照其严重程度——可从相应的用刑差异看出——排在不诚、不孝之后了。如果以罪所对应的律法所建构的人伦而言，则此处值得注意的是由孝所建构的父子之伦在天人之伦与其他人伦之间所处的那种独特的中介地位。正如笔者已经分析过的，父子之伦上接天人之伦，下启其他人伦，实际上意味着将其他人伦奠基于天人之伦，从而构成人伦规范性秩序的现实起点。②

现在来看经文的后一节，即孔子对于"大乱之道"的揭示。郑玄注此节云：

> 事君，先事而后食禄。今反要君，是无上也。非侮圣人者，不可法。既不自孝，又非他人为孝，不可亲也。事君不忠，非侮圣人，非孝行者，此则大乱之道。③

此处解"无法"为"不可法"，意即"不可以之为法则"，解"无亲"为"不可亲"，意即"不可亲近或亲爱"，与解"无上"为"无尊上之心"完全不类，颇为牵强。相比之下，唐明皇注此节更切

---

① 《中庸》有言："顺乎亲有道，反诸身不诚，不顺乎亲矣。"类似的表述又见于《孟子》："悦亲有道，反身不诚，不悦于亲矣。"参见笔者在《仁感与孝应》一文中对这一点的分析。

② 参见笔者在《承认理论的创造论回归：一项关于人伦的哲学研究》一文最后一个注中的分析。

③ 郑玄注，陈壁生疏：《孝经正义》，页178。

近文义：

> 君者，臣之禀命也，而敢要之，是无上也。圣人制作礼乐，而敢要之，是无法也。善事父母者为孝，而敢非之，是无亲也。言人有上三恶，岂唯不孝，乃是大乱之道。①

对于"非孝者无亲"，邢昺疏云："孝者，百行之本，事亲为先，今乃非之，是无心爱其亲也。"② 此解于文义至顺，比郑玄以"不可亲"解"无亲"更胜一筹。对于"非圣人者无法"的"法"，邢昺疏与郑玄注同，以为是"效法"或"以之为法则"的意思，不过他并不将"无法"解为"不可法"，而是解为"无心法于圣人"："圣人垂范，当须法则，今乃非之，是无心法于圣人也。"③ 从文义看，此解亦牵强。邢昺已指出，唐明皇的注来自孔安国。但孔安国注此节，并不将"非圣人者无法"的"法"解为"效法"或"以之为法则"，而是将之解为"圣人所制定的法"，且他将这个解释扩展到了对"大乱之道"的整体理解中，从而特别凸显了法在圣人治理、教化之道中的重要性：

> 君者，所以禀命也，而要之，此有无上之心者也。圣人制法，所以为治也，而非之，此有无法之心者也。孝者，亲之至也，而非之，此有无亲之心者也。三者皆不孝之甚也。

> 此，无上、无法、无亲也。言其不耻不仁，不畏不义，为大乱之本，不可不绝也。凡为国者，利莫大于治，害莫大于乱。乱之所生，生于不祥。上不爱下，下不供上，则不祥也。群臣不用礼谊，则不祥也。有司离法而专违制，则不祥也。故法者，至道也，圣君之所以为天下仪，存亡治乱之所出也，君臣上下皆发

---

① 唐明皇注，邢昺疏：《孝经注疏》，阮元校刻《十三经注疏》（下），北京：中华书局，1980，页2556。
② 唐明皇注，邢昺疏：《孝经注疏》，页2556。
③ 唐明皇注，邢昺疏：《孝经注疏》，页2556。

焉，是以明王置仪设法而固守之，卿相不得存其私，群臣不得便其亲。百官之事，案以法，则奸不生，暴慢之人，绳以法，则祸乱不起。夫能生法者，明君也，能守法者，忠臣也，能从法者，良民也。①

依孔安国此注，如果说"要君者无上"是在申说礼的重要性，"非圣人者无法"是在申说法的重要性，那么，这里的"法"就是指与礼相对而言的法，也就是与刑直接相关的法。对此，我们还可以补充一个理由：既然此章以"五刑"为章名，那么，认为此章所言之"法"就是与刑直接相关的法可能更接近经典本义。

顺孔安国此注，我们还能想到，此节中不仅"非圣人者无法"乃是对法的重要性的直接阐发，"要君者无上"与"非孝者无亲"，其实也是关联于法的重要性而展开的阐发。既然说圣人是法的制定者，君主是法的颁行者，那就不难理解，"要君者无上"与"非圣人者无法"都是围绕法的重要性展开的阐发，且"非圣人者无法"与"要君者无上"相比是一种更为严重的恶，因为如果不承认圣人所制定的法则更谈不上法的颁行问题了。② 那么，"非孝者无亲"又是如何关联于法的问题及其重要性呢？不难想到，正是孔子在前一节所揭示的"罪莫大于不孝"，能够为我们指示出明确回答这个问题的正确方向。

这里就需要谈到"不孝"与"非孝"之间的差异与关联，并对此章前后两节之间的意义关联作出一个清晰的说明了。"不孝"作为一种罪是指某个人不孝敬其父母，是就个人行为而言的，涉及的是个人的家庭生活，"非孝"则是指某个人非毁他人之孝行或非毁孝道，

---

① 孔安国：《古文孝经孔传》，江曦整理《孝经古注说》，上海：上海古籍出版社，2021，页506—507。由此，"无上"即"不以上为上"，"无法"即"不以法为法"，"无亲"即"不以亲为亲"。或如刘炫所说："君在臣上，故言'无上'；圣作法度，故云'无法'；孝主亲爱，故言'无亲'。皆言不以为意，虽有若无也。"刘炫：《孝经述议》，江曦整理《孝经古注说》，页401。

② 因此这也意味着要靠礼来保障法的实行。

虽是就个人信念或认知而言，但涉及家庭之外的公共生活。对于二者之间的关联，郑玄注"非孝"时所说的"既不自孝，又非他人为孝"，仍能作为一个合适的运思起点。而简朝亮在解释此章前后两节的关联时则说：

> 经方言不孝之罪，而以此三者参之，明此皆自不孝而来。不孝，则无可移之忠，由无亲而无上，于是乎敢要君；不孝，则不道先王之法言而无法，于是乎敢非圣人；不孝，则不爱其亲而无亲，于是乎敢非孝。①

从引文的最后部分可以明确地看到"不孝"与"非孝"之间的关联：不孝即意味着无亲，而无亲导致了非孝。也就是说，"非孝者无亲"其实就是在说"非孝"与"不孝"的关系，因为无亲正是不孝的实质。由此可见，孔子的意思是说，不孝是人之为人最大的罪，而非孝则是不孝之罪的一种表现。而这样意味着，无论是作为个人行为的不孝，还是涉及公共生活的非孝，其实质都是"无亲"，都是对孝这条根本性律法的违反。这就是隐藏在"非孝者无亲"背后的律法含义。而且，还应当指出，"非孝者无亲"就其恶的严重程度而言还要大于"非圣人者无法"，这当然是因为，"非孝者无亲"不仅意味着颠覆了律法的根本基础——不认父子之伦，而且意味着否认了律法的终极权威——不认天人之伦。

而且，不孝之罪所导致的涉及公共生活的罪不光表现为非孝，还表现为因无法而导致的非圣人，以及因无上而导致的要君。按照简朝亮的分析，无法导致非圣人，无上导致要君，而无法与无上正是由无亲——也就是不孝——导致的。这无疑是一个正确的理解，使我们对于此章经文前后两节之间的关联有了一个清晰的认识。不过，在简朝亮的解释中，虽然正确地凸显了不孝——或者说无亲——的首恶性质，但他对于无法与无上的恶的轻重程度并未给出清晰的说

---

① 简朝亮：《孝经集注述疏——附〈读书堂问答〉》，页87。

明。至于过去的一些注解多以无上之恶重于无法之恶，显然与经文原义不合。① 而根据我们前面的分析，无法之恶显然要比无上之恶更重。

这样，从此节经文中我们就得到了一个围绕法的重要性而展开的三个层次的论说，而且包含对这三个层次的明确的价值排序：就由不孝这个人之为人的最大的罪所导致的公共之恶而言，最大的恶即是无亲，非孝是其表现；其次是无法，非圣人是其表现；最后是无上，要君是其表现。就与法的关联而言，无亲则立法失去根基，无法则无以止乱，无上则法不能颁行。由此可见，孔子所谓"大乱之道"，即指与法相关的"三无"——按照其严重程度排列即是，无亲，无法，无上。而无亲、无法、无上的背后，则是无天。依次言之，首先，如果一个社会不遵循孝这一条人之为人的根本性的律法，从而使人不爱其亲，不敬其亲，那么，这个社会不可能达致良好的秩序；其次，如果一个社会不承认圣人所制定的法，从而非毁圣人，那么，这个社会也不可能达致良好的秩序；最后，如果一个社会不以道义维护君主的权威，从而导致法令难行，那么，这个社会也不可能达致良好的秩序。若将这个关于公共之恶的价值序列关联于其表现而正面书写，我们就得到了隐含于此节经文中的三条律法：尊父，尊圣，尊君。② 而尊父、尊圣与尊君的背后，自然是尊天，因为父、圣、君在不同的意义上皆为天的代表。③

将前后两节的内容统合起来，我们就得到了对孔子所定律法的一

---

① 如董鼎注此节云："此极言不孝之罪所以为大。盖人必有亲以生，有君以安，有法以治，而后人道不灭，国家不乱。若三者皆无之，此乃大乱之道也。三者又以不孝为首，盖孝则必忠于君，必畏圣人之法矣。惟其不孝，不顾父母之养，是以无君臣，无上下，诋毁法令，触犯刑辟。不孝之罪，盖不容诛也。"可以看出其论说次序是以不孝为首，其次是无上，最后是无法，似乎隐含了对三者之恶的程度由重到轻的排序。引文转引自赵起蛟《孝经集解》（下），邵妍整理，上海：上海古籍出版社，2021，页677。

② 此处"尊"基于"敬"而言，所谓"爱则为亲，敬则为尊"；"父"包"母"言，为古文惯例。

③ 按照这个理解，过去流行的"天地君亲师"嫌涉次序不当，应修正为"天地亲圣君"。

个较为完整的理解，按照其重要性排列依次是：尊天，尊父，尊圣，尊君，勿杀人，勿奸淫，勿侵犯他人领地，勿抢劫伤人，勿偷盗。这个可以恰当地概括为"四尊五勿"的律法系统源自唐虞，而完成于孔子，故可称为"孔子律法"或"至圣律法"。孔子律法的结构非常清楚地显示出孝在其中所处的那种至关重要的地位，让我们重申一遍以作为本文的结束：孝是一条联结着天人之伦与其他人伦的根本性的律法，是规范社会秩序的其他一切律法的基础，是诸律法的律法。

**【作者简介】**

唐文明，清华大学哲学系教授、系主任。研究专长为中国哲学、伦理学与政治哲学。主持国家社会科学基金青年项目"牟宗三的道德形上学与康德道德哲学的关系"（03CZX009）。

# 清华简《赤鸠之集汤之屋》篇笺释衍说[*]

侯乃峰

（山东大学文学院）

《赤鸠之集汤之屋》篇（以下简称"《赤鸠》篇"）收录于《清华大学藏战国竹简（叁）》，[①] 内容记载商汤与伊尹（简文中称为"小臣"）之古史传说，属于先秦时期"小说"性质的佚书，带有浓厚的神话色彩。这篇简文为今人提供了中国古代最早的"小说"材料，让我们对《汉书·艺文志》所谓"小说家者流，盖出于稗官，街谈巷语，道听途说者之所造也"有了较为具体直观的认识。今综合学界已有的研究成果，试对《赤鸠》篇进行简略考述。

## 一　《赤鸠之集汤之屋》篇笺释

为便于讨论，根据原整理者所作的释文，结合诸位学者已有的研究成果，同时参以己意，先将《赤鸠之集汤之屋》篇的释文分段写出（尽量使用通行字，个别需要讨论的字或严格隶定），然后对简文中某些疑难字词文句加以笺释论证。

---

[*] 本文系国家社会科学基金一般项目"《论语》古注新解综合研究及数据库建设"（18BZS003）的阶段性成果，原刊于《文史哲》2022年第5期。
[①] 清华大学出土文献研究与保护中心编，李学勤主编：《清华大学藏战国竹简（叁）》，上海：中西书局，2012，图版见上册页107—117，释文注释见下册页166—170。

## 第一段

曰古有赤鸠，集于汤之屋，汤射之，获之，乃命小臣曰："脂羹之，我其享之。"汤往囗。【1】小臣既羹之，汤后妻纴巟谓小臣曰："尝我于而羹。"小臣弗敢尝，曰："后其［杀］【2】我。"纴巟谓小臣曰："尔不我尝，吾不亦杀尔？"小臣自堂下授纴巟羹。纴巟受小臣而【3】尝之，乃昭然，四荒之外，无不见也；小臣受其余而尝之，亦昭然，四海之外，无不见也。【4】汤返廷，小臣馈。汤怒曰："孰㳌（偷）吾羹？"小臣惧，乃逃于夏。①

## 简【1】：

**赤鸠**："鸠"字，原简字形写作左从"鸟"右从"咎"之字（又见于简15背部篇题），原整理者读为"鹄"。笔者认为此字应读为"鸠"，"咎"与"九"古音皆属见母幽部，二字古音近可通。同时，在古代典籍文献中，存在商汤与"鸠"有关的记载。《三国志·吴书·孙策传》裴松之注引张纮《为孙会稽责袁术僭号书》一文，其中有段话云："殷汤有白鸠之祥，周武有赤乌之瑞，汉高有星聚之符，世祖有神光之征。"② 其中"殷汤有白鸠之祥"一句，虽然不知典出何处，但显然是说商汤与"鸠"存在某种联系，应当可以说明至少三国时期仍然可以见到商汤与"鸠"有关的记载。那么，原来典籍所记载的"赤鸠"，为何后来演变成了"白鸠"呢？笔者推测，这种演变或许与中国古代的"五行相胜"学说有关。如《吕氏春秋·有始览》云："及汤之时，天先见金刃生于水，汤曰：'金气胜。'金气胜，故其色尚白，其事则金。及文王之时，天先见火赤乌衔丹书集于周社，文王曰：'火气胜。'火气胜，故其色尚赤，其事

---

① 清华大学出土文献研究与保护中心编，李学勤主编：《清华大学藏战国竹简（叁）》下册，页167。以下所引释文，出处皆同此。

② 陈寿撰：《三国志》卷四十六《吴书·孙策传》，裴松之注，北京：中华书局，1959，页1106。

则火。"①《史记·封禅书》："周得火德，有赤乌之符。"②《论衡·指瑞篇》："白者，殷之色也。乌者，孝鸟；赤者，周之应气也。先得白鱼，后得赤乌，殷之统绝，色移在周矣。据鱼、乌之见，以占武王，则知周之必得天下也。"③ 从战国后期到东汉时期的这些记载都提到商得金德，其色尚白，而周得火德，其色尚赤。因此，到三国时期再提到"殷汤"与"鸠"有关的典故，此"鸠"据"五行相胜"学说非"白"色不可。而在清华简此篇成书的时代，当是尚不存在较为系统化的"五行相胜"学说，故此"鸠"可以是"赤"色。先秦时期的各种传说往往层累相因，有商汤之"赤鸠"，亦不妨碍有周武王之"赤乌"。

再者，《赤鸠之集汤之屋》篇作为一篇具有小说性质的简文，其中的"䳅"字释读为"鸠"，很可能还具有推动情节发展的作用。我们知道，"鸠"作为鸠鸽科的鸟，通常是指斑鸠，体形很小，比麻雀大不了多少。在简文中，商汤射获的"赤鸠"做成羹之后，先后被汤后妻纴巟和小臣尝了一番，很可能由于鸠本来就小，做成的羹很少，被两人尝过之后基本就没有了，所以才发生了小臣惧而逃之夏之举。而若读为"鹄"，则"鹄"作为鹤科的鸟，通常是指天鹅，体形比家鹅还要大些，被两人尝过之后应该还会有剩余，这样也许就不会发生后来的事情了。因此，从作者有意设定场景以推动故事情节发展的角度来讲，将简文此字读为"鸠"也较为妥当些。④

此外，从现代生物学的角度来说，斑鸠的羽毛本身就呈现出赤红色，如网络上对斑鸠的一般介绍是："……肩羽的羽缘为红褐色……

---

① 许维遹撰：《吕氏春秋集释》卷十三《有始览第一·有始览》，梁运华整理，北京：中华书局，2009，页284。

② 司马迁：《史记》卷二十八《封禅书第六》，北京：中华书局，2013，页1635。

③ 黄晖撰：《论衡校释（附刘盼遂集解）》卷十七《指瑞篇第五十一》，北京：中华书局，1990，页749。

④ 侯乃峰：《〈赤鹄之集汤之屋〉的"赤鹄"或当是"赤鸠"》，清华大学出土文献研究与保护中心编，李学勤主编《出土文献》第六辑，上海：中西书局，2015，页195—197。

颏和喉粉红色；下体为红褐色。"① 简文称为"赤鸠"就很好理解了。而"鹄"作为天鹅，以白色羽毛最为常见。从这个角度来说，此字也以读为"鸠"为妥。

**小臣**：指伊尹。原整理者即指为伊尹，②《楚辞·天问》"成汤东巡，有莘爰极。何乞彼小臣，而吉妃是得"，王逸章句："小臣，谓伊尹也。"③ 又，传世典籍中多见伊尹为商汤之小臣的记载。如《吕氏春秋·尊师》篇"汤师小臣"，高诱注："小臣谓伊尹。"④ 又如，《孟子·万章上》记载："万章问曰：'人有言"伊尹以割烹要汤"，有诸？'孟子曰：'否，不然。……吾闻其以尧、舜之道要汤，未闻以割烹也。'"⑤ 割烹：切割、烹调，指烹饪饭菜，当厨师。要：求也，谓设法求取某人的信任和重用。孟子认为"伊尹以割烹要汤"的说法不对，实际是由于伊尹有尧舜之道在身，故汤自来聘求，伊尹并没有主动去"要"。可见伊尹擅长烹饪，是商汤的厨师，后世成为厨师行业的祖师爷，此种说法在战国时期孟子所处的那个时代当已流行。

**汤往□**：末字原简残缺，当是一个地名用字。

简【2】：

**小臣既羹之**：羹，是"把……做成羹"之意。《楚辞·天问》"缘鹄饰玉，后帝是飨"，王逸章句："后帝，谓殷汤也。言伊尹始仕，因缘烹鹄鸟之羹，修饰玉鼎，以事于汤。汤贤之，遂以为相也。"⑥

**纴巟**：汤妻有侁氏（或作"有莘氏"）之女，"纴巟"当是其名。《吕氏春秋·本味》："汤闻伊尹，使人请之有侁氏。有侁氏不可。伊

---

① 参见"百度百科"之"斑鸠（鸽形目鸠鸽科斑鸠属鸟类的统称）"词条，https://baike.baidu.com/item/%E6%96%91%E9%B8%A0/2527?fr=aladdin。

② 清华大学出土文献研究与保护中心编，李学勤主编：《清华大学藏战国竹简（叁）》下册，页168。

③ 王逸撰：《楚辞章句》卷三《天问传章句第三》，黄灵庚点校，上海：上海古籍出版社，2017，页77、80。

④ 许维遹撰：《吕氏春秋集释》卷四《孟夏纪第四·尊师》，页91。

⑤ 赵岐注，孙奭疏：《孟子注疏》卷九下《万章章句上》，阮元校刻《十三经注疏》，北京：中华书局，1980，页2738。

⑥ 王逸撰：《楚辞章句》卷三《天问传章句第三》，页77、78。

尹亦欲归汤，汤于是请取妇为婚。有侁氏喜，以伊尹媵女。"①

简【5】：

**孰洀（偷）吾羹**：洀，愚谓当释读为"偷"。② 《说文》："俞，空中木为舟也。"③ 或以为，"舟"的词源应来自"俞"。④ 因此，将"洀"看作从"舟"声，读为从"俞"声的"偷"，应该是有可能的。王辉先生将"洀"读为"侜"，认为"侜"即"侜张"，"侜张"之义为诳，即欺骗，如《尔雅·释训》："侜张，诳也。"引《说文》"侜，有廱蔽也"，以为"有廱蔽"亦是欺骗之义；将"孰侜吾羹"解释为谁在我的羹上做了手脚？将简文理解为，小臣所"馈"，可能是羹的仿制品、替代品，或以仅剩残羹重新调制，或以他羹冒充；汤质问小臣，谁在我的羹上做了手脚，而不是谁偷喝了羹。⑤ 但分析"侜（侜张）"之义，若是传统上训为"诳"可信的话，则"诳"字从"言"，字义上应该是指言语上的欺骗，欺骗的对象应该是人。如《诗经·郑风·扬之水》："无信人之言，人实迋女。"⑥ "迋"即通假为"诳"，欺骗的对象亦是人。"诳"字精确的含义，应该是"用虚假的言行骗取别人信任的意思"。⑦《说文》"侜"训为"有廱蔽"，亦是欺骗之义，此欺骗即今所谓蒙骗，所骗的对象恐怕也只能是人，而非物。故从语感上来看，读为"侜"解释为"欺骗、蒙骗"似有可商。再者，前面已经谈到，故事中设定商汤猎获的是形体很小的鸠鸟，本身应该有推动情节发展的作用。鸠鸟之羹本来就很少，经

---

① 许维遹撰：《吕氏春秋集释》卷十四《孝行览第二·本味》，页 310。
② 侯乃峰：《也说清华简〈赤鸠之集汤之屋〉篇的"洀"》，《中国文字研究》第二十四辑，上海：上海书店出版社，2016，页 64—76。
③ 许慎撰：《注音版说文解字》卷八下《舟部》，徐铉校定，愚若注音，北京：中华书局，2015，页 173。
④ 王凤阳：《古辞辨》，北京：中华书局，2011，页 243、787。
⑤ 王辉：《清华简"孰侜吾羹"与〈诗经〉"谁侜予美"合证》，澳门汉字学会编《说文论语》，2018 年年刊（总第三期），页 52—54。
⑥ 毛亨传，郑玄笺，孔颖达疏：《毛诗正义》卷四，阮元校刻《十三经注疏》，页 345。
⑦ 王凤阳：《古辞辨》，页 243、787。

过纴芫和小臣二人接连偷吃，到商汤拿到羹时当已所剩无几。因此，商汤看到羹很少，张口就问"孰洍（偷）吾羹"，即将"洍"释读为"偷"，指"偷吃（羹）"，从情理上讲也更为顺畅自然。

## 第二段

汤乃祟（？）之，小臣乃痿而寝【5】于路，视而不能言。众乌将食之，巫乌曰："是小臣也，不可食也。夏后有疾，将抚楚，于食【6】其祭。"众乌乃讯巫乌曰："夏后之疾如何？"巫乌乃言曰："帝命二黄蛇与二白兔尻后之寝室【7】之栋，其下舍后疾，是使后疾心而不知人。帝命后土为二陵（篸）屯（笋），共尻后之床下，其【8】上刺后之体，是使后之身苛蠚，不可极于席。"众乌乃往。

**简【5】：**

**汤乃祟（？）之：** "乃"后之字稍残，据残存的笔画推测，怀疑此字当释为"尗"字，读为"祟"，在简文中用作动词，作祟之义。古书中有类似用法的"祟"字，如《韩非子·解老》："凡所谓祟者，魂魄去而精神乱，精神乱则无德。鬼不祟人则魂魄不去。"① 贾谊《新书·匈奴》："臣赐二族，使祟匈奴，过足言者。"②

**小臣乃痿：** 痿，简文写作"瘇"。冯胜君先生认为，"瘇"当读为痿痹之"痿"，是痿痹而不能行动之义，症状类似所谓的"中风"；中风的症状一般为麻痹瘫痪、言语不清，这与简文讲小臣僵卧于路，"视而不能言"的情形十分吻合。③

---

① 王先慎撰：《韩非子集解》卷六《解老第二十》，钟哲点校，北京：中华书局，2013，页152。
② 贾谊撰：《新书校注》卷四《匈奴》，阎振益、钟夏校注，北京：中华书局，2000，页139。
③ 冯胜君：《读清华三〈赤鸠之集汤之屋〉札记》，吉林大学古籍研究所编《吉林大学古籍研究所建所30周年纪念论文集》，上海：上海古籍出版社，2014，页82—83。

简【6】：

**抚楚**：原整理者引《说文》将"抚"训为"安也"，引《说文通训定声》将"楚"训为"酸辛痛苦之意"。① 据下文，"抚楚"疑为某种祭祷仪式，此种仪式需要摆放食物等祭品。

**于**：往也。

简【8】：

**疾心**：简文原写作"瘥疾"。冯胜君先生认为，"瘥疾"当指某一具体病症，而非泛指疾病而言；怀疑"瘥疾"原作"瘥＝"，即"瘥"字下原有合文或重文符号，在传抄过程中，"瘥＝"被误读为"瘥疾"；简文"瘥＝"当看作"心疾"的合文。② 其说可参。不过，参照甲骨文中常见的"疾目""疾齿""疾首""疾耳"等辞例，怀疑简文原本的"瘥＝"当看作"疾心"的合文。

**二陵（蓫）屯（笋）**：陵屯，整理者引《庄子·至乐》："生于陵屯，则为陵舄。"亦见于《列子·天瑞》。认为"陵屯"即"陵阜"，简文云后土受帝命，在夏后床下隆起两道陵阜，其气上犯，夏后罹疾。③ 陈剑先生认为"屯"当读为"笋"（下文"鷹"亦当读为"笋"），"蓫"当读为"蓫"，《说文》"竹萌也"。"蓫""笋"皆指竹笋。段注"蓫"字云："笋谓掘诸地中者，如今之冬笋；蓫谓已抽出者，如今之春笋。"④

简【9】：

**苛蠚**：冯胜君先生认为，"𪚣"或可读为"苛"，训为瘙痒；"蠚（蠚）"当解释为螫痛、刺痛。⑤

**不可极于席**：冯胜君先生认为，"极"引申有"停止""止息"

---

① 清华大学出土文献研究与保护中心编，李学勤主编：《清华大学藏战国竹简（叁）》下册，页169。

② 参见冯胜君《读清华三〈赤鹄之集汤之屋〉札记》，页80—81。

③ 清华大学出土文献研究与保护中心编，李学勤主编：《清华大学藏战国竹简（叁）》下册，页169。

④ 陈剑：《清华简字义零札两则》，复旦大学出土文献与古文字研究中心编《战国文字研究的回顾与展望》，上海：中西书局，2017，页197—200。

⑤ 冯胜君：《读清华三〈赤鹄之集汤之屋〉札记》，页81—82。

之义;简文"不可极于席",即不可止息、安处于席。①

## 第三段

巫乌乃啄小臣之躯,遂,【9】小臣乃起而行,至于夏后。夏后曰:"尔惟畴?"小臣曰:"我天巫。"夏后乃讯小臣曰:"如尔天巫,【10】而知朕疾?"小臣曰:"我知之。"夏后曰:"朕疾如何?"小臣曰:"帝命二黄蛇与二白兔,尻后之寝【11】室之栋,其下舍后疾,是使后棼棼恂恂而不知人。帝命后土为二陵(篸)屯(笋),共尻后之床下,【12】其上刺后之身,是使后昏乱甘心。后如撤屋,杀黄蛇与白兔,椒地斩陵(篸),后之疾其瘳。"【13】

简【9】—【10】:

**巫乌乃啄小臣之躯,遂,小臣乃起而行**:冯胜君先生将简文释读作"巫乌乃啄小臣之胸(躯),渭(遂),小臣乃起而行",认为简文是说小臣的身体经巫乌啄后,由痿痹不起(即"不遂")而活动自如(即"遂"),故能起身而行。②

简【10】:

**尔惟畴**:惟,为,是。《尔雅·释诂》:"畴,谁也。"③ "尔惟畴",即"你是谁"。

简【12】:

**棼棼恂恂**:蒸蒸,同"棼棼",犹"纷纷",淆乱,杂乱。《吕氏春秋·慎大览》:"桀为无道,暴戾顽贪,天下颤恐而患之,言者不同,纷纷分分,其情难得。"④ 恂恂,《论语·乡党》:"孔子于乡党,

---

① 冯胜君:《读清华三〈赤鸠之集汤之屋〉札记》,页81—82。
② 冯胜君:《读清华三〈赤鸠之集汤之屋〉札记》,页83—84。
③ 郭璞注、邢昺疏:《尔雅注疏》卷二《释诂下》,阮元校刻《十三经注疏》,页2573。
④ 许维遹撰:《吕氏春秋集释》卷十五《慎大览第三·慎大览》,页353。

恂恂如也，似不能言者。"①《玉篇》："恂，栗也。"②

简【13】：

**昏乱甘心**：甘心，《诗·卫风·伯兮》"愿言思伯，甘心首疾"，毛传："甘，厌也。"疏："谓思之不已，乃厌足于心，用是生首疾也。凡人饮食，口甘遂至于厌足，故云'甘，厌也'。"③

**撤屋**：《诗·小雅·十月之交》："彻我墙屋。"郑笺："彻毁我墙屋。"④"彻"通"撤"。撤，毁坏，拆毁，拆除。

**埱地斩陵（笙）**：埱，掘。⑤ 斩，《说文》"截也"，⑥ 即截断，砍断。

**瘳**：病愈。《说文》："瘳，疾愈也。"⑦

## 第四段

夏后乃从小臣之言，撤屋，杀二黄蛇与一白兔；乃埱地，有二陵（笙）鹰（笋），乃斩之。其一白兔【14】不得，是始为埤（甓），阜（覆）诸屋，以御白兔。【15】

赤鸠之集汤之屋【15 背】

简【15】：

**是始为埤（甓），阜（覆）诸屋，以御白兔**：埤，笔者曾怀疑读为

---

① 何晏注，邢昺疏：《论语注疏》卷十《乡党第十》，阮元校刻《十三经注疏》，页 2493。
② 顾野王：《大广益会玉篇》卷八《心部第八十七》，北京：中华书局，1987，页 38。
③ 毛亨传，郑玄笺，孔颖达疏：《毛诗正义》卷三，阮元校刻《十三经注疏》，页 327。
④ 毛亨传，郑玄笺，孔颖达疏：《毛诗正义》卷十二，阮元校刻《十三经注疏》，页 446。
⑤ 刘乐贤：《释〈赤鹄之集汤之屋〉的"埱"字》，清华大学出土文献研究与保护中心网站，www.tsinghua.edu.cn，2013 年 1 月 5 日。
⑥ 许慎撰：《注音版说文解字》卷十四上《车部》，页 305。
⑦ 许慎撰：《注音版说文解字》卷七下《疒部》，页 153。

"貔",将简文读为"是始为埤(貔),覆诸屋,以御白兔"意谓制作上有貔貅的瓦,覆盖在房屋顶上,用来抵御作祟的白兔。这段话说的是后世建筑物上安放"脊兽"之风俗习惯的起源。时至今日,在一些仿古建筑上犹能看到"脊兽";同时,认为读为"覆"之字本字当是"阜"。①

刘娇怀疑"埤"字或可读为"甓",指覆盖在屋顶上的瓦;并引传世典籍中"桀作瓦屋"的记载为证,如《世本·作篇》:"桀作瓦屋。"《淮南子·说山》篇:"桀有得事。"高诱注:"谓若作瓦以盖屋,遗后世也。"② 其说较优。

传世典籍中所谓的"甓",从词源的角度来看,顾名思义当是将筒状的土坯劈开而成,则自当是指"瓦"。至于刘文中所说,古人将《诗经·陈风·防有鹊巢》"中唐有甓"的"甓"解释为"瓴甋",而传统训诂多将"瓴甋"解释为"砖瓦"之"砖"而不是"瓦",则可以从名物词的演变角度来解释。"中唐有甓"与"防有鹊巢"对文,说的都是不正常现象,在诗中都应该是反问句。防,堤坝,鹊巢不会筑在堤坝上。同样,中唐,中庭的道路,道路上也不会铺设本应该覆盖在房屋顶上的瓦。因此,诗句中的"甓"同样也应该解释为"瓦"而非"砖",若中庭道路上铺砖则属于正常现象,解释为"砖"反而与诗句的主旨不相符。传统训诂多将"瓴甋"解释为"砖",刘文已引其他学者将"瓴"解释为板瓦的说法加以论证。从名物词演变的角度来看,早期的瓦发明之初有可能是板片状的板瓦(烧制之前的坯,大概是将土墼剖开而成,故也含劈开之义,亦得称为"甓"),与砖类似,二者都需要烧制而成,具有同出一源的关系。弧形的瓦出现之后,转而用这个词来指弧形的瓦,从而产生了"甓(瓴甋)"既可指"砖"也可指"瓦"的现象。古代名物词的考证往往众说纷纭,原因很可能在于许多名物词的名实关系大都是一个历

---

① 参见侯乃峰《战国文字中的"阜"》,《贵州师范大学学报》(社会科学版)2017 年第 1 期,页 120—125。

② 刘娇:《清华简〈赤鹄之集汤之屋〉"是始为埤"与"桀作瓦屋"传说》,载中国古文字研究会、吉林大学中国古文字研究中心编《古文字研究》第三十二辑,北京:中华书局,2018,页 378—383。

时的演变过程，后世学者却常常将这些名物词置于共时的语境中加以考证，故各执一词。其实，诸家的说法可能都不算错，只需要厘清各个名物词的古今先后关系即可。当然，这种工作是很不容易做到的。"甓（瓴甋）"既可指"砖"，也可指"瓦"，大概也属于这种随时代发展、形制演变而产生不同名称的现象。

## 二　《赤鸠之集汤之屋》篇衍说

《赤鸠》篇简文内容已见上述。由此可见，本篇简文经过学界的研究，字词文句的理解方面已经不存在太大的问题，全篇内容现在基本可以读通。然对于《赤鸠》篇文本性质与文献归类的讨论，学者之间至今仍有一些争议。李学勤先生最初在介绍此篇简文时，[①] 似乎并没有将这篇简文与后世的"小说"直接等同。虽然《汉书·艺文志》的《诸子略》里著录的《伊尹说》等篇，后世学者一般归属于"小说家者流"，但这里所谓的"小说"，只是传统目录学意义上的"小说"，与后来真正作为一种文学文体意义上的"小说"还是有差别的。石昌渝先生认为：

> 传统目录学的"小说"，与作为散文体叙事文学的小说，分水岭就是实录还是虚构。说实话的（至少作者自以为）是传统目录学的"小说"，编假话的是作为散文体叙事文学的小说。[②]

黄德宽先生则明确将《赤鸠》篇简文定性为文学文体意义上的"小说"，而且还是现在可见的最早的"小说"作品。[③] 后来的研究

---

[①] 参见李学勤《新整理清华简六种概述》，《文物》2012 年第 8 期，页 69。
[②] 石昌渝：《中国小说源流论》，北京：生活·读书·新知三联书店，1994，页 7。
[③] 详见黄德宽《清华简〈赤鹄之集汤之屋〉与先秦"小说"——略说清华简对先秦文学研究的价值》，《复旦学报》（社会科学版）2013 年第 4 期，页 2—4。

过程中，多数学者也都认同《赤鹄》篇属于"小说"的看法。① 蔡先金先生还进一步提出：

> 从故事的内容与性质来看，《赤鹄之集汤之屋》属于灵化小说。何谓灵化小说？即小说内容反映出世俗与神灵杂糅状态，体现出巫术的色彩。灵化小说应该是古代最早的小说形式之一，是神话与史传结合的产物，这正符合小说初创时期的面貌与发展逻辑。②

不过，由于《赤鹄》篇编连于清华简（壹）《尹至》《尹诰》之前，三篇竹书原本编于同卷，③ 而《尹至》《尹诰》两篇属于明确无疑的《书》类文献几乎是学界共识，故也有学者在认同此篇可以根据后世概念归属于"小说"的前提下，对于其在先秦时期的古人心目中是否属于"小说"仍持保留态度。如李守奎先生在将此篇看作"比较典型的'其语浅薄'的小说家言"的同时，又指出：

> 从《赤鹄之集汤之屋》与《尹至》《尹诰》竹简形制完全相同、字迹相同来看，当时同编一册的可能性很大，很可能当时是当做同类看待的。④

---

① 参见姚小鸥、李永娜《清华简中的志怪小说》，《人民政协报》2013年5月20日，第C02版；姚小鸥《清华简〈赤鹄〉篇与中国早期小说的文体特征》，《文艺研究》2014年第2期，页43—58；陈瑶《〈赤鹄〉篇的小说史意义》，《光明日报》2016年5月23日，第16版；谭若丽《清华简〈赤鹄之集汤之屋〉与古小说源流——兼论相关出土文献》，《西安文理学院学报》（社会科学版）2016年第3期，页25—28；赵海丽《清华〈赤鹄〉简文与中国小说源头元素的充实》，《中国简帛学刊》第三辑，北京：社会科学文献出版社，2019，页181—194。

② 蔡先金：《简帛文学研究》，北京：学习出版社，2017，页571。

③ 参见肖芸晓《试论清华竹书伊尹三篇的关联》，载武汉大学简帛研究中心主编《简帛》第八辑，上海：上海古籍出版社，2013，页471—476。

④ 李守奎：《汉代伊尹文献的分类与清华简中伊尹诸篇的性质》，《深圳大学学报》（人文社会科学版）2015年第3期，页48—49。

又如，刘成群先生也认为：

> 《赤鹄之集汤之屋》情节曲折，想象丰富，谓之小说当不成问题。从文学角度来看，此篇可归属于先秦杂史体志怪小说的范畴。
>
> 清华简《赤鹄之集汤之屋》与《尹至》《尹诰》编排在一起而位于两者之前，这表明《赤鹄之集汤之屋》在清华简墓主人眼中是《书》一类的文献。①

更有甚者，个别学者直接认为此篇简文就属于《书》类文献。②孙飞燕女士经过分析论证，认为《赤鸠》篇与《尹至》《尹诰》不是连续的上中下三篇，该篇不属于《尹至》《尹诰》这类的《尚书》文献；《赤鸠》篇与《汉书·艺文志·诸子略》著录的《伊尹说》性质不同，也非战国时人编造的故事；该篇可能是伊尹本族世代相传的传说。③

以上学者的研究结论，可以说各有根据。即使是直接将此篇简文看作《书》类文献的学者，在当前的学界明显属于少数派，但其所举的证据及其论证过程也不能说是无稽之谈。出现这种状况的原因，一方面当是由于中国古代作为文学文体意义上的"小说"概念的出现是后起之事，先秦时期根本就不存在"小说"这种文体；另一方面，也与研究者对"小说"概念的把握有关。众所周知，中国古代尤其是先秦时期的史传类文献记载中，往往夹杂着讲述一些离奇神异的故事。例如，《尚书》作为《书》类文献的典型文本，其记载的真实性几乎鲜有学者质疑。其中的《说命》三篇，传世本属于伪古文

---

① 刘成群：《清华简〈赤鹄之集汤之屋〉文体性质再探》，《学术论坛》2016年第8期，页100。
② 参见刘光胜《〈清华大学藏战国竹简（壹）〉整理研究》，上海：上海古籍出版社，2016，页158—183。
③ 详见孙飞燕《论清华简〈赤鸠之集汤之屋〉的性质》，武汉大学简帛研究中心主编《简帛》第十六辑，上海：上海古籍出版社，2018，页31—41。

本，清华简（叁）公布了真正的古文本。清华简《说命》中，"失（佚）仲是生子，生二戊（牡）豖"的一段记载，① 显然属于"怪力乱神"之谈，具有古代"小说"的性质，但这段记载并不妨碍我们将清华简《说命》三篇看作《书》类文献。又如，《左传》僖公十年记载晋国大夫狐突遇到含冤而死的太子申生的鬼魂之事，显然也具有"小说"的色彩，但这种记载同样不会影响《左传》作为史传文献的性质。下文将会谈到，古代文学界通常认为中国古代早期的小说主要脱胎于各种神话传说与古史传说。那么，先秦时期的史传文献中，出现一些虚构出来的具有"小说"萌芽性质的材料，就是顺理成章之事了。同时，既然先秦时期并不存在后世文学文体意义上的"小说"概念，则当时的古人将这些具有"小说"性质的材料看成史传类文献甚至是《书》类文献，也是很有可能的。从"小说"起源于古史传说的角度来说，个别学者将《赤鸠》篇简文直接看成《书》类文献，自有其道理。不过，如果依据后世的文献分类标准，严格按照当前通行的"小说"概念，也就是套用现代文学文体意义上的"小说"概念来对此篇文本内容进行分析，学者恐怕不会轻易将此篇简文看成《书》类文献的，这就属于对概念的把握方面的问题了。

总而言之，将《赤鸠》篇简文看作具有"小说"性质的文献，这种观点在当前的学界无疑占据主流地位。对此提出异议的学者，不过是由于文献本身的复杂性，故着眼的角度稍有不同而已。诸家的说法，从不同层面加深了我们对这篇文献的理解。

虽然《赤鸠》篇简文的内容比较简短，但作为出土文献中发现的一篇先秦时期"小说"类文献，提供给今人的相关信息却非常丰富。以下分四个方面，对《赤鸠》篇的文本内涵与文献价值问题进行一些分析说明。

首先，《赤鸠》篇提供了中国古代最早的小说经典文本实例。

"小说"的名目，在中国古代出现得很早。如《庄子·外物》篇

---

① 清华大学出土文献研究与保护中心编，李学勤主编：《清华大学藏战国竹简（叁）》，图版见上册页30—31，释文注释见下册页122。

即有"饰小说以干县令"之语,① 但这里的"小说"当是指琐屑细碎的言论,并非后世意义上的"小说"。先秦时期的典籍中所见的神话传说、寓言故事、历史传说等材料,和后世的"小说"也有明显差别。稍具有后世严格意义上的"小说"概念的,可能是班固在《汉书·艺文志》中列为"十家"之一的"小说家者流"。今人研究中国古代早期的小说史料,大都会提及《汉书·艺文志》中"小说家者流"所列的十五家篇目名:

《伊尹说》二十七篇。其语浅薄,似依托也。
《鬻子说》十九篇。后世所加。
《周考》七十六篇。考周事也。
《青史子》五十七篇。古史官记事也。
《师旷》六篇。见《春秋》,其言浅薄,本与此同,似因托之。
《务成子》十一篇。称尧问,非古语。
《宋子》十八篇。孙卿道宋子,其言黄老意。
《天乙》三篇。天乙谓汤,其言非殷时,皆依托也。
《黄帝说》四十篇。迂诞依托。
《封禅方说》十八篇。武帝时。
《待诏臣饶心术》二十五篇。武帝时。
《待诏臣安成未央术》一篇。
《臣寿周纪》七篇。项国圉人,宣帝时。
《虞初周说》九百四十三篇。河南人,武帝时以方士侍郎,号黄车使者。
《百家》百三十九卷。
右小说十五家,千三百八十篇。②

---

① 郭庆藩撰:《庄子集释》卷九上《外物第二十六》,王孝鱼点校,北京:中华书局,2004,页925。
② 班固:《汉书》卷三十《艺文志第十》,北京:中华书局,2013,页1744—1745。

然而，以上所列的这些小说，后来均佚失不传。而且，其中后六种根据篇题与注语推测，可以肯定产生的时间最早不会超过西汉武帝时期。

由于古书大量失传，今人研究早期的小说，可用的材料寥寥无几。鲁迅先生《中国小说史略》第二篇"神话与传说"中所论及者，流传下来的时代较早的小说材料仅有《山海经》《穆天子传》《燕丹子》三种。① 后来的学者基本上都沿用了鲁迅先生的思路，在探讨早期的小说史料时，都列举这三种书。如程毅中先生《古小说简目》，早期可见的小说亦仅此三种。② 又如李剑锋先生所著《唐前小说史料研究》一书，在第一章"汉代及以前小说史料"中，早期的小说史料也仅列这三种书。而实际上，《山海经》《穆天子传》两书，直至清乾隆年间敕撰《四库全书》时，才退置于"小说家类"，宋元以前多目之为史书。③ 从内容上分析，将《山海经》《穆天子传》二书视为小说也是不大妥当的。

至于流传至今的《燕丹子》，可称得上早期文献中"小说意味最浓的一种"，④ 可以算是严格意义上的"小说"。但《燕丹子》是敷演荆轲刺秦王的故事而成，其本事发生在战国末期，其创作成书的时代，虽然目前尚难以断定，但从故事内容和文辞风格来看应当不会早到先秦时期。

综上可知，传世文献中流传下来的先秦时期严格意义上的小说文本，在《赤鸠》篇公布之前，可以说一篇也没有。当然，也有学者对先秦时期流传下来的某些具有"小说"色彩的传世文献是否可以归属于"小说"提出过新说。例如，胡念贻先生认为《逸周书》中的《王会》《太子晋》《殷祝》属于小说；从这几篇作品中可以看出我国古代小说的滥觞，它们具备了小说的雏形，基本上符合我们今天

---

① 参见鲁迅《中国小说史略》，南宁：广西人民出版社，2017，页15—22。
② 参见程毅中《古小说简目》，北京：中华书局，1981，页1、6。
③ 参见李剑锋《唐前小说史料研究》，济南：山东教育出版社，2016，页1—25。
④ 李剑锋：《唐前小说史料研究》，页1—25。

所说的小说的概念。①又如，赵逵夫先生认为《庄子·杂篇》所收《说剑》为庄辛所著，也属于小说。②但这些新说似乎都没有成为古代文学界的主流观点。上文已经说过，先秦时期根本就不存在作为文学文体意义上的"小说"概念，某些文献具有"虚构""造作故事"的成分是很自然的。即使某些文献具有"小说"的色彩，当时的人也不会以"小说"视之。如果从"小说"主要脱胎于各种神话传说与古史传说的角度，完全可以将这些具有"小说"色彩的文献看成"小说"的萌芽材料，而非后世严格的文学文体意义上的"小说"。根据以上学者按照现代意义上的"小说"概念对《赤鹄》篇简文内容的分析，可见其神异离奇色彩、故事情节的曲折程度等都远远超出《逸周书》中的《王会》《太子晋》《殷祝》以及《庄子·杂篇》中的《说剑》。由此，论断《赤鹄》篇是目前发现的先秦时期最早的严格意义上的"小说"文本，应该问题不大。出土文献中，甘肃天水放马滩秦简《志怪故事》（或称作《丹死而复生》）与北大秦简的《泰原有死者》可以算是早期的志怪小说，③两篇简文的内容有类似之处，都属于秦代文献。《赤鹄》篇作为《清华大学藏战国竹简》中的一篇，其竹简年代（大致相当于简文的抄写年代）据测定约在公元前305年，处于战国中晚期。而实际上，《赤鹄》篇的创作成书年代可能还要早于这个时间。因此，无论从什么角度来说，《赤鹄》篇都可以算是目前所见的中国古代最早的小说文本，为今人研究早期小说提供了经典实例。

附带需要提及的是，如果说清华简《赤鹄》篇曾经流传到汉代，《汉书·艺文志》中的"小说家者流"所列篇目中也包含这一篇的话，则此篇有可能属于《伊尹说》或《天乙》中的一篇。《天乙》

---

① 参见胡念贻《〈逸周书〉中的三篇小说》，《文学遗产》1981年第2期，页19、27。
② 参见赵逵夫《我国最早的一篇作者可考的小说——庄辛〈说剑〉考校》，《山西师范大学学报》（社会科学版）1992年第4期，页46。
③ 参见甘肃省文物考古研究所编《天水放马滩秦简》，北京：中华书局，2009，页107；李零《北大秦牍〈泰原有死者〉简介》，《文物》2012年第6期，页81—84。

篇下班固注云:"天乙谓汤,其言非殷时,皆依托也。"① 可知《天乙》篇当是讲商汤故事的小说。由于《赤鸠》篇简背有篇题"赤鸠之集汤之屋",其中出现了"汤"之名,而所谓"伊尹说"大概近于先秦的"说"体文献(当以记载言论为主),故《赤鸠》篇更有可能属于《天乙》篇。当然,这仅是推测,实际情况是否如此,尚有待于更多相关材料的检验。

其次,《赤鸠》篇可以证明中国古代早期的小说应当主要脱胎于各种神话传说、古史传说。

关于中国古代小说的起源问题,学者们多有探讨。鲁迅先生《中国小说史略》第二篇题名"神话与传说",其云:"《汉志》乃云出于稗官,然稗官者,职惟采集而非创作,'街谈巷语'自生于民间,固非一谁某之所独造也。探其本根,则亦犹他民族然,在于神话与传说。"② 李剑锋先生也认为:"小说作品的源头,尤其是它的艺术渊源,应当是包括神话、历史、寓言、辞赋、诗歌等在内的一切文学艺术,当然其中有远近亲疏之别。"③ 也是将神话故事与历史传说看作小说作品的主要来源。

从《赤鸠》篇来看,简文的内容正好可以印证这个说法。《赤鸠》篇中出现的三个主要人物"(商)汤""小臣(伊尹)""夏后(桀)",都是历史上的著名人物。古代传说,伊尹曾仕于夏桀,后来才归附辅佐商汤。如《国语·晋语一》:"史苏曰:'昔夏桀伐有施,有施人以妹喜女焉,妹喜有宠,于是乎与伊尹比而亡夏。'"韦昭注云:"伊尹,汤相伊挚也,自夏适殷也。"④ 又如《礼记·缁衣》引《尹吉》曰"惟尹躬天见于西邑夏",郑玄注曰:"伊尹始仕于夏,此时就汤矣。"⑤ 又如,上引陈剑先生之文中所列举的文献:王家台

---

① 班固:《汉书》卷三十《艺文志第十》,页1744。
② 鲁迅:《中国小说史略》,页15—22。
③ 李剑锋:《唐前小说史料研究》,页1—25。
④ 徐元诰撰:《国语集解》卷七《晋语一》,王树民、沈长云点校,北京:中华书局,2002,页250。
⑤ 郑玄注,孔颖达疏:《礼记正义》卷五十五《缁衣第三十三》,阮元校刻《十三经注疏》,页1649。

秦简《易占》简523："昔者□（殷？）小臣卜逃唐（汤）而攴（枚）占中（仲）虺。"《战国策·燕策二》："伊尹再逃汤而之桀，再逃桀而之汤，果与鸣条之战，而以汤为天子。"《孟子·告子下》："五就汤，五就桀者，伊尹也。"《史记·殷本纪》（《汝鸠、汝方》篇《书序》略同）："伊尹去汤适夏。既丑有夏，复归于亳。"① 以上所列的这些文献，后三条甚至说伊尹曾经反复就桀就汤，都应该是《赤鹄》篇的故事所依据的历史背景材料。这些历史传说故事，正是早期小说的重要源头之一。

《赤鹄》这篇小说编排伊尹作为小臣先服侍商汤，因鹄羹之事惧而逃于夏，并通过为夏桀治愈疾病而获得其信任。这种传说，显然是在解释伊尹曾"逃汤"而仕于夏桀之缘由。而实际的历史结局，是众所周知的，即伊尹最终辅佐商汤伐灭了夏桀。《赤鹄》篇所讲的故事，就相当于连载小说的前半部分，给读者造成了一种悬念，吸引读者继续读下去，即想知道伊尹后来又是如何归附于商汤，最终辅佐商汤灭了夏桀的。这种依附于历史真实的传说故事，被早期小说吸收为素材后，无形中增强了早期小说的叙事张力，也给读者展现出一幅宏大的历史图景，很容易引起读者的阅读兴趣。

同时，在《赤鹄》篇中，商汤能够对小臣作祟，使得他"痿而寝于路，视而不能言"；巫乌会说话，能解除小臣身上的巫术；帝命二黄蛇与二白兔以及后土使得夏桀生病；这些情节设定都具有浓厚的神话色彩，也表明神话传说是早期小说的重要源头之一。

再次，《赤鹄》篇可以反映当时民众所处的社会生活环境之一斑，是现实生活场景在文学作品中的投射。

无论古今中外，小说中所展现的反映社会生活的情节、场景等内容，从本质上来说都是虚构的，具有较多的夸张性。但这些虚构的情节、场景，都是建立在人们对现实社会生活的感觉经验的基础之上的，是对现实生活的加工提炼，又具有一定的真实性。从《赤鹄》篇虚构的情节、场景中，我们同样也可以看出当时人们所生活的真实

---

① 陈剑：《清华简字义零札两则》，页202—203。

环境,切实地感受到他们的思想观念。

例如,《赤鸠》篇中商汤对小臣作祟,导致其"痿而寝于路,视而不能言",冯胜君先生认为这种症状就相当于今天所谓的"中风"(或者叫"半身不遂")病症。① 这种情节,大概就是当时的人们对"中风"症状的认识,以为此病是具有巫术的人对患者作祟导致的。小臣倒地不起后,"众乌将食之",大概就是古人对乌鸦经常成群结队飞翔且喜食动物尸体场景的生动展现。巫乌"啄小臣之躯,遂,小臣乃起而行",大概就是当时的人们使用原始的医疗手段(如针灸、按摩等)来治疗疾病的高度抽象化表述。又如,上帝命后土"为二箟笋,共凥后之床下,其上刺后之身",使得夏后桀生病。对于这种生长在床下的竹笋,陈剑先生曾有一段很精当的阐释:

> 这类尚完全埋藏于土中未抽出地面的竹笋,后代或称为"暗笋",在地中部分有时可能甚为长大可怪(参看文末所附报导)(引按:指其文末所附的《梅州日报》网络版2006年5月11日有一篇题为《罕见竹笋深藏地下》的报道说:梅县西阳明山村板盖坑村民挖得一条竹笋,长1.2米、半截胸围20厘米,且整条竹笋尚藏在地下,只有顶部叶尖破土;竹笋比三岁的幼儿还高出一头)。竹鞭往往在地下蔓延至颇远处生出竹笋,若寝室靠近竹林,确有可能竹笋生于床下。如果恰好床上之人身体不适,在发现床下竹笋后,由巫术思维而将其病因归结于竹笋向上生长之"刺人",也是很自然的事。简文所述神奇故事,是自有生活经验作为基础的。②

《赤鸠》篇所讲述的故事中,两个生长在床下土中的竹笋导致夏桀生病。古人之所以编排出这样的情节,大概就是因为在现实生活中见过蔓延到室内的"暗笋",故以此作为素材吧。

最后,《赤鸠》篇所体现的道德教化意义,似乎已经受到儒家思

---

① 参见冯胜君《读清华三〈赤鸠之集汤之屋〉札记》,页83。
② 陈剑:《清华简字义零札两则》,页200。

想的影响。

中国古代早期的小说，其产生既然主要脱胎于各种神话传说、古史传说，则在其创作流传过程中也必然受到这些前小说材料的影响，其编排的故事内容本身包含一定的社会知识教育功能，沾染上一些道德教化的意义。也即，"汉前小说史料具有明显的依附性"，"小说史料主要依附历史而存在，小说史料的价值主要依赖儒家讽谏观念而获得承认和保存，小说史料作者大多依托儒、道等名家而自高"。①《赤鸠》篇编排的内容似乎也体现了这种依附性。

众所周知，儒家的思想观念在战国时期流传较广，当时流传的很多文献在儒家后学传抄的过程中都或多或少地打上了儒家思想的烙印。《赤鸠》篇作为一篇战国时期的小说，其所体现的思想观念似乎也不例外，同样也可以从中看到儒家思想的影子。如简文中说"帝命二黄蛇与二白兔尻后之寝室之栋，其下舍后疾"，虽然没有明说"帝"为何要这么做，但编排这种情节显然是变相表明夏桀的所作所为不得"帝"心，其德行不能"配天"，与"天命"有违。这些都属于先秦时期的儒家学派本有的思想观念。

又如，传世典籍如《世本·作篇》中曾记载"桀作瓦屋"，这种传说在先秦时期很可能流传甚广，以至于到了东汉高诱为《淮南子》作注的时代仍然流行不衰。然在《赤鸠》篇中，"是始为甓，覆诸屋，以御白兔"，传说变成了夏桀那个时代开始制作瓦（覆盖在屋顶以抵御白兔），而不是夏桀其人发明制作了瓦。这种改编大概也受到儒家的道德价值理念的影响。《大戴礼记·用兵》篇记载：

> 公曰："蚩尤作兵与？"子曰："否。蚩尤，庶人之贪者也，及利无义，不顾厥亲，以丧厥身。蚩尤，惛欲而无厌者也，何器之能作？"②

---

① 李剑锋：《唐前小说史料研究》，页1—25。
② 方向东撰：《大戴礼记汇校集解》卷十一《用兵第七十五》，北京：中华书局，2008，页1128。在未改变文意的前提下，所引文句的标点稍有调整。

也即，在孔子看来，蚩尤这种人由于德行败坏，故不能作器（制作器物，原文指发明兵器）。这种道德至上的观念，大概也是《赤鸠》篇的创作者所具有的理念，则夏桀作为历史上著名的暴君，道德败坏至极，自然也不具备作器的资格，从而对"桀作瓦屋"的传说进行了这般改编吧。

## 三 结语

综上可见，《赤鸠之集汤之屋》篇作为中国古代最早的小说文本，同时也是战国时代的古文字材料，简文的研究总体上取得了较大进展，学界在多数问题上已经达成了共识，全篇内容基本可以读通。但在个别疑难字词文句的释读上，仍然存在一定的探讨空间。如上文将"洀"字释读为"偷"，根据目前战国文字材料所见的古文字形体来看，证据稍显薄弱。又如，将"坢"字读为"甓"，训释为"瓦"，与传统训诂将"甓"解释为"砖"不同。当前只能根据《诗经·陈风·防有鹊巢》篇中诗句的前后文义，以及语源学的角度，进行一些推测性的探讨，尚未能找到确切的证据。这些问题，目前看来皆非定论，仍有待于进一步研究。希望后来能够发现更多的相关材料，将这些疑难问题彻底解决。

《赤鸠》篇简文思想内涵与文献价值的解读方面，上文主要从中国古代现存最早的小说文本、中国古代早期小说的起源、简文反映出的当时民众所处的社会生活环境、简文所体现的道德教化意义等角度进行了初步论述。此外，《赤鸠》篇简文在古代学术史与思想文化史上，仍然存在一些尚待深入探究的问题。例如，《赤鸠》篇作为具有浓厚神话色彩的古史传说故事，在战国时代其文本类型是如何定性的？也即，在当时人的心目中，此篇简文究竟是与历史载籍处于同样的地位，还是归属到后世所谓"小说家者流"之列？又如，《赤鸠》篇简文所讲述的商汤、伊尹传说，是否流传到西汉时期？换言之，《汉书·艺文志》"小说家者流"所收录的十五家篇目，其中究竟是否包含《赤鸠》篇？再如，《赤鸠》篇中的夏后（即夏桀）究竟是以何种面目出现在此篇传说故事中的？确切地说，夏桀在此篇简文中并没有表现出昏庸残暴的一面，反而间接促进了"屋瓦"的发明，对社会发展有所贡献，这是否能够代表战国时代的人们对夏桀形象的一般认识？《论语·子张》中子贡评论商纣王时所说的"纣之不善，不如是之甚也"，是否也可以移用到夏桀身上？诸如此类的问题，由于文献不足征，目前都无法展开讨论，只能暂时付之阙如。

【作者简介】

侯乃峰，山东大学文学院，教授。主要从事出土文献与古文字学研究，兼及传世先秦两汉儒家典籍研究。主持国家社会科学基金一般项目"《论语》古注新解综合研究及数据库建设"（18BZS003）等。

# 礼乐文明的根基重建*

## ——《中庸》的古典学阐释

### 孟 琢

### （北京师范大学文学院）

作为中国哲学的根本经典，《中庸》的阐释史可以分为"性命之学"与"礼乐之学"两大系统。① 前者肇端于韩愈、李翱的《中庸》之学，以两宋以来的理学传统为主，认为《中庸》为儒门心法所在，重在阐发以心性、天命为核心的形而上学思想。后者源自郑玄以来的汉唐经学，随着宋明理学的兴起而趋于边缘，在清代礼学复兴中再度崛起，认为《中庸》本为"释礼之书"，重在阐发儒家礼乐之道。阐释传统的差异与兴替，影响着《中庸》文献归属的不断变化。《中庸》本为《礼记》之一篇，朱子将其从《礼记》中抽出编入《四书》，元代吴澄《礼记纂言》首次将《大学》《中庸》脱离《礼记》。这一编纂方式影响久远，直至明末，郝敬在《礼记通解》中强调《中庸》的"礼书"属性，将《学》《庸》重新收入《礼记》，才打

---

\* 本文系国家社会科学基金重大项目"基于历代训释资源库的中国特色阐释学理论建构与实践研究"（22&ZD257）和北京师范大学中央高校基本科研业务费优秀青年创新团队项目"基于数字人文的《说文》学跨学科研究"（123 330008）的阶段性成果。原刊于《哲学研究》2023年第12期。

① 杨儒宾将《中庸》阐释史分为"心性论"和"气化论"两系。前者为主流，认为《中庸》具有心性形上学的内容，是修身养性、安身立命的性命之书；后者为非主流，认为《中庸》具有气化论思想，体现出浓厚的政治哲学倾向。参见杨儒宾《从〈五经〉到〈新五经〉》，上海：上海古籍出版社，2019，页224—226。根据汉唐经学与清代礼学的学术渊源，本文将后者界定为"礼乐之学"的阐释系统。

破了三百年来《礼记》著作的编纂成例。① 自此以来，清儒多将《学》《庸》重返《礼记》，体现出清代汉学对理学的反动。

　　阐释传统与文献归属的不同，让学者对《中庸》主旨的认识产生了一定程度上的割裂。尽管两种阐释传统都试图构建《中庸》义理的统一性，二者之间具有复杂的交叉、呼应与融通的关系。② 但由于阐释旨趣的歧出，学者对《中庸》的理解在整体上呈现出差异与矛盾的历史面貌。更有甚者，宋代以来出现了"两个《中庸》"的理解倾向，将阐释差异归因为《中庸》前后两部分的文本差异，甚至据此拆分出《中庸》与《诚明》二篇。③ 既然如此，如何在两种阐释传统的张力中厘定《中庸》的思想主旨？就成为《中庸》研究的根本问题。本文认为，上述两种阐释路径可以在对《中庸》的整体性与历史性的理解中得以统合。子思身处战国之世，面对礼崩乐坏与价值坍塌的危机，通过对"性与天道"的深刻阐发，在性命之学的高度上为礼乐文明重建哲学根基。在《论语》中，子贡说"夫子之文章，可得而闻也；夫子之言性与天道，不可得而闻也"。"文章"即礼乐制度，已然暗示出人性、天道与礼乐传统之间的关联。对《中庸》而言，极臻高明的哲学突破与深沉忧患的文明关切从未断成两截，而是始终保持为密不可分的思想整体。需要强调的是，这一统合既是阐释路径的调和，也是阐释方法的实践。在中国古典学的视域中，经典阐释意味着文字、语义、语境与义理的综合性阐释，这是解读《中庸》思想的基本路径。在《中庸》及相关文献中，"穆""中""静""禘"分别是关于天道、人性与礼乐的关键词，"诚"更是《中庸》的核心范畴。运用中国古典学传统中"训诂通义理"的

---

① 参见石立善《〈大学〉〈中庸〉重返〈礼记〉的历程及其经典地位的下降》，《国学学刊》2012 年第 3 期，页 31—37。

② 参见殷慧《宋代礼、理融合视野下的〈中庸〉诠释》，《哲学研究》2018 年第 5 期，页 66—74。

③ 对"中庸"与"诚明"的辨析由来有自，宋人王柏、明人王袆以及冯友兰、武内义雄、徐复观、杨泽波等学者都有相关论述，梁涛更根据郭店楚简将其拆分为两篇。参见梁涛《郭店竹简与思孟学派》，北京：中国人民大学出版社，2008，页 262—278。

阐释方法，为我们通向《中庸》义理结构的深处提供了新启示。

## 一　生生之和：《中庸》天道观新探

《中庸》开篇彰显"天命之谓性"之理，对天道的阐释是《中庸》哲学体系的基础。与周代天赋君命的天命观不同，《中庸》之"天"为义理化的天道，天赋人性的天命观让天人关系具有了普遍性。《中庸》言天命多引《诗》为言，在诗意表述中展现丰富的思想蕴藉，体现出对先王之道的精神传承。其中，理解天道的关键，在于《周颂·维天之命》中"於穆不已"一语：

《诗》云："惟天之命，於穆不已。"盖曰天之所以为天也。[1]

《中庸》之天道何在？当于"穆"字中深究其义。丁耘指出，历代注疏多重"不已"，于"於穆"二字并未深究，实则"穆"字当为探究《中庸》道体之关窍，[2] 其说甚是。毛、郑训"穆"为"美"，朱子训"穆"为"深远"，历代注家并无异义，丁耘训"穆"为"静默、清静"，将天命与道体之虚静义相会。按：以上三说皆有未尽之处，关于"穆"之深意，汉字的构造与说解提供了重要线索。"穆"甲骨文作䅘，金文添加"彡"作䅘，于省吾指出："甲骨文䅘字本象有芒颖之禾穗下垂形。……由于禾颖微末，故引申为幽微之义。至于金文穆字皆从彡。《说文》训彡为'毛饰画文'，则从彡有美观之义。《诗·清庙》毛传训穆为美，《尔雅·释诂》也训穆为美。"[3] 据此，"穆"取象于禾颖之形，故有隐微之字意；金文添加表示文饰美观的"彡"，又有美盛之字意。到了战国时期，"穆"字

---

[1]　郑玄注，孔颖达疏：《礼记正义·中庸》，阮元校刻《十三经注疏》，北京：中华书局，2009，页3545。本文征引《中庸》，皆取自上述版本《十三经注疏》，以下随文夹注"《中庸》"和页码。
[2]　参见丁耘《道体学引论》，上海：华东师范大学出版社，2019，页73。
[3]　于省吾：《甲骨文字释林》，北京：中华书局，2009，页168。

演变为左右结构,至《说文》分立"穆""䅘"二字,以"穆"为禾名,"䅘"为"於穆"之本字。《说文》:"穆,禾也。""䅘,细文也。从彡,㣆省声。"《段注》:"凡经传所用穆字,皆假穆为䅘。……凡言穆穆、於穆、昭穆,皆取幽微之义。"① 按"䅘"未见于实际用字,当为许慎析字释义的产物,其说解深得"穆"之词义特点。"䅘"由"㣆"与"彡"两部分组成,在汉字构意中蕴含了双重内涵:其一,"㣆"有隐微深远之字意。《说文》:"㣆,际见之白也。"际为两墙缝隙之处,"㣆"为壁隙之中射入的一缕微光。其二,"彡"有礼文秩序之字意。"彡"本为文饰之形,先秦之"文"与礼乐密不可分,从"彡"之字如"彣、彰、彬、修"皆与礼文相关。礼乐之道要在和谐有序,穆与睦词义相通,有和睦协调之义,"穆穆"在两周文献中多用于颂扬礼乐之辞。章太炎《小学答问》:"《释训》:'穆穆,敬也。'可作睦睦。《大雅》:'穆如清风。'《笺》云:'穆,和也。'亦睦之借。"② 要之,无论是甲金文字还是《说文》,"穆(䅘)"都统摄了"隐微深远"与"礼文有序"的双重含义,前者即朱子所谓之"深远",后者即毛、郑所谓之"美盛",后者自前者不断生生而来,恰如壁隙中的微光可以映照广远一样。因此,《中庸》以"於穆不已"言天道,实统摄了隐微、生生、有序三重含义——天道自隐微深远之道体生生不已,最终形成了天地万物之间的和谐秩序。关于这三重含义,《中庸》皆有所昭示:

(一)天道之隐微义。此即《中庸》所立道体,为天道生生不已的根本依据。"天地之道,可壹言而尽也。其为物不贰,则其生物不测"(《中庸》,页3544),"不贰"即"壹",即纯粹不杂之"诚",故郑玄以"至诚"释之。道体隐微,不可见闻,在纯壹至诚中蕴含无限之生生。此外,《中庸》以"文王之德之纯"与天道之"穆"对文,朱子以"纯一不杂"释之,指文王之道德纯粹,亦暗含万物

---

① 许慎撰,段玉裁注:《说文解字注》,上海:上海古籍出版社,1988,页321。

② 章太炎:《小学答问》,上海人民出版社编《章太炎全集》(四),上海:上海人民出版社,2018,页485。

资生的道体之义。

（二）天道之生生义。自道体而言，天道隐微深远，为万物生生的根本依据；自作用而言，天道永恒运动，推动万物的生成运化。"为物不贰"是道体之隐微，"生物不测"是作用之生生，这一过程不可测知、不可量化，唯其如此，才能实现真正意义上的无尽与不已，达到博厚、高明、悠久的普遍境界。"故天之生物，必因其材而笃焉"（《中庸》，页3533），天道不断生生开显，推动着万物之性的真实呈现。在这一过程中，道体清晰鲜活地呈现为具体的生命境域，展现出"鸢飞戾天，鱼跃于渊"的活泼生机。

（三）天道之有序义。天道生生，并非妄作，而是以秩然有序的方式构成了整体性的宇宙和谐。《国语》言"夫和实生物，同则不继"，① 多元和谐是天地生机的根本规律。《中庸》以天地之大譬喻孔子之道，由此展现天道的和谐有序。"辟如天地之无不持载，无不覆帱。辟如四时之错行，如日月之代明。万物并育而不相害，道并行而不相悖，小德川流，大德敦化，此天地之所以为大也。"（《中庸》，页3547）天地覆载万物，在日月四时的自然节奏中呈露天道之中和，使万物生成作育而不相妨害。这种生生而有序的整体规律，体现出《中庸》的"时中"之义。

《中庸》的天道观体现为隐微、生生、有序三义，它们析而为三，合则为一，统摄于"於穆不已"的永恒运动之中。这一认识源自对天地万象的深切体察，在大自然的生生不息之中，万物各得其性、各遂其生，更在整体上展现出对万物之生的自组织调节。每一事物既有不断生长实现的条件，亦有制约其恣肆妄生的限制，通过调节单一性的个体之生来保证整体性的"大生"。我们将这种生生而有序的天道规律称为"生生之和"，它是《中庸》哲学体系的基础，具有重要的义理延伸。首先，自天以知性。"生生之和"的天道观奠定了《中庸》对人性的理解方式，为理解"喜怒哀乐未发前气象"提供了根本参照。其次，自天以见诚。天道的生生实现是"诚"的基本内

---

① 徐元诰撰：《国语集解》，王树民、沈长云点校，北京：中华书局，2002，页470。

涵，如何理解"诚"与"生生之和"的关联，是把握《中庸》义理统一性的重要视角。对此，我们将在本文第四部分深入展开。最后，自天以明礼。《中庸》对天道的思考与礼乐传统密不可分，"维天之命，於穆不已"，《毛传》引孟仲子曰："大哉天命之无极，而美周之礼也。"① 足见天命之"穆"与周礼的内在关联。天道为生生之和，礼乐以和为本，二者之间的义理共性意味着"天道"与"文章"的贯通。综上三点，在辨析了《中庸》的天道观之后，我们进一步探讨子思的人性论思考，"性与天道"的统一是《中庸》为礼乐文明重建根基的基本理路。

## 二 内在的有序性：《中庸》人性论新探

讨论《中庸》的人性论，先要明确三个方面前提：首先，性与生同源，《中庸》对人性的认识是一种普遍的生命趋势，而不是完整的道德实现。因此，先天的人性基础与后天的礼乐教化并不矛盾，而是构成了贯通"天—性—道—教"的思想体系，这是思孟学派与荀学的本质区别。其次，先秦人性论基于对人物之辨的思考。"性"是人的本质属性，体现出人区别于万物的根本特点。如何在人性与物性的异同之际把握《中庸》人性论的实质，是本文关注的重要视角。最后，性情论是理解《中庸》人性论的基本视域。朱子曰："喜怒哀乐之未发谓之中，性也；发而皆中节谓之和，情也。"② 钱穆、赵法生等学者也强调《中庸》对人性的思考延续了先秦"以情论性"的传统，性情之间一体相关，不能将其分割为"对立之两橛"。③

---

① 毛亨传，郑玄笺，孔颖达疏：《毛诗正义·维天之命》，阮元校刻《十三经注疏》，页 1258。
② 朱熹撰，朱杰人、严佐之、刘永翔主编：《晦庵先生朱文公文集》，《朱子全书》第 21 册，上海：上海古籍出版社/合肥：安徽教育出版社，2010，页 1403。
③ 参见钱穆《〈中庸〉新义申释》，《中国学术思想史论丛》（二），北京：生活·读书·新知三联书店，2019，页 69；赵法生《先秦儒家性情论视域下的〈中庸〉人性论》，《中国哲学史》2020 年第 5 期，页 49—56。

《中庸》言"天命之谓性",历代学者多以"喜怒哀乐之未发谓之中"为性,将"中"理解为人性的本然状态。《中庸》对"未发之中"语焉不详,自二程、龟山以来,宋儒便已提出"观喜怒哀乐未发前气象"的重要命题。我们从内证、外证的双重角度对《中庸》人性论加以探讨,自《中庸》文本而言,"中"是理解其人性论的关键词。"中"甲骨文作𝌀、𝌀,金文作𝌀,学者多以为象旌旗、徽帜之形,或以为即"幢"之初文,为军中用以指挥的旗帜。古人以旗帜召集大众,多为"在祀与戎"之要事。自旗帜位置而言,"中"引申出"居中在内"之义;自运筹组织而言,"中"引申出"和谐有序"之义。《说文》以"和"释"中",①《易·蹇》"蹇利西南,往得中也"《释文》引郑玄:"中,和也。"②《孟子·离娄下》"中也养不中"赵岐注:"中者,履中和之气所生。"③《中庸》"君子之中庸也"朱注:"然中庸之中,实兼中和之义。"④ 皆取此训。"中"与天道的"生生之和"密切相关,《左传》成公十三年:"民受天地之中以生,所谓命也",⑤ 这是"天命之谓性"思想的重要来源,颜师古即释"中"为"中和之气"。⑥《中庸》以"未发之中"言性,是对天道的内在化阐释,将天地的"生生之和"理解为人性的"内在之和"。通过这一阐释,天道与人性会通为一,"中"意味着一种统合内外的秩序性——外在之秩序为"大中",内在之秩序为"未发之中",由此成为中国哲学的核心范畴。宋人阮逸《文中子中说序》:"大哉,中之为义!在《易》为二五,在《春秋》为权衡,在《书》为皇极,

---

① 大徐本训为"内",小徐本训为"和",据董婧宸之说,今宋本《说文》误,当以小徐本为是。
② 王弼、韩康伯注,孔颖达疏:《周易正义·蹇》,阮元校刻《十三经注疏》,页213。
③ 赵岐注,孙奭疏:《孟子注疏·离娄章句下》,阮元校刻《十三经注疏》,页5929。
④ 朱熹撰:《四书章句集注》,北京:中华书局,2011,页21。
⑤ 杜预注,孔颖达疏:《春秋左传正义·成公十三年》阮元校刻《十三经注疏》,页4149。
⑥ 班固撰,颜师古注:《汉书》,北京:中华书局,1962,页980。

在《礼》为中庸。谓乎无形非中也,谓乎有象非中也。上不荡于虚无,下不局于器用;惟变所适,惟义所在;此中之大略也。"① 全面阐发了"中"贯通内外的思想特点。

在《中庸》文本之外,《乐记》中"人生而静,天之性也"一语也为理解《中庸》人性论提供了重要参照。"中"与"静"密切相关,孔颖达即以"未发之时,澹然虚静,心无所虑,而当于理,故谓之中"释之(《中庸》,页3528)。在《中庸》学史上,对"人生而静"和"未发之中"的会通阐释屡见不鲜。② 如何理解"静"的思想实质,它与"中"的关联何在?《说文》:"静,审也。"审有清晰有序之义,本字作"寀",《说文》:"寀,悉也,知寀谛也。""悉"为详尽明察,"谛"为清晰审谛,体现出详尽、清晰而有序的意义特点。段玉裁曰:

  凡物纷乱则不静,审度得宜则静,故静非释氏空寂之谓也。一言一事,必求理义之必然,则愈劳愈静。如画绘之事,分布五色,疏密有章,则虽绚烂之极,仍如冰净沙明,许氏之意盖如是。③

"静"不是空寂无物,而是事物之间的协调有序。它统摄了事物的多样性与运动性,无论多元关系的分布有序,还是运动状态的协调得当,皆可谓之为"静"。"静"与"靖"同源,《国语·周语》载叔向曰:"靖,和也。"④ 自和谐有序以理解靖(静)的内涵,源自先秦古老的释义传统。

根据"中"与"静"内外互证,我们可以深入理解《中庸》人性论的内涵。首先,"中"与"静"皆有和谐有序的特点,人性的特

---

① 曾枣庄、刘琳主编:《全宋文》第23册,上海:上海辞书出版社/合肥:安徽教育出版社,2006,页28。
② 孔颖达、王安石、陈祥道、黄裳、朱子、黄榦、陈淳、陈埴、罗钦顺、于㲼,及近人蒋伯潜、汤一介、欧阳祯人等皆采取了这一阐释路径。
③ 段玉裁:《说文解字读》,北京:北京师范大学出版社,1995,页240。
④ 徐元诰撰:《国语集解》,页140。

质在于喜怒哀乐原初未发时内在的有序性。在性情论的视域中，人性虽不离于喜怒哀乐之情，但作为区分人与万物的独得之性，"性"又绝非喜怒哀乐，而是其潜藏而协调的本源性根据。需要强调的是，性与情的一体相关让"静"与"无"具有根本分别——人性之"静"不是空寂无物的心灵状态，也不是与"动"相对的意识止息，而是统摄众情、赅括动静的精神本源。某种意义上，这也是由周敦颐《太极图说》到朱子"理有动静"说的思想来源。①

其次，《中庸》的人性论与天道观一脉相承。天道为"生生之和"，在永恒的生生运动中展现天地万物的和谐秩序，人性则是天道落实于人之本质的"内在之和"。这种基于有序性的同质关系，是"天命之谓性"的内涵所在。在天道与人性的统一中，我们可以深入思考人性与物性的异同：人与万物皆秉性于天，"生生"作为一种永不停息的自我实现，是人物共有的基本属性。与此同时，人又有独秉于天命之处，那就是"未发之中"与"人生而静"。人和动物皆有情感、欲望，但动物的情与欲皆为无节制的"已发"状态，唯有人具有内在有序的"未发"之性，因而能做到已发之"中节"。换言之，人不仅有"生生"之共性，更有"中和"之特性，故能以一种文明的方式来把握生生之力。观诸动物发情之际，完全为情欲所掌控，体现出被动性的特点；唯有人能突破情欲之控制，使之呈现为和谐有序的状态，展现出独一无二的主动性。在这一意义上，《中庸》彰显出人为万物之灵的本性所在——只有人秉持了天道的"生生之和"，也只有人能以合乎天道的方式"尽物之性"，建立起"赞天地之化育"的人文秩序。《礼运》以人为"天地之心"，人在万物面前的尊严与主动，体现在对天道的独契、自觉与参赞之中。

最后，《中庸》的人性论和天道观一样，皆与礼乐文明密不可分。《礼记·乐记》："乐者，天地之和也；礼者，天地之序也"，②

---

① 参见杨立华《朱子理气动静思想再探讨》，《云南大学学报》（社会科学版）2015年第1期，页53—56。
② 郑玄注，孔颖达疏：《礼记正义·乐记》，阮元校刻《十三经注疏》，页3317。

礼乐的基本精神在于和谐有序。《国语·鲁语》："从礼而静，是昭吾子也。"① 《周礼·地官·大司徒》："以五礼防万民之伪，而教之中；以六乐防万民之情，而教之和。"② 《礼记·仲尼燕居》："夫礼，所以制中也。"③ 在先秦思想中，"静""中""和"与礼乐之道渊源极深。某种意义上，《中庸》的人性论是对礼的内在化，这种以礼言性的哲学路径是礼乐文明的人性论起点。它回答了两个根本性的问题：为什么只有人才能建立礼乐？为什么礼乐具有普遍性的文明价值？礼乐之道的根本意义，正在于它是一种契合并实现了人之本性的文明方式。

## 三　天下古今：《中庸》与礼乐文明的普遍性

通过对"穆""中""静"的考证，可以立足天道的生生之和与人性内在的有序性，建立起《中庸》天道观与人性论的义理统一，它们对礼乐文明的奠基意义便跃然而出。"中也者，天下之大本也；和也者，天下之达道也。"（《中庸》，页3527）"中"与"和"具有相同的思想特点，其区别仅在"未发—已发"的隐显之别。天道的生生之和落实于人性的未发之中，展现出以和谐有序为核心的天人之道，这是礼乐文明的根基所在，是为"大本"。立足"性与天道"的哲学基础，不断实现"发而皆中节"的和谐秩序，建立具有普遍性的礼乐文明，是为"达道"。这种由性命之精微通向礼乐之广大的思想方向，正是"庸"作为普遍之"用"的实现方式，它体现为天下与古今两个基本维度。

自天下而言，《中庸》以礼为枢纽，构建起由修身到天下的人伦秩序与道德法则。这种"修齐治平"的立德路径与《大学》紧密呼应，体现出以礼为本的实践特点。首先，修身是儒家伦理的基点，与《大

---

① 徐元诰撰：《国语集解》，页201。
② 郑玄注，贾公彦疏：《十三经注疏·周礼注疏·大司徒》，阮元校刻《十三经注疏》，页1524。
③ 郑玄注，孔颖达疏：《十三经注疏·礼记正义·仲尼燕居》，阮元校刻《十三经注疏》，页3501。

学》相比,《中庸》更为注重礼的规范与调节。修身为"九经"之始,"齐明盛服,非礼不动,所以修身也"(《中庸》,页3537),子思继承孔子"克己复礼"的思想,将礼作为修身的基本方式。"庸德之行,庸言之谨,有所不足,不敢不勉,有余不敢尽;言顾行,行顾言,君子胡不慥慥尔。"(《中庸》,页3531)"庸德""庸言"是普遍可行的德行、言语,这需要对"不足"和"有余"进行调节,避免过犹不及之弊。正如郑注所释:"圣人之行,实过于人,有余不敢尽,常为人法,从礼也。"(《中庸》,页3531)君子的修身之道,关键在于以礼节之。

其次,在由修身到齐家的推拓中,《大学》自家族宗法整体言之,《中庸》则着重揭櫫"夫妇之道"的奠基意义。

> 君子之道费而隐。夫妇之愚,可以与知焉,及其至也,虽圣人亦有所不知焉;夫妇之不肖,可以能行焉,及其至也,虽圣人亦有所不能焉。……君子之道,造端乎夫妇;及其至也,察乎天地。(《中庸》,页3530)

如前所论,《中庸》的人性论既有"生生"之共性,更有"中和"之特性,故能以一种文明有序的方式实现生生。夫妇之道既是人类繁衍的起点,也是人伦和谐的起点,君子之道肇端于此,立足生生之始建立人类独有的礼乐秩序。

最后,君子之道朝向"天下国家"不断拓展,基于先秦礼制建构普遍性的人伦秩序与政治秩序,展现出"察乎天地"的广大境界。一方面,《中庸》自郊社、宗庙之礼以明治国之道。在"昭穆""序爵""序事""旅酬""燕毛"之礼中,蕴含着祖先、爵位、职事、上下、长幼的人伦秩序,体现出宗法社会中的治国之道。另一方面,《中庸》根据先秦礼制的基本结构,建立"达道"与"九经"的天下格局,展现出人伦秩序的普遍性和推己及人的彻底性。所谓"达道",指君臣、父子、夫妇、昆弟、朋友五伦及其道德秩序,具有"天下古今所共由之路"的普遍意义。根据吴承仕的研究,五伦由宗法结构中父子、兄弟、夫妇"三至亲"发展而来,包含了一切血统与非血统的关系；将非血统的"君臣"置于"昆弟"之前，更与丧服之制密不可分。① 在丧服中，子为父、臣为君、妻为夫服斩衰，兄弟相为服齐衰，朋友服缌麻——丧服之制与"达道"次第的一致性，尤可见《中庸》天下秩序的礼学背景。在对"达道"的阐释中，《中庸》将礼与仁、义等道德范畴进行会通。"仁者，人也，亲亲为大。义者，宜也，尊贤为大。亲亲之杀，尊贤之等，礼所生也。"(《中庸》，页 3535) 仁义作为儒家之常道，与礼乐秩序的普遍性密不可分："亲亲"属于血统关系，"尊贤"属于非血统关系，它们既是仁义之道的基础，也在"亲亲之杀"与"尊贤之等"中蕴含着礼乐秩序的必然之理，展现出德性与秩序的统一。所谓"九经"，指由修身到尊贤、亲亲、敬大臣、体群臣、子庶民、来百工、柔远人、怀诸侯的九种政治德行，这种由修身以及家国天下的道德次第，是对《大学》"修齐治平"的进一步深化。根据"九经"的次第，天下秩序在以自身为起点的道德推拓中不断展开，这显然也是以礼制为基础的。

自古今而言，《中庸》以礼为核心，建立起由舜以至于文、武、周公、孔子的道统，立足礼乐传统敉平孔子与先王之间有德无位的差异。朱子以《中庸》为传承道统之作，这一道统不仅来自"允执厥中"的先王之训，更体现为礼乐之道的赓续不息。舜以庶人为先王，子思据此提出"大德者必受命"之义。历代圣王秉承天命的依据何在？这是儒家道统论的关键问题。《中庸》言大舜之道在执两用中、践行中道，充分契合"性与天道"的中和之义。清华简《保训》记载舜"求中""得中"以受尧之禅让，李学勤释"中"为"中道"，② 这种"得中受命"的观念亦可与《中庸》参证。在对文武、周公之道的论述中，子思引孔子之语，进一步阐发这一思想：

无忧者其唯文王乎！以王季为父，以武王为子，父作之，子

---

① 参见吴承仕《五伦说之历史观》，《吴承仕文录》，北京：北京师范大学出版社，1984，页 7。

② 参见李学勤《论清华简〈保训〉的几个问题》，《文物》2009 年第 6 期，页 76—78。

述之。武王缵大王、王季、文王之绪，壹戎衣而有天下，身不失天下之显名，尊为天子，富有四海之内，宗庙飨之，子孙保之。武王末受命，周公成文武之德，追王大王、王季，上祀先公以天子之礼。斯礼也，达乎诸侯、大夫及士、庶人。……武王、周公，其达孝矣乎！夫孝者，善继人之志，善述人之事者也。(《中庸》，页3533—3534)

在尧、舜、禹、汤以来的圣王传统中，唯有文王堪称"无忧"。子思略过夏、商而特重文王，正在于周代先王建立了贯通天子、诸侯、大夫、士、庶人的礼乐制度。周礼是"中道"的充分实现，也是文王对舜德的根本推进。它合乎天道生生之和的规律，保证人之本性的充分实现，故能横亘古今而传承不息，与"达道""达德"并称"达孝"。要之，先王禀受天命的根本原因，在于对礼乐之道的传承与开拓，建立起兼具人伦普遍性与历史延续性的文明秩序。

由圣王到孔子，随着道统承担者的身份转化，调和孔子与先王之间的"德—位"差异成为儒家道统论的重要议题。一方面，"非天子，不议礼，不制度，不考文"，《中庸》强调先王之道不可改易，反对"愚而好自用，贱而好自专"的僭越之举。在子思看来，只有兼具德位才能制礼作乐，无论时王还是后圣都不能动摇礼乐传统，体现出"复礼"的文化态度。另一方面，孔子伟大的历史意义在于对周礼的继承。在《中庸》的阐释中，孔子正是因为深刻继承了"考诸三王而不缪，建诸天地而不悖，质诸鬼神而无疑，百世以俟圣人而不惑"的礼乐传统，才能具有"动而世为天下道，行而世为天下法，言而世为天下则"的崇高地位。要之，从天命到人性、从人性到礼乐，再到由舜以至文武周孔的礼乐传统，《中庸》建立起贯通古今的道统观念。这一道统不仅是李翱以来所强调的"性命之统"，更体现为礼乐文明的传衍不息。礼乐之道是圣王与圣人的共性所在，《中庸》道统的实质在于"礼乐之统"。

在天下古今的双重维度中，《中庸》为礼乐文明赋予了普遍性的义理内涵，它放诸四海而皆准，传之久远而不息，具有赅遍时空的文化价值。礼乐之道的基本精神在于和谐有序，这是天道之"穆"与人性之"中""静"的共通之处。值得注意的是，这种天人、内外的整体贯通亦见诸"禘"的命名之义。禘祭是宗庙之祭的第一大礼，《论语·八佾》："或问禘之说。子曰：'不知也。知其说者之于天下也，其如示诸斯乎！'指其掌。"《中庸》亦曰："明乎郊社之礼、禘尝之义，治国其如示诸掌乎。"皆可见儒家对禘祭的高度重视。朱子："禘，天子宗庙之大祭，追祭太祖之所自出于太庙，而以太祖配之也。"① 追祭太祖之所出，是为沟通天人；太祖以下以昭穆依次配之，是为辨明人伦。禘的实质是对天人秩序与人伦秩序的协调整合，故为治国平天下之要道。《白虎通·宗庙》："禘之为言谛也，序昭穆，谛父子也。"《后汉书·张纯传》："禘之为言谛，谛定昭穆尊卑之义也。"《说文》："禘，谛祭也。谛，审也"，它与"静，审也"一样，都是清晰明辨的状态，蕴含着礼乐之道和谐有序的文化精神。在"禘—谛—审—静"的语义关联中，充分体现出礼乐与性命的统一。

## 四 自性而诚："诚明"中的礼乐精神

明确了《中庸》贯通"性命—礼乐"的整体框架，还有一个关键问题需要探讨，那就是"诚"与礼乐之道的内在关联。自李翱《复性书》以来，"诚"的重要性被不断凸显，成为《中庸》道体与心性的核心范畴。前文指出，在"性命之学"与"礼乐之学"的阐释张力中，《中庸》前后两部分的思想差异与概念侧重被不断放大，学者或以"中庸"言仁义礼乐，以"诚明"言天道性命。如明人王祎曰：

《中庸》古有二篇。……今宜因朱子所定，以第一章至第二十章为上篇，以第二十一章至三十三章为下篇。上篇以中庸为纲

---

① 朱熹撰：《四书章句集注》，页29。

领，其下诸章推言智仁勇，皆以明中庸之义也。下篇以诚明为纲领，其后诸章详言天道人道，皆以著诚明之道也。①

梁涛亦认为《中庸》上篇以礼乐为中心，下篇以心性为中心，并参照郭店楚简将其拆分为《中庸》与《诚明》两篇。本文的观点与此不同，当"性与天道"与礼乐文明会通为一，贯通天道与人性的"诚"亦可与礼乐融合无间，"诚明"本身便蕴含着深刻的礼乐精神。

"诚"与古人对天道与时间的体认密不可分。天道运行，四季更迭，以春、秋两季为要，它们既是关键的农时节点，也是《春秋》纪年的时间标志。春与秋代表了天道的两个基本环节——"生"与"成"。春天草木生生不息，秋天谷物丰硕成熟；在汉字中，"春"从艸、从日、屯声，是草芽在日光中破土而生；"秋"从禾，以饱满的谷穗象征成熟收获。农耕经验塑造了古人对天道与时间的认知方式，奠定了中国哲学的生生气象——尽管生灭相依、成毁相随，但中国文化独重生生而不求寂灭，这与春生秋成的自然规律息息相关。在汉语中，"生"与"性"同源，"成"与"诚"同源，"生—成"与"性—诚"的同构互证，为理解"诚"的义理内涵提供了重要启发。其一，"诚"有真实不虚之义，这与谷物成熟饱满的自然意象密不可分。"诚"从成声，《说文》："成，就也。"就与聚、集同源，有众多要素汇聚而充实之意。"成"与"丁"同源，《说文》："丁，夏时万物皆丁实。"其古文字形体作●，亦为充实饱满之象。其二，"诚"有不断实现之义，这是生生之道的必然结果。在"生生而成"的总体规律中，"诚"一定是自性而诚的，其第一义为真实无妄之"性"，为"诚"之体；第二义为运动不息之"尽性"，为"诚"之用。"诚"是统合了先天本性与后天作用的整体，故必由名词之"诚"开拓出动词之"诚之"，这一动词性的"诚"统摄了"诚明"与"明诚"两个层面，体现出自然与自觉的统一。《中庸》自天命以

---

① 朱彝尊：《经义考》，李峻岫等校点，北京大学《儒藏》编纂与研究中心编《儒藏·精华编》第 175 册，北京：北京大学出版社，2018，页 2677。

言性,"诚"意味着人性与天道的整体实现。"唯天下至诚,为能尽其性;能尽其性,则能尽人之性;能尽人之性,则能尽物之性;能尽物之性,则可以赞天地之化育;可以赞天地之化育,则可以与天地参矣。"(《中庸》,页 3543)"诚"则尽性,尽人之性则必兼人天、内外而言之,最终臻于天地化育的广阔之境。如前所论,礼乐之道是对"天命之谓性"的实现,因此,"性与天道"不断落实在生活方式、社会规范与国家制度之中,落实在贯通天下古今的礼乐文明之中,正是"自性而诚"的具体形态。自训诂而言,"诚"与"穆"词义特点相通。《说文》:"诚,信也。"《方言》:"穆,信也。"《逸周书·谥法解》:"中情见貌曰穆。""诚"的自然发挥体现出"穆"的礼乐秩序。自文义而言,《中庸》中的"诚明"部分不仅臻乎性命之义,更指向了礼乐之道的传承与创制。

首先,《中庸》提出"诚"的概念,这与"九经"之义紧密相扣。"九经"是基于礼制的天下秩序,在《中庸》文脉中,以"一"统领九经,"凡为天下国家有九经,所以行之者一也"。朱子:"一者,诚也。一有不诚,则是九者皆为虚文矣。"[1] 其后即以"诚乎身"为九经之本,开启了对"诚"与"诚之"的讨论。"九经"始于修身,具体方式在于"齐明盛服,非礼不动",它与"诚明"的前后衔接,体现出礼与诚的思想关联。在对"诚"与"诚之"的论述中,《中庸》谓前者为"不勉而中""从容中道",谓后者为"择善而固执之",更紧扣中和之道而立说,自礼乐之本以明"诚"之要义。

其次,"诚"的实现是"性与天道"在生活实践中的不断落实,与微观的礼仪规范密不可分。《中庸》言"诚"可与天地相参,继而言"其次致曲",再由"曲能有诚"以至于神妙变化。"致曲"是"诚"的起点,郑玄:"曲,犹小小之事也。""诚"只有进入了具体事件与生活场域,才能避免凌空蹈虚之弊。在《礼记》语境中,"曲"与礼仪关系密切,故有"曲礼"之名,又谓"经礼三百,曲礼

---

[1] 朱熹撰:《四书章句集注》,页 32。

三千"。《礼记训纂》引吴澄曰:"曲者,一偏一曲之谓。《中庸》言致曲……。盖谓礼之小节杂事,而非大体全文,故曰曲。"① 由此可见,"致曲"即行礼,"诚"落实在撙节退让、行礼如仪的践行之中。

最后,"诚"的实现指向了天道与圣人之道的根本境界,体现为礼乐文明的广大秩序。《中庸》言"至诚无息"以至于博厚、高明、悠久之境,进而自天道、圣人以言"诚"之广大。"大哉圣人之道!洋洋乎!发育万物,峻极于天。优优大哉,礼仪三百,威仪三千,待其人然后行。"(《中庸》,页3545)天道生生不息,圣人法天而发育万物,最终归于礼乐之道。根据孔疏之说,"礼仪三百"谓《周礼》三百六十官,"威仪三千"谓《仪礼》行事之威仪,朱子复以"经礼"与"曲礼"分别释之。"经礼"的宏大框架与"曲礼"的细密规范构成了礼乐文明的完整世界,这是对天道与圣人的至诚之境的人文展现。

"诚明"的开启源自对"九经"的探讨,在礼乐文明的细密仪节与宏观建构中,"诚"的实现得到了具体性与完整性的统一。"诚明"从未脱离礼乐的根基,而是蕴含着深刻的礼乐精神。因此,在《中庸》总结全篇的"君子尊德性而道问学"一语中,亦以"敦厚以崇礼"作结。"敦"为"大德敦化",是天道的运化不息;"厚"为"博厚载物",是地道的承载涵容。天地之道可以概括为"为物不贰"与"生物不测",亦即"诚"之义。至诚之"敦厚"归于"崇礼",尤可见《中庸》以礼为旨归的思想旨趣。可以说,"诚"的生生与实现,在礼乐文明中得到了兼具现实性与历史性的展开。

## 五 "一个《中庸》":哲学根基与文明传统的统一

"穆""中""静""谛"分别是理解《中庸》的天道、人性与礼乐的关键词,它们的语义特点内在相通,构成了贯通《中庸》义理的基本线索;这一线索也是"自性而诚"的展开方式。基于中国古

---

① 朱彬撰:《礼记训纂》,饶钦农点校,北京:中华书局,1996,页1—2。

典学的传统，本文将训诂考证与经典阐释深入结合，通过"文本结构性"的训诂阐释，为重新厘定《中庸》思想主旨提供了新的线索。这一工作是中国古典学的积极尝试，为其理论建设提供实践支撑。我们看到，子思身处战国之世，在礼崩乐坏的历史动荡中，无论道德伦常、社会秩序还是背后的天命信念，都遭受了猛烈冲击。战国诸子对天命、道德、人心的深入质疑，更体现出某种虚无气质。与此同时，春秋战国之际的社会流动极为剧烈，在平民教育与文化下移的推动下，士人充分觉醒并登上历史舞台，展现出前所未有的活跃与生机。前者是文明秩序的危局，后者是重塑传统的时机，在中华文明整体性的"危"与"机"面前，先秦儒家进行了积极的人文重建。他们对王官之学进行了深刻扬弃，一方面承续先王之道的礼乐传统与思想遗产，为之寻求根本性的思想依据；另一方面将其改造为超越阶级与时代的普遍性文化体系，构建起"由宗法到天下"的文明秩序。[①]

《中庸》是先秦儒家人文重建中的一座丰碑。当周礼的合法性发生了根本危机，如何为文明秩序重建根基，便成了先秦儒家必须回答的问题。子思延续了孔子"从周""复礼"的文化方向，孔子的"性与天道"不可得而闻之，《中庸》则对天道、人性进行了深刻的贯通阐释。在"天命之谓性"的框架中，天道的根本规律在于"生生之和"，人性的核心特点在于内在的有序性，二者基于和谐有序的义理统一，为礼乐文明的传承开拓建立起坚实的哲学基础。"诚"是天道与人性永不停息的生生与实现，它在礼乐文明中不断展开，最终体现为天人万物的整体和谐。《中庸》对礼乐文明的根基重建，意味着深度与广度的双重拓展。一方面，《中庸》对"性命"的阐发是儒家形而上学的推进，在思想深度上实现了"轴心时代"的突破。另一方面，当礼乐传统获得了"性与天道"的普遍基础，其思想底蕴与文化格局也充分展开。天命之性为人所共有，这让礼乐之道超越了血缘的限定，由宗法秩序拓展为囊括四海、无远弗届的天下秩

---

[①] 参见孟琢《明德的普遍性——〈大学〉"明德"思想新探》，《中国哲学史》2019年第2期，页64—70。

序，实现了中华民族文明方式的赓续与升华。《中庸》的双重拓展意味着"精微"与"广大"的统一，也意味着"中庸"之名的内涵所在——郑玄释之为"中和之为用"，"中"是精微之体，是由天道到人性的哲学根基；"庸"为广大之用，是礼乐文明贯通天下古今的普遍实践。"中庸"之义，蕴含在哲学根基与文明传统的张力与会通之中。

《中庸》立足文明关切展开哲学思考，以哲学思考为文明传统赋予生机，这一思想路径既是对礼乐文明危机的现实回应，更为中国哲学的精神特质带来了奠基性的历史影响。如何理解中国哲学语境中形而上学的特质？杨立华和郑开分别对儒道传统进行了深入阐发，前者强调中国哲学要"为合道理的生活方式确立哲学基础"，[1] 后者强调形而上学与"实践智慧"的紧密关联。[2] 我们认为，无论"生活"还是"实践"，在宏观意义上皆可归于中华文明的历史传统。因此，哲学根基与文明传统之间的张力与统一，便成为理解中国哲学的基本视域。我们对《中庸》主旨的厘定正基于此：它不仅是礼乐之道的延续与提炼，也不仅是性命之学的突破与新开，更是以"性命"为"礼乐"重建根基。与对《中庸》的抽象化、去历史化的"纯粹"哲学阐释不同，[3] 这一阐释方向是对"性命之学"与"礼乐之学"的统合。究其根本，它来自《中庸》文本自身的张力与统一，在体与用、精微与广大、性命与礼乐之间具有环环相扣的思想契合，展现出根本意义上的统一性；也正是这种义理的统一性，支持着《中庸》面向"两端"的充分延伸。因此，无论它体现出怎样的思想张力，在本质上，都只有"一个《中庸》"而不是"两个《中庸》"。把

---

[1] 杨立华：《中国哲学十五讲》，北京：北京大学出版社，2019，页183。

[2] 郑开：《中国哲学语境中的本体论与形而上学》，《哲学研究》2018年第1期，页77—85。

[3] 如法国学者弗朗索瓦·于连认为："《中庸》反映的是没有任何教义的对象，脱离了任何特定理论工具。《中庸》并不思考一个特殊的对象，而是思考'中'，即通过对世界和我们自己的不断适应得到的平衡，即'调节'。"参见杜小真《远去与归来：希腊与中国的对话》，北京：中国人民大学出版社，2004，页85。

握"一个《中庸》"的统一性的关键,正在于哲学与文明的深度契合。

【作者简介】

孟琢,北京师范大学文学院教授,博士生导师。研究专长为训诂学、《说文》学、章黄学术、先秦两汉哲学、经学、阐释学等。主持国家社会科学基金后期资助项目"《说文解字》经学渊源考论"(20FYYB004)等。

# "六家""六艺"与"一家之言"*

## ——司马迁《太史公自序》探析

### 李长春

### （中山大学哲学系）

古典史学和古典经学之间的关系，在晚周到秦汉，大抵经历了孔子点史成经、左氏以史解经、史迁缘经立史等不同样态。若从源头处看，经学和史学，虽各自独立，但相互依存，且互为因果。无史则无经，无经亦无史。从流变来讲，经学和史学，一直保持着某种张力，在互相影响和互相渗透中发展。在上述几种样态之中，孔子点史成经，学人应无异议；左氏是否解经已是陈年旧案，本文无意再提；唯迁《史》、固《书》与经学、子学的关系，现代学人或避而不谈，或言而不尽。史迁之书，作为政治史学当之无愧的典范，若不能在与孔经比较的意义上确认其精神取向与思想特质，则古典史学之为"古典"的意义就无法获得深入的发掘和细致的考察。故而本文将通过解读《太史公自序》，重审司马谈《论六家要旨》的要旨，重温司马迁关于六艺的论说，进而重建《太史公书》与孔子《春秋》的关系。

## 一 《太史公自序》的"自序"

《史记》最初的书名应该是《太史公》（或《太史公书》《太史公记》）。《太史公自序》首先是《太史公》一书的自序，它位于列

---

\* 本文原载干春松、陈壁生主编《经学研究（第二辑）：经学与建国》，北京：中国人民大学出版社，2013。

传之末。作为列传中的一篇，恰好补足七十之数。也就是说，《太史公自序》同时兼有两种性质：一为全书之序；二为太史公之传。

作为《太史公》一书的自序，自然要解释此书的性质和著者的立意。书之有"序"约有二义，一为明端绪，即阐发著述大端，通论写作要旨；二为别次序，即罗列各篇主题，排定篇次先后。《太史公自序》的结构明显是由前后两个部分组成：第一部分始自司马氏世系，及两代太史公的生平和志业，直至《太史公》何为而作；第二部分则是一百三十篇总目，即从《五帝本纪》开始，逐篇罗列篇名，并申明该篇作意和主旨，以及暗示篇目次序排列之缘由。显然，《太史公自序》前一部分明全书之端绪，后一部分定各篇之次序。有学者认为《太史公自序》是两篇文字合成，① 显然证据不足。为了论述方便，我们权且把前者称作"大序"，后者称作"小序"。本文的论述将主要集中在《太史公自序》的"大序"部分。

作为太史公本人的自传，《太史公自序》（下文或称《自序》）自然要详载太史公的生平和志业。② 又因武帝时任太史而被称作"太

---

① 梅显懋：《〈史记·太史公自序〉中当有东方朔代撰〈序略〉考论》，《古籍整理研究学刊》2013 年第 2 期，页 1—6。

② 《史记集解》引如淳曰："《汉仪注》：太史公，武帝置，位在丞相上。天下计书先上太史公，副上丞相，序事如古《春秋》。迁死后，宣帝以其官为令，行太史公文书而已。"对于武帝时是否有"太史公"一职，以及其秩是否为两千石，位是否在丞相之上，后世多持异议。同书又引瓒曰："《百官表》无太史公，《茂陵中书》，司马谈乙太史丞为太史令。"《史记索隐》："案，《茂陵书》，谈乙太史丞为太史令，则'公'者，迁所著书尊其父云公也。然称'太史公'皆迁称述其父所作，其实亦迁之词，而如淳引卫宏《仪注》称'位在公卿上'，谬矣。"《史记正义》又引虞喜《志林》反驳《索隐》云："古者主天官者皆上公，自周至汉，其职转卑，然朝会座位犹居公上。尊天之道，其官署犹以旧名尊而称也。"又引《史记》之文为证："下文'太史公既掌天官，不治民，有子曰迁'，又云'卒三岁而迁为太史公'，又曰'太史公遭李陵之祸'，又云'汝复为太史，则续吾祖矣'"，认为"观此文，虞喜之说为长"。然而，以王国维、钱穆为代表的现代学者大多支持《索隐》的看法。他们首先强调《百官公卿表》中只有"太史令"而无"太史公"，而"太史令"又是奉常的属官，与太乐、太祝、太宰、太卜、太医五令丞联事，秩六百石而非两千石。然后又引《报任安书》中"向者仆常侧下大夫之列，陪外廷末议"以及（转下页注）

史公"的不止一人，而是司马谈和司马迁父子，所以，《自序》必然是两代太史公的合传。合传这一性质极其重要。大凡合传，传主之间总是异中有同，同中有异。太史公将两人合传，用意或为见同中之异，或为见异中之同。如果忽视《自序》的合传性质，或者忽视合传以同见异、以异见同的特性，都无法准确地了解和把握这篇导引全书的文字。司马迁和司马谈的"同"显而易见，以至于两千年来的读者大多迷惑于《自序》绚烂的文辞，把太史公父子看作为了同一伟大著述奋斗不已薪尽火传的典范。但是，司马迁把自己和父亲写入同一列传，显然不只是为了表现两代太史公都志在著史这个"同"的一面，还是为了彰显两代太史公截然不同的时代境遇，以及由此而生的对于以往历史和当代生活的截然不同的看法。只有在和司马谈的对比之中，司马迁的著述风格和精神取向才能够得到更加充实的理解和更加完整的展现。这一点，会在本文后面的论述中间逐渐展开。

严格地讲，两代太史公的合传，仅仅占据了《自序》的"大序"部分。《自序》的"小序"部分则是分序一百三十篇——当然也包含了《自序》：

---

（接上页注②）"文史星历，近乎卜祝之间"以为太史官卑职低的佐证。然而，他们都忽视了一点：武帝即位之后所推行的一系列新政，如封禅、巡守、建明堂、改正朔等，都需要"天官"的参与甚至主导。在这个时候，作为"天官"的太史，其地位和作用自然不同于宣帝时期的"太史令"。且如果此时的太史不是在国家政治生活中扮演重要角色，何以司马谈会因为不能扈从武帝封泰山禅梁父而"发愤且卒"？一个六百石的下大夫有什么资格因为不能参加封禅大典而感到怨愤呢？又且，太初元年的改历，即汉儒极力宣扬和推进的"改正朔"，就是在时任太史的司马迁直接推动和主持下完成的。修订历法对于一个农业帝国而言，在象征意义上其重要性不亚于今日之修订宪法。如此重大的任务怎么可能交由一个六百石的下大夫来主持？《报任安书》满纸血泪，所发皆愤激之辞。"侧下大夫之列"犹孔子言"随大夫后"，乃谦辞也。岂可以孔子真为鲁大夫之末？以史官"近乎"卜祝之间，可知史官不在卜祝之间。此处乃是极言太史对于国家政治生活的影响太小罢了，以《自序》之太史"为天官，不治民"证之可也。又《隋书·经籍志·史部序》云："其后陵夷衰乱，史官放绝，秦灭先王之典，遗制莫存。至汉武帝时，始置太史公，命司马谈为之，以掌其职"，亦一证也。

> 维昔黄帝，法天则地，四圣遵序，各成法度；唐尧逊位，虞舜不台；厥美帝功，万世载之。作五帝本纪第一。
> ……
> 维我汉……。第七十。①

这即是说，《自序》作为《太史公》的序，包含在一百三十篇之中，为全书作结；《自序》的"小序"又包含在《自序》之中，为全文作结。一百三十篇中，《自序》的"小序"又文字最多，也最引人注目。其文曰：

> 维我汉继五帝末流，接三代绝业。周道废，秦拨去古文，焚灭《诗》《书》，故明堂石室金匮玉版图籍散乱。于是汉兴，萧何次律令，韩信申军法，张苍为章程，叔孙通定礼仪，则文学彬彬稍进，《诗》《书》往往间出矣。自曹参荐盖公言黄老，而贾生、晁错明申、商，公孙弘以儒显，百年之间，天下遗文古事靡不毕集太史公。太史公仍父子相续纂其职。曰："于戏！余维先人尝掌斯事，显于唐虞，至于周，复典之，故司马氏世主天官。至于余乎，钦念哉！钦念哉！"罔罗天下放失旧闻，王迹所兴，原始察终，见盛观衰，论考之行事，略推三代，录秦汉，上记轩辕，下至于兹，著十二本纪，既科条之矣。并时异世，年差不明，作十表。礼乐损益，律历改易，兵权山川鬼神，天人之际，承敝通变，作八书。二十八宿环北辰，三十辐共一毂，运行无穷，辅拂股肱之臣配焉，忠信行道，以奉主上，作三十世家。扶义俶傥，不令己失时，立功名于天下，作七十列传。凡百三十篇，五十二万六千五百字，为《太史公书》。序略，以拾遗补艺，成一家之言。厥协六经异传，整齐百家杂语，藏之名山，副在京师，俟后世圣人君子。第七十。（《史记》，页 3319）

不难发现，《自序》的"小序"大致也可以分作两部分。从"维

---

① 司马迁撰：《史记》，北京：中华书局，1982，页 3301—3321。后文出自同一文献的引文，随文夹注"《史记》"和页码。

我汉继五帝末流"到"钦念哉",显然对应于"大序";从"罔罗天下放失旧闻"到"第七十",则对应于全部"小序"。在对应于"大序"的这一部分中,谈、迁父子的著述事业显然是作为一个整体被叙述的。也就是说,司马迁在这里丝毫没有提及自己和父亲司马谈在精神取向和著述旨趣上有任何不同。然而,果真是这样吗?

如果把这段对应于"大序"的文字和"大序"做一比照,我们就会惊讶地发现,这段文字竟然和"大序"大异其趣。因为"大序"中最为重要的部分——司马谈论六家和司马迁论六艺——竟然在"小序"中只字未提。这段文字告诉我们:汉帝国有着"继五帝末流,接三代绝业"的帝国雄心和政治理想,它需要一部足以与这种雄心和理想相匹配的伟大历史;"周道废,秦拨去古文,焚灭《诗》《书》,故明堂石室金匮玉版图籍散乱"的历史境遇和文化处境,迫切地需要伟大的著作诞生以继起斯文;"萧何次律令,韩信申军法,张苍为章程,叔孙通定礼仪",汉帝国政治建国的历程需要一部同样伟大的著作来记述和表彰;"曹参荐盖公言黄老,而贾生、晁错明申、商,公孙弘以儒显",诸子百家纷纷登场,在帝国政治舞台上寻找着自己的角色。为一个前所未有的文化盛举准备条件和酝酿契机的大部分因素似乎都已经提到——唯独没有正面提及司马谈的《论六家要旨》和司马迁的"六艺论"。

没有提到的,恰恰是"大序"的主体部分。

## 二 《论六家要旨》的"要旨"

一直以来,《论六家要旨》都被看成一篇讨论"学术史"的重要文献。学者一般都会认为,在这篇文字中,司马谈通过"辨章学术、考镜源流",对于先秦思想进行了系统总结和梳理。[①] 又因为在这篇

---

① 在晚近的研究中,这种看法不断得到加强。有学者由其"学术史"意义引申出"文献学"的价值,强调《要旨》是司马氏父子进行文献校勘工作的重要成果,认为司马氏父子的工作启发和影响了向歆父子的工作,所以《要旨》也应该看作《别录》《七略》的先声。参见逯耀东《抑郁与超越:司马迁和汉武帝时代》,北京:生活·读书·新知三联书店,2008。

文字中，司马谈几乎对于先秦各家学说都予以分析评说，既肯定其长处又指出其缺陷，所以即便有着非常强烈和鲜明的道家立场，这篇文字依旧被现代学人视为对于先秦思想"公正客观"的评价。并且，司马谈仅有这一篇文字传世，而这篇文字又被司马迁收入了《太史公自序》。如前所述，《太史公自序》兼有两代太史公的"合传"和《太史公》全书之序的双重性质。因为前者，《要旨》被误认为是谈、迁父子思想上的共识；又因为后者，《要旨》被当成了阅读《太史公》一书的直接导引。把《要旨》当作谈迁父子思想上的共识，由此出现了司马迁是否道家等荒诞不经的问题；把《要旨》当成阅读《太史公》一书的导引，当发现正文立场处处与要旨的论述不合时，便得出《太史公》错乱驳杂，甚至司马迁自相矛盾的结论。对于《太史公》一书的各种误解和误读，大多与此相关。

把《论六家要旨》当成"学术史"文献来看，当然不能算作完全读错。但用"学术史"这样一个后设的视角，肯定没有真正看到《论六家要旨》的"要旨"。看不到《要旨》的"要旨"，也就很难说真正读懂《论六家要旨》。那么，《论六家要旨》的"要旨"究竟是什么？换言之，《论六家要旨》究竟是一篇什么性质的文字，司马谈在这篇文字中究竟想要表达什么东西？

这个问题不难回答。《要旨》开篇即云：

> 《易大传》："天下一致而百虑，同归而殊途。"（《史记》，页 3288）

这段引文虽然位于篇首，却很少引起读者的重视。人类有一个共同的问题，但是对于这个问题的考虑却各有不同；人类有一个共同的归宿，但是对于如何达到这个归宿的取径却千差万别。司马谈引用《易传》的这段文字作为开篇，不是无关紧要的闲笔，而是要引出一系列问题：人类所面对的共同问题（所要达到的最终归宿）究竟是什么？对于这个共同问题和共同目标都有哪些不同的思考和主张？这些问题，至少从表面上来看，是《要旨》所要逐一展开和认真回答的。

也就是说，要面对"天下何思何虑"这样一个根本性的问题，老太史公首先必须作出自己的回答：

> 夫阴阳、儒、墨、名、法、道德，此务为治者也，直所从言之异路，有省不省耳。（《史记》，页3288）

阴阳、儒、墨、名、法、道德等各家各派，无不是在探讨如何"为治"这一人类生活的根本问题。用今天的话说，在司马谈看来，此前的哲学都是政治哲学。只是因为表达方式的不同，有的自觉有的不自觉罢了。这即是说，在《要旨》中，司马谈是以政治哲学来定位"六家"，把"六家"都放在政治哲学的框架内，评说其是非，论定其短长。

与同样是从道家立场出发对于先秦思想进行评论的《庄子·天下》篇稍作比较，《论六家要旨》着眼于政治哲学的特征尤为明显。《天下》篇开宗明义："天下之治方术者多矣，皆以其有为不可加矣。古之所谓道术者，果恶乎在？曰：'无乎不在。'曰：'神何由降？明何由出？''圣有所生，王有所成，皆原于一。'"① 今之"方术"无不源自古之"道术"，无不分有着古之"道术"。今之"方术"是古之"道术"分裂的结果。"方术"的兴盛意味着"道术"的分裂。"道术"的分裂导致"天下大乱，贤圣不明，道德不一"。方术的兴盛使得"天下多得一察焉以自好，譬如耳目鼻口，皆有所明，不能相通"。虽然百家学说"皆有所长，时有所用"，但是他们"不该不遍"，都是"一曲之士"。他们"判天地之美，析万物之理，察古人之全"，自然"寡能备于天地之美，称神明之容"，这样一来，"内圣外王之道"当然也就"暗而不明，郁而不发"。② 这里虽然也用了"内圣外王之道"来指称"道术"，但是它显然不是后世儒家所理解

---

① 郭庆藩撰：《庄子集释》，王孝鱼点校，北京：中华书局，2004，页1065。
② 郭庆藩撰：《庄子集释》，页1069。

的"内圣"和"外王"。"内圣"既不是儒家意义上的成德之教,"外王"也不是儒家意义上的致用之学。"内圣外王"显然是强调古之"道术"的整全性。换言之,古之"道术"是整全的"一"。从它化生出各种"方术"来看,它具有本源的意义;从它被各种"方术"分有和呈现来看,它又具有本体的含义。"道术将为天下裂"是整个《天下》篇的核心。这句之后,《天下》篇分别列举了墨子和禽滑厘,彭蒙、田骈和慎到,关尹和老聃,庄周,惠施和公孙龙子这样五组人物,写他们各自有所得也有所蔽,有所见也有所不见。他们各有所得,是因为他们都各自领悟了一部分古之道术;他们又各有所蔽,是因为他们都对各自所见的古之道术固执拘泥,执其一端不顾其他。不难看出,《天下》是在道的视野里来评判各家学说的是非得失,所以可以认为它是采取了一个近似于形上学的视角。换言之,《天下》篇虽然也会提及诸子关于社会政治的看法,但是,从根本上讲,它不是着眼于政治哲学,而是着眼于作为本源的"道术"和由其分裂而成的各种"方术"的关系这样一个具有形上学意味的问题。

《论六家要旨》把诸子学说都看成政治哲学,所以,对于各家学说在形而上的层面有何终极依据自然也就漠不关心。甚至一个思想和学说在理论上是否成立,也不属于司马谈考虑的范围。司马谈只关心一个问题:六家的学说,哪些可以实施,哪些不能实施。或者说,对于帝国政治而言,哪些有用,哪些没用。

对于阴阳、儒、墨、法、名诸家,司马谈的评论是:阴阳家"大祥而众忌讳",如果以此为政,就会"使人拘而多所畏",所以它很难用来指导政治生活,但是可以用它来"序四时之大顺"。儒家学说"博而寡要""劳而少功",当然不能完全根据它来安排政治生活,其可取之处仅仅在于对"君臣父子之礼"和"夫妇长幼之别"的强调。墨家学说"俭而难遵",所以也不能应用于实际的政治,但是它主张"强本节用"还是没有错。法家思想"严而少恩",仍不能作为政治的指导,只能用来"正君臣上下之分"。"名家使人俭而善失真",更不能用来指导现实政治了,只能用它来"正名实"罢了。总之,阴阳、儒、墨、法、名五家,都不能作为指导现实政治的根本思想。

司马谈分明是想要说：要选择指导现实政治的根本思想，非道家莫属。司马谈用了足足超过论述前五家所用文字总和的篇幅来宣讲道家所具有的优势：

> 道家使人精神专一，动合无形，赡足万物。其为术也，因阴阳之大顺，采儒墨之善，撮名法之要，与时迁移，应物变化，立俗施事，无所不宜，指约而易操，事少而功多。儒者则不然。以为人主天下之仪表也，主倡而臣和，主先而臣随。如此则主劳而臣逸。至于大道之要，去健羡，绌聪明，释此而任术。夫神大用则竭，形大劳则敝。形神骚动，欲与天地长久，非所闻也。（《史记》，页 3291）

首先，这段文字至少涉及如下三个方面。第一，道家思想的综合性。它"因阴阳之大顺，采儒墨之善，撮名法之要"，堪称集各派思想之大成。第二，道家思想的可行性。它"与时迁移，应物变化，立俗施事，无所不宜"，而且"指约而易操，事少而功多"。第三，作为现实政治的指导思想，道家与儒家相比所具有的优越性。其次，这段文字至少隐含着两个重要的问题。其一，从这段文字所列举的道家思想的理论特征来看，司马谈所说的道家，显然不是庄子意义上的道家，更不是老子意义上的道家，因为老庄的时代，还没有儒、墨、名、法的分野，更谈不到什么采其善撮其要。"因阴阳之大顺，采儒墨之善，撮名法之要"的乃是秦汉时期的"新道家"，而不是先秦的"原道家"。其二，从这段文字所批评的儒家人物在现实政治中间的表现来看，司马谈所说的儒家，也明显不是孔子孟子意义上的儒家。孔子虽然强调君主是天下的仪表，但是从不主张人臣对于君主要无条件地绝对服从。相对于孔子对于君臣关系的温和态度，孟子就显得激烈很多，不但自己以教导君王的老师的面目出现，甚至直接肯定"汤武革命"的积极意义。由此可见，"主倡而臣和，主先而臣随"用在孔孟儒家身上显然是不太合适的。如果它确有所指，那么把它用在汉初的叔孙通、武帝时期的田蚡这样一些儒者身上倒还贴切。换言之，司马谈这里所说的儒家，也不是孔孟的原儒家，而是参与汉代现实政治建构的"新儒家"。

如此看来，《论六家要旨》根本就不是在"辨章学术、考镜源流"，甚至不是在谈论晚周诸子思想学说的要旨。这些根本不是司马谈的兴趣所在。他想要做的是描述和评论自己时代里阴阳、儒、墨、名、法、道德诸家的政治主张，以及它们落实到现实政治中会有何等表现。如果上述论证还略显单薄，我们列举司马谈对上引评论儒道两家的文字所作的解释，便可以看得十分清楚。关于儒家：

> 夫儒者以六艺为法。六艺经传以千万数，累世不能通其学，当年不能究其礼，故曰"博而寡要，劳而少功"。若夫列君臣父子之礼，序夫妇长幼之别，虽百家弗能易也。(《史记》，页3290)

说"儒者以六艺为法"，大抵不错。但是，"六艺经传以千万数"显然不是说先秦儒家，孔子时代，虽有六艺，但未分经传；孟子时代，虽有经传之分，但还谈不到"以千万数"。至于"累世不能通其学，当年不能究其礼"，明显指的是汉代经学大盛以后的状况。可见，"博而寡要，劳而少功"显然是在批评西汉立于学官的博士经学。而批评的重点，也不是经学能不能够在学理上成立，而是经学所引申出的政治主张能不能在现实中推行。在司马谈看来，答案当然是否定的。如果说儒家经学还有什么可取之处，就只剩"列君臣父子之礼，序夫妇长幼之别"了。关于道家：

> 道家无为，又曰无不为，其实易行，其辞难知。其术以虚无为本，以因循为用。无成势，无常形，故能究万物之情。不为物先，不为物后，故能为万物主。有法无法，因时为业；有度无度，因物与合。故曰"圣人不朽，时变是守。虚者道之常也，因者君之纲"也。群臣并至，使各自明也。其实中其声者谓之端，实不中其声者谓之窾。窾言不听，奸乃不生，贤不肖自分，

白黑乃形。在所欲用耳，何事不成。乃合大道，混混冥冥。光燿天下，复反无名。(《史记》，页3292)

司马谈认为，道家的特征是"无为无不为"，"虚无为本"，"因循为用"，"不为物先，不为物后"，"有法无法"，"有度无度"。这些只是讲道之用，根本不涉及道之体。也就是说，司马谈只注重作为统治术的道，根本不关心作为形上本体（或者本源）的道。这也验证了前文所论司马谈只有政治哲学的兴趣，而无形上学的兴趣。而接下来的"群臣并置……复反无名"这段申述道家思想的文字，与其说接近写下《道德经》五千言的老子，不如说更接近韩非《解老》《喻老》篇所理解的老子。考虑到黄老道家"采儒墨之善，撮名法之要"的特点，这段文字几乎可以看作黄老学派的思想纲领甚至政治宣言了。

《论六家要旨》的结尾写道：

> 凡人所生者神也，所讬者形也。神大用则竭，形大劳则敝，形神离则死。死者不可复生，离者不可复反，故圣人重之。由是观之，神者生之本也，形者生之具也。不先定其神形，而曰"我有以治天下"，何由哉？(《史记》，页3292)

这段文字从形神关系的角度讨论人的生死问题。但是这里显然不是针对普通人的讨论，因为普通人不存在"治天下"的问题，能够"治天下"的只有天子。这也就是说，司马谈在写作《论六家要旨》的时候，至少预设了某位天下的治理者作为自己潜在的读者。这段文字又似乎是在讲天下的治理者为何不能够长生的原因，好像与"六家要旨"并无多大关系。但是，如果联想到从秦皇到汉武，无不贪生恶死，不断派人求仙访药，司马谈为什么要以这段文字结尾，也就不难理解了。

由此可见，《论六家要旨》根本就不是一篇先秦的"学术史"，而是一篇讨论秦汉帝国应当何去何从的政论文。

## 三 扑朔迷离的"司马谈遗嘱"

至此,我们可以基本判定:《论六家要旨》是一篇黄老道家的政治哲学论纲,阴阳、儒、墨、名、法诸家之所以被貌似公允地论及,那是因为在司马谈看来,它们理论上的偏颇,恰好可以反衬黄老道家的圆融;它们在政治实践中的失,恰好可以反衬黄老道家的得。而司马谈对于其他五家的重视程度也不一样。他显然更"青睐"儒家。这一方面表现在开篇总论各家时,专门论述道家的文字中夹入对于儒家的批评;另一方面表现在全篇收尾部分,讲到治天下者太过有为而形神骚动时,表面上批评积极有为的君主,实际上也暗含了对于儒家的戏谑和嘲讽。对于其他各家,则一视同仁。

司马谈为何偏偏要跟儒家过不去呢?

《太史公自序》中,《论六家要旨》前后各有一段文字:

> 太史公学天官于唐都,受易于杨何,习道论于黄子。太史公仕于建元元封之间,愍学者之不达其意而师悖乃论六家之要指曰……
>
> 太史公既掌天官,不治民。有子曰迁。(《史记》,页3288—3293)

从司马迁的记述来看,司马谈所学大概是三个部分:天文学、易学和道论。天文和易学属于"太史公"这个职位必须具备的专业技能,没有多少政治方面的含义。而黄子所授的道论,就应该是汉代流行的黄老学说,这个背景决定了司马谈基本的思想立场。至于传授司马迁道论的黄子其人,应该就是景帝时与辕固生争论汤武革命问题的黄生。《儒林列传》里记载了这场非常有名的争论:

> 黄生曰:"汤武非受命,乃弑也。"辕固生曰:"不然。夫桀纣虐乱,天下之心皆归汤武,汤武与天下之心而诛桀纣,桀纣之

民不为之使而归汤武，汤武不得已而立，非受命为何？"黄生曰："冠虽敝，必加于首；履虽新，必关于足。何者，上下之分也。今桀纣虽失道，然君上也；汤武虽圣，臣下也。夫主有失行，臣下不能正言匡过以尊天子，反因过而诛之，代立践南面，非弑而何也？"辕固生曰："必若所云，是高帝代秦即天子之位，非邪？"于是景帝曰："食肉不食马肝，不为不知味；言学者无言汤武受命，不为愚。"遂罢。是后学者莫敢明受命放杀者。(《史记》，页 3222)

研习《齐诗》的辕固生和传授道论的黄生关于汤武革命的不同看法，实际上反映了汉帝国政治处境和意识形态选择的两难。儒家赞成汤武革命，实际上是强调政治变革和政权转移的合理性。这对于马上得天下的汉帝国来讲具有极其重要的意义：它既可以为汉帝国的存在提供正当性论证，又能深入说明帝国统治方式和政治模式变革的必要性。而黄老道家反对汤武革命之说也并非没有道理。一旦汉帝国接受了儒家对其存在的合法性的解释，也就等于汉帝国认可了天命转移的必然性。如此，则必然会埋下动摇帝国根基的种子。换言之，黄老道家在政治生活中的积极作用更多地表现在维护帝国的稳定，而其消极作用也就相应地表现为过于注重稳定，而使得帝国政治缺乏应有的活力和创造力。

儒家和黄老的争论不仅存在于学者之间，甚至在帝国最高统治者那里，黄老作为帝国政治的指导思想也在景帝时开始受到强劲的挑战。《儒林列传》载：

窦太后好老子书，召辕固生问老子书。固曰："此是家人言耳。"太后怒曰："安得司空城旦书乎？"乃使固入圈刺豕。景帝知太后怒而固直言无罪，乃假固利兵，下圈刺豕，正中其心，一刺，豕应手而倒。太后默然，无以复罪，罢之。(《史记》，页 3123)

窦太后召辕固生问老子，显然是想逼迫辕固生承认黄老的权威。辕固生极为不屑地贬称《老子》为"家人言"，言下之意是它根本不值得王公大臣所尊奉，更不配成为汉帝国的官方意识形态。儒家对黄老的最初挑战险些让这位固执己见的儒生赔上了性命。

儒家对黄老的挑战在景帝时期仅仅算是拉开序幕。意识形态领域的争夺，在武帝即位之初的几十年里显得尤为激烈。在儒家学说取代黄老学说成为帝国意识形态的过程中，武帝是一个极为关键的人物。年轻的刘彻是个胸怀大志奋发有为的皇帝。如果继续推行黄老道家无为而治的治国方略，就不可能改变汉朝建立七十年来因循守旧无所作为的局面。只有改弦更张尊奉儒学，才可能为武帝展开他的帝国宏图提供相应的思想资源。所以，武帝选择了扶持儒家和任用儒生。

武帝即位以后，发生了几件对于汉帝国而言具有转折性意义的重大事件。第一是诏选贤良。第二是罢黜百家。第三是窦婴为相。第四是议立明堂。

《儒林列传》里记载了第一次议立明堂的始末：

> 兰陵王臧既受《诗》，以事孝景帝为太子少傅，免去。今上初即位，臧乃上书宿卫上，累迁，一岁中为郎中令。及代赵绾亦尝受《诗》申公，绾为御史大夫。绾、臧请天子，欲立明堂以朝诸侯，不能就其事，乃言师申公。于是天子使使束帛加璧安车驷马迎申公，弟子二人乘轺传从。至，见天子。天子问治乱之事，申公时已八十余，老，对曰："为治者不在多言，顾力行何如耳。"是时天子方好文词，见申公对，默然。然已招致，则以为太中大夫，舍鲁邸，议明堂事。太皇窦太后好老子言，不说儒术，得赵绾、王臧之过以让上，上因废明堂事，尽下赵绾、王臧吏，后皆自杀。申公亦疾免以归，数年卒。（《史记》，页3121）

武帝登基之后由儒生们所推动的第一场用儒家经典资源形塑帝国政治的改制运动就这么夭折了，而这场运动的推动者也为此付出了生命的代价。可见，年轻的武帝虽然想借助儒家思想再造他的帝国，但是面对坚信黄老学说的窦太后所施加的强大压力，似乎也无计可施。儒家和黄老对于帝国意识形态指导权的争夺到了极为激烈的程度。

正是在这个时候，信奉黄老之学的司马谈担任了太史公一职。

前引《太史公自序》云，司马谈仕于建元、元封之际。《汉书·律历志》云：武帝建元、元光、元朔各六年，元狩、元鼎、元封各六年，太初、天汉、太始、征和各四年，后元两年，著纪位五十四年。从建元到元封的三十多年，正是汉武帝内修法度，外攘夷狄，逐步用儒家（尤其是《春秋》学）提供的思想资源和政治理想改造并且重塑汉帝国的重要时期，也是儒学逐步击败并取代黄老学说成为新的国家意识形态的关键时期。因史料不足，我们很难推测信奉黄老学说的司马谈进入帝国中央担任太史公一职，究竟是出于窦太后的意愿，还是汉武帝的想法。如果是窦太后的意愿，那显然是因为他的思想倾向和政治立场；如果是汉武帝的想法，那就可能是考虑到他对于天文和易学的熟悉。毕竟，太史还是一个专业化程度极高的职位。

随着窦太后的去世，黄老在帝国政治中的影响力日益减弱，儒家学说在汉代的内政、外交、军事、法律等各个方面发挥着越来越重要的作用。与之相伴的是，随着"罢黜百家"成为汉帝国选拔人才的基本政策被确立，黄老学说的主张者和信奉者无一例外地都成了帝国政坛上的失意者。汉武帝要修正承秦而来的法律和制度，儒家经典中丰富的制度论说可以为其提供参照；汉武帝要建明堂、封禅、巡狩，儒家经典中大量的礼制仪轨可以为其提供依托；汉武帝要征战四夷尤其是讨伐匈奴，《春秋》公羊学的"大复仇"思想正好又为其提供了最佳的理论根据。总之，武帝时代的汉帝国亟待解决的方方面面的重大课题，都为儒家进入历史舞台的中心位置提供了契机。而主张因循和无为的黄老思想显然无法解决汉帝国所面临的这些严峻的政治课题，自然也就日益丧失对帝国政治的主导性而退居时代的边缘。励精图治的汉武帝既然不喜黄老之学，信仰黄老的司马谈在汉武帝时代的境遇也就可想而知。

司马迁写道：

> 是岁天子始建汉家之封，而太史公留滞周南，不得与从事，故发愤且卒。而子迁适使反，见父于河洛之间。太史公执迁手而泣曰："……今天子接千岁之统，封泰山，而余不得从行，是命也夫，命也夫！……"（《史记》，页 3295）

汉武帝封泰山、禅梁父，对于汉朝而言，乃是帝国历史上最为盛大的典礼。司马迁说它的意义是"接千岁之统"——和西周文、武、周公时代的盛况遥相呼应。对于帝国历史而言如此重大的事件，太史公司马谈却"留滞周南"，而"不得与从事"，最终"发愤且卒"。试问，司马谈为何会"留滞周南"？什么事情能让太史公不去参与封禅的大典？难道对于司马谈的太史生涯而言这不是至关重要的时刻吗？司马谈"发愤且卒"的"愤"又从何而来？

虽然史无明文，我们仍旧可以稍作推测。汉武帝太过有为的励精图治，司马谈一定不以为然。《论六家要旨》里说："神大用则竭，形大劳则敝，形神离则死……不先定其神形，而曰我有以治天下。"这明显就是在批评汉武帝。司马谈对于黄老学说的信仰和坚持非但不能获得汉武帝的认可，相反必然会激起武帝极为强烈的反感。让双方都感到难堪的是：汉武帝想借助儒家的学说开创属于自己的历史，而他所开创的历史却不得不由坚守黄老立场的司马谈来记录和评价。司马谈稍早也曾受命和博士诸生一起议定封禅之礼，但是他们的工作最终都遭到汉武帝否定。对于这一事件的细节史书语焉不详。但可以肯定的是，汉武帝显然对这位坚持旧思想不肯认同新国策的老太史已经忍无可忍。不让司马谈参与封禅大典堪称对于老太史最为严厉的惩罚和报复。而对于司马谈而言，"留滞周南，不得与从事"算得上其太史生涯最为悲惨和失败的一幕。因为和皇帝持不同的政见，身为太史却连帝国事业最辉煌伟大的一幕都不能亲自见证，司马谈怎么能够不"发愤且卒"呢？

对于帝国伟业的自豪和对于汉武帝的愤懑，一起构成了司马谈遗嘱的基调。依司马迁的记述，老太史公弥留之际依然念念不忘自己未完成的著述事业：

> 余先周室之太史也。自上世尝显功名于虞夏，典天官事。后世中衰，绝于予乎？汝复为太史，则续吾祖矣。今天子接千岁之统，封泰山，而余不得从行，是命也夫，命也夫！余死，汝必为太史；为太史，无忘吾所欲论著矣。且夫孝始于事亲，中于事君，终于立身。扬名于后世，以显父母，此孝之大者。夫天下称诵周公，言其能论歌文武之德，宣周邵之风，达太王王季之思虑，爰及公刘，以尊后稷也。幽厉之后，王道缺，礼乐衰，孔子修旧起废，论《诗》《书》，作《春秋》，则学者至今则之。自获麟以来四百有余岁，而诸侯相兼，史记放绝。今汉兴，海内一统，明主贤君忠臣死义之士，余为太史而弗论载，废天下之史文，余甚惧焉，汝其念哉。（《史记》，页 3295）

这段话列举了司马迁必须完成一部伟大著作的四个理由：第一，如果要让司马氏家族的史官传统不就此终结，司马迁必须著史；第二，司马谈含恨而死，要完成他未竟的事业，司马迁必须著史；第三，孔子作《春秋》已经四百多年，需要有人重新接续孔子的事业；第四，汉帝国真正实现了海内一统的伟大成就，客观上需要一部与之匹配的伟大著作。

如果仅仅依据这段文字，认为司马迁写作史记的原因和动力就是司马谈的遗嘱，那就太过失之简单了。以往的研究轻视了这段文字，对它的解读大多不能令人满意。[①] 我们可以尝试提出这样一个问题：这段话显然为司马迁的著述提供了两个最主要的历史依据：一个是司马氏家族的史官传统，另一个是周公到孔子的"制作"传统。司马谈希望自己的儿子能够接续家族的史官传统，应无多大问题。但是，作为黄老道家思想代言人的司马谈，怎么可能让自己的事业继承人接续周公和孔子的"制作"传统呢？司马谈不是在《论六家要旨》里猛

---

① 过常宝认为：司马迁构造了一个悠久的史官家世，又强调自己继承了一个神圣的王道传统。（过常宝：《世系和统系的构建及其意义》，《中国人民大学学报》2019 年第 2 期，页 159—161）他认为司马迁继承王道传统，显然并不准确。

烈地批评儒家学说吗？老太史公不是在儒学复兴的时代里倍感落寞吗？这位因循守旧的史官不是因被支持儒家的武帝抛弃而"发愤且卒"吗？他怎么可能让司马迁去传递周公和孔子传承而来的儒家薪火呢？

这个问题实在不易回答。如果我们稍微留心一下，便会发现，"司马谈遗嘱"在《太史公自序》里实际上还被提到过三次："大序"中两次，"小序"中一次。几处含义或有重叠，但文字几乎完全不同。此处最为繁复，其他几处则较为简略。怎么解释这种差异呢？如果说其他几处较为简略的文字是被缩略了的"司马谈遗嘱"，难道就不能说此段较为繁复的文字是被扩充了的"司马谈遗嘱"？

要回答"司马谈遗嘱"究竟有没有被"扩充"，我们就得看看记录这段"遗嘱"的司马迁跟他的父亲在思想上有无不同。司马迁出生于景帝末年至武帝初年，他成长的历程正伴随着儒学的复兴。司马迁有幸跟随大儒董仲舒学习《春秋》，后又跟着孔安国研习《尚书》。显然，司马迁的学术背景是新兴的儒学，而不是主张因循的黄老。两代太史公在学术背景和思想立场上大异其趣。在《孔子世家》后面的"太史公曰"里，司马迁说自己对于孔子"虽不能至，然心乡往之"。又说，自己当年曾经适鲁，"观仲尼庙堂车服礼器，诸生以时习礼其家"，以至于"祗回留之不能去"。① 可见，孔子乃是司马迁的精神偶像，孔子的事业曾经深深地震撼过青年司马迁的灵魂。对于司马迁这一思想维度，我们很难设想贬抑儒家的司马谈会完全认同。

信奉儒学的司马迁在儒学复兴的年代里显然成了时代的宠儿。司马迁这样描写自己早年的经历：

> 迁生龙门，耕牧河山之阳。年十岁则诵古文。二十而南游江、淮，上会稽，探禹穴，闚九疑，浮于沅、湘；北涉汶、泗，讲业齐、鲁之都，观孔子之遗风，乡射邹、峄；厄困鄱、薛、彭城，过梁、楚以归。于是迁仕为郎中，奉使西征巴、蜀以南，南

---

① 司马迁撰：《史记》，页 1947.

略邛、筰、昆明,还报命。①

与司马谈受到汉武帝的冷遇不同,青年司马迁却颇受汉武帝青睐;与司马谈晚年的黯然和伤感形成鲜明对照的是司马迁的春风得意。可以毫不夸张地说,司马迁在武帝时期的一系列政治变革中曾经发挥过极为重要的作用。《太史公》一书的写作,既与司马谈晚年的失意和落寞有关,又与司马迁早年的得意和自豪有关。当然,司马迁在写这段文字的时候还是保持了最大限度的克制:他既没有刻意渲染拥护黄老政治的父亲在帝国的改制运动中受到的冷遇和感到的悲凉,也没有过分地夸张自己在武帝早期的得意和风光。两代人在一个大时代里不同的命运浮沉,被他写得波澜不惊。②

## 四 闪烁其词的"答壶遂问"

在"大序"中,与司马谈论六家相对应的乃是司马迁论六艺。司马迁论六艺,是以和壶遂对话的形式写出。而司马迁和壶遂的对话,又是通过部分地重述"司马谈遗嘱"引出的:

> 先人有言:"自周公卒五百岁而有孔子。孔子卒后至于今五百岁,有能绍明世,正《易传》,继《春秋》,本《诗》《书》礼乐之际?"意在斯乎!意在斯乎!小子何敢让焉。(《史记》,页3296)

这段话清楚地表明:历史中存在着一个伟大的精神谱系。这一谱

---

① 司马迁撰:《史记》,页3293。
② 程苏东注意到:"《史记》经历了司马氏父子两代人数十年的酝酿和修撰,期间二人命运也发生了巨大的变化,这一切都使得《史记》的撰述动机显然不可简单归为一体。"(程苏东:《"诡辞"以见义——论〈太史公自序〉的书写策略》,蔡宗齐主编,汪春泓本辑主编《岭南学报》复刊第11辑,上海:上海古籍出版社,2019。)但是,陈文并未就此展开论述。

系从周公开始，五百年后被孔子接续；孔子之后又过了五百年，现在谁又能成为这个精神谱系的接续者呢？司马迁当然不能直接说他认为自己就是。他只能把它说成父亲临终的教诲，说成"先人有言"。如此一来，自己写《太史公书》，就是受命（秉承父命）而作，不是自高自大无知妄作。程苏东也注意到对孝的强调实际上是为司马迁的著述活动赢得更多合法性。① 坚称自己的著述乃秉承父命是必需的，构造一个由周公到孔子的精神谱系并把自己纳入这一谱系更是不可或缺。

在前引"司马谈遗嘱"中，对于周公和孔子为何能共同构成一个精神谱系作出了详细的说明：周公的伟大在于能够通过他的"制作"，彰显出他所处时代最伟大的政治德性和政治风尚（论歌文武之德，宣周邵之风）。不仅如此，他还能把自己时代最伟大的政治德性和政治风尚追溯到祖先的睿智思考和艰辛努力（达太王王季之思虑，爰及公刘，以尊后稷）。换言之，周公的伟大在于，他把自己所处的政治共同体的政治品格和历史共同体的文化品性紧密地连接起来。而孔子所做的工作，则是在一个政治品格被败坏（王道缺）、文化品性在丢失（礼乐衰）的时代里，通过自己的"制作"活动挽回或者重建业已衰亡的政治品格和文化品性（修旧起废，论《诗》《书》，作《春秋》）。这里，周公的"制作"和孔子的"制作"是不是同一种意义上的"制作"，这个问题被有意无意地忽略了。而这一忽略恰好为司马迁把自己的著述活动也纳入这一谱系预留了足够的空间。既然孔子是继承周公的事业，而孔子的"制作"又不同于周公的"制作"，那么继承孔子事业的司马迁所进行的著述活动也就不一定要和孔子完全相同了。

但是，司马迁必须说明，自己在什么意义上可以被视作这一精神传统的继承者，又在什么意义上和他的先行者之间存在着差异和不同。对于司马迁而言，这个问题无疑是复杂、微妙又无法回避的。在古典作品中，复杂微妙的思想大多需要借助一个对话者、提问者甚至

---

① 程苏东：《"诡辞"以见义——论〈太史公自序〉的书写策略》，载蔡宗齐主编，汪春泓本辑主编《岭南学报》复刊第11辑，上海：上海古籍出版社，2019。

是质疑者才能阐发出来。所以，这个时候必须有另一个人以讨论者的身份参与进来，这个人就是他的好友壶遂。

壶遂总共提出了两个问题。第一个问题是："昔孔子何为而作《春秋》哉？"

司马迁对这个问题的回答，有三层意思。第一，引述董仲舒的《春秋》论说。第二，阐述司马迁对于六艺的总体看法，以及《春秋》应当如何在六艺的系统中被认识和定位。第三，说明《春秋》为什么是"礼义之大宗"。这里的第一层意思只是讲汉儒基于公羊学对《春秋》的理解所具有的一般性认识，它不构成司马迁本人对于这个问题的解释。但是，司马迁的解释并不与之相悖，而是在此基础之上进一步引申、发挥并且补充了汉儒的一般性理解。

汉儒认为，《春秋》之作，是为了"上明三王之道，下辨人事之纪"，目的是"别嫌疑，明是非，定犹豫，善善恶恶，贤贤贱不肖，存亡国，继绝世，补敝起废"，所以是"王道之大者"。① 司马迁显然认为，这样理解《春秋》，还远远不够。要清楚地认识《春秋》，首先必须明了六艺的性质：

> 《易》著天地阴阳四时五行，故长于变；《礼》经纪人伦，故长于行；《书》记先王之事，故长于政；《诗》记山川溪谷禽兽草木牝牡雌雄，故长于风；《乐》乐所以立，故长于和；《春秋》辩是非，故长于治人。是故《礼》以节人，《乐》以发和，《书》以道事，《诗》以达意，《易》以道化，《春秋》以道义。（《史记》，页 3297）

这段文字分别论及六艺的内容、特点和功用。不难看出，从六艺的内容和性质上来看，大多与政治生活密切相关；而从其功用来看，

---

① 余治平认为："余闻董生曰"后整段话，都应视为董仲舒的思想，而非太史公本人的观点。参见余治平《〈春秋〉的"补敝起废"——〈太史公自序〉"余闻董生曰"新解》，《衡水学院学报》2024 年第 2 期，页 1—3。此说显然不能成立。

"节人""发和""道事""达意""道化""道义"几乎都在政治生活中扮演着重要角色。这很容易让人联想到司马谈《论六家要旨》开篇总论阴阳、儒、墨、名、法、道德诸家时，概括说："此务为治者也，直所从言之异路，有省不省耳。"换言之，和司马谈从政治性来评论六家要旨一样，司马迁也是从政治性来看待六艺的性质。不仅如此，司马迁论六艺，显然是针对司马谈《论六家要旨》中对儒家的批评而来。司马谈不是说儒家学说"博而寡要，劳而少功"吗？司马迁却说：

> 拨乱世反之正，莫近于春秋。《春秋》文成数万，其指数千。万物之散聚皆在《春秋》。（《史记》，页3297）

儒家经典很多，涉及的内容虽然广博，但是六艺并非平行并列，它们的重要性是有差别的。在司马迁看来，六艺之中最为重要的当属《春秋》。若欲拨乱反正平治天下，最为紧要的莫过于《春秋》。《春秋》"文成数万"，不算太"博"；又"其指数千"，不能说"寡要"。"万物之聚散皆在《春秋》"，研习《春秋》怎么可能"劳而无功"呢？

司马迁又说：

> 《春秋》之中，弑君三十六，亡国五十二，诸侯奔走不得保其社稷者不可胜数。察其所以，皆失其本已。故易曰"失之豪厘，差以千里"。故曰"臣弑君，子弑父，非一旦一夕之故也，其渐久矣"。故有国者不可以不知《春秋》，前有谗而弗见，后有贼而不知。为人臣者不可以不知《春秋》，守经事而不知其宜，遭变事而不知其权。为人君父而不通于《春秋》之义者，必蒙首恶之名。为人臣子而不通于《春秋》之义者，必陷篡弑之诛，死罪之名。其实皆以为善，为之不知其义，被之空言而不敢辞。夫不通礼义之旨，至于君不君，臣不臣，父不父，子不子。夫君不君则犯，臣不臣则诛，父不父则无道，子不子则不

孝。此四行者，天下之大过也。以天下之大过予之，则受而弗敢辞。故《春秋》者，礼义之大宗也。夫礼禁未然之前，法施已然之后；法之所为用者易见，而礼之所为禁者难知。(《史记》，页3298)

司马谈说"儒者以六艺为法。六艺经传以千万数，累世不能通其学，当年不能究其礼"。如果把"以千万数"的六艺经传同等看待，当然就会"累世不能通其学"。但是，如果认识到《春秋》是"礼义之大宗"，六经中分出主次轻重，自然也就用不着皓首穷经，又怎么会"当年不能究其礼"呢？司马迁又认为，《春秋》之中，之所以"弑君三十六，亡国五十二，诸侯奔走不得保其社稷者不可胜数"，那是因为他们都"失其本"。被他们丢掉的这个"本"，就是"《春秋》之义"，就是"礼义之旨"。换言之，对于政治生活而言，礼文固然重要，礼义却更为根本。《春秋》之所以在六经之中至为重要，并非因为它关涉礼仪节文，而是因为它指向礼文背后的"礼义"。"礼义"是礼的根本原则和最高原理，它是处理现实政治问题所必需的政治智慧的源泉。政治活动的参与者，无论是君主，还是大臣，都应该通晓《春秋》之义。否则，为人君者"必蒙首恶之名"，为人臣者"必陷篡弑之诛"。司马迁还强调，政治人物的某些政治行动中，最终的效果往往和最初的动机相悖。这当然是因为他们缺乏足够的政治智慧，用司马迁的话来说就是他们不通"礼义之旨"。司马谈论及儒家的可取之处时曾说："若夫列君臣父子之礼，序夫妇长幼之别，虽百家弗能易也。"司马迁说，如果"不通礼义之旨"，必然会导致"君不君，臣不臣，父不父，子不子"的情形出现，结果必然是"君不君则犯，臣不臣则诛，父不父则无道，子不子则不孝"。也就是说，如果没有《春秋》所承载的"礼义之旨"，司马谈所言之"列君臣父子之礼，序夫妇长幼之别"又怎么可能？

壶遂的第二个问题是："孔子之时，上无明君，下不得任用，故作《春秋》，垂空文以断礼义，当一王之法。今夫子上遇明天子，下得守职，万事既具，咸各序其宜，夫子所论，欲以何明？"(《史记》，页3299）孔子作《春秋》，是特定人物在特定历史条件下的产物，司马迁与孔子的时代完全不同，境遇也不一样，怎么可能学孔子"作《春秋》"呢？

司马迁的回答颇令人费解："唯唯，否否，不然。"关于"唯唯"的含义，钱锺书等学者将其解释得过于迂曲。① 本文不妨绕过它，直接讨论司马迁其后的论述。

如果按照上述分析，把《春秋》理解为"礼义之大宗"，认为它提供了政治生活的根本原则和最高原理，提供了解决意图和效果背离问题的政治智慧，那么，要让司马迁在言辞的层面承认自己模仿《春秋》一定非常困难。因为，这对于一个汉代的著述者而言，非但不可能，简直是大逆不道。作为儒者，模仿《春秋》有拟圣之嫌；作为汉臣，以孔子自况不就等于贬损自己的帝国和时代吗？但是，司马迁的的确确借助司马谈"遗嘱"把自己纳入了从周公到孔子的精神谱系，这又是他无法否认或回避的。所以，他必须为此做出解释或者说明：

> 余闻之先人曰："伏羲至纯厚，作《易》八卦。尧舜之盛，《尚书》载之，礼乐作焉。汤武之隆，诗人歌之。《春秋》采善贬恶，推三代之德，褒周室，非独刺讥而已也。"（《史记》，页3299）

司马迁采用了和先前一样的手法，先为六经重新定性，然后从六经的总体定性出发为《春秋》定位：《易》之八卦体现的是伏羲之德；《尚书》《礼》《乐》表现的是尧舜之盛，《诗》则歌颂汤武之隆。所以，六经之作，大概都和古代圣王的德业相关联，都是为了表彰古代圣王的盛德大业。《春秋》也不例外。它"采善贬恶"是为了"推三代之德"，是为了"褒周室"。这一说法显然不是时人的共识，尤其是《春秋》"褒周室"，恐怕很难为汉儒所认可。在公羊家眼中，

---

① 参见钱锺书《管锥编》第1册，北京：中华书局，1986，页393。

孔子作《春秋》，乃是晚年恢复周礼的理想失落之后，把希望寄托于未来的产物。《春秋》非为"从周"所写，而是为"新周"而作。说它"褒周室"，大概要引来公羊家的非议。司马迁把它托诸并非儒家立场但有史官身份的"先人"，便显得合情合理了。

既然《春秋》之作，不仅在于讥刺乱世君臣，更在于彰显三代盛德。那么，至少在彰显三代盛德这一点上，《春秋》是可以模仿的：

> 汉兴以来，至明天子，获符瑞，封禅，改正朔，易服色，受命于穆清，泽流罔极，海外殊俗，重译款塞，请来献见者，不可胜道。臣下百官力诵圣德，犹不能宣尽其意。且士贤能而不用，有国者之耻；主上明圣而德不布闻，有司之过也。且余尝掌其官，废明圣盛德不载，灭功臣世家贤大夫之业不述，堕先人所言，罪莫大焉（《史记》，页3299）。

《易》《书》《礼》《乐》《诗》《春秋》，都是各自所处伟大时代的见证。而汉代的伟大又超过了历史上所有的时代，武帝的圣明超过了历史上所有的帝王，客观上要求有一部与之相称的伟大著作来见证这段历史。在这个意义上，模仿《春秋》显然是无可非议的，何况，司马氏父子的史官身份让他们相信承担这一使命对于他们而言责无旁贷。换言之，司马迁的《太史公》一书的确是为他的汉帝国所作。《太史公》一书的写作是为了理解和表彰帝国历史的政治品性和帝国人物的政治德性。包括《春秋》在内的六经无不是在描述寄托于历史中的某种政治理想，《太史公》一书自然也是在继承这个传统，将太史公父子的政治理想寄托于当代的历史叙述之中，寄托于对于当代何以形成的历史追溯之中。

但是，问题仍然没有得到解决。我们会问，司马迁果真会如他所宣称的那样，认为《春秋》既是在讥刺乱世君臣，又是在彰显三代盛德吗？如果是，那他如何解释一般常识中《春秋》"贬天子"和自己言辞中《春秋》"褒周室"的矛盾呢？如果不是，司马迁所宣称的《春秋》"褒周室"，难道只是一种假托之辞？换言之，如果《春秋》

"褒周室"之说在事实上不能成立，司马迁对于汉帝国政治品性的赞颂和圣君贤臣们丰功伟业的记载，也将成为浮在《太史公》表面上波纹而已。那么，在这些波纹底下的潜流又是什么？

最后，司马迁说：

> 余所谓**述**故事，整齐其世传，**非所谓作**也，而君比之于《春秋》，谬矣。（《史记》，页3310）

这难道不是在模仿孔子，说自己"述而不作"吗？

## 结语　从"小序"看"一家之言"

从《太史公自序》的"小序"来看，《太史公》的写作，既跟汉帝国的自我认识和自我定位有关（"我汉继五帝末流，接三代绝业"），又跟汉帝国的文化使命和文明担当相连（周道废，秦拨去古文……），还跟汉帝国教政体系的建立并日趋完善同步（萧何次律令，韩信申军法……）。此外，它还是诸子百家学说在汉初重新活跃起来的结果（自曹参荐盖公言黄老，而贾生、晁错明申、商……）。

随着统一的大帝国的建立，试图以某一学说为主，吸纳和融合其他各家思想精华，以期最大限度地消化甚至转化先秦文化遗产，成为秦汉时期相当多重要论著的共同追求。从《吕氏春秋》开始，到《淮南鸿烈》，再到《春秋繁露》，大抵都是如此。司马迁父子的著述活动，显然是这个吸纳并融合先秦思想精华并转化此前的一切文化遗产的学术潮流的重要组成部分。跟同时代的其他重要思想家一样，谈、迁父子也热切地希望通过自己的著述活动，积极参与塑造（或者重塑）汉帝国的政治品格。与同时代其他思想家的不同之处在于，谈、迁父子相继担任史官，因此具有更为得天独厚的著述条件。尤其是经历了秦火的浩劫和秦汉之际的战乱之后，"天下遗文古事靡不毕集太史公"，这种从事著述的条件就显得弥足珍贵。从这个意义上，我们当然有理由认为写作《太史公》一书是两代太史公共同的志业。

两代太史公对于《太史公》一书的写作有着不同的期许。老太史公作为黄老道家的信徒，其学术视野仅限于诸子。司马谈的志向在于通过自己的著述活动，将六家要旨融合为一，建立一个以黄老道家为主的思想体系，争夺汉帝国意识形态的主导权，进而使清静无为继续作为基本国策指导帝国政治。司马谈生活在黄老政治无法延续而儒学迅速复兴的时代，所以，他对儒学能否充当现实政治的指导思想充满疑虑，对倚重儒生的汉武帝因积极有为而导致的帝国内外纷争扰攘深感不安。小太史公的学术背景与正在复兴的儒学密切相关，而且，他还同时接触过今文经学和古文经典。司马迁的志向在于通过自己的著述活动，按照自己对于政治生活的洞察和思考，提炼和塑造秦汉帝国的政治品性。为此，司马迁必须接过司马谈的问题，即把先秦以来主要的思想文化遗产（六家要旨）重新熔铸为一。与司马谈不同的是，司马迁基于对经学的了解和认知获得了一个与父亲完全不同的历史视野，这一历史视野的转换使得他的著述有了与司马谈完全不同的旨归。因此，如果站在司马谈的立场理解司马迁（或者《太史公》），认为其书只是用道家的历史观评论汉朝当代历史，那就是驴唇马嘴、南辕北辙了。

那么，能否认为，司马迁接过司马谈的问题之后所做的工作仅仅是把黄老道家置换成了儒家（或者今文经学）呢？大概也不能。这是由于：儒学固然是司马迁主要的思想资源，但是司马迁的思考往往越出了儒学所能接受的分寸和界限；今文经学对于司马迁的影响固然至关重要，但是司马迁著史并不拘泥于今文家说，今文以外的各类经说无不兼采。换言之，司马迁当然要处理司马谈遗留的问题，即他必须去"整齐百家杂语"；同时，他又要解决自己更为迫切的问题，即如何才能"厥协六经异传"。如果说"整齐百家杂语"的工作是对诸子百家（主要是"六家"）的超越，那么"厥协六经异传"所要做的必然是对于儒家经学内部种种异说的超越。司马迁在《太史公自序》的"小序"和《报任安书》中两次提到"成一家之言"。所谓"成一家之言"，既包含了对于"百家杂语"的超越，又包含了对于"六经异传"的超越。换言之，只有在"整齐百家杂语"和"厥协六经异传"的基础上,我们才可能理解司马迁如何能够"成一家之言"。

司马谈力图借助黄老道家的思想视野实现对先秦诸子的超越,司马迁又力图借助儒家经学的视野来实现对司马谈的黄老道家思想立场的超越。在这一过程之中,司马迁又必须通过自己创造性的工作超越儒家经学内部的种种差异。

司马迁对于儒家经学内部种种差异的超越是如何完成的呢?他显然是通过发明孔子的"述""作"大旨,重建周公到孔子的精神谱系,并把自己的著述行为纳入这一精神谱系来完成。司马迁表面上借董仲舒之口重申了汉儒对于《春秋》的一般看法,实际上补充了自己对于孔子何为作《春秋》的两种认识。这两种认识又分别指向政治智慧和政治美德。司马迁本人在《太史公》的写作过程中,又恰恰是依据这两种认识来确立其著作与《春秋》经的关系。阐明这一点,对于准确理解《太史公》一书的"述""作"之旨至关重要。

【作者简介】

李长春,中山大学哲学系副教授。研究专长为古典学、经学史、中国哲学、历史哲学。主持国家社会科学基金一般项目"章学诚历史哲学研究"(20BZX072)等。

# 从《五帝本纪》取裁看太史公之述作*

李 霖

（北京大学中国古代史研究中心）

## 一 太史公的自我期许

《史记》原名《太史公》书，① 是司马谈、司马迁父子两人的作品。② 《史记》不是一部合乎今日标准的"历史书"，虽然它在客观上为我们提供了史料，但太史公写作《史记》的目的不是叙述历史。《史记》"述往事"，是为了"思来者"，追寻某种意义，"述往事"是"思来者"的手段，也是载体。一如司马迁在《自序》中引用董仲舒所说孔子作《春秋》的目的："我欲载之空言，不如见之于行事之深切著明也。"③《春秋》表面上只是述"行事"，而孔子所作"空言"恰在其中。太史公的思想和主张（作），也蕴含在《史记》对古

---

\* 本文系国家社会科学基金重大项目"皮锡瑞《经学通论》注释与研究"（15ZDB010，吴仰湘主持）的阶段性成果。原刊于《文史》2020年第1辑。本文略有修订。

① 《太史公自序》谓"为太史公书"。《汉书·艺文志》著录为"太史公百三十篇"。两相参照，我们倾向于认为书名原作"太史公"。参见钱穆《太史公考释》（钱穆：《中国学术思想史论丛》3，北京：生活·读书·新知三联书店，2009，页22—34）。为了兼顾学界的习惯，本文统一标作"《太史公》书"。

② 本文在不区分司马谈和司马迁时，统称作者为太史公。

③ 司马迁撰：《史记》卷一三〇《太史公自序》，北京：中华书局，1982，页3297。后文出自同一文献的引文，随文夹注其页码。

今史事的叙述中（述）。

从司马谈到司马迁，都有一种"述作"的使命感。《自序》司马谈临终前执迁手而泣曰：

> 夫天下称诵周公，言其能论歌文武之德，宣周邵之风，达太王、王季之思虑，爰及公刘，以尊后稷也。幽厉之后，王道缺，礼乐衰，孔子修旧起废，论《诗》《书》，作《春秋》，则学者至今则之。（页3295）

司马谈认为周公的伟大在于歌颂前人功德，孔子的伟大亦在于编修以旧闻为载体的"六经"。

司马迁当仁不让，自诩为继承周公、孔子的人：

> 先人有言："自周公卒五百岁而有孔子。孔子卒后至于今五百岁，有能绍明世，正《易传》，继《春秋》，本《诗》《书》《礼》《乐》之际？"意在斯乎！意在斯乎！小子何敢让焉。（页3296）

而司马迁继承孔子的方式，是希望通过写作《太史公》书来继承孔子所作《春秋》，孔子编修的"六经"是其重要依据。可以说，继《春秋》，是太史公的自我期许。

就像孔子自称"述而不作"一样，司马迁也矢口否认自己要"作"一部类似《春秋》的书，称自己只是"述故事"，"非所谓作也"。然而实际上，《史记》全书引用和比附《春秋》之处比比皆是，[①] 何况《自序》下文立即自道《太史公》书记事的起讫：

> 于是卒述陶唐以来，至于麟止，自黄帝始。（页3300）

---

[①] 另一方面，太史公的见解与《春秋》不尽相同，否则何必另作《太史公》书。

"麟止"正是比附《春秋》绝笔。

有趣的是,对于《史记》记事的上限,司马迁为何不效法他认为是孔子所编纂的《尚书》,始自"陶唐",① 而一定要"自黄帝始"?这是我们阅读《五帝本纪》时,挥之不去的问题。

## 二 五帝人选的取材

《史记》的篇目次序往往有一番用意。太史公把《五帝本纪》置于首篇,把黄帝冠于五帝之首,其中的深意值得发掘。从其所"述"发掘其所"作",是一件困难的事。必须兼具"好学""深思"的品质,若"寡闻""浅见"则不得"心知其意"。② 要理解太史公,必须好学博闻,掌握比《史记》更丰富的信息。本文正是通过史源学的方法,意即分析《史记》面对丰富而芜杂的"六经异传"和"百家杂语"(材料),③ 作了怎样的取舍和裁断(取、裁),从而发掘太史公的思想和主张(作)。

《五帝本纪》中的五帝是黄帝、颛顼、帝喾、唐尧、虞舜。这一组五帝人选,在太史公的时代并不是唯一的选择。比如收入《礼记》的《月令》,所载五帝是太昊(伏羲)、炎帝(神农)、黄帝、少昊(挚)和颛顼,《系辞》记载的五位上古圣王是伏羲、神农、黄帝、唐尧、虞舜。太史公为什么不选择《月令》或《系辞》的五帝版本,而选定了目前这一组五帝,他的文献依据是什么?

太史公在《五帝本纪》赞语中,对史源有明确表述:

> 太史公曰:学者多称五帝,尚矣。然《尚书》独载尧以来;而百家言黄帝,其文不雅驯,荐绅先生难言之。孔子所传《宰予问五帝德》及《帝系姓》,儒者或不传。余尝西至空桐,北过

---

① 据《五帝本纪》赞语,太史公应认为"《尚书》独载尧以来"是"《书》缺有间"造成的。
② 见下引《五帝本纪》赞语。
③ 《太史公自序》云:"厥协六经异传,整齐百家杂语。"(页3319—3320)

涿鹿，东渐于海，南浮江淮矣，至长老皆各往往称黄帝、尧、舜之处，风教固殊焉，总之不离古文者近是。予观《春秋》《国语》，其发明《五帝德》《帝系姓》章矣，顾弟弗深考，其所表见皆不虚。《书》缺有间矣，其轶乃时时见于他说。非好学深思，心知其意，固难为浅见寡闻道也。余并论次，择其言尤雅者，故著为本纪书首。（页46）

太史公指出除《尚书》以外，《五帝德》和《帝系》是《五帝本纪》最重要的史源。至于为什么相信后来收入《大戴礼记》的《五帝德》和《帝系》，太史公给出的理由有三。第一，认为这两篇文献是孔子所传。第二，实地考察相传为黄帝、尧、舜活动的区域，与这两篇文献有相合之处。第三，可与《左传》《国语》相发明。

《史记》五帝取材于《五帝德》和《帝系》，然而太史公给出的解释并不能解决我们对于五帝人选的疑惑。如果说《五帝德》《帝系》与孔子有关，虽然这并非儒家的共识（"儒者或不传"），可是太史公同样认为《系辞》与孔子有关，① 为何不取《系辞》五帝？此其一。太史公实地考察了黄帝、尧、舜的遗迹，为什么不考察颛顼和帝喾的遗迹？② 而《史记》五帝人选的特殊之处，除了以黄帝为始，主要就在于颛顼和帝喾，黄帝、尧、舜作为五帝则争议不大。此其二。《史记》五帝并非《五帝德》和《帝系》专有，先秦文献如《国语·鲁语下》《吕氏春秋·尊师》《管子·封禅》也将黄帝、颛顼、帝喾、尧、舜并举，③ 唐

---

① 参见《史记·孔子世家》，"孔子晚而喜《易》，序《彖》《系》《象》《说卦》《文言》"（页2334）。
② 今本《五帝德》载有颛顼的活动范围。
③ 《封禅书》"管仲曰"云云历举十二位曾事封禅的古代帝王，司马贞《索隐》云"今《管子书》其《封禅篇》亡"（页1361），意即《史记》此处取材于《管子·封禅篇》。孔颖达《礼记正义·王制》引述《管子》云："无怀氏封泰山，伏羲、神农、少皞、黄帝、颛顼、帝喾、帝尧、舜、禹、汤、周成王皆封泰山。"（阮元校刻：《十三经注疏》，北京：中华书局，2009，页2877。后文出自同一文献的引文，随文夹注""《十三经注疏》和页码"）所引正与《封禅书》相近。

人所见《世本》五帝原亦如此,① 太史公为何重点谈《五帝德》《帝系》,《国语》只处于从属地位,且未及《世本》《管子》? 此其三。②由此我们认为,太史公看重《五帝德》和《帝系》,不是因为它们提供了更可信的五帝人选,而是因为它们赋予了五帝某些特质。

## 三 对《帝系》的吸收

与《月令》《系辞》《吕氏春秋·尊师》等文献中的五帝相比,《五帝德》《帝系》最明显的特点是,以黄帝为始。更重要的是,在《五帝德》尤其是《帝系》中,五帝中的后四帝,乃至夏、商、周三代的始祖禹、契和后稷,全是黄帝的子孙。

建构远古帝王之间的血缘关系,并不是《五帝德》和《帝系》的独创。比如《国语·晋语四》即谈到"昔少典取于有蟜氏,生黄帝、炎帝"。③ 但是《五帝德》尤其是《帝系》,首次建构了一整套由五帝至三代的血缘谱系,使五帝同源,三代一系,皆出于黄帝。比如舜的出身,《孟子》只说"舜发于畎亩之中"(《十三经注疏》,页6009),本来是匹夫,父亲是瞽叟,并未指出瞽叟以上的血统。而《帝系》把舜的血统清清楚楚地追溯到颛顼乃至黄帝。《史记》全盘吸收了这套尚未成为共识的血缘系统,记载于《五帝》《夏》《殷》《周本纪》及《三代世表》等篇,深刻地影响了此后两千年的文明认同。尤其是作为十表之首的《三代世表》,所以将五帝、三代帝系集于一表,并巧妙地采用"旁行斜上"的体裁,正是出于对这一谱系

---

① 唐张守节《史记正义》云"太史公依《世本》《大戴礼》,以黄帝、颛顼、帝喾、唐尧、虞舜为五帝",又云孙氏注《世本》"以伏羲、神农、黄帝为三皇,少昊、颛顼、高辛、唐、虞为五帝。"(页1)《世本》已佚,王谟等人辑本或将黄帝列入三皇,是从孙氏注,非《世本》原貌。

② 更有甚者,《史记·历书》所言上古帝王无帝喾,有少皞,似与《五帝本纪》自相矛盾。究其原因,少皞乃沿袭《历书》此处的史源《国语·楚语》所述"绝地天通"事,与《五帝本纪》的五帝人选,并非同一系统。

③ 徐元诰撰:《国语集解》卷十《晋语四》,王树民、沈长云点校,北京:中华书局,2002,页336。

的完整呈现。①

为了维护这一血缘谱系,《史记》对它可能引起的质疑加以解释甚至弥缝,在此聊举三处。帝喾是颛顼的侄子,何以继颛顼之后为帝,《五帝本纪》解释说帝喾的父祖玄嚣、蟜极"皆不得在位"。此其一。对于舜的出身,《五帝本纪》解释说舜的祖先从颛顼之子穷蝉以下,"皆微为庶人"。此其二。同为帝喾之子,尧何以成为五帝之一,而挚不列入五帝。《五帝本纪》说:

> 帝喾崩,而挚代立。帝挚立,不善,崩,而弟放勋立,是为帝尧。(页14)

挚是尧的哥哥,理应继立为帝,② 此处却说他"代立"。"代立"一词在《史记》中多次出现,我们把它视为一种太史公"书法",在这里指挚作为帝是"不善"的,③ 不称其位,所以不能列入五帝。此其三。反观前两处"不得在位"和"微为庶人",措辞也是有微意的。前者暗示帝喾有"在位"的合理性,后者告诉我们舜这一支早已是匹夫了,因而用语有别。我们认为以上三处细节,都是太史公对《帝系》五帝、三代血缘系统的辩护,而未必有史料上的依据。

《史记》坚持这一套宏大的血缘谱系,认为五帝、三代血缘出于黄帝,这无疑是《史记》记事以黄帝为始的重要原因。至于五帝人选是否有颛顼、帝喾,可能只是这一血缘谱系的副产品而已。

对古人而言,五帝人选相当于历史事实。然而太史公裁断这一史实所依据的,并非材料的客观性,而是自己心中的准则。太史公为何对五帝、三代的血缘谱系情有独钟?为了回答这一问题,我们需要关注五帝事迹乃至整部《史记》。

---

① 《三代世表》的体裁,参见赵益《〈史记·三代世表〉"斜上"考》,《文献》2012年第4期,页158—162。

② 《史记》全书流露一种倾向,认为嫡长子继承制是自古就有的制度。

③ 《史记索隐》云:"古本作'不著'……俗本作'不善',不善谓微弱,不著犹不著名。"(页15)

## 四　对《五帝德》的增删

《五帝本纪》记述黄帝、颛顼、帝喾的事迹（述），主要取材于《五帝德》（取）。但二者并不完全一致。太史公删削和增添的一些内容（裁），可能包含了他的思想和主张（作）。

需要说明的是，太史公看到的典籍内容与今本一定有所不同。我们利用现存典籍分析《史记》取裁，只能作有限度的讨论。然而当《史记》与今本典籍的若干差别都不约而同地指向同一问题时，应承认该问题确实在太史公的考虑之中。

### （一）人帝

今本《五帝德》记载黄帝"乘龙扆云"，① 颛顼"乘龙而至四海"，帝喾"春夏乘龙，秋冬乘马"，② 而这些神异的事迹都被《五帝本纪》删去。太史公似乎在向读者强调，黄帝、颛顼、帝喾等五帝，都是人帝。虽然《五帝德》本来就认为黄帝更近于人，③ 太史公仍然删去了可能引起误会的内容。

与此相关，《五帝德》含混交代黄帝寿命大约是一百岁，而《五帝本纪》明确记载了黄帝的死，说"黄帝崩，葬桥山"，最终如其他常人一样死去，埋葬在了一个确定的地点。④

与《五帝本纪》塑造的黄帝形象形成强烈反差的，是《封禅书》

---

① 《五帝本纪》不取《五帝德》黄帝"乘龙扆云"，而补入《左传》黄帝官名以云命、为云师的记载。学者解释《五帝德》的"扆云"，一说驾驭云，一说如《左传》以云纪事。

② 方向东撰：《大戴礼记汇校集解》卷七，北京：中华书局，2008，页689、703、709。

③ 《大戴礼记·五帝德》宰我问孔子"黄帝三百年，请问黄帝者人邪？抑非人邪？"孔子回答："夫黄帝尚矣，女何以为？先生难言之。"孔子讲述黄帝事迹之后，说："生而民得其利百年，死而民畏其神百年，亡而民用其教百年，故曰三百年。"（方向东撰：《大戴礼记汇校集解》卷七，页689—690）

④ 参见阮芝生《三司马与武帝封禅》，《台大历史学报》第 20 期，1996年 11 月，页 307—340。

方术之士口中的黄帝。前者是人，后者是仙，是不死的。① 汉武帝所以汲汲于封禅，其目的之一即在于长生不死。为了达成封禅的条件，武帝刻意营造太平盛世。而在这种虚假的繁荣背后，民生凋敝，盗贼蜂起。② 武帝太初改元诏更是直言"盖闻昔者黄帝合而不死"（《史记》，页1260）。似乎有鉴于此，太史公着意在全书首篇，塑造黄帝作为人帝的形象。③

《五帝本纪》赞语说："百家言黄帝，其文不雅驯，荐绅先生难言之。"太史公写作《五帝本纪》时，面对五花八门的黄帝故事，如何取舍和裁断？其标准不可能是纯粹客观的，一定寄托了太史公的理想，而其理想正具有现实指向。司马迁所谓"上记轩辕，下至于兹"（页3319），所谓"通古今之变"，④《史记》中的"古"往往与"今"相呼应。此类微义，非"好学深思"的"圣人君子"不得"心知其意"。⑤ 在此意义上，《史记》与《春秋》一脉相承。

## （二）战争

《五帝本纪》所载颛顼、帝喾事迹，主要来自《五帝德》。而黄帝事迹，有相当一部分内容不见于今本《五帝德》。最引人注目的，是开篇对战争的叙述：

> 轩辕之时，神农氏世衰。诸侯相侵伐，暴虐百姓，而神农氏

---

① 参见阮芝生《三司马与武帝封禅》，页336—337。
② 参见《史记·平准书》《酷吏列传》等。
③ 与黄帝的人帝形象形成反差的，是《史记》采用了殷、周始祖契、后稷感天而生的神异事迹。这说明太史公对黄帝常人形象的强调，是有意为之的特笔。关于《史记》对契、后稷感生的处理，可参见皮锡瑞《经学通论·诗经·论〈诗〉齐、鲁、韩说圣人皆无父感天而生，太史公、褚先生、郑君以为有父又感天，乃调停之说》，吴仰湘点校，北京：中华书局，2017，页202—205。
④ 参见《报任安书》，班固撰，颜师古注《汉书》卷六二《司马迁传》，北京：中华书局，1962，页2735。
⑤ 《太史公自序》云："藏之名山，副在京师，俟后世圣人君子。"（页3320）

弗能征。于是轩辕乃习用干戈，以征不享，诸侯咸来宾从。而蚩尤最为暴，莫能伐。炎帝欲侵陵诸侯，诸侯咸归轩辕。轩辕乃修德振兵，治五气，艺五种，抚万民，度四方，教熊罴貔貅䝙虎，以与炎帝战于阪泉之野。三战，然后得其志。蚩尤作乱，不用帝命。于是黄帝乃征师诸侯，与蚩尤战于涿鹿之野，遂禽杀蚩尤。而诸侯咸尊轩辕为天子，代神农氏，是为黄帝。天下有不顺者，黄帝从而征之，平者去之，披山通道，未尝宁居。（页3）

除了"治五气"至"然后得其志"，其余均非今本《五帝德》所有。

《史记》作为一部崇尚"六经"、自命继《春秋》的书，竟然以战争轰轰烈烈地拉开了全书的序幕。《五帝本纪》记述黄帝发动战争，达四处之多，只有第二处阪泉之战沿用了《五帝德》。综观全段，黄帝开战的次序值得玩味。先是针对不服从当今天子炎帝的诸侯用兵，致使诸侯宾从炎帝。需要注意的是，"神农氏世衰"中的"世"，指的是王朝、家族的衰落，而不单指炎帝这一任统治者。这次战争好比在王室衰微的东周，伯主作为诸侯之长，尊奉周天子，主持秩序。

其次对失去诸侯拥戴的炎帝发动阪泉之战，结束了业已衰落的神农氏的统治。此次战争，或可类比秦灭周。

接下来的涿鹿之战始针对蚩尤。上文说"蚩尤最为暴"，此处又说"蚩尤作乱，不用帝命"，并非赘余。阪泉之战以前，蚩尤不服从的是炎帝。阪泉之战以后，神农氏的统治告终，蚩尤作乱，轩辕责无旁贷。这里的"帝命"，应指黄帝，下文对轩辕的称谓即已变为"黄帝"。打败"不用帝命"的诸侯蚩尤之后，黄帝受到所有诸侯的拥戴，无论实质上还是名义上，都成了独一无二的天子。此次战争，与楚汉战争有类似之处。

黄帝最终成为天子，建立新王朝（有熊），此后的战争，是为了征讨不服。类似汉高祖对异姓诸侯王的战争。

这些对战争的叙述，反复提及"诸侯"。根据今天的历史研究，诸侯"宾从"和贡"享"天子，是西周封建乃至秦汉大一统王朝的产物，炎黄时代的国家形态绝非如此。《史记》的类似记述，是将太史公当代的制度和文化套用在了古代，违背了历史事实。虽然太史公对古史的认识存在这样的局限，但并不妨碍我们解读太史公的意图。我们认为，用诸侯的归附和离散来表达民心所向甚至天命去就，① 是遍布《史记》全书的一种"书法"。在阪泉之战前，"炎帝欲侵陵诸侯，诸侯咸归轩辕"，意味着天命已在轩辕而不在神农氏，"轩辕乃修德振兵"，这与《史记》记述桀、纣末年的情形如出一辙。② 涿鹿之战后，"诸侯咸尊轩辕为天子"，始践帝位。

《史记》对黄帝用兵、汤武革命直至秦崩楚亡的易代战争，相关叙述都带有天命论的色彩，即所谓"易姓受命"，甚至秦灭周、统一六国亦然。③ 太史公认为得以结束旧王朝、创立新王朝的战争，是正义的，是顺应天命的。他在《律书》中指出：

> 兵者，圣人所以讨强暴，平乱世，夷险阻，救危殆……。昔黄帝有涿鹿之战，以定火灾；颛顼有共工之陈，以平水害；④ 成汤有南巢之伐，以殄夏乱。递兴递废，胜者用事，所受于天也。（页1240）

需注意此处的"胜者用事"，带有五德终始的色彩，并非"胜者

---

① 对于诸侯的归附，《史记》的用语是诸侯"归""朝"等；对于诸侯的离散，《史记》的用语是诸侯"去""叛""不至""不朝"等。而在诸侯国内，则往往以国人共同的行为表达正当性。

② 《夏本纪》云："汤修德，诸侯皆归汤，汤遂率兵以伐夏桀。"（页88）《殷本纪》记纣时"百姓怨望而诸侯有畔者""诸侯以此益疏""西伯归，乃阴修德行善，诸侯多叛纣而往归西伯"（页106—108），等等。

③ 《六国年表》序云："论秦之德义不如鲁卫之暴戾者，量秦之兵不如三晋之强也，然卒并天下，非必险固便形势利也，盖若天所助焉。"（页685）又云："秦取天下多暴，然世异变，成功大。"（页686）

④ 《律书》此处颛顼、共工之事，不见于《五帝本纪》，亦与《五帝本纪》的五帝系统不合。这种现象在《史记》中比较常见，我们认为太史公在不同的篇章使用了不尽相同的史源，没有强加整合和统一。

为王"之意。

从《史记》战国秦汉部分看来，太史公抱持一种"逆取顺守"的理念，守成要用文治，但易姓换代，势必要通过轰轰烈烈的战争才能迎来新的时代，就像汉高祖所做的那样。

汤武革命、易代战争在《孟子》中已有很多讨论，到了太史公的时代，却成为一个敏感话题。原来在汉景帝时，儒家《诗》学宗师辕固生与道家黄生，① 争论汤武是受命还是臣弑君。处于下风的辕固生最后抬出了高皇帝，惹得景帝禁言，"是后学者莫敢明受命放杀者"（《史记》，页3123）。太史公无疑是赞成辕固生的，辕固生所说：

> 夫桀纣虐乱，天下之心皆归汤武，汤武与天下之心而诛桀纣，桀纣之民不为之使而归汤武，汤武不得已而立，非受命为何？（页3122—3123）

与《孟子》一脉相承。太史公也将这种论调，具体地落实到全书的易代战争中。比《孟子》走得更远的是，《孟子·尽心下》说武王伐纣"以至仁伐至不仁，而何其血之流杵也"（《十三经注疏》，页6035），认为《尚书·武成》的血腥记载于理不合。而《史记》完全不回避对武王斩纣的记述，后来招致极多非议。大约在太史公看来，从黄帝、汤武至刘邦这些受命帝王，不应以常人的道德伦理来衡量。《五帝本纪》开篇即不满足于《五帝德》等文献中既有的黄帝形象，着意通过繁复而周密的战争叙述，重塑黄帝的伟大形象，突出易代战争的正当性。

然而与其他朝代鼎革不同的是，舜、禹之间易代，乃是通过禅让而非战争，我们应如何认识夏的建立？同时，五帝易代，均为和平过渡，也不是通过战争，② 是否意味着太史公将五帝视为同一王朝？要

---

① 《太史公自序》谓司马谈"习道论于黄子"，裴骃《史记集解》引徐广曰："《儒林传》曰黄生，好黄老之术。"（页3288）
② 在此以《五帝本纪》所述历史为讨论对象。

回答这些问题，应先厘清"易姓受命"在《史记》中的意涵。下面我们通过《五帝本纪》对姓和国号的论述，推测"姓"在王朝更迭中可能具有的意义；再通过《史记》对《尚书》《孟子》禅让故事的取裁，观察太史公的"受命"理论。

## 五　对《国语》的化用

### （一）同姓则同德

《五帝本纪》末尾有一段关于姓和国号的论述：

> 自黄帝至舜、禹，皆同姓而异其国号，以章明德。故黄帝为有熊，帝颛顼为高阳，帝喾为高辛，帝尧为陶唐，帝舜为有虞。帝禹为夏后而别氏，姓姒氏。契为商，姓子氏。弃为周，姓姬氏。（页45）

此处将夏后、商、周三代与五帝的有熊、高阳、高辛、陶唐、有虞一样，都视为"国号"，可知在太史公看来，五帝像三代一样，是五代王朝。同时，太史公认为五帝和禹皆为同姓（公孙），禹建立夏朝后改姓，三代异姓。

本文无意根据今天学界对姓氏的研究，纠正太史公对历史事实的叙述存在的偏差，我们关注的是太史公为姓赋予的意涵。一个有趣的现象是，太史公对五帝及禹的姓及国号的特殊看法，与《五帝本纪》叙述这六代王朝更迭时均未发生易代战争冥合。我们大胆推测，太史公认为只有在"易姓"受命的改朝换代中，战争才是必要的。而这一理论的来源，似乎是《国语》。

《五帝本纪》中有一句著名的话，学者常常用来讨论姓的起源：

> 黄帝二十五子，其得姓者十四人。（页9）

这句话出自《国语·晋语四》。今本《国语》原文作：

> 司空季子曰："同姓为兄弟。黄帝之子二十五人，其同姓者二人而已，唯青阳与夷鼓皆为己姓。青阳，方雷氏之甥也。夷鼓，彤鱼氏之甥也。其同生而异姓者，四母之子别为十二姓。凡黄帝之子二十五宗，其得姓者十四人为十二姓，姬、酉、祁、己、滕、箴、任、荀、僖、姞、儇、依是也。唯青阳与苍林氏同于黄帝，故皆为姬姓。同德之难也如是。昔少典取于有蟜氏，生黄帝、炎帝。黄帝以姬水成，炎帝以姜水成。成而异德，故黄帝为姬，炎帝为姜。二帝用师以相济也，异德之故也。异姓则异德，异德则异类。异类虽近，男女相及，以生民也。同姓则同德，同德则同心，同心则同志。同志虽远，男女不相及，畏黩敬也（下略）。"①

司空季子这番话的落脚点是同姓不婚、异姓则可以通婚，以此来说服晋公子重耳娶晋怀公的前妻、秦宗室女怀嬴。对比《五帝本纪》对姓的论述，实与司空季子的言论有很多出入。差别较大的如司空季子说黄帝和炎帝是亲兄弟，黄帝是姬姓。而《五帝本纪》黄帝姓公孙，"神农氏世衰"，意味着炎帝与黄帝属于不同的家族，不可能是兄弟。

小有异同的，比如司空季子说黄帝之子只有青阳和苍林氏两人与黄帝同姓。关于黄帝之子，《五帝本纪》承袭《五帝德》和《帝系》，只提到了玄嚣和昌意两人，后四帝及三代始祖，全是玄嚣、昌意这两支的子孙。《五帝德》和《帝系》未明言五帝的姓，《五帝本纪》既然说从黄帝到舜、禹同姓，那么玄嚣和昌意也应该与黄帝同姓。《五帝本纪》又说玄嚣就是青阳，正好与《国语》相合，而昌意则与《国语》苍林有所不同。②

《五帝本纪》跟《国语》的相同之处，看起来只有"黄帝二十五

---

① 徐元诰撰：《国语集解》卷十《晋语四》，页333—337。
② 上古"昌""苍"同音，"意"和"林"差别较大。

子，其得姓者十四人"是完全一致的。然而如果我们暂时搁置黄帝姓什么、黄帝的儿子姓什么这类事实判断，思考太史公和司空季子认为"姓"意味着什么，那么二者似乎尚有更深层的共通之处。司空季子说"同姓则同德，同德则同心，同心则同志""异姓则异德，异德则异类"，并认为炎、黄开战与异姓异德有很大关系，"姓"可以对现实产生如此重要的影响。《史记》全书记载的"易姓受命"，无一例外地伴随着战争，正与"异姓则异德"相合；而从黄帝至禹，按照太史公对其国号和姓的论述，属于同姓易代，则是和平交接，正与"同姓则同德"相合。

《五帝本纪》赞语说《国语》"发明《五帝德》《帝系姓》章矣，顾弟弗深考，其所表见皆不虚"。"弗深考"者，大约是指黄帝姓什么、黄帝与炎帝有无血缘关系这类具体的事实判断，与太史公的判断不符。能够"发明"《五帝德》《帝系》和"表见不虚"的，除了《鲁语下》提及的五帝人选，以及《国语》中其他一些关于上古帝系、族姓的论述与太史公的判断相符者，[1]"同姓则同德""异姓则异德"的理论，亦当在太史公的考虑之中。

### （二）旁证：易姓受命与改正朔

我们还可以从正朔的角度，为"同姓则同德"提供一个有力的旁证。《历书》说：

> 王者易姓受命，必慎始初，改正朔，易服色，推本天元，顺承厥意。（《史记》，页1256）

似乎在说只有"易姓"的王朝更迭，才改正朔。

《史记》全书确实贯彻了这一理论。《五帝本纪》记载黄帝"迎日推策"，《历书》说"昔自在古，历建正作于孟春"（页1255），又说"神农以前尚矣，盖黄帝考定星历，建立五行，起消息，正闰余，

---

[1] 参见李零《帝系、族姓的历史还原——读徐旭生〈中国古史的传说时代〉》，《文史》2017年第3辑，页5—33。

于是……各司其序，不相乱也"（页 1256）。太史公可以追溯的最早的历法是黄帝建立的，宜以孟春一月为岁首，即所谓夏正。《五帝本纪》备载帝尧"敬授民时"（页 16—17），亦与历法有关，而在《历书》的叙述中，颛顼命重黎、尧立羲和两事，都是对黄帝所建秩序的恢复，而非改历。《历书》又说尧禅舜、舜禅禹，皆申诫"天之历数在尔躬"（页 1258），乃是强调历法。玩《历书》文意，"历数"应是尧传给舜，舜传给禹的，并未新建，《五帝》《夏本纪》亦未载舜、禹修历之事。① 所以《历书》提出：

> 夏正以正月，殷正以十二月，周正以十一月。盖三王之正若循环，穷则反本。（页 1258）

中国文明只应交替使用三正。太史公大约认为，黄帝至夏六代均建寅，商、周则因易姓受命而改正朔，秦、汉易姓受命，亦当改用三正之一。②

太史公的这一理论，背后有经学家对于五帝是否改正的分歧。一说认为："惟殷周改正，易民视听，自夏已上皆以建寅为正。"③ 一说认为："帝王易代，莫不改正。尧正建丑，舜正建子。此时未改尧正，故云'正月上日'；即位乃改尧正，故云'月正元日'。"④ 虽然这里引用的两说都晚于太史公，但《历书》所述与前说若合符节，而《五帝本纪》删去其史源《尚书》尧死后"月正元日，舜格于文祖"的记述，又恰与后说针锋相对，由此可以判定，这两种经说由

---

① 仅《夏本纪》赞语提及《夏小正》，但未明言夏朝所建。

② 对于建亥的秦历，太史公每有讥评。《历书》下文说秦"自以为获水德之瑞……而正以十月……然历度闰余，未能睹其真也"（页 1259），对秦历不以为然。同样的语气，在《封禅书》和《张丞相列传》中也有所流露。

③ 《尚书·舜典》"正月上日"传《正义》引"先儒王肃等"说（《十三经注疏》，页 266），《正义》并谓"孔意亦然"，伪孔传也持这种见解。

④ 同上引郑玄说。亦见《五帝本纪》"正月上日"张守节《正义》引。（页 23）

来已久，① 是太史公"厥协六经异传"的内容之一。

值得注意的是，较之可能是《历书》史源的《诰志》和《国语》"绝地天通"条，②《历书》改《大戴礼记·诰志》"虞夏之历"为"昔自在古"，③ 并新增"盖黄帝考定星历"云云，从而令《诰志》"历建正作于孟春"和《国语·楚语》颛顼命重黎"绝地天通"，得以巧妙地上溯至黄帝。《历书》对《诰志》和《国语·楚语》的缀合与加工，似乎正是太史公对黄帝至夏均建寅的辩护。

至此，我们发现了《史记》中易姓受命与改正朔的相关性。其逻辑正与易姓受命和战争的相关性一致。意即易姓受命，必然伴随着流血战争；异姓王朝建立之初，一定要改正朔，才能顺承天意。同姓受命，则是和平交接；同姓王朝建立，当沿袭前朝正朔。这正与《国语》"同姓则同德""异姓则异德"相合。

（三）五帝、三代帝系建构的深意

《史记》五帝三代的帝系、血缘、国号、姓、历法，共同营造了一个互相联系的理论体系。《史记》所以坚持五帝三代同出黄帝，所以认为黄帝至禹皆同姓而异其国号，所以认为易姓受命始改正朔，这些看似怪异的论调，其深意可能在于，太史公试图对黄帝以降的所有王朝更迭，获得一以贯之的认识。

既有的五帝史料诚然划定了叙事的界限，使太史公不得无中生有、信口雌黄，但太史公仍然拥有相当程度的自主性，对文献施以有

---

① 董仲舒《春秋繁露·三代改制质文》说："王者必改正朔，易服色，制礼乐，一统于天下，所以明易姓非继仁，通以己受之于天也。"（苏舆撰，钟哲点校：《春秋繁露义证》，北京：中华书局，1992，页185）强调"易姓"与"继仁（人）"之别，易姓受命必改正朔，太史公的理论与之一致。但董仲舒《天人三策》认为舜"改正朔，易服色，以顺天命"，盖不以五帝同姓，太史公与之不同。较之前引两说，董仲舒的结论应更接近后说。
② 徐元诰撰：《国语集解》卷十八《楚语下》，页512—516。
③ 方向东撰：《大戴礼记汇校集解》卷九，页991。

倾向、有目的的取裁。① 明乎此，我们有望对《史记》的记载获得更丰富的理解。比如《五帝本纪》谓禹本来与五帝同姓、建立夏朝后改姓，或可视为太史公针对各项"史实"与诸条"理论"可能引起的矛盾，而使夏姓这一"史实"迁就"理论"和其他"史实"的弥缝工作。

鄙见容易引发的一个质疑是：舜、禹和平交接乃是由于禅让，与同姓异姓无涉。然而我们回到《史记》自身的脉络，会发现：政权能否成功交接，决定因素并非禅让还是世袭，而在于是否得天命。禅让应在受命的框架下加以认识。下面，我们主要通过《五帝本纪》及《夏本纪》中尧舜、舜禹以及禹启的政权交接，观察太史公的受命理论。

## 六　对《尚书》和《孟子》的拼接

关于历史上的"舜禹之事"，太史公一定看过很多"百家杂语"，例如《韩非子》"舜逼尧，禹逼舜"及"启与支党攻益而夺之天下"一类的记载，② 但《史记》全未采信。

《五帝本纪》尧、舜事迹主要取材于《尚书·尧典》和《孟子·万章上》。《史记》记载尧在位时，舜得到四岳的举荐，并完美地通过了各种考验，尧对舜说"女登帝位"，欲禅于舜，这时舜是推让的，"让于德不怿"（页22）。③《史记》的这些叙述全部本自《尚书》。此后"正月上日，舜受终于文祖"，舜的身份发生了什么变化呢？《史记》加入了《尚书》原文没有的内容：

　　于是帝尧老，命舜摄行天子之政，以观天命。（页23）

---

　　① 尤其能说明问题的是，《史记》春秋部分对《左传》和《公羊》的取裁。
　　② 王先慎集解：《韩非子集解》，钟哲点校，北京：中华书局，1998，页340、406。
　　③ 据裴骃《集解》和司马贞《索隐》，《史记》的"不怿"采用了《今文尚书》"不怡"，《古文》作"不嗣"。

这句话有两层意涵。首先，舜还不是真天子，是暂时做代理天子。其次，舜是不是可以继位为真天子，不是尧个人能决定的，要看天命。

这两点在《史记》中非常重要，不仅在尧舜禅让、舜禹禅让、禹禅益而启继这三个事件中一以贯之，还影响到太史公对其他一些重大问题的叙述。① 其实这两点都本自《孟子·万章上》：

咸丘蒙问曰："……南面而立，尧帅诸侯北面而朝之……"孟子曰："否，此非君子之言，齐东野人之语也。尧老而舜摄也。……孔子曰：'天无二日，民无二王。'"（《十三经注疏》，页5950）

万章曰："尧以天下与舜，有诸？"孟子曰："否。天子不能以天下与人。""然则舜有天下也，孰与之？"曰："天与之。……天子能荐人于天，不能使天与之天下。……使之主祭而百神享之，是天受之。使之主事而事治，百姓安之，是民受之也。……舜相尧，二十有八载，非人之所能为也，天也。尧崩，三年之丧毕，舜避尧之子于南河之南，天下诸侯朝觐者不之尧之子而之舜，讼狱者不之尧之子而之舜，讴歌者不讴歌尧之子而讴歌舜。故曰天也。夫然后之中国，践天子位焉。"（《十三经注疏》，页5954）

尤其是"万章曰"这一段，基本全为《五帝本纪》吸收。而在《尚书》经文中并不具备这些内容，② 可以说是孟子的《尚书》学说。

《孟子》说"天子不能以天下与人"，《史记》虽未出现这句话，实际上秉承了这一精神。尧虽然属意于舜，但最后使舜践祚为天子的不是尧，是天。天意又从何得知呢？这是贯穿《史记》始终的一个问题。《五帝本纪》在此与《孟子》完全一致，是通过诸侯的归附等

---

① 比如周公是否称王的问题。对此《尚书》家有相反的学说，太史公则认为周公摄政未称王。
② 伪孔传亦认为舜摄位。

现象来体现天命所属的。舜得天命,所以才能践天子位。舜禹禅让亦与此如出一辙。

可是后来禹禅益未成,启继禹为天子。这说明人类历史从"公天下"堕落为"家天下"了吗?《史记》中完全没有这种论调。①《夏本纪》用"诸侯皆去益而朝启"来体现天命在启不在益,此即《孟子》所谓"天与贤则与贤,天与子则与子"。启继禹,与尧舜、舜禹禅让的机理并无二致,起决定作用的是天命。

启得天命,还可以从太史公对《尚书·甘誓》的述作中得到印证。《夏本纪》叙述启即位后:

> 有扈氏不服,启伐之,大战于甘。将战,作《甘誓》,乃召六卿申之。启曰:"嗟!六事之人,予誓告女:有扈氏威侮五行,怠弃三正,天用剿绝其命。今予维共行天之罚。……用命,赏于祖;不用命,僇于社,予则帑僇女。"遂灭有扈氏。天下咸朝。(页84)

从"大战于甘"到"予则帑僇女"与《甘誓》内容相同。然而《甘誓》中并未交代是谁向有扈氏开战。《墨子》《庄子》《吕氏春秋》以及刘向《说苑》认为《甘誓》是禹所作。《史记》认为启作,与《尚书序》一致。《书序》今作"启与有扈战于甘之野,作《甘誓》"(《十三经注疏》,页328)。《史记》承袭此说,并进一步认为开战的原因就是"有扈氏不服",质疑启的王位合法性。那么《甘誓》"天用剿绝其命""今予维共行天之罚",在这一语境下就成为有扈氏违背天意,启要代天去惩罚他。如果说这还只是启的一面之词,那么最后《史记》新增的"天下咸朝",恰恰表明在太史公看来,启是得民心、得天命的。

对于禅让和世袭的优劣,《孟子·万章上》讲得非常明白:

---

① 以禅让为公天下的论调,与《史记》尧、舜、禹皆是黄帝子孙的血缘谱系相矛盾。

> 孔子曰："唐、虞禅，夏后、殷、周继，其义一也。"（《十三经注疏》，页 5955）

《史记》秉承了这一精神，并不鼓吹禅让。无论禅让还是世袭，都不能脱离天命孤立看待。

一个明显的例证是，在孟子的时代，燕国上演了活生生的禅让，燕王哙把王位禅让给相国子之。《燕世家》记述当时的情景：

> 子之南面行王事，而哙老不听政，顾为臣，国事皆决于子之。（《史记》，页 1556）

《六国年表》说"君让其臣子之国，顾为臣"。其他很多世家、列传也有类似的叙述，强调君臣纲纪的颠覆。《燕世家》更是把燕哙禅让的动机说成受了苏代和鹿毛寿的蛊惑。甚至还说：

> 孟轲谓齐王曰："今伐燕，此文、武之时，不可失也。"（页 1557）

太史公对燕哙禅让的完全否定，溢于言表。

《史记》对此的记述诚然与《孟子·公孙丑下》有不少出入，其思想和主张却是相通的。《史记》批评燕国昔日的国君变为臣下，正是前引《孟子·万章上》中"齐东野人"对尧、舜禅让的认识水平。更重要的是，《孟子》说"天子不能以天下与人"，同理，国君也不能仅凭个人意愿把君位指派给人。王位、君位不是任何个人的私产。

那么继体之君应如何确定？《史记》全书推崇嫡长子继承制，[1]

---

[1] 我们的理由有二。第一，太史公崇尚父死子继，否定兄终弟及。《史记》全书叙述父死子继和兄终弟及，措辞有明显区别，并暗示兄终弟及会导致衰乱，这在《殷本纪》中尤其明显。第二，因废嫡立庶而导致衰乱，在《史记》中不胜枚举。如《鲁世家》襄仲杀嫡立庶，哀姜哭市，鲁由此公室卑，三桓强。

似乎就是把血统视为一种天意。倘若太子缺席，诸侯或国人的意向则变得更加重要。

## 结　语

通过观察《五帝本纪》对《五帝德》《帝系》《国语》《尚书》等主要史源的取舍和裁断，可知《五帝本纪》凝结了太史公对一些重大问题的思考，这些思考或多或少指向一个问题：王朝更迭。这也是贯穿《史记》全书的问题。旧王朝何以失天命，新王朝何以得天命，新王朝的历史定位是什么。这是太史公究天人、通古今，竭力思考的问题。

《史记》记事始于黄帝，既非唐尧，[1] 也非三皇。[2] 太史公追求的既不是现成的信史，也不是单纯的古老。太史公看重的应是黄帝的典范意义。黄帝凭人力获天命，用战争创立异姓王朝，继而衍生五帝、三代。黄帝是太史公及后世的"圣人君子"，认识汉家从何而来时，沿秦、周而上，能追溯到的最悠久、最具典范意义的王朝开创者。

【作者简介】

李霖，北京大学历史学系暨中国古代史研究中心长聘副教授、研究员。研究专长为中国经学史、历史文献学。主持国家社会科学基金一般项目"《毛诗传笺》经学体系研究"（23BZW037）。

---

[1] 《汉书·司马迁传》赞云"唐、虞以前，虽有遗文，其语不经，故言黄帝、颛顼之事未可明也"（《汉书》卷六二《司马迁传》，页2737），批评《史记》尧以前非信史。

[2] 张衡批评《史记》："史迁独载五帝，不记三皇。"（《后汉书》卷五九《张衡传》注引《衡集》，北京：中华书局，1965，页1940）后来司马贞《史记索隐》即为《史记》补作《三皇本纪》，记太皥伏羲、女娲、炎帝神农之事。

# 六朝易学研究的新进展[*]

谷继明

（同济大学人文学院）

## 一 六朝易学研究的总体问题与新分类

公元220年曹魏建立，589年陈朝灭亡，这将近三百七十年的时间被称作"魏晋南北朝"，或被称作"六朝"。秦汉以后的哲学史研究一般重视两汉经学、宋明理学，其中的魏晋南北朝时期以曹魏至西晋的玄学研究为主。在易学史的研究中，六朝是易学变革的关键时代，虞翻、王弼（韩康伯）自然成为被关注的热点。但问题在于，除了三国西晋的易学，近三百年漫长的东晋南北朝时期，如何就相对失声了？孔颖达称南朝易学"辞尚虚玄，义多浮诞"，是否准确？此一段时期的易学，在整个易学史、经学史和哲学史的汉宋之变中展现了何种肌理？即使不考虑汉宋之变稍嫌目的化的论述，那么六朝易学又有自己何种独立的姿彩？

在汉代经学家看来：天—元为存在之根本，人类为万物之灵，圣人则是人类中的立法者，其制作具载在六经，六经之礼乐文明即最为中正的生活方式，政治体的工作就在于推本六经而守护这种中正的文明和生活方式。但随着汉末的战乱，这些信念已非天然正确或不证自明了；经学塑造帝国的理想，亦日趋崩溃。从政治肉身来说，黄巾起

---

[*] 本文系国家社会科学基金青年项目"六朝易学研究"（18CZX022）的阶段性成果。

义已经提供了一种新的意识形态所带领的彼岸理想与现实社会相结合的方案。它不仅构成了对汉帝国政权和制度的挑战，更是对其背后六经之教的挑战。实现太平的理想，未必可以通过"孔子为汉制法"而得，亦可通过"天师""真人"统领"种民"而获得。在思想界，本来统于六艺的诸子，又重新获得其独立性，特别是道家与名家的繁荣。天或元未必是万物生化之本源及其生长运动所朝向的目的，天人之间的感应未必真实存在，六艺所描述的礼教生活亦未必就是唯一或最为中正的生活。佛教早已传入中土，却正是在这个旧的形上和形下世界全面解体的时代才兴盛起来。可以说，佛教满足了汉魏之际人们对他者文明的各方面想象：一者佛教来自"方外"，足以对"方内"形成挑战或解构；二者它有非常精深、博大、奇妙的义理；三者有比六艺还更加浩博的经典；四者它还具有新形式的组织肉身，有完备的戒律，具有自己的"礼乐文明"。这个时代我们很难见到一种持续性的、笼罩性的哲学家或教义长久占据主流地位。"玄学"或被视为此时的主流，但与其说它是某种流派，不如说是一种运动或方法。此时期的政权更迭频繁混乱，思想亦新见迭出，相互交锋、融合。也正是在这个阶段，道教完成了其经典系统、教团组织、科仪的建设，佛教则展现了其与汉地义理深度融合的可能，政治制度展开了各种有趣的探索。在此种背景下，研究"六朝易学"就需要回答两个问题：六朝对易学（易学史）意味着什么？易学对六朝思想意味着什么？

就前一个问题而言，"六朝易学"是易学史中的一个阶段。相较于系统整饬的汉代易学和理论精密的宋代易学，六朝易学显得相对驳杂。但驳杂也意味着丰富。从学术思想演进的脉络来说，宋代易学除了有"自家体贴"，还有自唐代的传承，唐代实为六朝之总结。六朝的许多思想家或学者给我们呈现了《周易》解读的丰富可能性，即或后来没有人继承其思路，这种丰富性本身不足以证明易学本身的深厚，同时启发我们的思路吗？更何况，尽管人物众多、流派纷繁，但他们中间仍有脉络可寻。吉光片羽之中，推想其学说状况，使易学成为一个有机的生态，亦是一件乐事。

就后一个问题而言，六朝易学是六朝哲学、思想史中的一部分。

在这样一个思想和学术纷繁的时代，找到讨论的"接榫"或场域就显得尤为重要。《周易》恰恰是这样一个接榫。易学在六朝具有三重面向，即经学、玄学和数术。《易》的数术面向，自其产生至今都在大众层面传习，并且与精英思想相互渗透，此不待言。汉代以来，它是五经之首，在六朝的官方经学中，它仍保持着这样的地位，仍作为经学传承着；同时魏晋时玄学兴起，南朝有"玄儒之学"，《周易》又成为玄学经典，许多哲学讨论皆原因或阐发《易》而进行。王弼易学在六朝思想和中国哲学中的地位自不待言，而王弼以后的两晋南北朝，易学亦非暗淡无光。

故新的六朝易学研究，可以分为如下框架：第一，易学的经学面向，包括经注、义疏；第二，易学的玄学面向，探讨其基于易学的玄学理论问题；第三，易学的数术面向，及中古数术思想的知识型；第四，易学与佛、道二教的交涉。限于篇幅，本文略就前两个问题作一番概述。

## 二　经学《易》在六朝的存续与转变

《隋书·经籍志》（以下简称《隋志》）实为汉魏六朝知识体系之总纲。欲考察六朝时期《周易》的经典诠释演变，亦首先要据此进行。《隋志》不仅仅是以往经典注释书籍的罗列，而是自有其见识与脉络，反映了经学演变之阶段及各自的体裁特色。

《隋志》的《易》类目录可分为四个部分，基本是按照先后顺序排列的：第一部分自"《周易》二卷，魏文侯师卜子夏传"至"《周易集注系辞》二卷"，为《易》注；第二部分自"《周易音》一卷，东晋太子前率徐邈撰"至"《周易并注音》七卷"，凡四种，为音义；第三部分自"《周易尽神论》一卷"至"《周易爻义》一卷"，为《易》论；第四部分自"《周易乾坤义》一卷"至"《周易系辞义疏》二卷，萧子政撰"，为义疏。[①] 其中第一部分虽然都可笼统归为传注，但也明显看到不同：西汉与东汉前期体裁多章句，东汉末至魏晋一变

---

① 魏徵等撰：《隋书》，北京：中华书局，2019，页1029—1032。

而为注。**章句往往是一家一派之学，注则渐渐变为一己之学**。这与东汉后期经学从家法师法之学到经师通贯今古、不主一家的私家之学的演变是相关联的。

就经学《易》演变之大势而言，汉代多章句，汉末魏晋多传注，刘宋以降逐渐以义疏学为主流（亦不排除有经注）。《易》论著作的兴起，则恰与玄谈之流行相关。

### （一）魏晋易注之变革

在哲学史的叙述中，王弼往往被视为易学的开创性、革命性人物；① 在经学史的脉络中，"辅嗣易行无汉学"的叙事也凸显了其意义。从内容说，王弼易学被认为是与虞翻对立的两极；从当时的官学学术史考察，王弼注又与郑玄注相颉颃，然后取而代之。与此同时，有些学者强调王弼与荆州学术有密切联系，许多问题并非王弼所独创。② 前者从哲学观念立言，后者从学术史立言，都有其合理性。但我们也不可忽视经学诠释的视角，以及从经注本身所作的考察。深入比较汉末魏晋时期的《易》注，可知汉魏经学的转折是一个非常复杂的过程。此处从两个角度进行考察：一是从哲学史角度看"天道"含义从汉末到王弼的转变；二是就易学诠释而言发生的从卦象之学到爻义之学的转变。

1. 从郑玄到王弼"天道"与政教含义关系的改变

近代以来对传统中国哲学的研究，有两种理解"形上—形下"

---

① 如汤用彤谓："王弼首唱得意忘言，虽以解《易》，然实则无论天道人事之任何方面，悉以之为权衡，故能建树有系统之玄学。夫汉代固尝有人祖述老庄，鄙薄事功，而其所以终未舍弃天人灾异通经致用之说者，盖尚未发现此新眼光新方法而普遍用之也。"（汤用彤撰：《言意之辨》，《魏晋玄学论稿》，上海：上海古籍出版社，2001，页24）

② 汤用彤虽强调王弼独创性，却仍指出"王弼之《易》，则继承荆州之风，而自有树立者也"。（汤用彤：《王弼之〈周易〉〈论语〉新义》，《魏晋玄学论稿》，页78）王晓毅更加详细考察，认为"荆州学风……最终通过当年客居该地的山阳王氏家族，以家学传统的形式影响了王弼，促进了魏晋玄学的诞生"（王晓毅：《儒释道与魏晋玄学形成》，北京：中华书局，2003，页54）。

的模式。一是王弼以来包括宋明理学在内，体用论的思维模式；二是戴震所试图恢复的时间维度中宇宙演化的思维模式，所谓"形谓已成形质，形而上犹曰形以前，形而下犹曰形以后。阴阳之未成形质，是谓形而上者也"。① 在标准的哲学叙述中，前者称为本体论，后者称为宇宙论。

但就先秦两汉而言，时间性仅仅是其"形上—形下"的面相之一。《易传》亦有形上、形下的空间结构维度，与"形而上者谓之道，形而下者谓之器"相关联的段落有"见乃谓之象，形乃谓之器"。"道—器""象—器"是相关联的概念。"形乃谓之器"，即是"形而下者谓之器"。"见乃谓之象"，说明"象"比"道"低。"在天成象，在地成形""观象于天，观法于地"，表明**道—象—形关联着空间的不同层次**。**道象关乎天，形关乎地**。

"形"相较于天象，已经是空间意义的在下者；"形而下者谓之器"，则"器"较于形犹居于下。此处所谓的空间理解，并非说器埋在地下，而是空间等级在存在等级上的一种思维借用。"形"是自然的被造物，但作为"形"之代表的人，同时又具有创造性。"形"（人自身）也就成为"上—下"定位的中心或起点，是探讨存在开始的地方。形而上之天道，便是人被造之来源；形而下之器具，便是人展现自身创造性、参天地化育之结果。在这样一种空间意识的理解中，"形上—形下"之分不是抽象与具体之别，而是本源与生成之分，是存在等级高低之异。器的生成，来自天道。天道不是纯形式的理，它是清通之神气，表现为天象。天道既在上，则具有主宰性、权威性，令人敬畏——但它又不具有人格意义。天道的意义表达，第一性地表现为天象。故郑玄注"夫子之言性与天道"说："性谓人受血气以生，有贤愚吉凶。天道，七政变动之占也。"② 人要效法天象来敬畏、效法天道，从而制器。

先秦两汉以天象为天道的首要表现。《易》既然推明天道，那么

---

① 戴震：《孟子字义疏证》，张岱撰，张岱年主编《戴震全书》第 6 册，合肥：黄山书社，1995，页 176。

② 范晔撰，李贤等注：《后汉书》，北京：中华书局，1965，页 960。

自然亦首要地与天象相关。东汉时易学与天文历法的密切关系有了进一步的体现。经学家关注的经学重心，从以经学为汉制法，变为对经文本身的解说和探讨。以前建构出的易学—天文历法体系，恰可用来诠释《周易》的卦爻辞。其中最显著的成果，即是郑玄的爻辰体系。

郑玄有著名的"六天说",① "天"在郑玄那里不是理，而是实实在在的存在，且是政教之源。他在注《易》的时候，将天道的部分详细地呈现出来。郑玄的《六艺论》明确地说："易者，阴阳之象。天地之所变化，政教之所生，自人皇初起。"② 其爻辰说具体内容可以参考林忠军、③ 刘玉建④等人的研究。

除了郑玄，吴地还存在以天象说《易》的传统。唐长孺注意到了陆绩对天体学说的关心，并指出："汉代天体的讨论是很流行的……可是一到三国却只流行于江南，中原几等于绝响，这也是江南学风近于汉代之一证。"⑤ 此说颇有见地，需补充的即是此学与易学以及《太玄》之学、荆州一地的传承皆是相关的。陆绩、姚信以天象说《易》，并非仅仅作为一种诠释学特色，而是基于他们对《易》之性质的根本判断。《系辞传》说"易与天地准，故能弥纶天地之道"，对汉儒来说，天地之道、阴阳之道不是抽象的，它首先表现为天象之道，通过天文历算刻画出来。基于此想法，《三统历》才会以易数—律数为历本，而郑玄爻辰说专以天象来适配卦爻辞之物象。京氏学以一年乃至甲子为周期，来配合卦爻、五星，亦基于此理。陆绩、姚信

---

① 关于六天说的具体内容及其政治意涵，参见陈赟《郑玄"六天"说与禘礼的类型及其天道论依据》，《陕西师范大学学报》（哲学社会科学版）2016 年第 2 期，页 86—111；陈壁生《周公的郊祀礼——郑玄的经学构建》，《湖南大学学报》（社会科学版）2018 年第 5 期，页 42—43。

② 皮锡瑞：《六艺论疏证》，吴仰湘编《皮锡瑞全集》第 3 册，北京：中华书局，2015，页 512。

③ 参见林忠军《周易郑氏学阐微》，上海：上海古籍出版社，2005，页 95—107。

④ 参见刘玉建《两汉象数易学研究》，南宁：广西教育出版社，1996，页 395—402。

⑤ 唐长孺：《魏晋南北朝史论丛》，北京：中华书局，2011，页 355。

的诠释，亦可视作汉代这一传统的延续。

王弼易学对政治哲学的奠基与郑玄有非常大的不同。同样关注《周易》，郑玄依托"大哉乾元"之化生，王弼则依据言象意之辨。言象意之辨狭义地看属于解释学和认识论的问题，但在中国哲学传统的语境中，此问题关系着存在论。郑玄易学中的天象有特殊义涵，虞翻的天八卦与人所画八卦之象也有区别。在王弼这里，全部归入"象"的范围。本来在汉代那里，象—形—器存在着由原始空间差等意识产生的存在等级之差别。到了王弼这里，形、器全笼统地归为象，不复分别，其代价便是将"象"虚玄化、抽象化，从而带来整个思维方式的转变。原有的空间差异被消解殆尽。象意之辨，便滑转为本体与现象的关系。象意之辨中，意的主体是圣人，圣人要"寂然至无"；作为万有之本体，也是"寂然至无"的。

2. 从卦象到爻—义

"体"在《易》中最初的意义就是卦。体即身体、整体的意象，三爻或六爻所结合而成的卦，即谓之"体"。《系辞传》曰"阴阳合德，而刚柔有体"，阴阳爻相合而成一卦，即称为体。京房即谓："乾分三阳为长、中、少，至艮为少男。本体属阳，阳极则止，反生阴象。"① 三画的艮卦由乾卦变来，所以艮的本来之体是阳体。个六爻的卦是体，它又可分为上卦和下卦，即上体和下体。如虞翻注比六四"外比之"曰："在外体，故称外。"②

《易纬·乾凿度》称："天气三微而成一著，三著而成体。"③《汉书·律历志》谓："三微而成著，三著而成象，二象十有八变而成卦。"由是可见，在时变的视域中，三微而成一爻，三爻而成一体，**一体即是变化的小成，小成故可言体**，即指三画卦而言。以时间而言，爻是体的不同阶段；以空间位置而言，爻是体的不同成员或要素。

《说文解字》以"互"为"笎"之省，"笎，可以收绳也。从竹

---

① 郭彧：《〈京氏易传〉导读》，济南：齐鲁书社，2002，页89。
② 李鼎祚撰：《周易集解》，王丰先点校，北京：中华书局，2016，页81。
③ 安居香山、中村璋八辑：《纬书集成》，石家庄：河北人民出版社，1994，页58。

象形，中象人手所推握也"。段玉裁以为"收当作纠。纠，绞也"，①亦即互之本义为绞绳用的工具。引申而言，"互"就是通过一定的关系，将各个个体统合为整体。"互"以关系性的联合为其基本意涵，联合的前提在于个体本来是分散的，否则不必联合。"互"的关系最终指向整体。所谓的**"互体"**就是将可能分散的爻联合为一新的卦体。

与郑玄、宋衷等人不同，王肃虽偶有取象的方法，但他更多地直接立足于爻，使爻与物象直接对应。如他注既济六二"妇丧其茀，勿逐，七日得"谓：

> 体柔应五，履顺承刚，妇人之义也。茀，首饰。坎为盗，离为妇。丧其茀，邻于盗也。勿逐自得，履中道也。二五相应，故"七日得"也。②

据《说卦》，坎为盗。既济卦六二在下卦为离，无坎象。据汉易之法，自当以"六二至六四互体坎，坎为盗"来解释。王肃则以二应五，五在上卦体坎为盗。张惠言评论说："此取应五坎为盗，则**王肃不用互卦**也。二既以五为孚，又以为盗，又取相应为七日得，乖错甚矣。"③且王肃二、五相应为七日之说亦颇牵合——复卦"七日来复"，震卦"七日得"，都有"七日"，这两卦的二、五并不相应，如何解释？可见王肃对于"七"之数只是随文解说，并没有体例。按虞翻解震六二曰"震数七"，解既济六二曰"泰震为七"，据卦变而言也。震为七，张惠言解释为"震得庚七"，④纳甲法震为庚，庚数七，此为卦象之学，而王肃不用。

又王肃注剥六四"剥床以肤"曰：

---

① 许慎撰，段玉裁注：《说文解字注》，上海：上海古籍出版社，1988，页195。
② 李鼎祚撰：《周易集解》，页381。
③ 张惠言辑：《易义别录》，济南：山东友谊书社，1992，页658。
④ 张惠言：《周易虞氏义》，《续修四库全书》第26册，上海：上海古籍出版社，2002，页488。

在下而安人者，床也；在上而处床者，人也。坤以象床，艮以象人。床剥尽，以及人身，为败滋深，害莫甚焉。故曰"剥床以肤凶"也。①

　　张惠言《易义别录》曰："易象之学，于是尽失。"又《别录》之序录云："马、郑取象，必用《说卦》，是以有互、有爻辰。则肃并弃《说卦》，剥之以坤象床，以艮象人是也。"② 按虞翻之说，足取震象，辨取艮指象，肤取艮象，硕果取艮象，**皆八卦与物象之间的固定映射**，是为取象之学。王肃"坤以象床，艮以象人"，坤无床象，艮卦无人象，而云此者，**纯用上下位置关系取象**（于后来解释影响极大）。此说亦下启王弼，无怪乎张惠言之讥也。至于王肃与王弼其他类似之处，已有学者列举，③ 今不多言。

　　王肃在解释学方法上对汉代易学进行了变革，但还未上升到哲学方法论层面的反思。这个工作是由王弼来做的，其关键即"体"之含义的转折，以及对"类""义"的使用。王弼注《易》时，对"体"的使用有时仍指上下两体，即保留了汉儒的"卦"的意思。而最值得注意的是王弼第二种"体"的用法：

　　　　处豫之时，居动之始，独体阳爻，众阴所从。（豫九四注）
　　　　处于观时，而最远朝美；体于阴柔，不能自进。（观初六）
　　　　处在于内，寡所鉴见。体于柔弱，从顺而已。（观六二）④

　　"独体阳爻"即豫卦九四以阳爻为体，"体"就一爻而言。当"体"指卦之全体时，其卦象是丰富而具体的；但"体"指向爻时，就剩下了最基本的两种情况，即阳爻与阴爻。人们如何去理解这种爻

---

① 李鼎祚撰：《周易集解》，页157。
② 张惠言辑：《易义别录》，页648、642。
③ 刘敏：《王肃易学研究》，北京：华龄出版社，2021，页100—101。
④ 王弼、韩康伯注，孔颖达疏：《周易正义》，李申、卢光明整理，李学勤主编《十三经注疏》，北京：北京大学出版社，1999，页86、98、98。

之体呢？上引"体于阴柔""体于柔弱"两例句可见，此不仅以爻为视角，而且从性质的角度来说"体"。刚、柔分别是阳爻、阴爻的属性。

综言之，王弼对"类"的用法非常明确，即阴类、阳类，以对应于阴爻、阳爻。通过解经学例证的坚强证据，可见《周易略例·明象》"类苟在顺，何必牛乎"与"爻苟合顺，何必坤乃为牛"相邻两句中"类"与"义"是完全可以置换的。

王葆玹已非常敏锐地注意到王弼《周易注》中"体"的用法，他指出："'体'字为卦体或爻体，指卦义或爻义。"① 但如我们所分析，作为卦体的体与刚柔之爻的体意味着不同的诠释视域，同时指示了"体"之含义的哲学转折。汉代易学以"体"为卦体，意味着把"体"理解为整体的卦象，通过卦象来建立爻与物象的映射关系，这种具体化的对应不免会陷入拘泥。而王弼通过类、义等概念方法，将"体"解释为阴阳爻自身，并且指向阴阳爻的刚柔属性，从而实现了抽象含义与具体物象的相对灵活的对应。

总之，汉易言及"体"即指卦，由上下体、互体、连互、爻体等视角所选取出的卦。言及"象"，主要的是探寻卦象（以三画卦为主）与实际物象之间的联系。汉易当然也要对每爻进行解释，但其思路在于，爻是卦的一部分，爻的物象乃是通过卦的物象而获得。自《易传》至汉易，也有以爻为中心取象视角的诠释，王肃将其变成主要的诠释方式，尚未对此角度作根本性的哲学说明。王弼通过"体"这一概念，在"卦体"的形体、整体义之外，发展出"体性"之义，以"义"为"体"。要直接与"义"关联，而义直接可以为物象作表征，中间可以不需再经过卦象。如果说汉易是"卦—象"之学，那么王弼即是"爻—义"之学。

### （二）义疏易学之兴起与发展

儒家本来有自己的讲经传统，但佛教传入中国后，制作经疏、敷讲经文、创设辩难成为一时风气，儒家讲经亦受其影响。刘宋以

---

① 王葆玹：《正始玄学》，济南：齐鲁书社，1987，页276。

降,《周易》注释一变为义疏体。这一方面意味着诠释体裁的变化,另一方面也与经典传授方式以民间或半官方的寺馆之学为主要渠道有关。可以说,义疏易学是经学《易》在南北朝时期最有特色的部分。

1. 义疏易学著作概述

今比较《旧唐志》,参考史传,以见南北朝时期义疏易学之总貌(见表1)。

**表1　　　　　　　　南北朝时期义疏易学概貌**

|  | 隋志 | 旧唐志 | 纪传 | 正义 |
|---|---|---|---|---|
| 宋明帝 | 《周易义疏》十九卷 | 《周易义疏》二十卷 | 《宋书·袁粲传》泰始六年,上于华林园茅堂讲《周易》 | |
| | 《国子讲易议》六卷 | | | |
| | 《宋明帝集群臣讲易义疏》二十卷 | 《宋群臣讲易疏》二十卷（张该等注） | | |
| | 《齐永明国学讲周讲疏》二十六卷 | | | |
| 刘瓛（齐步兵校尉） | 《周易乾坤义》一卷 | 《周易乾坤义疏》一卷 | 本传未载 | 刘氏 |
| | 《周易四德例》一卷（佚） | | | |
| | 《周易系辞义疏》二卷 | 《周易系辞义疏》二卷 | | |
| 梁武帝 | 《周易大义》二十一卷 | 《周易大义》二十卷 《周易大义疑问》二十卷 | 《周易》疑义五十条 | |
| | 《周易系辞义疏》一卷 | | 六十四卦、二《系》《文言》《序卦》等义 | |
| | 《周易讲疏》三十五卷 | 《周易讲疏》三十五卷 | 《周易讲疏》 | |

续表

| | 隋志 | 旧唐志 | 纪传 | 正义 |
|---|---|---|---|---|
| 梁元帝 | | | 《周易讲疏》十卷 | |
| 朱异 | | | 《周易讲疏》 | |
| 伏曼容 | | | 《周易义》 | |
| 贺玚 | | | 《周易讲疏》 | |
| 梁南平王 | 《周易几义》一卷 | 《周易几义》一卷（萧伟） | 本传未载 | |
| | 《周易大义》一卷 | | | |
| 褚仲都（梁五经博士） | 《周易讲疏》十六卷 | 《周易讲疏》十六卷 | 无本传 | 褚氏 |
| 萧子政（梁都官尚书） | 《周易义疏》十四卷 | 《周易义疏》十四卷 | 无本传 | |
| | 《周易系辞义疏》三卷 | | | |
| | 《周易文句义》二十卷 | 《周易文句义疏》二十卷 | 并梁蕃撰 | |
| | 《周易释序义》三卷 | 《周易释序义》三卷 | | |
| 梁蕃 | 《周易开题义》十卷 | 《周易开题论序疏》十卷 | | |
| | 梁有《拟周易义疏》十三卷 | | | |
| 周弘正（陈尚书左仆射） | 《周易义疏》十六卷 | | 《周易讲疏》十六卷（《陈书》） | 周氏 |
| | 《周易私记》二十卷 | | | |
| 张讥（陈咨议参军） | 《周易讲疏》三十卷 | 《周易讲疏》三十卷 | 《周易义》三十卷（《陈书》） | 张氏 |

续表

|  | 隋志 | 旧唐志 | 纪传 | 正义 |
|---|---|---|---|---|
| 何妥（国子祭酒） | 《周易讲疏》十三卷 | 《周易讲疏》十三卷 | 《周易讲疏》十三卷（《隋书》） | 何氏 |
| 陆德明 | 《周易大义》二卷 | 《周易文外大义》二卷 |  |  |
|  |  | 《周易文句义疏》二十四卷 | 《易疏》二十卷（《旧唐书》） |  |

表1中有几个问题需要说明：

一者，《隋志》主要来源于《隋大业正御书目录》，《旧唐志》主要依据毋煚《群书四部录》，分别反映隋朝的藏书状况和唐朝的藏书状况。本文所涉及的《易》学典籍，《隋志》与《唐志》主体差别不大，但仍有些许出入。比如周弘正的《周易义疏》在南朝影响极大，孔颖达也有征引，而《旧唐志》无，说明开元之时周弘正之书已亡佚。又如《周易文句义》二十卷、《周易释序义》三卷，《隋志》未著录撰者，而《旧唐志》皆标明梁蕃撰，此或当时编目者根据目验补记。

二者，表1大约按时代进行排列，但仍可分为通讲大义或问题纲要式的"大义""义""论"与逐句讲解的"讲疏""义疏"两类。

三者，表1著作见存于今者，多为零星条目。如刘瓛、褚仲都、周弘正、张讥、何妥见于《周易正义》《周易集解》《讲周易疏论家义记》等，梁武帝则仅见于《释文》者数条。其他如宋明帝、萧子政、南平王萧伟，以及不可考之所谓"梁蕃"者，皆无遗留。刘瓛为齐梁经学和易学复兴的关键人物，周弘正是南朝后期易学、玄学之代表。至于褚仲都、张讥、何妥，亦有涉及。

四者，陆德明以《经典释文》享誉千载，而观《旧唐志》，其《易》学亦颇精通。惜其《易》疏不传，可以做一番具体考辨。

## 2. 刘瓛之《易》疏

刘瓛的易学著作主要有《周易乾坤义》一卷、《周易四德例》一卷、《周易系辞义疏》二卷。"四德"即对元亨利贞的解释，亦可视作乾坤二卦四德诠释的引申。可知刘瓛《易》著主要就是对乾坤二卦和对《系辞》的义疏学诠释。

如何理解刘瓛这种但释乾坤以及《系辞》,阙略其他六十二卦及《说卦》《序卦》《杂卦》的情况?一种解释是,刘瓛释《系辞》乃为赓续王弼。如余嘉锡谓:

> 刘瓛所作,谓之义疏者……。其疏或用韩康伯注,或即以弼经注内所举《系辞》义为主,皆不可知。若谓瓛为郑氏学,则安得舍上下经不讲,而独疏《系辞》乎?①

我们还是应当从义疏学的发展脉络来看刘瓛的著作特色。义疏早期之撰制与讲经行为密不可分。刘瓛在当时也以聚徒讲经闻名,如前文所考察的那样,刘瓛学术的基本传承即是在世族所开之"馆"中。刘宋经学荒芜,刘瓛承此在齐讲经,未必每次皆能通讲全本。当时讲经,首重开题,其次则为全经体例。《周易》开题之后,最重要的纲领即乾坤二卦;至于其大义,则尤在《系辞》。可知当时刘瓛讲《易》,最注重者即在乾坤二卦及《系辞》,此与赓续王弼无关,乃是使学人士子初通《周易》不得不然之法,亦是讲经之内在要求。

刘瓛仍属于义疏学早期的阶段,其义疏为讲解而设,此一特点在其残文中仍有体现。如他解释《文言》的层次谓:

> 乾《文言》意,凡有四番:第一正解言下之旨;第二只明人事之状;第三只明天时之行;第四此旨妙深,复有蕴义,复为一章总叙其致。故坤之《文言》,复如此例,案乾可解,略不重说耳。②

此文来自《讲周易疏论家义记》的引述,该写本文献引文或有

---

① 余嘉锡:《四库提要辨证》,北京:中华书局,2007,页12—13。
② 谷继明:《周易正义读》,上海:上海人民出版社,2017,页247。

增删的嫌疑，但总体属于刘瓛的文字。刘瓛解释了乾卦《文言传》的四重层次及其划分意义，而后谓"坤之《文言》，复如此例，案乾可解，略不重说"，意即在讲乾坤二卦时，乾卦《文言》的体例已经说明白，等讲到坤卦《文言》时就不再详说体例的问题了。这显然是讲经时的辞气。

吕冠南逐条考察刘瓛义疏与旧说之关系，认识到刘瓛观点的复杂性，从而概括其特色为"博采众长"，① 此观察固然正确，但仍可有进一步的思考。从义疏学的角度来看，南朝义疏恰恰与专与先儒非难的二刘之学，以及出于编纂意图的"疏不破注"之学不同。刘氏的《乾坤义》《系辞义疏》或同郑，或同王，或同马，看似博采，实则有其"求通理"的经学逻辑，并非仅仅为了博洽而已。但郑玄、王弼既为大宗，自然对两家多有取舍。是故我们以"通儒之学"来概括刘瓛学术。

3. 梁武帝与周弘正的易学主张

梁武帝不仅是经学复兴政策的制定者，他自己也对于易学、礼学颇有研究。其讲经活动，推动了梁代义疏易学的发展。《隋志》载梁武帝有《周易大义》二十一卷、《周易讲疏》三十五卷、《周易系辞义疏》一卷，《旧唐书·经籍志》还载其《周易大义疑问》二十卷。梁武帝的本纪并未载其《周易大义》，只说："造《制旨孝经义》《周易讲疏》及六十四卦、二《系》《文言》《序卦》等义，《乐社义》《毛诗答问》《春秋答问》《尚书大义》《中庸讲疏》《孔子正言》《老子讲疏》，凡二百余卷。"② 其中的《周易讲疏》及二《系》义可与《隋志》对应。按《请右将军朱异奉述制旨易义表》，可知所谓的"制旨降谈"，即此《制旨易义》，亦即《周易大义》。

在梁、陈的易学和玄学界，最具影响力的非周弘正莫属。颜之推称："周弘正奉赞大猷，化行都邑，学徒千余，实为盛美。"③ 陈宣帝

---

① 吕冠南：《刘瓛〈易〉类著作辑考》，《周易研究》2020 年第 4 期，页 27。
② 姚思廉撰：《梁书》，北京：中华书局，1973，页 96。
③ 王利器撰：《颜氏家训集解》，北京：中华书局，1993，页 187。

赠谥的诏书称其"识字凝深,艺业通备,辞林义府,国老民宗,道映库门,望高礼阁",① 绝非虚誉,因为他确实是影响了一代学风的人物。

周弘正之易学、玄学,有家学影响,此即梁陈二代传习玄儒之学的周氏家族。周颙为周弘正之祖,在南齐为太子仆,"兼擅《老》《易》"。② 周舍为周弘正叔父,"义该玄儒,博穷文史"。③ 关于周氏学风,唐长孺已有详细考察,④ 此不多言。但值得一提的是,周颙著《三宗论》:"立空假名,立不空假名。设不空假名难空假名,设空假名难不空假名,假名空难二宗,又立假名空。"⑤ 周氏家族于佛教所注重者在其思维方法,此方法已接近于中道。周弘正著《三玄论》,亦当有此影响。

（1）以有无中道释三易

《周易正义》在解释"易"字义时,主张郑玄的易有三义说:简易、变易、不易。周弘正等也以"三易"解释"易"字,但不论思维方法和义理内涵都有根本不同,故《正义》引周氏之说而驳难之:

> 周简子云:"易者易（音亦）也,不易也,变易也。易者易代之名,凡有无相代,彼此相易,皆是易义。不易者,常体之名。有常有体,无常无体,是不易之义。变易者相变改之名,两有相变,此为变易。"张氏、何氏并用此义云:"易者换代之名,待夺之义。"⑥

此段引用看似完整,但截去了上下语境,颇难理解。如杨自平谓:"周氏将'易'解释为'易代',谈的是有无相生,有生于无及

---

① 姚思廉撰:《陈书》,页310。
② 萧子显撰:《南齐书》,北京:中华书局,2017,页814。
③ 姚思廉撰:《梁书》,页376。
④ 唐长孺:《魏晋南北朝隋唐史三论》,北京:中华书局,2011,页210—211。
⑤ 萧子显撰:《南齐书》,页813。
⑥ 孔颖达:《周易正义》,《续修四库全书》第1册,上海:上海古籍出版社,2002,页169。

有散归于无,此是就宇宙论的整个生化过程而言,论万有由无而生,最后万有复归于无。"① 欲理解周氏之义,须从继承其说的何妥、张讥,以及反驳他的孔颖达来推比。《正义》以为周氏之说虽引用《易纬》三义却又违背之,其中一点即是:周氏以"易"为无;而郑玄为易简,易简非无。《正义》以为张、何之说继承周氏,其说谓"易者换代之名,待夺之义"。"换代"即周氏之"易代",此处不是指朝代更换。易、代同义反复,即"代替",如郭象所谓"日夜相代,代故以新"。"待夺"则提示了我们周、张的思想方法,是南朝玄学谈辨和论述的常用方法。待夺即相待相夺。周氏"易"之第二义"不易",亦与传统说法不同。《易纬》及郑玄以纲常秩序之不变为"不易"。周氏仍从观法立论,以不易为"常体之名"。"有常有体,无常无体"不应当读作"有常/有体,无常/无体",而应读作"有/常有体,无/常无体"。此句意谓"有"自常以有为体,"无"自常以无为体。这样就不是从无到有存在过程性的"变化"。有、无只是相待相夺而已。

(2)《易》约有明玄

周弘正以有无释"易"之说,与其玄学、佛学修养有关。他有"释三玄"之文,为智顗所引用。前文言及周弘正曾参加陈宣帝下诏举办的、智者大师主讲的法会。其实智者大师小周弘正四十二岁,其玄学及经学修养,当受于周弘正。其《摩诃止观》即引周弘正之说而破之:

> 若天竺宗三,真丹亦有其义。周弘政释三玄云:"《易》判八卦阴阳吉凶,此约有明玄;《老子》虚融,此约无明玄;《庄子》自然,约有无明玄。"自外枝派,源祖出此。②

现存史志未著录周弘正专门通论"三玄"之书。此"释三玄"

---

① 杨自平:《南北朝周弘正与卢氏〈易〉学析论》,《当代儒学研究》总第13期,2012,页90。
② 智顗:《摩诃止观》,《大正藏》第46册,页135。

或在其文集中，或即《老子义疏》中之语。周弘正对于"三玄"经典各自的地位作了判教式的理解。《周易》《老子》《庄子》之宗旨皆在于"玄"。"玄"是超越有无、不落一边的中道。郭象在解释《齐物论》"道枢"时曾提出"玄极"的概念："彼是相对而圣人两顺之，故无心者与物冥，而未尝有对于天下也。此居其枢要而会其玄极，以应夫无方也。"此"玄极"对后来玄谈的影响极大，有时与"妙本""妙道"并文。成玄英疏曰："体夫彼此俱空，是非两幻，凝神独见而无对于天下者，可谓会其玄极，得道枢要也。"① 周弘正为三玄之大宗师，其以"玄"为《易》《老》《庄》之宗旨，就是以中道观来安排三部经典。《易》《老》《庄》的序列，是有教—无教—有无（中道）之教的序列。如上一小节所论，周弘正的三易说已经以中道义释"易"之宗旨，但三玄经典皆有其中道义，而就其显现出的教法来说，又各有偏重。

此处虽谓《老子》约无明玄，但《三论玄义》称"周弘政（正）、张机（讥）并斥《老》有双非之义"，更早则有"梁武帝新义"，以为《老子》"理超四句"。② 所谓四句者，《中论》以"有、无、亦有亦无、非有非无，是诸邪见"为四句。作为抽象出来的思维方法，即四种命题：A，非A，亦A亦非A，亦非A亦非非A。关于有无的四句，仍然不是究竟之法，被归为邪见，故中观需要超越此四句，三论宗人所谓"道超四句，理绝百非"。③ 周弘正承梁武帝之说，以《老子》理超四句，则不仅不滞于无，且超越了有无双遣，会归于中道，于玄学家来说即是契于"重玄"。据此而推，有、无是《易》《老》《庄》显现出的教法之异，并不代表其经典品质之高下。周弘正与易之三义，亦遵从此思维方法进行解释，又得一证。

4. 陆德明：《易》疏之殿军

《隋志》载陆德明有《周易大义》二卷，《旧唐志》则有《周易

---

① 郭象注，成玄英疏：《庄子注疏》，曹础基、黄兰发点校，北京：中华书局，2011，页36。
② 吉藏著，韩廷杰校释：《三论玄义校释》，北京：中华书局，1987，页33。
③ 吉藏：《中观论疏》，《大正藏》第42册，页30。

文外大义》二卷、《周易文句义疏》二十四卷。今爬梳旧籍，可推测其学说若干。

陆德明谓"先儒说重卦及爻辞、为十翼不同，解见余所撰发题"，① 则知其开题义讨论了谁人重卦、爻辞谁作、十翼目次等问题。孔颖达纂修《周易正义》，其卷首"八论"，亦其比也。其目录为：第一论易之三名，第二论重卦之人，第三论三代易名，第四论卦辞爻辞谁作，第五论分上下二篇，第六论夫子十翼，第七论传易之人，第八论谁加经字。②

其目前曰"自此下分为八段"尤值得注意，这显然是科段的标志。《周易正义》的"八论"即是南北朝义疏学"开题义"之流裔。陆德明讨论的问题，在上面的八论中为第二、四、六论。可知这些问题之讨论在当时为固定体式。

陆德明的"发题"虽已亡佚，但其意见亦可考察。《经典释文·注解撰述人》曰：

> 宓牺氏之王天下，仰则观于天文，俯则察于地理。观鸟兽之文，与地之宜，近取诸身，远取诸物，始画八卦。（或云：因《河图》而画八卦。）因而重之，为六十四。文王拘于羑里，作卦辞。周公作爻辞。孔子作《彖辞》《象辞》《文言》《系辞》《说卦》《序卦》《杂卦》，是为十翼。班固曰："孔子晚而好《易》，读之韦编三绝而为之传。"传即十翼也。③

以上论说虽然精简，但包含数个重要论题。

首先，关于伏羲画卦的依据，陆德明有取于《系辞传》的"仰则观于天文，俯则察于地理……近取诸身，远取诸物"。但也另外举出一说："或云因《河图》而画八卦。"《汉书》又引刘歆说："虙羲氏继天而王，受《河图》，则而画之，八卦是也。"据《周易正义·

---

① 陆德明撰：《经典释文》，上海：上海古籍出版社，2013，页16。
② 孔颖达：《周易正义》，页168。
③ 陆德明撰：《经典释文》，页15—16。

八论》"论重卦之人"所载，孔安国、马融、王肃、姚信皆用此说。陆德明则主近取远取说。

其次，关于重卦之人，陆德明主伏羲重卦说。参考《正义》可知，当时主重卦有四说："王辅嗣等以为伏羲重卦，郑玄之徒以为神农重卦，孙盛以为夏禹重卦，史迁等以为文王重卦。"① 《正义》驳斥了其余三说，亦主伏羲重卦。《正义》的列举诸说及辩难，并非完全独创，而是在南朝义疏中有传承；陆德明之开题亦着重讨论此问题，其内容可据《正义》而推知。

再次，关于爻辞作者，陆德明认为周公作。郑玄学派以为文王作卦辞、爻辞。《周易正义》同陆德明，并指出："验爻辞多是文王后事。……验此诸说，以为卦辞文王，爻辞周公。马融、陆绩等并同此说，今依而用之。所以只言三圣，不数周公者，以父统子业故也。"② 陆德明之辩驳抑或与此接近。

最后，关于十翼目次，陆氏与《正义》偶有不同。陆德明提供的恰恰是不同的另一说："孔子作《彖辞》《象辞》《文言》《系辞》《说卦》《序卦》《杂卦》，是为十翼。"若凑够十翼，陆氏亦得将《彖》《象》各为上下。关键的不同在于《文言》的位置。这并非陆德明的笔误，而是周、张的义理传承。《讲周易疏论家义记》可为旁证："若至《系辞》，总释大意，《彖》《象》《文言》三辞在前，《说》《序》《杂卦》三辞在后，自居其中，通摄七词，广演大道，故言'系词'也。"③ 据此知"十翼"有其固定的义理结构。《彖》《象》《文言》逐句解释经文，在前；《说》《序》《杂卦》讨论一些具体的易学问题，居后。《系辞传》为《周易》义理之钤键、解说之总纲，故居于中，所谓"通摄七词，广演大道"。若置《文言》于《系辞》后，此科判结构便不能成立，是故德明必如此来数说十翼，而与从郑学的《正义》不同。考《讲周易疏论家义记》多引周弘正等说，与江南义疏关系密切，则德明"十翼"之目次，亦承周、张师法也。

---

① 孔颖达：《周易正义》，页169。
② 孔颖达：《周易正义》，页170。
③ 谷继明：《周易正义读》，页247。

《徐文远传》谓大业时"文远之《左氏》、褚徽之《礼》、鲁达之《诗》，**陆德明之《易》**，皆为一时之最",① 是隋代《周易》义疏学首推陆德明。惜德明《周易文句义疏》成后，隋即灭亡；唐朝兴起不久，《周易正义》即开始编纂。其书反不如较早之刘瓛、周弘正、张讥义疏，得有片羽传于后世。德明《周易文句义疏》可谓南朝《周易》义疏之集成，孔颖达《周易正义》则为南朝义疏之否定式终结。故今论六朝义疏易学，以德明为殿军焉。

## 三　玄学《易》的主要论题

《周易》在六朝的玄学面向。可以新探讨的有以下几个方面：

一是通过对阮籍《通易论》的研究，探讨玄学如何接引《周易》资源理解文明和制度的本质。

二是以王弼的象意理论为中心，其后有发展者和批判者，孙盛《易象妙于见形》可谓代表，他将"圆应"用于易学诠释，反对王弼那种"六爻变化、群象所效、日时岁月、五气相推，多所摈落"的做法，但在后王弼时代，他必须重新为易象之学奠定玄理的基础。突出象的无滞性，在时变中把握象，进而把握器，在《易》的诠释上意味着可以重新引入取象、互体、五行、日时等因素，只是要当"时"而用，不拘泥于此。由此关联的政治哲学即意味着对历史中圣人应变之教的充分肯定，而非一味地以"失道而后德""崇本以息末"的态度加以摒弃。

三是南朝对太极的理解，包括纪瞻、顾荣之辩，梁武帝、李业兴之问对等。佛教中道理论对此时期太极说有重要影响，值得关注。

## 结　语

综合以上研究，我们认为六朝易学从哲学来说的主线是面对汉代

---

① 刘昫等撰：《旧唐书》，北京：中华书局，1975，页4943。

宇宙—政治秩序之后，如何会通有与无的问题。前期的争论或执无，或执有（象数），而东晋以后的不少易学家则围绕着"玄""易"展开，以找到这种有无的哲学名相和体系。从经学诠释角度来看，汉代经文经学的易学其实侧重于以易道（天道）直接为汉制法，进行制度设计；而随着汉帝国的衰落，经学理想难以直接实现，郑玄即"念述先圣之元意，思整百家之不齐"，使经学成为文本诠释和知识追求的对象，到了魏晋，虽然有经学大师传承期间，然此倾向一变而为知识的研究，再变而为讲论。《易》也难免作为玄谈之经典讲解。而经与理之重新真正融合，要待理学之兴起。从文明角度来看，《易》人更三圣，可谓中华政教之义理本源；其具体之施设，则在礼典。故佛教传入中国，欲比拟会通者，在群经中以《易》与丧服最为重要。六朝易学与佛教碰撞出了非常丰富的义理火花。总之，从哲学、经学与文明三个方面，都足以看出六朝易学对于易学史和六朝思想研究的双重意义。

【作者简介】

谷继明，同济大学人文学院教授，博士生导师。主要研究方向为易学、宋明理学、经学史。主持国家社会科学基金青年项目"六朝易学研究"（18CZX022）等。

# 工夫与教化[*]

## ——论朱子"学之大小"之思想结构的形成与特点

### 何青翰

（中共中央党校文史教研部）

"学"是构成儒家思想的一个关键概念，也是贯彻于朱子思想体系中的一条主线，而"小学""大学"则是朱子用以阐释这一关键概念的两个基本要素。如其在《大学或问》中所说：

> 学之大小，固有不同，然其为道则一而已。是以方其幼也，不习之于小学，则无以收其放心，养其德性，而为大学之基本。及其长也，不进之于大学，则无以察夫义理，措诸事业，而收小学之成功。是则学之大小，所以不同，特以少长所习宜而有高下浅深、先后缓急之殊，非若古今之辨，义利之分，判然如薰莸冰炭之相反而不可以相入也。今使幼学之士，必先有以自尽乎洒扫应对进退之间，礼乐射御书数之习，俟其既长，而后进乎明德新民，以止于至善。是乃次第之当然，又何为而不可哉？[①]

朱子于此，明确以"学之大小"这一表述将"小学""大学"收纳、凝合为一个完整的思想结构，再由此展开其同异的辨析。遍观

---

[*] 本文原刊于《哲学研究》2022 年第 11 期。
[①] 朱熹撰，朱杰人、严佐之、刘永翔主编：《朱子全书》第 6 册，上海：上海古籍出版社/合肥：安徽教育出版社，2010，页 505。后文出自《朱子全书》的引文，随文夹注该丛书名和页码。

朱子文献，如此说法，虽只有这一处，但以其来源于朱子后期反复修改之《大学或问》，亦足见朱子所论"学之大小"与"小学""大学"以及《小学》《大学》之间有着直接的对应性。①众所周知，若论朱子"小学""大学"，则其主体虽为朱子组织编撰之《小学》与反复注释之《大学》，但其外延却超出了《小学》《大学》的范畴，如学习阶段、德性层次、教育机构，实亦有其以"学"而言的大小之分。有鉴于此，本文特以作为思想结构的"学之大小"统论朱子之"小学""大学"以及作为其主体之《小学》《大学》，一是为了凸显"学"之首要意义，二是为了从更为多元的角度理解其"大小"的具体意涵。

先秦文献之中，早有类同于"小学""大学"的表述，如《大戴礼记·保傅》所说："古者年八岁而出外就外舍，学小艺焉，履小节焉；束发而就大学，学大艺焉，履大节焉。"即以年龄与教学内容将贵族子弟的教学分为"小""大"两个阶段。朱子亦对此种教学结构予以继承。然其所不同者，则在于结合"复性""成圣"的最终目的，以"学其事"与"学其事之所以"（《朱子全书》第14册，页269）、"洒扫进退应对、礼乐射御书数"与"正心穷理、修己治人"（《朱子全书》第6册，页13）等概念，重新定义了"学之大小"，然后将之回嵌于"小学"与"大学"。然而，令人颇感遗憾的是，至今为止，关于朱子之《小学》《大学》思想的研究虽多，但对于朱子"学之大小"的思想结构的形成及特点却无专门考察。②本文将结合

---

① 本文所谓"小学""大学"，如以双引号加之，则其所指即为广义的"小学""大学"，主要是指古代学习的两个阶段，包括其所对应的学校、教学内容、个人境界等；如以书名号加之，则专指朱子所组织修撰的《小学》以及"四书"之中的《大学》。

② 朱子自述，其一生用力所在即为《大学》："我平生精力尽在此书。先须通此，方可读书"（《朱子全书》第14册，页430）。是故，研究者往往关注于朱子"大学"之一端，而关于朱子《大学章句》的研究，或于文本中截取"明德""格物""诚意"等概念为其主要对象，重点考察其哲学意义；或将《大学章句》置于"四书"系统之内而加以研究，重点考察其教化功能，其议论之深度、广度，均已蔚为可观。然而，朱子实际上不仅有《大学章句》，亦有《小学》。对于朱子《小学》，研究者则多以"蒙学"视之，将两者（转下页注）

朱子一生的思想发展，包括其青年时期对"子夏门人小子"章的思考、中年时期的"中和之悟"及其最后编撰《小学》、序定《大学章句》，讨论与之相应的朱子"学之大小"思想结构的萌芽与成形，继而将其所凝结的"小学""大学"理解为一组完整的概念，剖析其主要特征与内在逻辑。另外，本文将依照两条线索进行论述：一条线索主要围绕工夫论的层面展开，即朱子如何在个体修身的范畴内渐悟"学"之先后、大小，并将"小学""大学"的主要工夫分判为"主敬"与"格物"，继而以"主敬"贯穿前后；一条线索主要围绕"教化"的层面展开，即朱子如何在个体修身之外，通过"学之大小"，构建一套既能兼摄士庶、贤愚，又能明辨其德性差异的教化系统，以服务于其以教持政的整体构想。需要注意的是，这当然并不等于说朱子前期专务"工夫"或其后期专务"教化"，以此两分，仅仅是为了凸显"学之大小"在朱子治学的前后阶段有其不同的侧重以及相应的效果。

## 一 学有大小：朱子"学之大小"思想结构的萌芽

朱子早年受教于延平，延平见其"说得无限道理"，便教其"只在日用间着实作功夫处理会"（《朱子全书》第 25 册，页 4506），"理不患其不一，所难者分殊耳"（《朱子全书》第 13 册，页 354）。由此，朱子开始了对为学进路的重新省思。我们可以说，朱子关于"学之大小"的思考，在这一阶段便作为其内省为学进路的一个"副产品"而开始萌芽了。根据《朱子语类》的记载，初见延平之后，朱子经历了一次重要的思想事件："一日夜坐闻子规声，先生曰：'旧为同安簿时，下乡宿僧寺中，衾薄不能寐，是时正思量"子夏之门人小子"章，闻

---

（接上页注②）置于不同的问题视域之中，并不甚措意朱子"小学"与"大学"之间的联系。对朱子《小学》的研究，已有诸多突破，例如，朱子"小学"与"大学"之间的义理关系得到了应有的关注，在一定程度上丰富了这一研究领域。参见唐纪宇《事与理——朱子〈小学〉概说》，《中国哲学史》2019 年第 1 期，页 78—86；朱人求《下学而上达——朱子小学与大学的贯通》，《江南大学学报》（人文社会科学版）2013 年第 2 期，页 5—10；郭齐《论小学在朱熹思想体系中的地位》，《四川大学学报》（哲学社会科学版）1999 年第 5 期，页 72—79。

子规声甚切。'"(《朱子全书》第 15 册，页 1669）这便是朱子早年求道过程中著名的"子规夜悟"。① 所谓"子夏门人小子"章，即《论语》中所记载的子游与子夏之间关于为学之本末、先后的一段讨论：

> 子游曰："子夏之门人小子，当洒扫应对进退则可矣。抑末也。本之则无，如之何？"子夏闻之，曰："噫！言游过矣！君子之道，孰先传焉？孰后倦焉？譬诸草木，区以别矣。君子之道，焉可诬也？有始有卒者，其惟圣人乎！"（《论语·子张》）

此章的要害在于，子游认为子夏门人谨于"洒扫、应对、进退"，有"末"而无"本"。子夏之言，则正对应于如何看待"本末""大小"之间深层关系，即现实的、当下的"洒扫、应对、进退"，是否在本质上与"大本"无缘？《朱子语类》中对此次思想活动有多处记载，均反映朱子在这一晚对"大小本末"的问题实现了认识上的重大突破。（《朱子全书》第 15 册，页 1665）如这一段对话：

> 问子夏之门人小子洒扫应对进退章。曰："某少时都看不出，将谓无本末、无大小。虽如此看，又自疑文义不是如此。后来在同安作簿时，因睡不着，忽然思得，乃知却是有本末小大，然不得明道说'君子教人有序'四五句，也无缘看得出。圣人有始有卒者，不是自始做到终，乃是合下便始终皆备。洒扫应对、精义入神，便都在这里了。若学者便须从始做去方得。圣人则不待如此做也。"（《朱子全书》第 15 册，页 1665）

朱子最初将子夏所作反驳的要义理解为学之"无本末、无大小"，换言之，"洒扫、应对、进退"在某种意义上应该是与子夏所说的为学之"本"有着内在的一致性，因此并不能说只是"威仪容

---

① 束景南将此事的发生时间考证为绍兴二十六年春三月，即朱子正式受学延平之前，并称其为"子规夜悟"。（参见束景南《朱熹年谱长编》，上海：华东师范大学出版社，2001，页 204）

节"之类的外在要求。① 但朱子又心疑对文义有所误解。经过一晚的思考，朱子的收获是"乃知却是有本末小大"，而其必要条件则是对"明道说'君子教人有序'四五句"的充分理解。可见在"子规夜啼"的当晚，朱子所思考的难题便是：为学之道究竟该理解为"有本末大小"，还是"无本末大小"？经过彻夜苦思，朱子初步破解了这个"悖论"：以"本体"而论，则"理"无大小；以"工夫"而论，则"事"有本末。在本体与工夫两端，理之大小、事之大小是具有相对性的。我们从中截取"理、事、工夫"这三个核心概念，由此分析这个结论所包含的三重含义。

第一，"理"散于万物之中，在本体的层面并无大小之分。"小""末"在"理一"的层面上与"大""本"具有平等性。"洒扫、应对、进退"亦有其所包含之"理"，与"精义入神"无异。

第二，对应于延平所说："理不患其不一，所难者分殊。""分殊"重在事物具体之理的差异性，如朱子所说："理只是这一个，道理则同，其分不同。"（《朱子全书》第14册，页237）"物物各具此理，而物物各异其用"，"分""用"便有"名分""品质"之义。朱子常以"物之表里精粗无不到"表述工夫上积久贯通的效果。"物""事"有表里精粗，与之相应，"理固有表里精粗，人见得亦自有高低浅深"（《朱子全书》第14册，页512）。此"精粗"以两义而言，一

---

① "理一分殊"之说，起于杨时认为《西铭》有墨子兼爱之弊，程颐相应提出《西铭》在"理一"的前提下重视"分殊"，"《西铭》明理一而分殊，墨氏则二本而无分。分殊之蔽，私胜而失仁；无分之罪，兼爱而无义。分立而推理一，以止私胜之流，仁之方也。无别而迷兼爱，至于无父之极，义之贼也"。在本体论的领域有所见地，故而"吾儒"绝不能空言"理一"，而是需要在日用人伦之中明辨伦理生活的差异性。（参见程颢、程颐《二程集》，王孝鱼点校，北京：中华书局，1981，页209）朱子曾将延平所教"理一分殊"视为"多事"："余之始学，亦务为笼统宏阔之言，好同而恶异，喜大而耻小，于延平之言则以为何为多事若是，天下之理一而已，心疑而不服。同安官余，以延平之言反复思之，始知其不我欺矣。盖延平之言曰：'吾儒之学所以异于异端者，理一分殊也。理不患其不一，所难者分殊耳。'"（《朱子全书》第13册，页354）彼时的朱子认为，以普遍而超越的"道体""形而上者"为基础，天下万事万物均为"理一"，于是为学之道并无"大""本""小""末"之分。

个是指个人的认识随着遍格诸物而由表及里、由粗至精,另一个则是事物之间,其所折射之"理"亦有精粗。例如,相较于"精义入神"与"齐家治国平天下",在蒙学阶段所做的"洒扫进退应对",毕竟只能涉及有限的"道理",如"夫妇""君臣"的关系,均不能像成年之后那样以身实践。此见理无大小而事有大小。如朱子所说:"无大小者,理也;有序者,事也。"(《朱子全书》第6册,页906)

第三,圣人生而知之,无须循序渐进之"学"。而作为凡人,因其气禀之异,则只能"学而知之"。"洒扫应对"与"精义入神"皆有其理,但是"洒扫应对"并不等于"精义入神",前者即便做到完满无缺,亦只是"学其事",尚缺"学其事之所以"。(《朱子全书》第14册,页269)① 如程颢所说:"先传后倦,君子教人有序,先传以小者近者,而后教以大者远者,非是先传以近小而后不教以远大也。"(《朱子全书》第15册,页1664)朱子甚为赞成。"洒扫、应对、进退"作为近者、小者,列于为学之先,是为了由末入本,最终学习远者、大者。

为了进一步说明"子夏之门人小子"章中"近""小"与"远""大"之间的关系,朱子还引入了"下学而上达"的观念对其进行分析:"人只是将'上达'意思压在头上,故不明子夏之意。但云君子之道孰为当先而可传,孰为可后而倦不传,譬诸草木区以别矣,只是分别其小大耳。小子之学,但当如此,非无本末之辨。"(《朱子全书》第15册,页1664—1665)又如朱子弟子胡泳所记:"独明道说'君子教人有序'等句分晓,乃是有本末小大,在学者则须由下学乃

―――――――
① 如程颢所说"洒扫应对,便是形而上之事",朱子便说"其辞若有所不足,而意亦难明"(《朱子全书》第6册,页905),因其看起来像是取消了"洒扫应对"与"形而上者"之间的应有距离。而二程门人如谢上蔡,就放大了这一弊端,朱子对此大加指责,认为"如谢氏之说,将使学者先获而后难,不安于下学而妄意于上达,且谓为学之道,尽于洒扫、应对、进退之间,而无复格物、致知、修身、齐家之事也"(《朱子全书》第6册,页907),"子夏正以次序为言,而谢氏以为无次序;子夏以草木为区别,而谢氏乃以为曲直则一;子夏以唯圣人为有始卒,而谢氏则无圣人众人之分。此其相反,亦可见矣"(《朱子全书》第6册,页908)。

能上达,惟圣人合下始终皆备耳。"(《朱子全书》第15册,页1670)"下学"才能"上达",只顾追求"上达",则与禅学无异:"释氏只说上达,更不理会下学。"(《朱子全书》第15册,页1569)

由此可知,"理一分殊"在"学"的层面所起到的特殊作用,除了我们所熟知的朱子据之而构建的宇宙论及人伦秩序,便是触发了朱子对于"为学次第"的思考。在领悟"子夏之门人小子"章之后,"学之大小"的基本轮廓便在朱子的思想世界中开始浮现了。如其所说:"洒扫应对,精义入神,事有大小而理无大小。事有大小,故其教有等而不可躐;理无大小,故随所处而皆不可不尽。"(《朱子全书》第15册,页1667)在"理一"的一面,则"理无大小","学"必无处不在;而在"分殊"的一面,则"事有大小","学"必由小而大。自此,"先小后大""下学上达"的工夫进路便得以在朱子的思考中发生某种作用。在此影响下,朱子结合其整体的理学思想,逐步确认了"小学""大学"的具体工夫,并予以实践。

## 二 居敬穷理:工夫论中"学之大小"思想结构之成形

### (一) 以格物论"大学"之"大"

经由"子规夜悟"的思想转折,朱子奠立了"事有大小""由小及大"的基本认识。在事的层面,直接面向形而上者的"精义入神"较之于"洒扫进退",自然是远者、大者。而在朱子师事延平之后,直接面向形而上者的工夫便是"格物"。据陈来研究,以"格物"补传的写作为标志,《大学章句》草成于淳熙初年,朱子"格物"思想亦于此时基本成熟。① 在此之前,朱子经历了两次"中和之悟",将其性发为情的思想发展为心统性情说,由此确立了其心性论的基本框架。② 在

---

① 参见陈来《朱子哲学研究》,上海:华东师范大学出版社,2000,页278。

② 诚如陈来指出,朱子在乾道初年即已充分掌握了程颐所传的格物思想,但《大学》及格物论仍然是在朱子经历己丑之悟后,与其"心性"论的确立相配合,才在其为学方法中占据重要地位的。见陈来《朱子哲学研究》,页275。

《大学章句序》的为学次序中,"小学"先于"大学",而在朱子的生平中,其"小学"思想的兴起与落实,则在其以"格物"论为中心确立《大学》主旨之后。

孝宗即位后,朱子应诏上封事说:

是以古者圣帝明王之学,必将格物致知以极夫事物之变,使事物之过乎前者,义理存纤微毕照,了然乎心目之间,不容毫发之隐,则自然意诚心正而以应天下之务者,数一二辨黑白矣。(《朱子全书》第20册,页572)

朱子认为"格物致知"先于"诚意正心"以及其余的工夫环节,居于为学之首,其得失决定了其余工夫的效果。其后,朱子又上《癸未垂拱奏札》,写道:

臣闻大学之道,自天子以至于庶人,壹是皆以修身为本,而家之所以齐,国之所以治,天下之所以平,莫不由是而出焉。正身不可以徒修也,深探其本则在于格物以致其知而已。夫格物者,穷理之谓也。(《朱子全书》第20册,页631)

由此可见,朱子明确以"穷理"解释"格物",而"格物"乃《大学》之首义。

另外,对于佛教消解"事""物"的实在性,朱子亦深有警惕。如其所说:"大学不说穷理,只说个格物,便是要人就事物上理会,如此方见得实体。"(《朱子全书》第14册,页469)故而朱子在奏札中对孝宗借取"佛老"以"治心"的做法大加批评:

前日劝讲之臣限于程序,所以闻于陛下者不过词章记诵之习,而陛下求所以进乎此者,又不过取之老子释氏之书,是以虽有生知之性高世之行,而未尝随事以观理,故天下之理多所未察;未尝即理以应事,故天下之事多所未明。(《朱子全书》第

20 册,页 631)

在朱子看来,孝宗终究缺少了对于"理"的认知,故而只有玄虚的体验,导致"平治之效所以未着"。① 这样看来,如不能"治人",也就可以说明孝宗"修己"有误,因为"修己"与"治人"并不能断为两截而分属佛、儒;故而,"修身"重在"格物",而"格物"的关键在于"随事以观理、即理以应事",这意味着学者必须由形而下之事通达形而上之理,继而以形而上之理指导形而下之事。由此可见,虽然朱子此时的"格物论"并未完全成熟,但其对孝宗的这两次上书,便基本上确立了"格物"之于"大学之道"的地位,并由此反映了工夫论中"学之大小"中"大"的一面的核心意义:其一,效验之大,"格物"则能穷理,穷理则能修己治人;其二,应事之广,"格物"方可诚意正心,应天下之务。

### (二)主敬思想与"小学"的出场

延平去世后,如朱子自承:"余蚤从延平先生学,受《中庸》之书,求喜怒哀乐未发之旨,未达而先生没。"(《朱子全书》第 24 册,页 3634)正是在朱子用力于完善其心性论的期间,于工夫论中得以凸显的"主敬"一说,在某种程度上间接地引起了其"小学"思想

---

① 朱子在《癸未垂拱奏札》中写道:"秦汉以来此学绝讲,儒者以词章记诵为功,而事业日沦于卑近,亦有意其不止于此,则又不过转而求之老子释氏之门""是以举措之间,动涉疑贰,听纳之际,未免蔽欺。平治之效所以未着,由不讲乎大学之道而溺心于浅近虚无之过也。"(《朱子全书》第 20 册,页 632)以"修身"为主题,朱子以秦汉以来圣人之学不讲所造成的客观问题为背景,于此直言孝宗之弊,即"浅近"与"虚无"。"浅近"对应于"词章记诵之习",宋代以来儒者如欲真正进入"成圣之门",皆需先破此关,对于"卑近""浅近"之学的不满,是宋代以来超越性、本体性问题上升的必然结果。韩愈虽最早借助《大学》的义理结构以辟佛,但因其不深察于这一变化,舍去"格物"一节,故其理论被朱子视为"无头功夫"。(《朱子全书》第 18 册,页 4257)朱子认为孝宗虽有意"求所以进乎此",但却错入了佛老之学。

的正式登场。① 朱子曾说:"比观程子《文集》《遗书》,见其所论多不符合,因再思之,乃知前日之说虽于心性之实未始有差,而未发、已发命名未当,且于日用之际,欠缺本领一段工夫。"(《朱子全书》第 23 册,页 3266)关于朱子自"中和旧说"向"中和新说"的转变过程,前人之述备矣,此处不再重复。② 简而言之,"中和旧说"以心为已发、以性为未发,如此则"未发""已发"便变成了体用关系。而朱子在"中和新说"的要义则在于将湖湘之学的"先察识而后涵养"翻转为"先涵养而后察识"。

在心统性情的心性论结构下,作为主宰的"心"贯彻于动静、性情,这就为朱子"未发"的工夫提供了切实的着力点:"未发之中,本体自然,不须穷索,但当此之时,敬以持之,使此气象常存而不失,则自此而发者,其必中节矣。此日用之际本领工夫。"(《朱子全书》第 23 册,页 3268)朱子以"格物"为"大学"工夫之首,但"未发"之中显然不能"格物",于是朱子便继承了程颐所说的"涵养须用敬",即在心之"未感物"时,须在未发之中涵养"本源全体",使心虚明,事至物来之时感而遂通,才是"察识"工夫;所谓主敬,即专注努力保持内心的收敛与敬畏,提撕警觉,从而充分唤醒本心,使之自做主宰。③

---

① 正如陈来所说:"从格物穷理的中间过程来说,显然并不都与人的道德意识,道德情操的培养直接发生关系。"(参见陈来《朱子哲学研究》,页 327)朱子当然不是将"格物致知"完全视为向外的工夫,如陈淳记录朱子在评论韩愈论《大学》时所说:"朱子讥其引《大学》不及致知格物,故于反身内省处,殊无细密工夫。"此见格物致知关乎"反身内省"。但"格物"毕竟是身与外物相接,欲使之发生"反身内省"的作用,其先决条件还是要去"格物致知"的自我先有一段涵养工夫。
② 参见刘述先《朱子哲学思想的发展与完成》第三章,长春:吉林出版集团有限公司,2015;陈来《朱子哲学研究》第七章;束景南《朱子大传》第七章,上海:复旦大学出版社,2016。
③ 参见吴震《略论朱熹"敬论"》,《湖南大学学报》(社会科学版)2011 年第 1 期,页 14;陈来《宋明理学》,北京:生活·读书·新知三联书店,2011,页 193—195;朱子于心性层面的工夫修养即如唐君毅所总结:涵养主敬为第一义,格物、致知、穷理为第二义,随事察识则为第三义。参见唐君毅《中国哲学原论·原性篇》,北京:中国社会科学出版社,2014,页 394—396。

可以说，"中和新说"及其相应的心性论结构确立之后，朱子对于延平遗教的困惑终于得到了解决，而"敬"作为工夫主旨在朱子思想中亦随之得到了确立，如朱子说：

圣门之学，别无要妙，彻头彻尾，只是个"敬"字而已。（《朱子全书》第 22 册，页 1873）

"敬"之一字，万善根本，涵养省察、格物致知，种种功夫皆从此出，方有据依。（《朱子全书》第 22 册，页 2313）

如此论"敬"之说，遍见于朱子文献，"主敬"俨然成了朱子工夫论的第一件事和最终目标。于是这里就产生了一个问题："居敬涵养"与"格物致知"究竟孰先孰后？实际上，随着"主敬"在其为学工夫中的凸显，朱子逐渐将"格物穷理"与"居敬涵养"视为平行并进的两事，如其所说："程夫子之言曰：养必以敬，而进学则在致知。此两言者，如车两轮，如鸟两翼，未有废其一而可行可飞者也。"（《朱子全书》第 23 册，页 3061）

"学者工夫，唯在居敬穷理二事，此二事互相发。能穷理，则居敬工夫日益进。"（《朱子全书》第 14 册，页 301）正如吴震所总结："根据朱熹的理解，在原本的意义上，居敬涵养不属于大学工夫而属于小学一段工夫，因此就大学工夫本身而言，格物致知仍为首出。"[①] 此说深有见地，即朱子以"涵养须用敬，进学在致知"作为基本的为学路径，则其工夫论必须超出《大学》，从而形成更为整全的"为学次第"——这就反向迫出了"小学"在工夫论上的必要位置：

问："《大学》首云明德，而不曾说主敬，莫是已具于小学？"曰："固然。自小学不传，伊川却是带补一敬字。"（《朱子全书》第 14 册，页 570）

---

[①] 吴震：《朱子思想再读》，北京：生活·读书·新知三联书店，2018，页 266。

以此为据，在工夫论中"主敬"与"格物"的相辅相成，正是"学之大小"的二元结构在朱子的思想系统中得以继续强化的重要动因。与此同时，在朱子看来，主敬贯彻前后，大学、小学固然分为两事，但其前后相续，贯通一体。"小学之成功"乃是"大学"之根本，"大学"可以说正是"小学"的推扩发展。

如前所述，朱子在《大学或问》中认为"学之大小"只在于"高下浅深、先后缓急"，明确否认"学之大小"等同于"古今之辨""义利之辨"，认为两者差异只是"知"在品质或境界上的差异。（《朱子全书》第6册，页505）此见朱子并不呆板地坚持"先知后行"的为学之序，使"小学""大学"皆有知行，其差别在于先"浅知小行"而后"深知大行"。那么"知"之深浅，或者说在工夫上的"自然"与"勉强"，便成为衡量"学"之大小的一个重要因素。如此之"小"，则既是学之本，又是学之初。另外，在"修己治人"这一儒家理想的主导下，朱子因"主敬"而重视"小学"，势必要考量先秦以来"小学"的蒙学性质，这也就意味着"学之大小"已经不再局限于个人修身的工夫论问题；与工夫论中"学之大小"的二元结构同时而来的，正是"小学""大学"所构成的教化安排。

## 三 小子大人：教化论中"学之大小"思想结构之落实

### （一）重置"礼乐射御书数"于"小子之学"

正如朱子所说："是以方其幼也，不习之于小学，则无以收其放心，养其德性，而为大学之基本。及其长也，不进之于大学，则无以察夫义理措诸事业，而收小学之成功。"（《朱子全书》第6册，页505）中年以后，朱子逐步将其工夫论考量与自幼及长的学习过程相结合，凝合为一个更为普遍的、具有实践意义的教化系统。由此，朱子"学之大小"的思想结构在教化层面得到了具体落实。

淳熙十六年（1189），朱子写《大学章句序》，以"洒扫进退之节，礼乐射御书数之文"定义"小学"的内容，其最大的改动在于将"始学礼"提前到十五岁以前。① 事实上,此前的文献其实亦有论及十五岁之前"礼乐射御书数"的教学。"礼乐射御书数"的含义最早源于"六艺",周代贵族以此教授国子,以其将之教成合格的统治者。"六艺"统称为"艺",则分大小,除前述《大戴礼记·保傅》中"小艺""大艺"之分,又可见于《尚书大传》:

> 公卿之太子,大夫元士之嫡子,年十三入小学,见小节而践小义;年二十入大学,见大节而践大义。(《尚书大传·周传》)

此见"六艺"贯穿于"小学"与"大学"的学习,是一个在其内部有所区分但合为一体的教学过程。其最为详细表达,莫如《礼记》中所说:

> 十年,出就外傅,居宿于外,学书计,衣不帛襦裤,礼帅初,朝夕学幼仪,请肄简谅。十有三年,学乐,诵《诗》,舞《勺》,成童舞《象》,学射御。二十而冠,始学礼,可以衣裘帛,舞《大夏》,惇行孝弟,博学不教,内而不出。(《礼记·内则》)

由此可知,在二十岁之前的蒙学阶段,除去"书计""幼仪"等基础教学,"乐""射""御"的内容亦有涉及。综上所述,我们不能简单地认为"礼乐射御书数"是宋代之后被移入了"小学"。按照叶国良的说法,真正的变化在于朱子将原属于"礼乐射御书数"的"经礼"部分也移入了"小学"的概念,这是前人所不为的,故而造成了一系列的

---

① 乾道八年(1172),湖湘学派中的吴翌就"知行先后"的问题致书朱子。朱子回应道:"此小学之事,知之浅而行之小也。及其十五成童,学于大学,则其洒扫应对之间,礼乐射御之际,所以涵养践履之者,略已小成矣。"(《朱子全书》第 22 册,页 1914)这封书信是朱子最早对"小学""大学"的教学内容及其效果进行系统性讨论的文献之一。除此之外,朱子在《答胡广仲》《答林泽之》中亦涉及"小学"与"大学"的分类及定义。(《朱子全书》第 22 册,页 1894—1895、1978—1979)

"困难":① 至少在《礼记·内则》中明确提出"二十而冠,始学礼",那么十五岁以下究竟该不该习读与成人政治、伦理直接相关的"经礼"?

实际上,在《大学章句序》中,朱子改以"礼乐射御书数之文"定义"小学"的教学内容,要害在这个"文"字。"文"不同于以实践而言的"事","文"即"先王六艺之文"。细考朱子于《小学》编成时所作《小学原序》《小学题辞》,实际上是可以发现朱子是自"中和新说"确立之后便开始从"文"的角度对"礼乐射御书数"与"小学"的关系加以理解的。如其所说:

> 古者小学,教人以洒扫、应对、进退之节,爱亲、敬长、隆师、亲友之道。皆所以为修身、齐家、治国、平天下之本,而必使其讲而习之于幼稚之时……小学之方,洒扫应对,入孝、出恭,动罔或悖,行有余力,诵诗读书,咏歌舞蹈,思罔或逾,穷理修身,斯学之大,明命赫然,罔有内外。(《朱子全书》第13册,页393—394)

《小学原序》中所谓"讲而习之",即为读书。而《小学题辞》中则更为清楚地表述为"行有余力,诵诗读书","诗""书"即为"礼乐射御书数"之中的内容;此见朱子将"文"与"行"相对,先"洒扫进退",涵养纯熟,然后学文。"行有余力,诵读诗书",此句脱胎于《论语·学而》:"子曰:弟子入则孝,出则弟,谨而信,泛爱众而亲仁,行有余力,则以学文。"朱子注曰:"愚谓力行而不

---

① 如叶国良所做研究,虽然朱子在淳熙十四年编成的《小学》"六卷"之中,如"立教""明伦""敬身""明伦""嘉言""善行",并无"礼乐射御书数"这一部分的"经礼",但是"朱子说'曲礼'乃是'小学'的支流余裔,是因为'小学'教育除了'洒扫进退应对'的'微文小节'之外,还有'礼乐射御书数之习',也就是还要学习主要由《仪礼》所载的整套'经礼',才是完整的《小学》教育"。叶国良认为,朱子晚年完成了一个有体有用的理学体系,但亦逐渐发现《近思录》及"四书"系统中的"礼乐"过于粗略,无法担任现实政治生活中的具体需求。(参见叶国良《礼学研究的诸面向》,新竹:清华大学出版社,2002,页160—165)

学文，则无以考圣贤之成法，识事理之当然，而所行或出于私意，非但失于野而已。"（《朱子全书》第6册，页70）"文"亦带有外在规范之义，此处"圣贤之成法"便可以说是"礼乐射御书数之文"。

质言之，在"工夫论"的视角下，朱子所理解的"礼乐射御书数"中的"经礼"被收纳进了"文"的概念。十五岁以前，人于"经礼"则学其大纲，是为"文"；于"洒扫进退应对"等力所能及之事，依"礼"而行；而在"格物致知"之后，"大学"之"礼乐射御数"，因其立基于所以然之理，故而更为纯熟自然。① 那么既然朱子的教化思想中"礼乐射御书数"亦有类似的大、小之分，在结构上与《礼记·内则》的循序渐进看起来并不冲突，为什么朱子一定要明确将"礼乐射御书数"压缩至十五岁以前而归于学之"小"者呢？

首先，这当然要归因于宋代以来"以理代礼"的思想变化。"礼乐"的中心地位为"天理"所取代，故而朱子有意通过将"礼乐射御书数"与"穷理正心"分属于"小学"与"大学"，强化"理"大而"礼"小。另外，可以说是因为朱子对"小学"的认识突破了单纯的蒙学作用，在一定程度上将之作为民众的教化。如朱子所说：

> 子夏之教门人，专以此。子游便要插一本在里面。"民可使由之，不可使知之。"只是要他行矣而着，习矣而察，自理会得。须是匡之、直之、辅之、翼之，使自得之，然后从而振德之。今教小儿，若不匡、不直、不辅、不翼，便要振德。只是撮

---

① 又如朱子将"游于艺"释为"小学之事"。《朱子语类》记载：问"小学礼乐射御书数之文，是艺否？"曰："此虽小学，至'依于仁'既熟后，所谓小学者，至此方得他用。"这里的问题是，既然"艺"指小学工夫，那么为何"游于艺"被放在了"志于道，据于德，依于仁"之后？对此，朱子答道："艺是小学工夫。若说先后，则艺为先，而三者为后。若说本末，则三者为本，而艺其末，固不可徇末而忘本。习艺之功固在先。游者，从容潜玩之意，又当在后。文中子说：'圣人志道，据德，依仁，而后艺可游也。'"作为为学工夫，小学的教育依旧是在先的，而大学阶段的探究义理是在后的。小学的教育更多地指向行为的养成，是一种被动的略带强制性的活动。但在领会其中的义理后，日常已经熟悉的六艺则变成了一种主动的、从容自然的活动，即文中朱子所谓的"圣人志道，据德，依仁，而后艺可游也。"（参见唐纪宇《事与理——朱子〈小学〉概说》，页86）

那尖利底教人,非教人之法。(《朱子全书》第 15 册,页 1665)

朱子在讨论子夏的教学方法时,将"小儿"与"民"相提并论,这意味着"小学"突破了"蒙学"与个人修身的内涵,扩延为一个与"德"相关的普遍的"教化"。质言之,"礼乐射御书数"移入"小学",亦符合宋代平民社会崛起的历史趋势。在朱子所编成的《小学》中,其纲则为立教、明伦、敬身、稽古,其目则为父子、君臣、夫妇、长幼、朋友、心术、威仪、衣服、饮食。总其纲目,则知"明伦""敬身"实为重心。先秦时期,"六艺"专属于贵族,而朱子则表示,"今则无所用乎御。如礼乐射书数,也是合当理会底,皆是切用"(《朱子全书》第 14 册,页 269)。此见朱子之于"六艺",多取其伦常日用。这既符合以"主敬"为其要务的"小学"工夫,亦可以说是为了适用于"小学"所承担的"中人以下"的教化需求。质言之,《礼记·内则》中的"学之大小"侧重于贵族子弟的学习阶段,而朱子在教化层面所讨论的"学之大小",则以"德性"的分量为其判定依据,小则养之,大则振之。

## (二)大人之学与"德性秩序"的确立

朱子在《大学章句》中将"大学"定义为:"大学者,大人之学也。"在此之前,郑玄将"大学"解释为"以其记博学,可以为政也"。其所谓"学"之大者,重在政事一面。[1] 而朱子认为"大,旧

---

[1] 《学记》中对于"大学之道"似有详解:"古之教者,家有塾,党有庠,术有序,国有学。比年入学,中年考校。一年视离经辨志,三年视敬业乐群,五年视博习亲师,七年视论学取友,谓之小成;九年知类通达,强立而不反,谓之大成。夫然后足以化民易俗,近者说服,而远者怀之,此大学之道也。""大学之道"在此实指"大成"之后,用之于"化民成俗"的政治事业。郑玄注《学记》为"《学记》者,以其记人学教之义"。(郑玄注,孔颖达正义:《礼记正义》,吕友仁整理,上海:上海古籍出版社,2008,页 1423)郑玄注《大学》为"大学者,以其记博学可以为政也",针对贵族教学而言,其逻辑似乎与孔子"修己以安百姓""学而优则仕"所预设的思路颇为相合。(郑玄注,孔颖达正义:《礼记正义》,页 2236)

音泰，今读如字"，以"大学"与贵族专门之"太学"脱钩，在人皆可以成圣的前提下论"大学"之"大"。如程颢所说："顺天行道者，天民也；顺天为政者，天吏也；大人者，又在二者之上。孟子曰：充实而有光辉之谓大。圣人岂不为天民、天吏？如文王伊尹是也。"①朱子之"大人"便如此义，重在"行道"与"为政"的合一。

在元代以后，"大人之学"的说法得到了普遍承认，其具体内容即为朱子所说"正心、穷理、修己、治人"。但亦有不少反对意见，如毛奇龄在《四书改错》中所说：

> 或问"大人"二字，但曰对小子之学而言，亦并不言此何等大人也。……应旂曰："……假以德耶，则何以处小学？大学是大人，得毋小学是小人乎？若云以位，'则自天子以至于庶人'，本文何解？如以齿，吾未闻长年、高年而称为大人者也。况十五甫成童，未成丁也。"②

毛奇龄以大学乃学之大者，而非大人之学，朱子添一"人"字，实不可解。若以德而言，与"大人"相对之"小人"，则俨然为君子之敌；而以年龄而言，则宜称"长"而不是"大"；以势位而言，则《大学》中又包含"庶人"的修身之教。又如陈确所说："子言之矣，下学而上达。夫学何大小之有？大学、小学仅见《王制》，读太，作大学者，疑即本此。犹宋人之作小学也云耳，虽然，吾又乌知小学之非即大学也？吾又乌知小学之不更胜大学也？"③ 究其用意，还是不满于朱子将"学"划分为大小两截。实际上，这些诘难恰恰反映了朱子的良苦用心，所谓"得毋'小学'是小人乎"，朱子亦曾言："'小学'虽为小子而设，然修身之法，实备乎此"，即"小学"所

---

① 程颢、程颐撰：《二程遗书》，潘富恩导读，上海：上海古籍出版社，2000，页258。

② 毛奇龄：《四书改错》，胡春丽点校，上海：华东师范大学出版社，2015，页382。

③ 陈确：《陈确集》，北京：中华书局，1979，页553。

对应的是"小子"。毛奇龄质疑朱子以"大人"定义"大学"之"大",其后果乃是以"小人"论述"小学"之"小"。但是,除了"私意"与"人欲"的一面,"小人"亦被理解为"细民",即平民。如《论语》所说:

  子之武城,闻弦歌之声。夫子莞尔而笑,曰:"割鸡焉用牛刀?"子游对曰:"昔者偃也闻诸夫子曰,君子学道则爱人,小人学道则易使也。"子曰:"二三子!偃之言是也。前言戏之耳。"(《论语·阳货》)

  朱子注曰:"言君子小人皆不可以不学,故武城虽小,亦必教以礼乐""治有大小,而其治之必用礼乐,则其为道一也。但众人多不能用,而子游独行之"(《朱子全书》第6册,页229),这里的"君子""小人"即不再严分为公、私抑或天理、人欲,而是因其皆具仁义礼智信之性,以气之不齐,故须学。返诸"大学",朱子在《大学章句序》中提出"人生八岁,则自王公以下,至于庶人之子弟,皆入小学",以"明伦""敬身"为主的"小学"教育对于君、臣、民及其后代都应该一视同仁。既然"自天子以至于庶人"皆有相同的起点与要求,则可知朱子从未否定个人从"小子"甚或"小人"通过"学"而变为"大人"的可能性。当然,当"士庶""贵贱"这些身份差异被排除在"学之大小"的考量之外,也就意味着自"小学"而至于"大学",在具体的德性上必须有所跃升。

  考之于《周礼三德说》,朱子提出:"或曰三德之教,大学之学也。三行之教,小学之学也。"(《朱子全书》第23册,页3263)质言之,朱子以"德""行"分"大学""小学",继而以"至德""敏德""孝德",即"大学"中所能达到的三种境界,对应于不同的德性品质;三德之中,唯有"至德"能够透过"穷理"而"修齐治平",兼摄"敬德"与"孝德",与程颢所说"大人"同出一义。而"孝德"的实质内容其实就是"三行"亦即"小学"的功效;于"小学"尽力者,亦可谓身在"大学"之内,但"大学"亦有其德性之阶梯,"小学"之功毕,亦仍属于原初的"孝德"。①

因此,在教化层面的"学之大小"中,朱子以德性为依据,严格限定了个人"成圣"的路径与条件,保留着"圣凡"之间的必要距离:"天下后世之人,自非生知之圣,则必由是以穷其理,然后知有所至,而力行以终之。固未有饱食安坐、无所猷为而忽然知之、兀然得之者也。"(《朱子全书》第 24 册,页 3734)朱子从不承认凡人可以由"小子"或"中人以下"而借助某种启示或顿悟以一跃而达到"圣域"。②谨守圣人礼法,对于初学者克制私意,起到了决定性的作用。故而朱子以"大人之学"论"大学",既体现了宋代理学工夫论视域下而阐发的平等精神,又使之与"小子之学"相对,凸显"中人"上下的两分,其实质则是在"修身"为本的前提下兼顾一种应有的德性差序:大部分人因其不能变化气质而终生无法进于"大学",故其所为便是遵循"礼乐",谨行孝悌,各安其位。

---

① 朱子在《周礼三德说》中提出:"至德云者,诚意正心,端本清源之事。道,则天人性命之理,事物当然之则,修身、齐家、治国、平天下之术也。敏德云者,强志力行,畜德广业之事,行,则理之所当为,日可见之迹也。孝德云者,尊祖爱亲,不忘其所由生之事,知逆恶,则以得于己者,笃实深固,有以其知彼之逆恶而事不忍为者也。""又曰教三行。一曰孝行,以亲父母。二曰友行,以尊贤良。三曰顺行,以事师长。"(《朱子全书》第 23 册,页 3261)

② "小学""大学"所组成的二元结构与朱子政教思想的另一关联,在于其以"小大"两端所截取出来的一个合理的"为学"尺度,由此则可以判定正统之外的学问。如其在《大学章句序》中所谓"其功倍于小学""高过于大学",是朱子判断其学是否合于圣人之教的两个关键标准。如其在《隆兴府学濂溪先生祠记》中所说:"顾孟氏既没而诸儒之智不足以及此,是以世之学者茫然莫知所适,高则放于虚无寂灭之外,卑则溺于杂博华靡之中,自以为道固如是,而莫或知其非也。"(《朱子全书》第 24 册,页 3747)指出了为学中"虚无寂灭"与"杂博华靡"的两种失序状态;又如《信州铅山县学记》所说:"于其日用之间,既诞谩恣睢而不知所以学,其群居讲习之际,又不过于割裂装缀以为能,而莫或知其终之无所用也。是以其趋日以卑陋而惟利禄之知,幸而一二杰然有意于自立者,则又或穷高极远而不务力行之实,或循常守旧而不知其义理之所以然也,是以其说常于一偏而不得以入于圣贤之域。"(《朱子全书》第 24 册,页 3751)此又见"割裂装缀"与"穷高极远"是各自陷于一偏。凡此种种,其合于圣人之学的状态,最后均为朱子收束于"小学"与"大学"之间。

## 总结：工夫与教化之间的"学之大小"

"学之大小"在朱子思想世界中的萌芽、成形，与朱子学问的逐步完善紧密相关，并最终落实为《大学章句序》中"小学""大学"以及背后所依据的《小学》《大学》所构成的二元结构，从而嵌入了朱子的教化思想。至此，本文所讨论朱子的"学之大小"大致可以从两个层面加以界定其"大""小"。第一，工夫。"小学"主敬，"大学"格物，而这两者又配合于年齿幼长，前者乃"学其事"，后者乃"学其理"。故以工夫言"学之大小"，重在"先后"。第二，教化。"小学"以遵圣贤成法为主，"大学"以穷理致知、修己治人为主，前者对应"由之""治于人者"，后者对应"知之""治人者"。故以教化而言"学之大小"，重在"高下"。从总体上看，朱子前期论"学之大小"重在个人修身工夫的次第，后期论"小学""大学"以及编撰《小学》、序定《大学》重在对外的教化安排。工夫论内的"学之大小"通贯一气，其大小差别偏于柔性，如"主敬"便贯彻"小学""大学"；教化论内的"学之大小"则侧重于不同的"德性"类型，其大小差别偏于刚性，如"小子"便不可行"大人"之事。当然，这种两分法并不是绝对的，不应将之理解为平行之两物。① 与此相应，"小学"是"大学"之根本，"大学"是"小学"的推扩，这是"小学""大学"结构的一个总体特征。朱子认识到，虽然每一个人都因其内在心性的平等而具有参与家、国、天下之事的权利，但这种平等

---

① "工夫"与"教化"的关系颇类似于"明德"与"新民"。如朱子在《四书或问》中所说："明德、新民两物而内外相对，故曰本末。"（《朱子全书》第 6 册，页 511）又如《大学章句》所说："修身以上，明明德之事也；齐家以下，新民之事也。"（《朱子全书》第 6 册，页 17）合而言之，则明德为内、为本，即"格物、致知、正心、诚意、修身"为内、为本，新民为外、为末，即"齐家、治国、平天下"为外、为末。由此推导出来的"八条目"分为内外本末两截，造成了今人理解朱子政教思想的一个不小的困难。质言之，"内圣"与"外王"虽然可以在一定程度上理解为"两事"，但在朱子的政教思想中，两者在很多时候也是合为一体的——这种"一体性"其实正是朱子整个世界观的出发点。

性必须经历"学"的培养与检验：一个人必须从"小学"进之于"大学"，才能以"匹夫之贱"履行其"天下国家之责"。(《朱子全书》第6册，页513）朱子所身处的时代，正是古代中国转向"近世化"的分水岭。如陈来所说："其基本精神是突出世俗性、合理性、平民性。"① 面对唐宋以来的历史大势，理学家必须在以成圣、成德为目标的工夫论的基础上思考"教化"的再造，这可以说正是朱子"小学""大学"系统的"结穴"所在。就此而言，我们可以在朱子"学之大小"的思想结构中一窥其以古为新的创造力，及其对唐宋之变所造成的历史张力的有效收束。朱子的这种"有限度"的创造，既值得我们深入研究，亦值得我们加以借鉴。

**【作者简介】**

何青翰，清华大学哲学系博士，中共中央党校文史教研部讲师。研究领域为宋明理学、政治哲学。在《哲学研究》《开放时代》《中国哲学史》等刊物发表论文数篇。

---

① 陈来：《宋明理学》，页16。

# 《永乐大典》本宋《吏部条法》考述

## 戴建国

(上海师范大学古籍整理研究所)

《永乐大典》卷一四六二〇至卷一四六二九收有南宋法典《吏部条法》，共计九卷（中间缺卷一四六二三）。此书对于宋代官制及法制研究极具价值，然关于此书的研究成果却不多见。① 20世纪罗振玉辑《吉石盦丛书》，收录了其中的二卷，认为此书"非淳祐、嘉定二书，乃景定以后续修者"。② 今刘笃才先生对此书进行了整理点校，③并撰成《宋〈吏部条法〉考略》一文，④为我们了解和利用此书提供了便利。然仍有一些相关问题值得推敲。本文在刘氏等研究的基础上，对此书试作进一步探讨。

---

\* 本文原刊于《中华文史论丛》2009年第3期。

① 相关成果参见牧野巽《永樂大典本宋吏部條法について》，《市村博士古稀記念東洋史論叢》，富山房，1933，页1087—1110；仁井田陞：《永樂大典本宋代法律書二種——吏部條法総類と金玉新書》，《東方学報》12—1，1941，页39—74。

② 罗振玉：《吏部条法·跋》，《吉石盦丛书》第4集，民国上虞罗氏景印本。

③ 《吏部条法》，杨一凡、田涛主编《中国珍稀法律典籍续编》第二册，哈尔滨：黑龙江人民出版社，2002。

④ 参见刘笃才《宋〈吏部条法〉考略》，《法学研究》2001年第1期，页104—111。

## 一 《吏部条法》与《吏部条法总类》的关系

宋代法典修纂分普通法和特别法两大类。普通法适用于全国，特别法仅在特定的官司或地区实行。宋自神宗改革法典修纂制度后，普通法修纂将以往单一的综合性的编敕分成敕、令、格、式四种形式，合称"敕令格式"，如《元丰敕令格式》《绍兴敕令格式》。新编敕令格式仍可称"编敕"。整个两宋时期，宋一共修纂过十八部作为普通法的编敕，其中与《吏部条法总类》相关的有淳熙四年（1177）修纂的《淳熙敕令格式》、庆元四年（1198）修纂的《庆元敕令格式》、淳祐二年（1242）修纂的《淳祐敕令格式》。《淳祐敕令格式》是宋代最后一部全国通行的编敕。敕、令、格、式为四种法律形式，敕是刑法，令是关于朝廷各项制度的规定，格是国家为了贯彻实施各项制度而设立的一种借以比照和衡量的法定标准，式是对公文程式和文牍表状方面的规定。朱熹曾对敕令格式的含义有过很好的表述：

> 格，如五服制度，某亲当某服，某服当某时，各有极限，所谓"设于此而逆彼之至"之谓也；式，如磨勘、转官、求恩泽、封赠之类，只依个样子写去，所谓"设于此而使彼效之"之谓也；令，则条令，禁制其事不得为，某事违者有罚之类，所谓"禁于未然"者；敕，则是已结此事，依条断遣之类，所谓"治其已然"者。①

除了普通法，特别法修纂也分为敕、令、格、式，如《元丰户部敕令格式》《国子监敕令格式》。② 敕、令、格、式四种法律形式

---

① 黎靖德编：《朱子语类》卷一二八《法制》，载朱熹撰，朱杰人、严佐之、刘永翔主编《朱子全书》第 18 册，上海：上海古籍出版社/合肥：安徽教育出版社，2002，页 4015。

② 脱脱等撰：《宋史》卷二〇四《艺文志》，北京：中华书局，1985，页 5141、5144。

是彼此分开制定的,其体例不尽相同,如作为普通法的敕,是依法律分为十二篇目,篇目之下不再分类目;令则以所规范的事项为篇目,篇目之下也不再分类目,格和式亦如此。敕、令、格、式合起来形成完整的法律体系。由于宋代各种法典卷帙庞大,给司法官检法判案带来诸多不便,于是产生了新的编纂体例。《宋史全文》卷二六下淳熙六年(1179)二月癸卯条载:

  上(孝宗)曰:"朕欲将见行条法令敕令所分门编类,如律与《刑统》、敕令格式及续降指挥,每事皆聚于一处,开卷则尽见之,庶使胥吏不得舞文。"赵雄等奏:"士大夫少有精于法者,临时检阅,多为吏辈所欺。今若分门编类,则遇事悉见,吏不能欺。陛下智周万物,府念及此,创为一书,所补非小。"乃诏敕令所将见行敕、令、格、式、申明,体仿《吏部七司条法总类》,随事分门修纂,别为一书。若数事共条,即随门厘入,仍冠以《淳熙条法事类》为名。①

《淳熙条法事类》是以普通法《淳熙敕令格式》为基础,模仿《吏部七司条法总类》体例修纂而成,其将敕、令、格、式"随事分门"编纂,即以事项分门,门目下再分类目,"每事皆聚于一处,开卷则尽见之",胥吏不得营私舞弊,大大方便了司法官办案。在此书形成之前,作为特别法的《吏部七司条法总类》已经先行一步,开了宋代条法汇编体法典之先河。《宋会要辑稿》刑法一之五〇载:

  淳熙二年十一月,有诏:敕令所将吏部见行改官、奏荐、磨勘、差注等条法、指挥分明(门)编类,别删投进。若一条该载二事以上,即随门类厘析具入,乃冠以《吏部条法总类》为名。②

---

① 《宋史全文》卷二六下淳熙六年二月癸卯条,汪圣铎点校,北京:中华书局,2016,页226—227。
② 《宋会要辑稿》刑法一之五〇,刘琳、刁忠民、舒大刚、尹波等校点,上海:上海古籍出版社,2014,页8263。

所谓"指挥"就是诏敕。敕令所将吏部在行法律连同相关的诏敕分类编纂。至淳熙三年（1176），参知政事龚茂良进呈《吏部条法总类》四十卷，"为类六十八，为门三十"，① 即在门下分类。这种条法事类体的法典，最早创于唐开元二十五年（737），当时纂有《格式律令事类》四十卷，"以类相从，便于省览"。②

关于宋代《吏部条法总类》的修纂，历史上是有明确记载的，今《永乐大典》卷一四六二〇至卷一四六二九所抄称《吏部条法》。不过从现存《吏部条法》体例内容看，其实就是南宋的《吏部条法总类》，确切地说，其书名应是《景定吏部条法总类》，关于此问题，后面将要详述。

然而《吏部条法》与《吏部条法总类》在法典编纂体例上是大不一样的。有学者认为，《吏部条法》"史籍中或称《吏部条法总类》"，③《吏部条法》是在《吏部七司法》的基础上改编而成的，④ 从而把《吏部条法》与《吏部条法总类》等同起来。不过，《吏部条法总类》能不能简称《吏部条法》？两者关系究竟如何？值得探讨。

所谓《吏部条法》是指《吏部敕令格式》，"条法"者，法令之通称。建炎四年（1130），敕令所进言："奉诏将嘉祐与政和条制对修成书。……除已将嘉祐、政和条法，参照先次删修外，缘其间有情犯重而刑名轻，或立功轻而推赏重者，乞从本所随事损益，参酌拟修。"⑤ 敕令所所言"嘉祐、政和条法"，很明显是指嘉祐、政和法令而言，因北宋并没有修纂过"条法事类"体和"条法总类"体的法典。隆兴元年（1163），孝宗曾诏"有司所行事件，并遵依祖宗条

---

① 《宋会要辑稿》刑法一之五〇，页8263；王应麟辑：《玉海》卷六六《淳熙吏部条法总类》，南京：江苏古籍出版社/上海：上海书店，1987，页1264。

② 王溥撰：《唐会要》卷三九《定格令》，上海：上海古籍出版社，2006，页822。

③ 《〈吏部条法〉点校说明》，杨一凡、田涛主编《中国珍稀法律典籍续编》第2册，哈尔滨：黑龙江人民出版社，2002，页1。

④ 刘笃才：《宋〈吏部条法〉考略》，页108—109。

⑤ 《宋会要辑稿》刑法一之三四，页8237。

法及绍兴三十一年（1161）十二月十七日指挥，更不得引例及称疑似，取自朝廷指挥"。①"祖宗条法"乃祖宗法令之通称。《吏部条法》通常是按敕、令、格、式四种形式分头编纂的，如绍兴三年（1133），宰相朱胜非等"上《吏部敕》五册，《令》四十一册，《格》三十二册，《式》八册，《申明》一十七册"。② 吏部敕、令、格、式四种法律形式连同申明合起来通称"吏部条法"。刘时举《续宋中兴编年资治通鉴》卷六载：绍兴二十九年（1159）正月"诏修《吏部七司条法》"。至绍兴三十年（1160）八月，"诏修《吏部敕令格式》书成，陈康伯上之"。可见《吏部敕令格式》就是《吏部七司条法》，两者可以换称，指的是同一部法典。关于绍兴修《吏部七司条法》，《建炎以来系年要录》卷一八一绍兴二十九年正月甲申条也有同样的记载："权刑部侍郎兼详定一司敕令黄祖辞言：见修《吏部七司条法》，欲将旧来条法与今事体不同者，立为参附，参照施行。"至绍兴三十（1160）年八月，"尚书右仆射、提举详定一司敕令陈康伯上《参附吏部敕令格式》七十卷"。③ 从《建炎以来系年要录》提供的例证看，当时人确实是把《吏部敕令格式》称作《吏部七司条法》。又《宋会要辑稿》刑法一之五九云：

> 开禧元年五月二日，权吏部尚书丁常任等言："参修《吏部七司条法》，今来成书，乞以《开禧重修尚书吏部七司敕令格式申明》为名。"从之。④

丁常任参修的《吏部七司条法》成书后并没有以《开禧吏部条法总类》为名，而是称《开禧重修吏部七司敕令格式申明》。这一例证也表明《吏部七司条法》就是《吏部七司敕令格式申明》。综合上

---

① 《宋会要辑稿》帝系一一之六，页240。
② 《宋会要辑稿》刑法一之三六，页8249。
③ 李心传编撰：《建炎以来系年要录》卷一八五绍兴三十年八月丙辰条，北京：中华书局，2013，页3593。
④ 《宋会要辑稿》刑法一之五九，页8271。

述记载可以得知,《吏部七司条法》就是《吏部敕令格式》。

而《吏部条法总类》却是另一种不同体例的法典。它是以《吏部敕令格式》及《申明》为母本,"随事分门",重新编纂而成。其体例"每事皆聚于一处",依次分列敕、令、格、式、申明,"开卷则尽见之",省却翻阅之劳。《吏部条法》与《吏部条法总类》,后者是前者分门编类的结果。《宋史》卷一五八《选举志》载:

> 孝宗时,吏部尚书蔡洸"以改官、奏荐、磨勘、差注等条法分门编类,名《吏部条法总类》"。①

可见,吏部尚书蔡洸是在改官、奏荐、磨勘、差注等条法(按:即法令)基础上修纂成《吏部条法总类》。如果说这里的条法就是吏部条法总类,何以还要"分门编类"呢?《吏部条法总类》实际上是《吏部敕令格式》及《申明》的分类汇编,并增加了一些新的立法成果。

## 二　今传本《吏部条法》书名应为《景定吏部条法总类》

宋代历史上曾修纂过多部《吏部条法总类》,第一部修成于孝宗淳熙三年(1176),史载"参知政事龚茂良等上《吏部条法总类》四十卷"。② 至嘉定六年(1213),又修成第二部,名曰《嘉定吏部条法总类》,计一百一十四册,五十卷。③

嘉定以后,是否有过第三部《吏部条法总类》?如果有,成书于何时?罗振玉根据今本《吏部条法》中有景定四年(1263)的记事,认为今本《吏部条法》乃景定以后续修者。④ 刘笃才先生认为:"宋理宗淳祐年间曾编纂《淳祐敕令格式》和《淳祐条法事类》,这是南

---

① 脱脱等撰:《宋史》卷一五八《选举志》,页 3715。
② 《宋会要辑稿》刑法一之五〇,页 8263。
③ 王应麟辑:《玉海》卷六六《嘉定吏部条法总类》,页 1264 上。
④ 参见罗振玉《吏部条法·跋》,《吉石盦丛书》第 4 集。

宋最后两部法典。现存的《吏部条法》或许就编订于同期，它以《嘉定吏部条法总类》为底本，采纳《淳祐敕令格式》中的'令文'增修而成。"至于现存《永乐大典》本《吏部条法》中出现"景定四年"文字的现象，刘氏解释道："《永乐大典》本收的是景定年间的本子，但是这个本子编订于淳祐年间而非景定年间，景定年间所做的，只是在淳祐年间的编订的本子上加入景定时期的'申明'而已。"① 也就是说现存的《吏部条法》修纂于淳祐年间。这个观点有重新探讨的必要。

陈振孙《直斋书录解题》卷七《嘉定吏部条法总类》曰：

> 嘉定中，以开禧重修七司法并庆元海行法、在京通用法、大宗正司法参定，凡改正四百六十余条。视《淳熙总类》增多十卷，七年二月颁行。②

《开禧重修七司法》成书于开禧元年（1205）五月，当时权吏部尚书丁常任等言："参修《吏部七司条法》，今来成书，乞以《开禧重修尚书吏部七司敕令格式申明》为名。"③ 所谓《吏部七司法》，"盖尚左、尚右、侍左、侍右、司勋、司封、考功通用之条令"。④ 即吏部尚书左选、尚书右选、侍郎左选、侍郎右选、司勋、司封、考功七司之法。"庆元海行法"是指庆元四年（1198）成书的《庆元敕令格式》。宋人称全国通行的普通法为"海行法"，故称《庆元敕令格式》为"庆元海行法"。"在京通用法"乃绍兴十年（1140）所修，全称当为《绍兴重修在京通用敕令格式》，其中《绍兴在京通用敕》十二卷，《绍兴在京通用令》二十六卷，《绍兴在京通用格》八卷，

---

① 刘笃才：《宋〈吏部条法〉考略》，页110。
② 陈振孙撰：《直斋书录解题》卷七《嘉定吏部条法总类》，徐小蛮、顾美华点校，上海：上海古籍出版社，2015，页225。
③ 《宋会要辑稿》刑法一之五九，页8271。
④ 《宋会要辑稿》刑法一之五八，页8270。

《绍兴在京通用申明》十二卷。①"大宗正司法"为绍兴二十三年（1153）修，全称为《大宗正司敕令格式申明》，其中《大宗正司敕》十卷，《大宗正司令》四十卷，《大宗正司格》十六卷，《大宗正司式》五卷，《大宗正司申明》十卷。② 据陈振孙记载，我们知道《嘉定吏部条法总类》是以《开禧重修尚书吏部七司敕令格式申明》《庆元敕令格式》《绍兴重修在京通用敕令格式》和《大宗正司敕令格式申明》删修而成。其中既有一司特别法，又有全国通行的普通法及在京通用的特别法。《嘉定吏部条法总类》的修纂以吏部七司法为主干，兼采普通法。

在今《永乐大典》本《吏部条法》中，我们可找到《在京通用令》③ 和《大宗正司令》。④《大宗正司令》原本不属于尚书吏部系统法，只是在修纂《嘉定吏部条法总类》时才吸纳入的。这表明今《永乐大典》本《吏部条法》与《嘉定吏部条法总类》有着渊源和继承关系。同时也说明《永乐大典》本《吏部条法》实即《吏部条法总类》。令人困惑的是，据陈振孙《直斋书录解题》，《永乐大典》本《吏部条法》中理应有《庆元敕令格式》的痕迹，然而却找不到，书中却另有《淳祐令》《淳祐格》记载。

在南宋后期，作为全国通用的普通法的编敕，曾修纂过两部，分别是《庆元敕令格式》《淳祐敕令格式》，在这两部法典基础上，宋又分类汇编成《庆元条法事类》和《淳祐条法事类》。至于《吏部敕令格式》，自开禧元年（1205）《开禧重修吏部七司敕令格式申明》制定后，过了五十余年，直到理宗宝祐五年（1257）才重修，史载宝祐五年闰四月，程元凤等"上进《编修吏部七司条

---

① 参见《宋会要辑稿》刑法一之三八，页8252。
② 参见《宋会要辑稿》刑法一之四二，页8255—8256；脱脱等撰：《宋史》卷二〇四《艺文志》，页5145。按此书，《宋史》卷二〇四《艺文志》连同目录作八十一卷，页5145。
③ 参见解缙《永乐大典》卷一四六二七《荐举门》，北京：中华书局，1986，页6952下。
④ 参见解缙《永乐大典》卷一四六二九《磨勘门》，页6634下。

法"。① 需要强调的是，此《编修吏部七司条法》乃《吏部敕令格式》，非《吏部条法总类》。南宋后期，虽国力衰微，但宋政权仍很重视国家法典修纂，从没有停止过编敕的修纂。即使在南宋末期的咸淳六年（1270），我们仍可看到"以陈宗礼、赵顺孙兼权参知政事，依旧同提举编修敕令"② 这样的记载。此时距宋亡仅剩九年的时间。宝祐五年修成《编修吏部七司条法》后，宋是否就此修纂新的《宝祐吏部条法总类》？从传世的史料看，没有证据显示曾有《宝祐吏部条法总类》问世。

今《永乐大典》本《吏部条法》收有《淳祐令》《淳祐格》，并在磨勘门《尚书左选考功通用申明》中收有景定四年（1263）七月空日尚书省札子。此外，在荐举门《淳祐格》下注有"景定重定"文字。关于"景定重定"注文，还出现在改官门《侍郎左选格》下及《尚书考功令》令文末。如果说"景定年间所做的，只是在淳祐年间的编订的本子上加入景定时期的申明而已"，则不能解释上述《淳祐格》《侍郎左选格》《尚书考功令》后为何会出现"景定重定"文字。这些材料说明，首先，今传本《吏部条法》曾用《淳祐令》和《淳祐格》参修过；其次，今传本《吏部条法》在理宗景定年间曾经重定过。景定共有五年，理宗于景定五年十月去世。从此书载有景定四年七月空日尚书省札子来看，重定时间当定在景定四年七月后至五年十二月之间。考《宋史全文》卷三六理宗景定三年七月辛巳条：

诏敕令所重修《吏部七司条法》。③

景定重修《吏部七司条法》，后来是否成书，史书未有明确记

---

① 《宋史全文》卷三五理宗宝祐五年闰四月戊戌条，页 2858。
② 脱脱等撰：《宋史》卷四六《度宗纪》咸淳六年十月甲申，页 905—906。
③ 《宋史全文》卷三六理宗景定三年七月辛巳条，页 2912。按《宋史》卷四五《理宗纪》景定三年七月辛巳条亦载："诏重修《吏部七司条法》。"见脱脱等撰《宋史》，页 882。

载。不过从今《永乐大典》本《吏部条法》磨勘门《尚书左选考功通用申明》收载景定四年七月空日尚书省札子，以及改官门《侍郎左选申明》收载景定元年五月七日都省批状来看，景定所修《吏部七司条法》后来是完成并颁布的。当然，景定重修《吏部七司条法》无疑是在《开禧重修七司法》基础上修订的。按惯例，宋历朝所修吏部七司法，都同时修有《申明》。上述《尚书左选考功通用申明》《侍郎左选申明》，一定是景定所修吏部七司《申明》的组成部分。

从今本《吏部条法》中所载"景定重定"注文分析，景定年间对《吏部条法总类》有过重新修订的立法活动。明代杨士奇等编明政府藏书书目《文渊阁书目》卷十四《政书》载："《开禧吏部七司法》一部二十册，阙。《庆元条法事类》一部三十册，阙。《景定条总类》一部二十册，阙。"① 所谓《景定条总类》当为《景定条法总类》之误。明代叶盛《菉竹堂书目》卷五《政书》正作"《景定条法总类》"。② 此《景定条法总类》即《景定吏部条法总类》。换句话说，景定年间确有重定《吏部条法总类》之立法活动，并最后形成了法典文本《景定吏部条法总类》。景定重定的《吏部条法总类》是在《嘉定吏部条法总类》基础上，吸收了景定年间重修的《吏部七司敕令格式申明》修成的。凡属景定修改补充过的，则注"景定重定"；凡未经改动而沿用旧文的，则不加注。

笔者推测，当年《永乐大典》修纂时，曾将南宋《景定吏部条法总类》按韵部字门分抄，并改称《吏部条法》。然而这样一改，殊不知混淆了《吏部条法》与《吏部条法总类》。

## 三 关于《吏部条法》中的《淳祐令》和《淳祐格》

今《永乐大典》本《吏部条法》中多次出现《淳祐令》及《淳

---

① 杨士奇等编：《文渊阁书目》卷十四《政书》，《丛书集成初编》第 30 册，上海：商务印书馆，1935，页 174。

② 叶盛编：《菉竹堂书目》卷五《政书》，《丛书集成初编》第 33 册，上海：商务印书馆，1935，页 113。

祐格》。为何会出现"淳祐令",却没有标以其他年号的令、格?笔者的解释如下。

宋当年修《嘉定吏部条法总类》时,所参附的全国通行的普通法是《庆元敕令格式》。《庆元敕令格式》自庆元四年(1198)修成后,一直实施到淳祐二年(1242)颁布新的普通法《淳祐敕令格式》。及至景定重定《吏部条法总类》时,《庆元敕令格式》已被废除而实施新法《淳祐敕令格式》。在这种背景下,景定重定《吏部条法总类》必须将《嘉定吏部条法总类》中所吸收的旧的普通法《庆元令》《庆元敕》,依据新的普通法改为《淳祐令》《淳祐敕》。以下试将今《永乐大典》本《吏部条法》所载《淳祐令》《淳祐敕》与《庆元令》《庆元敕》做一比较。

《永乐大典》卷一四六二四《吏部条法·差注门五》亲嫌类载《淳祐敕》:

诸称亲戚者,谓同居(无服同)若缌麻以上(本宗袒免同),母、妻大功以上亲(姑、姊妹、侄女、孙女之夫,侄女、孙女之子同),女婿、子妇之父、祖、兄弟(孙女婿及孙妇之父,兄弟妻及姊妹夫之父同),母妻姊妹、外孙及甥之夫(妻之姊妹之子若外祖父及舅同)。

诸缘婚姻应避亲者,定而未成亦是。①

此两条敕文与《庆元条法事类》卷八《职制门·亲嫌》所载两条《名例敕》敕文完全相同。《永乐大典》本《吏部条法》所载这两条《淳祐敕》显然是沿用了《庆元名例敕》。由此自然可以得出,淳祐二年颁布的《淳祐敕令格式》是在《庆元敕令格式》基础上修订的。《永乐大典》本《吏部条法》亲嫌类所载《淳祐敕》,其实是《庆元敕》中的《名例敕》。

我们再看《淳祐令》。《永乐大典》卷一四六二四《吏部条法·

---

① 解缙:《永乐大典》卷一四六二四《吏部条法·差注门五》,页6561。

差注门五》亲嫌类载有七条《淳祐令》，其中第二条令文"诸符号官称犯父祖嫌名及贰名偏犯者，皆不避"，与《庆元条法事类》卷三《避名称·职制令》第二条令文同。其余五条令文，与《庆元条法事类》卷八《职制门·亲嫌》所载《职制令》同。从中可看出，《永乐大典》本《吏部条法》亲嫌类所载《淳祐令》实际上是《庆元令》中的《职制令》。

《永乐大典》卷一四六二六《吏部条法·考任门》文武臣通用类载有十二条《淳祐令》，其中十一条令文与《庆元条法事类》卷五《职制门·考任》所载《考课令》同，余一条（第9条）与该书卷十五《选举门·举辟》所载《荐举令》同。今本《吏部条法》考任门所载《淳祐令》实为《庆元令》中的《考课令》。

《永乐大典》卷一四六二七《吏部条法·荐举门》所载《淳祐令》，其中有九条与《庆元条法事类》卷十四《选举门·改官关升》中的《荐举令》同，有一条与该书同卷同门荐举总法类中的《荐举令》同，有四条与该书同卷同门升陟类中的《荐举令》同。今本《吏部条法》荐举门中的《淳祐令》应是《庆元令》中的《荐举令》。

关于《淳祐格》，今本《吏部条法·荐举门》所载《淳祐格》，比照《庆元条法事类》卷十四《选举门·升陟》，当为《庆元格》中的《荐举格》。

从上述比较分析看，今本《吏部条法》中的《淳祐令》《淳祐敕》沿用了《庆元令》《庆元敕》，两者只是法典名称不同，条款内容是一致的。在景定重定《吏部条法总类》时，已将旧的《嘉定吏部条法总类》中的庆元海行法，根据新制定的海行法《淳祐敕令格式》作了改换修正。这是今本《吏部条法》中收载有《淳祐令》《淳祐格》的原因所在。

《淳祐令》《淳祐格》是全国通行的普通法，为什么会编入特别法《吏部条法总类》？《宋会要辑稿》刑法一之五九至六〇有一段史料颇能说明《吏部条法总类》与海行法的关系，其云：

（嘉定）六年二月二十一日，刑部尚书李大性言："《庆元名例敕》，避亲一法，该载甚明，自可遵守。《庆元断狱令》所称鞫狱与罪人有亲嫌应避者，此法止为断狱设，盖刑狱事重，被差之官稍有亲嫌，便合回避，与诠曹避亲之法不同。昨修纂《吏部总类通用令》，除去《名例敕》内避亲条法，却将庆元《断狱令》鞫狱条收入，以此吏部循习，每遇州县官避亲及退阙、换阙之际，或引用断狱亲嫌法，抵牾分明。兼《断狱令》引兼（嫌）之项，如曾相荐举，亦合回避。使此法在吏部用以避亲，则监司郡守凡荐举之人皆当引去。以此见得止为鞫狱差官。所有昨来以《断狱令》误入《吏部总类》一节，当行改正。照得当来编类之时，吏部元有避嫌条令，却无引嫌名色，故牵引《断狱令》文编入。欲将元参修《吏部总类法》亲嫌门内删去《断狱令》，所有《名例敕》却行编入。"从之。①

从李大性的奏言得知，由于普通法中有一些通行法令具有普适性，例如亲嫌法，同样也适用于吏部差注制度，因而收入《吏部条法总类》参照执行。又如普通法关于考课、荐举方面的一般性规定，也适用于吏部七司考课、荐举制度。故《吏部条法总类》收入了普通法中的考课、荐举规定。此外，因吏部条法牵涉宗室官员的差注、磨勘，因而也收入了关于宗室管理制度的《大宗正司令》的相关规定。

## 四 关于《吏部条法》中的"申明"和"通用令"

《吏部条法》中有相当多的条款属于"申明"，如《尚书左选申明》《侍郎左选申明》等。申明中载列了标有具体颁降日期的敕文、尚书省札子，例如《永乐大典》卷一四六二〇《吏部条法·差注门》载《尚书侍郎左右选通用申明》："嘉定十七年十月二十一日敕：臣僚上言，今后极边、次边州县官，不得差注吏职。奉圣旨'依'。将

---

① 《宋会要辑稿》刑法一之五九至六〇，页8271。

沿溪峒边州县官一体施行。"这一敕文是尚未修入永法的原始诏敕,它与修入永法作为法律形式的敕,是有区别的。修为法律形式的敕,是一种刑法,并不署年月日。关于《吏部条法》中"申明"的法律效力及作用究竟如何,值得探讨。《永乐大典》卷一四六二六《吏部条法·考任门》载有一条《尚书左选申明》:

> 淳熙十一年五月二十四日敕:奏补承务以上任宫观岳庙,不理为任。在淳熙十年十一月十一日以前,许行收使。本所看详上件指挥,系分别京官收使宫观岳庙考任,难以修为成法,今编节存留《申明》照用。①

可见《申明》中所收敕,是不能修为成法而留作参考备用的原始敕。崇宁三年(1104)蔡京曾奏言:"奉诏令讲议司修立以六尚局条约闻奏。谨以元陈请画一事件并稽考参酌,修立成《殿中省提举所六尚局供奉库敕令格式》并《看详》共六十卷。内不可著为永法者,存为《申明》。"② 永法即永为成法之意。③ 这里,蔡京也提到了把不可著为永法的敕,保留为《申明》。南宋另一部法典《庆元条法事类》所载庆元《职制申明》亦载有类似的说明:

> 绍兴二年闰四月二日敕:诸头项分遣在诸州守戍官兵并余统兵官等,元系朝廷遣使,依将副序位……其余使臣与监当、部队将序位。本所看详上件指挥,系为分遣统兵官屯戍,与所在州官序位事理,虽难以立为永法,今权行存留照用。④

---

① 解缙:《永乐大典》卷一四六二六《吏部条法·考任门》,页6577下。
② 《宋会要辑稿》刑法一之二二,页8235。
③ 参见《宋会要辑稿》仪制七之三〇载绍兴三十年四月高宗诏:"自今臣僚陈乞上殿,令具状径赴通进司投进,不许都堂纳札子,永为成法。"(页2442)
④ 谢深甫编撰,戴建国点校:《庆元条法事类》卷四《职制门·官品杂压》,杨一凡、田涛主编《中国珍稀法律典籍续编》,哈尔滨:黑龙江人民出版社,2002,页26。

《申明》是或因诏敕权宜所颁，或属一时处置，不具有普遍或永久适用意义而权行编纂的。南宋修纂法典，一般都修纂有《申明》，如绍兴元年（1131）修纂《绍兴敕令格式》的同时，修有《随敕申明》三卷。① 庆元四年（1198）修的《庆元敕令格式》附有《申明》十二卷。② 作为特别法的《吏部敕令格式》也不例外，也附有《申明》。绍兴三年（1133），宰相朱胜非等"上《吏部敕》五册，《令》四十一册，《格》三十二册，《式》八册，《申明》一十七册"。③ 而《吏部条法总类》即是由敕、令、格、式、申明分类编纂而成。淳熙十六年（1189）臣僚奏言：

> 仰惟国家新书之设，昭如日星，事制曲防，靡不毕具，而又以颁降指挥厘为《申明》，一定不易，所以一民听而塞吏奸。然州县之间往往杂取向来申请续降指挥。凡《申明》所载者，悉与成法参用，书既不载，而下无从折衷，上不得尽察，由是轻重出入，惟吏所欲……④

"新书"为新修法典《敕令格式》之通称，⑤ "颁降指挥"指的是诏令之类的朝廷命令。编纂后的《申明》可与成法参用，与敕令格式一同构成宋代法律体系。

今本《吏部条法》中有许多法律被冠以"通用"之名，如《尚书左右选通用令》《尚书侍郎右选通用令》《尚书侍郎左右选通用申明》《在京通用令》，所谓"通用令"，通常是两个以上的官司可以通用的法律。如熙宁十年（1077）详定一司敕所奏言："准朝旨送下编到《刑部敕》二卷，共七十一条，今将所修条并后来敕札一处看详。

---

① 参见《宋会要辑稿》刑法一之三五，页8248。
② 参见王应麟辑《玉海》卷六六《庆元重修敕令格式》，页1264。
③ 《宋会要辑稿》刑法一之三六，页8249。
④ 《宋会要辑稿》刑法一之五四至五五，页8267。
⑤ 参见陈振孙撰《直斋书录解题》卷七《法令类》："国朝自建隆以来，世有编敕，每更修定，号为'新书'。"（页224）

其间事属别司者，则悉归本司；若两司以上通行者，候将来修入《在京通用敕》。"① 据此，《吏部条法》中的《尚书左右选通用令》就是尚书左选和尚书右选两个部门通行的法令，《尚书侍郎右选通用令》就是尚书右选和侍郎右选两个部门通行的法令。

## 五　今《永乐大典》本《吏部条法》不是足本

据《永乐大典目录》载，《永乐大典》卷一四六一四作"六部·吏部一"，至卷一四六四六作"吏部卅三"，总计33卷。换言之，这33卷全是关于吏部的文献。但是"吏部"文献并不等于全是《吏部条法》。刘笃才指出："《吏部条法》只是'吏部'书中的一种，'吏部'并不是从头到尾仅收《吏部条法》这一部著作。"这是很有见地的。② 问题是现存九卷本的《吏部条法》是足本吗？

我们从《吏部条法总类》的源头入手予以辨析。《淳熙吏部条法总类》有四十卷，文献记载"为类六十八，为门三十"。③《嘉定吏部条法总类》，计有一百一十四册，五十卷。④《景定吏部条法总类》是在《嘉定吏部条法总类》基础上重新修订的，其卷数应与之大致相当。可是今《永乐大典》本《吏部条法》只有九卷。又据载，《淳熙吏部条法总类》分三十门，六十八类，这一编纂体例，至《景定吏部条法总类》也不会发生太大变化，然今本《吏部条法》分九门，虽说吏部条法的主要内容都有涉及，但是其分布很不均匀，其中差注门占四卷，奏辟门一卷，考任门、宫观岳庙门和印纸门共一卷，荐举门一卷，关升门和改官门共一卷，磨勘门一卷。又《永乐大典》本差注门分成六门，而奏辟、考任等其他八门都只有一门，差注门与其

---

① 李焘撰：《续资治通鉴长编》卷二八六熙宁十年十二月壬午条注，上海师范大学古籍研究所、华东师范大学古籍研究所点校，北京：中华书局，1995，页6995。
② 参见刘笃才《宋〈吏部条法〉考略》，页111。
③ 王应麟辑：《玉海》卷六六《淳熙吏部条法总类》，页1264上。
④ 参见王应麟辑《玉海》卷六六《嘉定吏部条法总类》，页1264上。

他门目在卷数及门目的分布上，多寡悬殊。《景定吏部条法总类》原本编纂体例断不会如此乖戾。

此外，今本《吏部条法》中体例排序也很乱，与南宋另一部类似的法典《庆元条法事类》相比较，显得很不规范，相差甚远。《庆元条法事类》在门目之下分类目，每一类目下，依次排列敕、令、格、式、申明。敕、令、格、式、申明顺序绝不混淆。我们看《永乐大典》卷一四六二〇《差注门》，在《尚书左选格》后，依次排列《尚书左选申明》《尚书右选令》《尚书右选申明》《侍郎左选令》，令、格、申明的排列是交叉的，与前面敕、令、格、申明的排列次序不一样。再如《永乐大典》卷一四六二七《荐举门》的排列。此门不分类目，依次排列为：

1. 《尚书侍郎左右选通用敕》
2. 《尚书侍郎左右选通用令》
3. 《尚书侍郎左右选考功通用令》
4. 《尚书考功令》
5. 《侍郎左选令》
6. 《侍郎右选令》
7. 《侍郎左选尚书考功通用令》
8. 《尚书考功令》
9. 《淳祐令》
10. 《在京通用令》
11. 《淳祐格》
12. 《在京通用格》
13. 《尚书侍郎左右选考功通用申明》
14. 《尚书侍郎左右选通用申明》
15. 《淳祐申明》
16. 《尚书侍郎左右选通用申明》
17. 《尚书考功申明》
18. 《侍郎左选尚书考功通用申明》
19. 《淳祐申明》

20.《侍郎左选尚书考功通用申明》①

（下略）

从以上排列可以看出，许多条法是重复的，如第8条《尚书考功令》与第4条是重复的；第16条《尚书侍郎左右选通用申明》与第14条是重复的；第19条《淳祐申明》与第15条是重复的；第20条《侍郎左选尚书考功通用申明》与第18条是重复的。为什么会出现这种情况呢？笔者以为《景定吏部条法总类》荐举门下原本是有类目的，第8条《尚书考功令》与第4条《尚书考功令》原本分属于不同的类目，第16条《尚书侍郎左右选通用申明》与第14条《尚书侍郎左右选通用申明》也是如此。《永乐大典》在抄引《景定吏部条法总类》时删去了《景定吏部条法总类》荐举门下原有的类目，以致出现重复排列极不规范现象。这种重复排列现象在其他门目中也普遍存在。今本《吏部条法》的门目分得很不合理，这一问题可能是在《永乐大典》编纂时所据底本中就已经存在了。今《永乐大典》卷一四六二九《吏部十六·吏部条法磨勘门》也不应是《景定吏部条法总类》的最后一卷，在卷一四六二九之后还应抄有《景定吏部条法总类》的内容。今《永乐大典》本《吏部条法》并不是一个完整的本子。其所据以传抄的本子可能就是一个残缺本。杨士奇等编明政府藏书书目《文渊阁书目》卷十四《政书》，记载《景定（吏部）条（法）总类》云："一部二十册，阙。"可见当时明政府所收藏的《景定吏部条法总类》是部残本，这个本子应该就是《永乐大典》所据以传抄的本子。

在探讨今本《吏部条法》是否足本时，有一个令人困惑的问题需解答，既然《景定吏部条法总类》是以吏部七司敕、令、格、式、申明为基础修纂的，今本《吏部条法》收有吏部七司法中的敕、令、格、申明，但却没有收载"式"这一法律形式，这是何因呢？是《永乐大典》当年没有抄写呢，还是《景定吏部条法总类》原本就没有？考《宋会要辑稿》刑法一之五〇载：

---

① 阿拉伯数字序号是笔者便于讨论另加的。

（淳熙）三年三月二十九日，参知政事龚茂良等上《吏部条法总类》四十卷。先是淳熙二年十一月有诏：敕令所将吏部见行改官、奏荐、磨勘、差注等条法、指挥分明（门）编类，别删投进。若一条该载二事以上，即随门类厘析具入，仍冠以《吏部条法总类》为名。至三年三月五日，详定官蔡洸等言：除将吏部见今引用条法、指挥分类各就门目外，其间有止是吏部钞状、体式之类，及内有将来引用条件，并已于法册内尽行该载讫，今更不重行编类。至是来上。①

这条材料提到，在修纂《淳熙吏部条法总类》时，详定官蔡洸上奏要求不要把吏部钞状、体式之类的法条编入。蔡洸所说的钞状、体式之类的法条指的就是宋代的式。宋神宗元丰改革法典修纂体例，将原先综合性的编敕分为敕、令、格、式四种形式分类修纂，史载：

自名例以下至断狱凡十有二门，丽刑名轻者皆为敕；自官品以下至断狱凡三十五门，约束禁止者皆为令；命官之赏等十有七……有等级高下者皆为格；奏表、帐籍、关牒、符檄之类凡五卷，有体制模楷者皆为式。②

从此以后，宋代修纂编敕，必分敕、令、格、式，成为定制，元丰以后，"虽数有修定，然大体悉循用之"③。式的内容就是关于朝廷各府衙公文程式和文牍体例方面的规定。蔡洸要求不编入式的建议显然被朝廷采纳了，《淳熙吏部条法总类》没有收入式。后来修成的《嘉定吏部条法总类》《景定吏部条法总类》都承袭了《淳熙吏部条

---

① 《宋会要辑稿》刑法一之五〇，页8263。
② 李焘撰：《续资治通鉴长编》卷三四四元丰七年三月乙巳条注，页8254。按："自官品以下至断狱"，点校本误作"自品官以下至断狱"，今据晁公武《郡斋读书志校证》改正。见晁公武撰，孙猛校证《郡斋读书志校证》卷八《刑法类·天圣编敕》，上海：上海古籍出版社，2005，页332。
③ 马端临撰：《文献通考》卷一六七《刑考》，上海师范大学古籍研究所、华东师范大学古籍研究所点校，北京：中华书局，2011，页5002。

法总类》的修纂方式,也没有编入式。因此,我们今天看到的《吏部条法》中就没有了式这一法律形式。

**【作者简介】**

戴建国,上海师范大学古籍整理研究所教授,博士生导师。研究专长为宋史、唐宋法制史。主持国家社会科学基金重大项目"《全宋笔记》编纂整理与研究"(10&ZD104)等。

# "帝王之学"[*]

## ——《四库全书》及《总目》的清代官学建构

### 何宗美

（西南大学文学院）

帝王之学，是官学的最高层次，也是官学的最深内核，或者说是一种登峰造极的官学。清代是官学登峰造极的时代，清代官学实质是清代帝王之学。清代帝王之学，借助《四库全书》及《总目》的修纂得到了一次最为系统的建构和最为强烈的宣扬。《四库全书》和《总目》从外到内都受到帝王之学的统摄，帝王之学是其灵魂所在。这一认识极其重要，真正把握有史以来最大的国家政治文化工程及其成果的要害即在此。完全可以说，无论是"四库学"研究，还是清代政治、思想、文化、学术等方面研究，都有必要把握清代帝王之学这个最根本的核心。

## 一 "帝王之学"的一则简纲

一个国家或一个政权的政治动力及其操控方向，通常由其政治目标所决定。清王朝前期至中期逐渐发展至盛世，其中原因与其政治目标密切相关。前期至中期的几代帝王，都有着极高的政治目标，这是他们的共同特点，也是维系清王朝统治的稳定性并使其得到深入巩固

---

[*] 本文系国家社会科学基金重点项目"《四库全书总目》子部提要考辨与学术批评还原研究"（17AZW012）的阶段性成果。原刊于《武汉大学学报》（哲学社会科学版）2023年第1期。本文稍有改动。

的重要因素。正是基于此，清王朝对思想、文化政治建构的高度重视，也达到了超乎想象的程度。

浩大的《四库全书》修纂工程，就是以乾隆帝为代表的清代最高统治者实现最高政治目标的一项重要举措。修书工程由乾隆帝"御定""亲览""天裁""厘正"，不仅是清代重大的文化工程，更是清代重大的政治工程。

用今天的眼光来审视这一重大工程，就其外在而言，产生了迄今为止堪称"历史上规模最大的著作"，[1] "人类绝无仅有的'书籍长城'"[2] 的《四库全书》，同时也产生了"将中国古代经学、史学、子学和文学的历史及其演变做了一次前所未有的大梳理、大审视，从而完成了中国第一部特殊意义的经学通史、史学通史、子学通史和文学通史的书写"[3] 的《四库全书总目》；而从其内在而言，这一工程真正的政治目标并不在修书及其成果本身，而是在于一个更为深层也是更为根本的政治动机——清帝王之学的建构，所以修书的实质是清王朝帝国政治的"灵魂铸造"工程，《四库全书》和《总目》只是其外在载体以及建构"帝王之学"的举措和途径而已。

所谓"帝王之学"，并不是我们在此为了研究需要的主观追加或臆造，而是切实体现在《四库全书》和《总目》中的原有存在。细心阅读可以发现，列入儒家类著录的乾隆帝所撰《御制日知荟说》提要，在介绍该著的基本内容以后集中笔墨梳理"帝王之学"的简要纲领并阐释其大旨：

> 考三代以前，帝王训诫多散见诸子百家中，真赝相参，不尽可据。《汉书》所载黄帝以下诸目，班固已注为依托，亦不足

---

[1] 罗德里克·凯夫、萨拉·阿亚德：《极简图书史》，戚昕、潘肖蔷译，何朝晖审校，北京：电子工业出版社，2016，页37。

[2] 何宗美：《〈四库全书〉申遗刍想与研究前瞻》，《河北大学学报》（哲学社会科学版）2020年第1期，页20；任松如：《四库全书答问》，成都：巴蜀书社，1988，页70。

[3] 何宗美：《四库学建构的思考》，《苏州大学学报》（哲学社会科学版）2017年第1期，页178。

凭。惟所载高帝八篇、文帝十二篇为帝王御制著录"儒家"之始。今其书不传。然高帝当战伐之余，政兼霸术。文帝崇清净之学，源出道家。其词未必尽醇，久而散佚，或以是欤？梁元帝《金楼子》，体侪说部，抑又次焉。夫词人所著作，盛陈华藻而已，帝王之学，则必归于传心之要义。儒生所论说，高谈性命而已，帝王之学，则必征诸经世之实功。故必以圣人之德，居天子之位，而后吐辞为经，足以垂万世之训也。我皇上亶聪首出，念典弥勤，绌绎旧闻，发挥新得。所谓"为天地立心，为生民立命，为往圣继绝学，为万世开太平"者，具备于斯。迄今太和翔洽，久道化成，《无逸》作"所"之心，与天行同其不息，而百度修明，八纮砥属，天声赫濯，尤简册之所未闻。岂非内圣外王之道，文经武纬之原，一一早握其枢要欤！臣等校录鸿编，循环跪诵，钦圣学之高深，益知圣功之有自也。①

这原本是具体一书的提要，但实际上足以称得上是一篇意义完整的"帝王之学"论。它的几个基本意思是：

其一，帝王之学，由来已久，但此前的帝王之学，或已文献不足征，或为"依托"不足信，特别是思想"未醇"，体杂"说部"，也就算不上真正意义的帝王之学。

其二，帝王之学的两个核心要义是"传心"与"经世"，既区别于"词人所著作"的"盛陈华藻"，也不同于"儒生所论说"的"高谈性命"，即非"词人之学"和"儒家之学"之可比。

其三，帝王之学的最高代表是乾隆帝，乾隆帝的《御制日知荟说》则是帝王之学的巅峰之作，因为它真正达到了"为天地立心，为生民立命，为往圣继绝学，为万世开太平"的境界。

其四，乾隆的时代是前所未有的盛世，而之所以能创造这一盛世，在于乾隆帝掌握了"内圣外王之道，文经武纬之原"即"帝王

---

① 纪昀等：《钦定四库全书总目》卷九四，四库全书研究所整理，北京：中华书局，1997，页1233。后文出自同一文献的引文，随文夹注卷数（或有书目提要名、篇名）、页码。

之学"的"枢要",从而实现了帝王之学与帝王之政的完美统一。

除上述分析的几层意思外,这段文字所反映的另外两种思想观念也需要加以注意:

首先,同样是帝王之学,这里体现的是尊今王的思想,即尊清的思想,也就是对清廷本朝帝王之学的唯我独尊以及唯一正确性的主张。一方面,自顺治以来,到康、雍、乾在帝王之学方面的建树客观上确实有超越前代的基本事实存在;另一方面,清廷也要求借修《四库全书》之机进一步在法理上确立本朝皇帝至高无上的地位。这让清人在论帝王之学时站在了一个无与伦比的高度,拥有了纵论历代、评判在我的话语权。

《御制日知荟说》提要对包括"三代以前"在内的历代帝王之学,评价是皆不足为范。另认为如唐太宗《帝范》"其词"亦"不免冗赘"(卷九一,页1202),明太祖《资政通训》等"义或不醇,词或不雅"(卷九四《圣谕广训》提要,页1232),同样没有建立严格意义的帝王之学。《御定执中成宪》提要更集中也更明确地表达了这种看法:

> 御制之书,惟唐之《帝范》敷陈得失为最悉。官撰之本,惟明之《君鉴》缕举事迹为最详。然《帝范》颇参杂说,词意或不深醇,《君鉴》旁摭诸书,义例亦为冗杂。至于宋之《洪范政鉴》,以焦赣、京房之说附会于武王、箕子之文,益离其宗。盖圣人之道统,惟圣人能传之,圣人之治法,亦惟圣人能述之,非可以强而及也。我世宗宪皇帝圣德神功,上超三古,阐明帝学,论定是编,汰驳存精,删繁举要。凡遗文旧籍,一经持择,即作典谟,犹虞帝传心,亲阐执中之理,殷宗典学,自述成宪之监也。虽百篇之裁于洙、泗,何以加兹!家法贻留,以巩万世之丕基者,岂偶然欤!(卷九四,页1234)

在此,唐、宋、明、清的"帝学"被放在了同一话语场下比较其优劣,结果自然一目了然,唐太宗御撰《帝范》、宋仁宗御撰《洪范政鉴》、明景帝御撰《君鉴》，或"颇参杂说，词意或不深醇"，或"附会"其说、"益离其宗"，或"旁摭诸书，义例亦为冗杂"，作为"帝学"都是存在问题的，唯有雍正《御定执中成宪》才真正做到"上超三古，阐明帝学"，由此得出的结论是"盖圣人之道统，惟圣人能传之，圣人之治法，亦惟圣人能述之，非可以强而及也"，也就是说，此前历代帝王皆非"圣人"，故历代"帝学"也就不可能传"圣人之道统"、不可能述"圣人之治法"，其学之"杂"而不"醇"甚至"离宗"，即在于此。清帝其人则堪称"圣人"，"圣德神功"，自古无比，"阐明帝学"的文化使命才真正意义得以实现。

清代官学的这种唯我独尊的文化认识，在《四库全书》和《总目》的体系上得到了落实。出于尊清的目的，历代帝王之学受到了清代官学的贬低。上述所列的历代帝王之著，只有唐太宗《帝范》被收入儒家类著录，宋仁宗《洪范政鉴》被降低为术数类并附以存目（卷一一一《洪范政鉴》提要，页1472），明太祖《资治通训》连存目都未予收入而完全被排除在清代官修"四库"体系之外，明景帝《君鉴》则放在杂家类存目，与明太祖敕修的《昭鉴录》《永鉴录》《历代附马录》《公子书》等一起都被剥夺了御撰或官修的尊荣（卷一三一，页1733）。

帝王之著被斥之最甚者，莫过于明成祖的《圣学心法》。胡广等明臣原本认为"帝王之要，备载此书"，但代表清廷意志的四库馆臣不以为然，谓其"乃依附圣贤，侈谈名教，欲附于逆取顺守"，至于成祖其人"称兵篡位，悖乱纲常。虽幸而成事，传国子孙。而高煦、宸濠、寘鐇之类，接踵称戈，咸思犯上，实身教有以致之……至于杀戮诸忠，蔓延十族。淫刑酷暴，桀纣之所不为者，夷然为之，可谓无复人理"，也就连谈帝王之学的起码资格也不具备——"天下万世，岂受欺乎"（卷九五《圣学心法》提要，页1249）。成祖说的那一套在清廷看来简直就是欺天下万世的一派谎言，根本不配帝王之学——尽管清代帝王同样实行残酷的政治专制，"淫刑酷暴"与明成祖相比并无本质区别。

站在清代官学立场的四库馆臣不外是要在《四库全书》和《总

目》体系上树立清朝帝王和帝王之学前所未有的独尊地位，同时在清帝王中又唯以乾隆帝为最高代表，体现的思想宗旨是尊今王。由此甚至可以理解为，关于帝王之学专论，并不安排在前代其他帝王所著的提要中进行。即使在同卷中先有顺治所撰的《御定资政要览》，康熙帝所制、雍正阐绎的《圣谕广训》，雍正录编康熙语的《庭训格言》，这些无疑都是构建清帝王之学的帝王之著，但帝王之学的话题并没有放在诸著提要中讨论，可见，在乾隆《御制日知荟说》的提要中正式论述帝王之学，并非随意为之而是深思熟虑的结果，是出于尊今王思想的表达需要。

## 二　"帝王之学与儒者异"

建立清帝王之学，必须在两种参照体系中确立清帝王在思想、文化领域至高无上的独尊地位，或者说其本身将面对两种对立因素所形成的干预或动摇使清帝王之学难以拥有绝对权威或话语权。一个来自与其身份相同的古代帝王，另一个来自原本在思想、文化占据优越地位的儒者群体。针对前者，就有了上文分析的清帝王之学中的尊今王思想，但尊今王只解决了如何凌厉前代的问题，还有一个问题同样重要，即反拨自汉以来长期形成的"独尊儒术"局面，故帝王与儒者的对立性在所难免，而结果必须以帝王取代儒者成为清王朝最高话语权的掌控者，同时以帝王之学取代儒者之学，并达到对旧儒家的改造。

尊今贬古特别是尊清贬明的清帝王之学，与此同时具有了另一个显著特点或者说思想意图就是尊王贬儒。笔者注意到，《总目》谈论"帝王之学"凡四次，分别在康熙御定《日讲易经解义》提要（卷六）、宋程大昌《禹贡论》提要（卷一一）、乾隆《御制日知荟说》提要（卷九四）、明张元祯《东白集》提要（卷一七五），值得一提的是，四次无一例外都与"儒者"加以对照，这从表达目的及其效果来说就制造了一个特殊的意义场，传达了清廷思想倾向的重要信息。《御制日知荟说》提要的相关内容已见上述，以下再引录另三例为证：

>《易》为四圣所递传，则四圣之道法治法具在于是。故其大旨在即阴阳、往来、刚柔、进退，明治乱之倚伏，君子、小人之消长，以示人事之宜，于帝王之学，最为切要。儒者拘泥章句，株守一隅，非但占验机祥，渐失其本，即推奇偶者，言天而不言人，阐义理者，言心而不言事，圣人立教，岂为是无用之空言乎？（卷六《日讲易经解义》提要，页53）

>夫帝王之学与儒者异，大昌讲《尚书》于经筵，不举唐虞三代之法以资启沃，而徒炫博奥，此诚不解事理。（卷一一《禹贡论》提要，页142）

>元祯以讲学为事，其在讲筵，请增讲《太极图》、《西铭》、《通书》。夫帝王之学，与儒者异，讵可舍治乱兴亡之戒，而谈理气之本原。史称后辈姗笑其迂阔，殆非无因矣。其诗文朴遫无华，亦刻意摹拟宋儒，得其形似也。（卷一七五《东白集》提要，页2399—2400）

"帝王之学与儒者异"，这是代表清代官学思想的《总目》明确给出的一个基本判断。而究其所"异"，并不是特点不同而已，而是一个优劣问题的定性。清代官学认为，学有"帝王之学"，有"儒者"之学，二者是极不相同的。这种比较视野里，其倾向是明显肯定前者而否定后者的，而其目的又在于弘扬前者而改造后者。《总目》中所涉二者比较的四处文字，恰是经、史、子、集各一，这必然不是一个简单的巧合，似又意味着，在经、史、子、集四大知识领域或知识体系中，无不存在帝王之学与儒者之学的区别，即有帝王之经学、史学、子学和文学，另又有儒者之经学、史学、子学和文学。在两者关系上，儒者之学与帝王之学有其对立性，但二者又不可分割，因为帝王之学通常不能离开儒者，同样也不能离开儒者之学。但帝王之学的建立和倡行，必须批判和纠正儒者之学的问题，而其批判和纠正只不过是站在帝王之学立场上的，是以帝王之学来看儒者之学，而不是相反。在帝王之学看来，儒者之学的症结在于"高谈性命""拘泥章句，株守一隅""徒炫博奥"，或为"空言"而"无用",或为"迂腐"而可笑。这与高度重视"治乱兴亡之戒""经世之实功"的帝王之学完全背道而驰。

清代官方注意到这种情况由来已久。在程大昌《禹贡论》提要中,有意识地提到宋孝宗指责儒者之学过于烦琐,以引出问题。提要谓周密《癸辛杂识》载:

> 大昌以天官兼经筵,进讲《禹贡》,阙文疑义,疏说甚详,且多引外国幽奥地理,阜陵颇厌之,宣谕宰执云:"六经断简,阙疑可也,何必强为之说!且地理既非亲历,虽圣贤有所不知,朕殊不晓其说,想其治铨曹亦如此",既而补外。(卷一一,页142)

但考其出处,周密所载的上述内容实出于他的另一书《齐东野语》卷一"孝宗圣政"条。① 至于宋孝宗对程大昌"进讲《禹贡》"一事的评价,实另有相反的说法。陆心源据彭椿年为程大昌《禹贡论》所作后序载"程公具以其所知为书以奏。上见,大加褒劳"的逻辑推断:"果如密言,孝宗方且厌之,椿年敢伪造褒劳之诏,刊版传布乎?"即说如果周密所说为实,则彭椿年岂有"伪造"皇帝之诏并同原书一同刊行于世之理?所以,两相比较,只能是周密的说法是不可靠的。陆心源由此批评周密及其祖辈的人品问题:"密游贾似道之门,本非端人,每好诬蔑正人,其祖秘在高宗时专以攻击正人为事。"② 胡玉缙《四库全书总目提要补正》引用了陆氏的考辨文字,并明确指出后序作者应为彭椿年而非陈应行。③

其实,周密所载与《禹贡论》自序及彭椿年(原误为陈应行)后序所说"殊相乖剌"的问题,四库馆臣也注意到了,但仅仅是轻

---

① 周密撰:《齐东野语》卷一,张茂鹏点校,北京:中华书局,1983,页2。

② 陆心源:《仪顾堂题跋》卷一《影宋本禹贡论禹贡山川地理图跋》,陆心源《仪顾堂书目题跋汇编》,冯惠民整理,北京:中华书局,2009,页24。

③ 参见胡玉缙撰,王欣夫辑《四库全书总目提要补正》卷四,北京:中华书局,1964,页76—77。

描淡写地提了一下。在这个问题上，馆臣似乎并没有兴趣去做实学的考证，而是信手拈来周密一家之说引出一个"帝王之学与儒者异"的实质性话题加以阐发。显然，按彭椿年及后来陆心源、胡玉缙之说，在《禹贡论》一书的讨论上原本就不存在"帝王之学"与"儒者之学"相冲突的问题，这样也就失去了以帝王之学批判儒者之学的机会。所以，在原始材料与官学立场不相一致的时候，代表官学的《总目》宁愿抛弃考据的做法而抓住时机宣扬官方的思想，这恰说明其用意并不在事实的澄清，而在于官方意志的表达。

　　帝王之学与儒者之学的关系，最直接地是通过古代经筵制度反映出来的，二者之间的矛盾也是如此。经筵制度形成了帝与师的特殊关系，在一般情况下，帝、师分别为政、教的最高权力代表者，政、教二分，帝、师各自拥有其一方面的最高话语权。到了清代，事情发生了重大变化。清代帝王在大力巩固其政权地位之同时更是强化了其教主地位，推进了政、教合一的发展，由此形成了政、教合一的国家内在机制作为其统治力。清代帝王所致力者在政的方面自不必说，在教之一端尤其有超越前代之处。

　　前面梳理的情况显示，御制、御定等著可以看作皇帝直接以教主身份的立言。《御定资政要鉴》提要明确指出："惟是历代以来，如家训、世范之类，率儒者私教于一家。"（卷九四，页1232）长期以来儒家的话语权统治在此受到了来自最高统治者的挑战。在思想史上，等于是对"独尊儒术"的一种颠覆。这种挑战和颠覆，不是"百家争鸣"式的开放，反而没有任何思想自由的意味，是以皇权向儒家思想领地的强势扩张。为此，清代皇帝不惜亲自披挂上阵，强力占有原有的儒家话语场。

　　这种做法从顺治帝即已开始。从《四库全书》体系中被置于清代儒家类著作之首的《御定资政要览》可以看出，其所为者就是用帝王价值观取代儒家价值观作为整个社会遵循的基本准则，虽然使用的话语大体来自儒家，但话语发出者却被置换了角色，所谓"丁宁诰诫，亲著是书，俾朝野咸知所激动，而共跻太平"，这是皇帝直接扮演教主的表现。该书分君道、臣道、父道、子道、夫道、妇道、友道、体仁、弘义、敦礼、察微、昭信、知人、厚生、教化、俭德、迁善等三十章，全书"每篇皆有笺注，亦御撰也"，并以"资政要览"名之，可见其所谓"政"，实乃政、教合一之政，而最着力处更在于"教"之上，故曰"盖治天下者，治臣民而已矣"（卷九四，页1232），这是典型基于教化思想的人治观。更重要的是，过去"率儒者私教于一家"的时代就被清代帝王改写了。

同样，当翻开康熙御撰《庭训格言》，一目了然的是过去的"子曰"在此已置换为"训曰"了，如"训曰：吾人凡事惟当以诚，而无务虚名……""凡人修身治性，皆当谨于素日……"① 等等。《总目》该书提要曰："是编以圣人之笔，记圣人之言，传述既得精微，又以圣人亲闻于圣人，授受尤为亲切，垂诸万世，固当与典谟训诰共昭法守矣。"（卷九十四，页1233）这里的"圣人"不是通常所指的尧、舜、周、孔，而是指清代的两位皇帝康熙和雍正。《庭训格言》是"世宗宪皇帝追述圣祖仁皇帝天语，亲录成编"，故知"以圣人之笔"的圣人即雍正，"记圣人之言"的圣人即康熙。四库馆臣在提要中盛赞：

> 圣有谟训，词约义宏，括为十有六语不为少，演为一万余言不为多。迄今朔望宣读，士民肃听，人人易知易从，而皓首不能罄其蕴，诚所谓"言而世为天下则"矣。（卷九十四，页1232）

"十有六语"指康熙所颁《圣谕》十六条，"一万余言"指雍正"推演圣谟"的《广训》，馆臣的评价可谓顶礼膜拜、媚态百出之至，但也反映了清代帝王树立绝对话语权威已达到前所未有的效力。

"动而世为天下道，行而世为天下法，言而世为天下则"，原本是《中庸》对"王天下"的"君子"提出的境界亦即使命，但《中庸》同时又认为这种境界和使命从来没有实现过，因为历来的事实是"上焉者虽善无征，无征不信，不信民弗从；下焉者虽善不尊，

---

① 康熙：《庭训格言》，陈生玺、贾乃谦注译，郑州：中州古籍出版社，2018，页13、17。

不尊不信，不信民弗从"。①"上焉者"指曾经在位的君王，"下焉者"指没有尊位的孔子，一则"无征"，一则"不尊"，结果都是"不信民弗从"，这被认为是中国社会难以让伟大的圣人思想转化为全民共同思想和共同行为的症结所在。清代帝王的所作所为，恰恰是在解决中国社会的这一个千古难题，而其根本的方法就是致力于政、教合一的真正实现，而其政、教合一的标志则是帝王之学的建立和施行，以之取代"下焉者虽善不尊"的儒者之学，更何况在清廷看来，儒者之学在"虽善不尊"外还存在"不善不尊"的问题，所以帝王之学的优势更让儒者之学难以与其相提并论。

由经、史、子、集四大板块构成的知识结构体系，子部的思想性质最为特殊，是所谓"百家"著述和思想的汇集，所以清代官学对子部的思想统摄也必然予以最大的重视，反映在官学所建构的清代子部体系中也显而易见。

其中子部儒家类尤其如此：《四库全书》和《总目》清代儒家类首置"御定""御制""御纂"之著达十部之多，超过清代儒家类著录著作十八部的一半，在《总目》叙录清代儒家类著作140部中也占了十四分之一。对于清代儒家类著作来说，这就好比戴了一个"大御帽"，所有著作都被笼罩在这个"大御帽"之下，由此构成实实在在的官学统摄作用。再加上这十部贴上皇帝标签著作的提要，清廷意志更是得到了高度强化。所谓"群言淆乱折诸圣"（卷九四《御纂性理精义》提要，页1234），这是馆臣明确提出来的官学思想方针，而这个方针的贯彻又有了两个基本保证：一是顺、康、雍、乾四位皇帝的"御定""御制""御纂"之著，二是在皇帝著作基础上撰写的代表清代官方思想意志的提要。可见，清代子部的儒家在《四库全书》和《总目》体系中，无论是从其内容，还是从其价值观念来说，都彻底地被建构成了清代官学的儒家体系。

儒家虽然受到高度重视，但原有的儒家并非清代官方和官学所期

---

① 郑玄注，孔颖达正义：《礼记正义》，吕友仁整理，上海：上海古籍出版社，2008，页2040。

待的样子。

从横向来看,"儒者著书,往往各明一义,或相反而适相成,或相攻而实相救,所谓言岂一端,各有当也",不免造成"群言淆乱"的情形,甚则"离经畔道,颠倒是非者"往往有之。也就是说,儒家并不是一个纯粹单一的思想体,对儒家的接受、继承和发展也不是照搬即可。

从纵向来说,"汉唐儒者谨守师说而已,自南宋至明,凡说经、讲学、论文,皆各立门户。大抵数名人为之主,而依草附木者,嚣然助之。朋党一分,千秋吴越,渐流渐远,并其本师之宗旨亦失其传,而仇隙相寻,操戈不已,名为争是非,实则争胜负也。人心世道之害,莫甚于斯"(卷首三《凡例》,页33),而事实上,这种情状从隋代王通即已开了端绪——"王通教授河汾,始摹拟尼山,递相标榜,此亦世变之渐矣",也就是说儒家史并不是不断发展完善的历史,反而是由纯而杂、方向不断偏离、问题愈演愈烈的历史,与"古之儒者立身行己,诵法先王,务以通经适用而已"(卷九一《儒家类叙》,页1193)背道而驰,渐行渐远。

这是清廷心目中儒家的既有现状,显然这种现状并不足以满足清廷的意愿,为此,重新规范、整顿旧的儒家,造就符合其政治需要的新儒家,即大力推进儒家的政治化和官学化,也就势在必行,同时也必然成为借修《四库全书》要实行的重要思想目标。

## 三 "世为天下则"以统摄百家

处理好帝王之学与儒者之学的关系,意味着解决思想、文化上所面对的主要挑战,除此之外百家之学的统摄,于帝王之学而言也势在必行。

"世为天下则"的帝王之学,在《四库全书》和《总目》的清代子部体系中作为思想基础和基本准绳,也就不仅仅体现在儒家类,其他诸类概莫例外。

兵、法二家,因其与帝王之学宗旨相左,所以非但清代御制、御定著作没有此二类，而且清人著作也一律未入著录之列。兵家"大抵生聚训练之术，权谋运用之宜而已"（卷九九《兵家类叙》，页1294），法家即"刑名之学""起于周季，其术为圣世所不取"（卷一〇一《法家类叙》，页1313），此二者显然不会明确受到帝王之学提倡，所以清代子部兵家类、法家类自然而然就受到弱化的处理。

其他如农、医、天文算法等则不一样。

农家类清代著录一种，即乾隆敕撰《钦定授时通考》，其提要强调了一个很重要的思想，即作为帝王之学的农家之学和"徒为农家言"的根本区别。"重农贵粟，治天下之本也"，即把农家之学上升到帝王之学的高度。举贾思勰《齐民要术》和王桢、徐光启著作为例，或"名物训诂，通儒或不尽解，无论耕夫织妇也"，或"疏漏冗杂，亦不免焉"，而由乾隆帝敕撰的《钦定授时通考》，则"准今酌古，务期于实用有裨。又详考旧章，胪陈政典，不仅以自生自息听之闾阎，尤见轸念民依之至意"，所以"非徒农家言矣"，而前者则"徒农家言"而已（卷一〇二，页1326），这就是帝王之学与一般意义的农家之学不同之大端。与《御制日知荟说》《钦定授时通考》提要一样，凡御制、御定之类著作的提要，几乎都是帝王之学的阐释和宣扬。

医家类著作如乾隆敕撰《御定医宗金鉴》，天文算法类如康熙《御定历象考成》《御定数理精蕴》、乾隆《御定历象考成后编》《御定仪象考成》，术数类如康熙《御定星历考原》、乾隆《钦定协纪辨方书》，艺术类如康熙《御定佩文斋书画谱》、乾隆敕撰《秘殿珠林》《石渠宝笈》，谱录类如康熙御定《御定广群芳谱》、乾隆《钦定西清古鉴》《钦定西清砚谱》《钦定钱录》，类书类如康熙《御定渊鉴类函》《御定骈字类编》《御定分类字锦》《御定佩文韵府》《御定韵府拾遗》，以及康熙敕修、雍正御定《御定子史精华》，道家类如顺治《御注道德经》等。这些著作的提要都秉持共同的宗旨：

一是尊奉清帝为"圣人"或"大圣人"，称其著作为"大圣人制作"，帝王之学为"圣学"，加以绝对神化。如，康熙《御定历象考成》："洵乎大圣人制作，万世无出其范围者矣。"（卷一〇六，页

1395)《御定韵府拾遗》："圣人制事精益求精，不留丝毫之欠阙。"（卷一三六，页1797）《御定星历考原》："大圣人之于百姓，事事欲趋其利而远害，诚无微之不至矣。"（卷一〇九，页1446）乾隆敕撰《秘殿珠林》："圣人制作，或创或因，无非随事而协其宜尔。"（卷一一三，页1503）康熙《御定佩文韵府》："盖圣学高深，为千古帝王所未有。"（卷一三六，页1797）乾隆《御制日知荟说》："钦圣学之高深，益知圣功之有自也。"（卷九四，页1233）

二是以清代帝王之学俯视千古，凌厉前代，塑造清帝唯我独尊、无与伦比的地位。如雍正敕撰《御定执中成宪》："我世宗宪皇帝圣德神功，上超三古，阐明帝学，认定是编……虽百篇之裁于洙、泗，何以加兹！"（卷九四，页1234）乾隆敕编《御览经史讲义》："我皇上深造圣域，而俯察迩言。海岳高深，不遗尘露……岂非前代帝王徒循旧制，我皇上先登道岸，足以折衷群言欤！"（卷九四，页1235）乾隆敕撰《石渠宝笈》："与前代帝王务侈纷华靡丽之观者，迥不侔也。"（卷一一三，页1502—1503）

三是相对于各领域专门之学，清代帝王之学同样被认为是登峰造极、不可企及，使之站在知识话语的最高点，手握真理，论定是非。比如医学，乾隆敕撰《御定医宗金鉴》提要谓：

> 自古以来，惟宋代最重医学。然林亿、高保衡等校刊古书而已，不能有所发明。其官撰医书如《圣济总录》《太平惠民和剂局方》等或博而寡要，或偏而失中，均不能实裨于治疗，故《圣济总录》惟行节本，而《局方》尤为朱震亨所攻。此编仰体圣主仁育之心，根据古义，而能得其变通，参酌时宜，而必求其征验。寒热不执成见，攻补无所偏施，于以拯济生民，同登寿域。涵濡培养之泽，真无微之不至矣。（卷一〇四，页1363）

又如天文算法之学，康熙敕撰《御定历象考成》提要、康熙《御定数理精蕴》提要谓：

案推步之术，古法无征。所可考者，汉太初术以下，至明大统术而已。自利玛窦入中国，测验渐密，而辨争亦遂日起。终明之世，朝议坚守门户，讫未尝用也。国朝声教覃敷，极西诸国，皆累译而至。其术愈推愈精，又与崇祯《新法算书》图表不合。而作《新法算书》时，欧罗巴人自秘其学，立说复深隐不可解。圣祖仁皇帝乃特命诸臣，详考法原，定著此书，分上、下二编。上编曰《揆天察纪》，下编曰《明时正度》。集中、西之大同，建天地而不悖。精微广大，殊非管蠡之见所能测……此皆订正《新法算书》之大端。其余与《新法算书》相同者，亦推术精密，无差累黍。洵乎大圣人之制作，万世无出其范围者矣。（卷一〇六，页 1394—1395）

实为从古未有之书，虽专门名家未能窥高深于万一也。（卷一〇七，页 1409）

再如谱录之学，乾隆《钦定西清古鉴》提要谓：

盖著述之中，考证为难，考证之中，图谱为难，图谱之中，惟钟鼎款识，义通乎六书，制兼乎三礼，尤难之难。读是一编，而三代法物恍然如觌。圣天子稽古右文，敦崇实学，昭昭乎有明验矣。（卷一一五，页 1529）

另如类书之学，康熙《御定渊鉴类函》提要谓：

盖自有类书以来，如百川之归巨海，九金之萃鸿金矣。（卷一三六，页 1794）

甚至玄之又玄的老子之学也不例外，顺治《御注道德经》提要谓：

惟我世祖章皇帝此注，皆即寻常日用，亲切阐明，使读者销

争竞而还淳朴,为独超于诸解之上。(卷一三七,页1937)

四是盛赞清代帝王之学的体例之善堪为"著作之轨范"(卷一一三《御定佩文斋书画谱》提要,页1502),其影响之深当"流传于万世"(卷九四《御览经史讲义》提要,页1235),其作用之巨则"以巩万世之丕基"(卷九四《御定执中成宪》提要,页1234)。

以康熙《御定佩文斋书画谱》为例:"分门列目,征事考言,所引书凡一千八百四十四种。每条之下各注所出,用张鸣凤、桂故、桂胜、董斯张《吴兴备志》之例,使一字一句必有所征,而前后条贯,无所重复,亦无所抵牾。又似吕祖谦《家塾读诗记》,裒合众说,各别姓名,而裒贯翦裁,如出一手。非惟寻源竟委,殚艺事之精微,即引据详赅,义例精密,抑亦考证之资粮,著作之轨范也。"(卷一一三,页1502)再如顺治《御定资政要览》"传诸万年,所宜聪听而敬守也"(卷九四,页1232),乾隆《御定仪象考成》"验诸实测,比旧增一千六百一十四星,亦前古之所未闻。密考天行,随时消息,所以示万年修改之道者,举不越乎是编之范围矣"(卷一〇六,页1396)。

总之,帝王之著是一切著作的最高楷式,是著作法则的象征,具有穷尽永恒之道的典范意义。

## 四 "帝王之学"的文化心态与思想方法

就清帝王之学本身而论,所谓凌厉前代、取代儒者、统摄百家,其前提或者可能性何在,这显然至为关键。其决定的因素实在于帝王之学两个最根本的特点,分别揭示了帝王之学的文化心态和思想方法。

首先是"圣人之心所见者大","圣人之道大,兼收并蓄"。这里的圣人,同样是指清帝。乾隆《钦定西清砚谱》提要讲到帝王文物观与收藏家文物观相区别的问题:

古泽斑驳，珍产骈罗，诚为目不给赏，而奎藻璘瑀，征名案状，如化工肖物，尤与帝鸿之制，周武之铭，同照映万古。然睿虑深长，不忘咨儆，恒因器以寓道，亦即物以警心。伏读御制序有云："惜沦弃，悟用人，慎好恶，戒玩物。"无不三致意焉。信乎圣人之心所见者大，不徒视为文房翰墨之具矣。（卷一一五，页1532）

在对珍奇宝物的喜爱上，帝王与其他人或并无不同，所异者在帝王之圣心"所见者大"，即能够做到"因器以寓道""即物以警心"，而不能"徒视为文房翰墨之具"，这就是帝王的文物观，也是清代官方所要树立的文物观。对此区别的强调也旨在矫正一些收藏家或文人的文物观。

顺治《御注道德经》提要则针对思想史上儒、道各异其趣以及道家的老子学说阐释纷杂的现象，指出帝王之学以其"兼收并蓄"之"大"，而独具超越和统一思想分歧的效用：

盖儒书如培补荣卫之药，其性中和，可以常饵；《老子》如清解烦热之剂，其性偏胜，当其对证，亦复有功，与他子书之偏驳悠谬者异。故论述者不绝焉，然诸家旧注，多各以私见揣摩，或参以神怪之谈，或传以虚无之理，或歧而解以丹法，或引而参诸兵谋。群言淆乱，转无所折衷。惟我世祖章皇帝此注，皆即寻常日用，亲切阐明，使读者销争竞而还淳朴，为独超于诸解之上。盖圣人之道大，兼收并蓄，凡一家之书，皆不没所长；圣人之化神，因事制宜，凡一言之善，必旁资其用。固非拘墟之士所能仰窥涯涘矣。（卷一三七，页1937）

虽然，把顺治皇帝的《御注道德经》吹捧到"独超于诸解之上"的地步，与此同时对其他注老之家一概贬低，断言"固非拘墟之士所能仰窥涯涘矣"，这不过是显示帝王之学以其政治霸权而滥行其思想霸权而已，在注老史上来说无疑是站不住脚的，但是从帝王之学来说，却又真实地反映了它的一个得天独厚的特点，即所谓"圣人之道大，兼收并蓄"——帝王之学不必偏持一端，而能做到兼取儒、道，包容众说，至少出于思想一统的目的，帝王之学希望平息思想争端，而定于一尊。这是帝王之学作为官学最本质特征的体现。

就文化心态而言，帝王与任何思想家、学问家都不尽相同，至高无上的身份优越足以使其拥有胸怀天下、俯视万代的优越姿态，而当帝王与圣人甚或大圣人相等同的时候，帝王心态也就与圣人或大圣人心态画上了等号，"兼收并蓄"则成为"圣人之心""圣人之道"的自然所为。

其次是"群言淆乱折诸圣"或者说"折衷群言"。这是站在官学立场认为清代帝王之学所具有的另一个重要特点，同时也是一个基本思想方法。

思想史上对"群言淆乱"的忧患由来已久，扬雄《法言·吾子》对此正式提出"折诸圣"的做法。他曾专门设计了一番相关话题的对话，借以回答这一问题：

或曰："人各是其所是，而非其所非，将谁使正之？"
曰："万物纷错则悬诸天，众言淆乱则折诸圣。"
或曰："恶睹乎圣而折诸？"
曰："在则人，亡则书，其统一也。"①

这就是征圣、宗经思想的一个源头。这一思想在修纂《四库全书》时受到清代官学的高度重视，直接作为一项基本的方针。

应该说，自古以来思想史的不断发展，客观上的确形成了一个庞大的"群言"体系，即思想史本身就是一种"群言"态，无论是扬雄著《法言》的时代还是清廷修《四库全书》的时代，所面对的思想现实都不例外。

当然，站在思想一统主义者的眼光来看，思想史作为一个庞杂的

---

① 汪荣宝撰：《法言义疏》，陈仲夫点校，北京：中华书局，1987，页82。

"群言"世界这一特点会更显突出,"折衷群言"的使命感也会更强烈。这与思想多元主义者是完全不同的,因为多元主义者更多的是看到了思想史的丰富性、个性化和可选择性。

官学显然属于前者。对于清廷来说,修纂《四库全书》和《总目》之举,其实质就是以官学"折衷群言",去其"淆乱",而归于一统。只是与扬雄相比,折中的准尺不同。在扬雄那里,"折诸圣"的"圣"是儒家的灵魂人物孔夫子,而清代官学的"圣"前已有述,是奉为"圣人""大圣人"的皇帝,即由尊孔变成了尊帝王,尊儒学变成了尊帝王之学。在《总目》中,四库馆臣出于清代官学的立场反复强调了这一思想。

拿易学来说,四库馆臣认为宋代之后的易学史一直是"群言淆乱"的状况,《御纂周易折中》提要曰:

> 自宋以来惟说《易》者至夥,亦惟说《易》者多歧,门户交争,务求相胜,遂至各倚于一偏。故数者《易》之本,主数太过,使魏伯阳、陈抟之说窜而相杂,而《易》入二道家;理者《易》之蕴,主理太过,使王宗传、杨简之说溢而旁出,而《易》入于释氏。明永乐中官修《易经大全》,庞杂割裂,无所取裁,由群言淆乱,无圣人以折其中也。

正是在这种背景下,"我圣祖仁皇帝道契羲、文,心符周、孔,几余典学,深见弥纶天地之源,诏大学士李光地采撷群言,恭呈乙览,以定著是编……盖数百年分朋立异之见,至是而尽融;数千年画卦系辞之旨,乃至是而大彰矣"(卷六,页53—54),所以《御纂周易折中》便是易学领域或易学史上"群言淆乱而折诸圣"的帝王易学之著,成为历代易学的最高权威。

再如康熙《御批通鉴纲目》。因为朱熹《通鉴纲目》产生以来同样存在"各执所见,屹立相争"的问题,所以通过康熙的"御批","权衡至当,衮钺斯昭,乃厘定群言,折衷归一"(卷八八,页1170),由此在史学领域实现"群言淆乱折诸圣",而《御批通鉴纲目》等一系列清代帝王史学之著,则取代像朱熹《通鉴纲目》之类的经典著作而成为历代史学著作的最高权威。

文学的领域也是如此。经过清代康、雍、乾三代皇帝诏编的《皇清文颖》就是一部在文学上"群言淆乱而折诸圣"的最高典范之作。在该著提要中,馆臣代表清代官方立场发表了一篇《皇清文章典范论》。

首先认为历代以来没有哪个时代的帝王曾经完成过"折衷群言"的当代总集编纂,以致出现"或独任一人之偏见,或莫决众口之交哗"的局面;其次依"我国家定鼎之初""顺治以来""康熙六十一年中""雍正十三年中""我皇上御极之初"分别言述"皇清"文学之盛,从"人心返朴,已尽变前朝纤仄之体"到"一代之著作,本足凌轹古人",既把清朝塑造成了前所未有的政治盛世,又把清代塑造成了超越历代的文学盛世;再次直接盛赞四代清帝"并聪明天亶,制作日新""足以陶铸群才,权衡众艺",与文人相比,简直就是"譬诸伏羲端策而演卦,则谶纬小术不敢侈其谈;虞舜拊石而鸣韶,则弦管繁声不敢奏于侧";最后给《皇清文颖》定论说:"迄今披检鸿篇,仰见国家文治之盛与皇上圣鉴之明,均轶千古。俯视令狐楚、吕祖谦书,不犹日月之于爝火哉?"(卷一九〇,页2660)

令狐楚曾奉唐宪宗诏编《御览诗》,吕祖谦则奉宋孝宗诏编《宋文鉴》,馆臣说与《皇清文颖》相比,就像《庄子·逍遥游》讲的"日月出矣,而爝火不息,其于光也,不亦难乎"① 那样不可同日而语,这是由于两个因素的存在,一是"国家文治之盛",二是"皇上圣鉴之明",使之"轶千古"而不可企及。

经、史、集的"折衷群言",已略见于上述。四部中子部的情况更是特殊,因为子部"群言淆乱"的问题更为突出。

《总目》中一篇《子部总叙》的核心思想不外乎就是"群言淆乱"的意思。子部中的杂家更是"群言歧出,不名一类"。所以,"博收而慎取"就成为清代官学对待子部的基本态度(卷九一,页1191)。

---

① 《庄子》,王先谦集解,方勇校点,上海:上海古籍出版社,2013,页6。

再到十四篇小叙，对子部各类别也基本上是按照"群言淆乱"或"群言歧出"的总体把握来做基本判断的。《儒家类叙》前已有所分析，另如《兵家类叙》"其间孤虚、王相之说，杂以阴阳五行；风云气色之说，又杂以占候。故兵家恒与术数相出入，术数亦恒与兵家相出入""明季游士撰述，尤为猥杂"（卷九九，页1294），《农家类叙》"农家条目，至为芜杂。诸家著录，大抵辗转旁牵""触类蔓延"（卷一〇二，页1323），《天文算法类叙》"洛下闳以后，利玛窦以前，变法不一。泰西晚出，颇异前规。门户构争，亦如讲学"（卷一〇六，页1385），《术数类叙》"故悠谬之谈，弥变弥夥耳。然众志所趋，虽圣人有所弗能禁"（卷一〇八，页1419），《艺术类叙》"琴本雅音，旧列乐部，后世俗工拨捩，率造新声，非复《清庙》《生民》之奏""诸家所述，亦事异礼经""至于谱博奕、论歌舞，名品纷繁，事皆琐屑"（卷一一二，页1479）等，完全都可以用"群言淆乱"来概括。

可以说，"群言淆乱"是清代官学对思想史、文化史的一个总体认识，《四库全书》和《总目》修纂的思想受到这个总体认识的支配。而其中子部又是思想史、文化史"群言淆乱"最突出的部分，故子部的修纂和批评也更突出体现了清代官学"群言淆乱"的思想史、文化史判断。

对这种状况，清代官学提出了解决的办法而严格加以实施。这个办法就是"折诸圣"，即折诸清代帝王和帝王之学。这里，清代帝王扮演了思想和文化法庭的大法官，用他至高无上的权力行使其决断。而其有力的办法，一方面包括清代帝王御制、御批、御注、御选、御定了各种门类的著作，以之作为"折诸圣"的最高范本，供士林和整个社会遵循，这就是《圣谕广训》提要所说的"迄今朔望宣读，士民肃听，人人易知易从"（卷九四，页1232）；另一方面又借助书前提要和《总目》强化帝王之学的直接宣扬，并将"群言淆乱折诸圣"的思想方法落实到每一个环节，包括著作的归类、取舍、褒贬等。

以帝王之学"折衷群言"使清代统治者找到了思想一统的根本

方法。这在许多地方有明确表达，《天文算法类叙》所谓"圣祖仁皇帝《御制数理精蕴》诸书，妙契天元，精研化本，于中西两法权衡归一，垂范亿年"，即以帝王之著为"折衷群言"之"垂范"；又曰"今仰遵圣训，考校诸家，存古法以溯其源，秉新制以究其变，古来疏密，厘然具矣"，则是"群言淆乱折诸圣"方法的具体遵循（卷一〇六，页1385）。《御纂性理精义》《御定执中成宪》《御览经史讲义》《御注道德经》等提要，都反复提到"折诸圣""折衷以御论""折衷群言""群言淆乱，转无所折衷"（卷九四，页1234—1235）而以御注"销争竞"（卷一四六，页1937）。

其实在没有明确使用这一说法的地方，其思想方法亦无一不是"群言淆乱折诸圣"。掌握了这一点，对我们了解和研究《四库全书》及《总目》就有了一个最关键的认识。例如，《小说家类叙》谓"今甄录其近雅驯者，以广见闻。惟猥鄙荒诞，徒乱耳目者，则黜不载焉"（卷一四〇，页1834），就是"群言淆乱折诸圣"做法的结果。而在小说杂事、异闻、琐语"三派"中，清代竟无一部收入著录之列，也显然是"折诸圣"所致——站在帝王之学的角度，对其本朝也就是今天所说的当代，清朝统治者采用了更严厉的态度，体现扼制"群言淆乱"局面进一步蔓延的意图。这便可以理解清代官学何以明显轻视子部之小说家类，这种小说观无疑是立足于帝王之学才具有的，与文学或文化的小说观完全不同。

"群言淆乱而折诸圣"，放在清代具体的政治语境来看，其实质是用"帝王之学"达到思想一统的政治手段，所谓"折诸圣"事实上也就是"折诸帝王"，在《四库全书》和《总目》来说就是折诸乾隆帝的"天裁"（卷首三《凡例》，页31）。而它的特别之处，在于为"帝王之说"作为"群言"的裁定者找到了合理的依据，也确立了如何建立"帝王之学"的思想路径。把握住"群言淆乱折诸圣"的"帝王之学"这一关键点，我们理解《四库全书》和《总目》就有了一个基本纲领。而抓住了这个纲领，想要大到真正懂得这一史无前例的重大国家文化工程体系的宏大性和思想的严密性，小到领会《四库全书》和《总目》的每一则提要，都会产生迎刃而解的效果，进而从更宏观的视野深刻地认识清王朝及其政治、思想、文化、学术等，也就有了一个最根本的把握点。

**【作者简介】**

何宗美，西南大学文学院教授，博士生导师。主要从事古典文学、四库学等研究。主持国家社会科学基金重点项目"《四库全书总目》子部提要考辨与学术批评还原研究"（17AZW012）等。

# 论《四库全书总目》的"附录"*

## ——兼论中国古代书目分类体系的成熟

### 杨新勋

（南京师范大学文学院）

目录学是我国古代文献学的重要分支，源远流长，书目众多。作为目录学重要内容的图书分类表现为书目的结构体系，横向看是分类的多少和排序，纵向看是分类的层级，反映了古人在宏观和微观上对知识体系和书籍性质的认识，是古人"辨章学术，考镜源流"的直观体现，因此有明显的学术标示意义。书目中与图书分类相关的还有某些类目之后的"附录"，前人很少谈及。[①]

## 一 古代书目"附录"的设置与发展

"附录"一词在我国古代早已出现，隋唐以来书籍之后往往有附录。《汉语大词典》中"附录"一词有两个义项：一是"将与正文有关的文章或资料缀于正文的后面"，二是指"附在正文后面与正文有关的文章或参考资料"。前者为动词，后者为名词，实际上词义相

---

\* 本文系国家社会科学基金一般项目"四库提要经部辨正"（18BZW092）的阶段性成果。原刊于《史学史研究》2023 年第 1 期。

① 程磊《〈四库全书总目〉特殊类目之研究》（《四川图书馆学报》1991年第 1 期，页 76—80）曾将附录定为《四库全书总目》特殊类目之半暗类，认为此与暗类（时代）、半明类（存目）及杂类均为《四库全书总目》之独创。此文对附录做了初步概括，但未进一步分析。

连。书目中"附录"的"附"是附带的意思,"录"是著录。此与古人所说的"附录"相似而又不同:相似的是附录书籍往往置于性质相近和相关之类书籍的后面,不同的是附录书籍与原书籍并不是附属关系,更不是其附属资料,不妨说附录书籍是在原书籍类别之后附带的一个无法独立的小类别。

书目之有附录,可追溯至《隋书·经籍志》(以下简称《隋志》),其经部论语类后附了《尔雅》诸书和五经总义之作,① 后宋人尤袤的《遂初堂书目》经部论语类附了《孝经》《孟子》诸书,《宋史·艺文志》(以下简称《宋史志》)子部道家类附录了释氏、神仙两个小类,清初黄虞稷《千顷堂书目》经部小学类后附了算学、蒙书之作,均与之类似,但多属偶一为之。多次使用附录的是《明史·艺文志》(以下简称《明史志》),其史部正史类附了编年类,子部道家类附了道书,杂家类附了名家、墨家、法家、纵横家之书,艺术类附了医书类。为便于说明问题,将这些书目附录及其在各书目中的情况列表如下(见表1)。

表1　　　　　　　　书目附录及其在各书目中的情况

| 书目 | 类目 | 附录 | 备注 |
| --- | --- | --- | --- |
| 《隋志》 | 经部论语类 | 尔雅类、五经总义 | 《古今书录》尔雅类入训诂类,之后书目入小学类;自《古今书录》后书目多立经解类,《明史志》作诸经类,《总目》作五经总义类 |
| 《遂初堂书目》 | 经部论语类 | 孝经类、孟子类 | 其他书目经部皆立孝经类。《直斋书录解题》经部有论孟类,明以后书目立四书类 |
| 《宋史志》 | 子部道家类 | 释氏类、神仙类 | 《明史志》子部道家类后附道书,《总目》子部有释家类、道家类 |
| 《千顷堂书目》 | 经部小学类 | 算学类、蒙书类 | 算学入《总目》子部术数类。《四库》不收蒙书 |

---

① 《隋书·经籍志》四部之后还附录了道经、佛经,不在四部之内,属于特例。之后书目除《宋史·艺文志》《明史·艺文志》外,道书、释家多入子部,不再作为附录。

续表

| 书目 | 类目 | 附录 | 备注 |
|---|---|---|---|
| 《明史志》 | 史部正史类 | 编年类 | 自《新唐书·艺文志》至《总目》大多史部设编年类 |
| | 子部道家类 | 道书 | 《总目》入子部道家类 |
| | 子部杂家类 | 名家、墨家、法家、纵横家 | 《千顷堂书目》名家、墨家、纵横家入子部杂家类。《总目》子部设法家类,名家、墨家、纵横家入《总目》子部杂家类杂学目 |
| | 子部艺术类 | 医书类 | 《总目》子部设医书类 |

从体例上看,这些书目设置附录往往只在部类大序中注明或小序中略加说明,① 而不在书籍名称前后添加任何标记,以致附录书籍与所附类书籍浑然不分,说明这种附录指的是小类,并不具体指哪一部书。可见,这一做法对所附小类的身份认识并不清晰,处理也不规范,颇为粗率,未免有临时处理的意味。

从内容上看,除了《明史志》所设附录颇多争议,古代书目附录的设置多较合理。或为某类图书渐多但尚未形成新的门类,或为某类图书渐少已不能独立成类,所以将之作为附录。当然之所以将之附在某类书籍之后,是因为古人认为这两类图书性质相近或相关。如《隋志》论语类后附《尔雅》诸书和五经总义之作,是因为他们认为《论语》是孔子与弟子叙讲"六经"之作,《尔雅》诸书与五经总义类皆"解古今之意",② 故可以类附。《遂初堂书目》论语类后附了《孝经》《孟子》诸书,是因为尤袤认为《孝经》《孟子》诸书也都是孔子弟子、后学之作,故与论语类相合。《千顷堂书目》将算学、蒙书附在小学类后,应为与黄虞稷看到两小类和小学类同属教育内容有关。《明史志》"附录"较之前书目范围扩大,反映了图书分类观念演变的新趋势,但其所设"附录"却很成问题:自《新唐书》以

---

① 尤袤《遂初堂书目》(《景印文渊阁四库全书》第 674 册,台北:台湾商务印书馆,1986)无类序,其"论语类"标题下注"孝经、孟子附"。

② 参见魏徵等撰《隋书》卷三十二,北京:中华书局,2019,页 1061。

来书目中正史与编年分列已为共识,《明史志》附编年于正史之后未免粗疏,其附医书于艺术之后更是匪夷所思,①其道家类附道书,杂家类附名家、墨家、法家、纵横家也不及《千顷堂书目》的做法。这些都说明《明史志》编纂者尚未把握传统目录学中的"附录"设置之义,因此,《明史志》所设"附录"多不合理。

古代书目的附录是书籍数量较少的小类,由于其书数量不足以单独成类,只好附在与之相近或相关的部类之后,这实反映了古人较为深入甚至是一贯的认识。可以说附录是配合图书分类设置的,其设置说明古书分类既有正常的横向并列分类,又有特殊情况下非并列的小类附在某类之后,属于分类层级的一个夹层,实际上反映了古人的图书分类观念,也是古代图书门类演变的一种体现,所以应将其纳入图书分类的理论中来论述。从《隋志》以来,不同书目设置附录反映了古人在这方面的探索,说明附录虽在各目中已经出现,成为书目编纂者的一种分类观念,并反映了他们不同的分类认识;但各目所附数量不多且互不相同,其间并无严格意义上的继承关系,说明附录在目录学体系中似未形成一致的理论共识,且一直未得到充分发展。这虽与古代学术演变有关,但也确是附录不成熟的体现,也使之颇有临时处理的意味。虽然《明史志》"附录"范围的扩大代表了一种趋势,但其所设多不合理,《明史》编纂者对附录的贡献不大。

《四库全书总目》(以下简称《总目》)增设"附录"就源出古代书目的这种传统做法,并做了充分的发展,在内容、形式两个方面都取得了巨大成就。

## 二 《总目》"附录"的体例与分布

《总目》属于三级分类,首先是部,其次部下分类,再次有的类

---

① 万斯同《明史》子部设有医家类,甚是。

下有子目（《总目》称"某某之属"），有的类下没有子目，① 共 4 部 44 类 66 个子目。每个子目或无子目的类之后为类目统计，统计该类书的部数和卷数。

《总目》共在 18 处设置了附录，总计 41 种书，涉及经、史、子、集四部，既有著录书，也有存目书，范围非常广泛。这些附录的格式是：在某类或某子目之后附录一种、两种或多种书，第一种书名前一行有"附录"二字以明确标示，最后一种附录书提要之后（或在书后案语之后）的类目统计为"右×类（×之属）×部×卷，附录×部×卷，皆文渊阁著录"或"右×类（×之属）×部×卷，附录×部×卷，皆附存目"。如《总目》卷 6 易类之末附录了易纬八种，第一种《乾坤凿度》书名前一行为"附录"二字，最后一种《易纬坤灵图》提要后为案语，案语后有类目统计"右易类一百五十八部一千七百五十七卷，附录八部十二卷，皆文渊阁著录"；卷 111 子部术数类存目相宅相墓之属后附录了《尚书天地图说》，其书名前一行为"附录"二字，提要后有类目统计"右术数类相宅相墓之属十八部一百三十二卷，附录一部六卷，皆附存目"；等等。可见《总目》设置附录所涉图书全面，格式规范，体例完整。《总目》附录的这些格式从未见于古代其他书目，属于《总目》体例的创新。虽然《总目·凡例》未对附录之例做出说明，但所有附录均格式规范且统一、完整，表现了馆臣明确的体例意识和理论自觉意识。

《总目》附录中收书较多者有四类：（1）卷 6 经部易类之末附录了《乾坤凿度》等易纬八种；②（2）卷 20 经部礼类仪礼子目后附录了《内外服制通释》《读礼通考》二书提要及卷 23 礼类存目仪礼子目后附《五服集证》《读礼问》《服制图考》《读礼集略》和《婚礼

---

① 永瑢等撰：《四库全书总目·凡例》（《四库全书总目》卷首，北京：中华书局，1995，页 16）："是书以经、史、子、集提纲列目，经部分十类、史部分十五类、子部分十四类、集部分五类，或流别繁碎者，又各析子目，使条理分明。"

② 《四库全书总目》的《易纬坤灵图》提要后按语云"右《乾凿度》等七书，皆易纬之文"，言"七书"有误，实八种书。

广义》五书提要,是将服制之书附在礼类仪礼子目之后;(3)卷21礼类礼记子目后附录《大戴礼记》《夏小正戴氏传》二书提要及卷24礼类存目礼记子目后附《夏小正解》《夏小正注》《大戴礼删翼》和《夏小正诂》四书提要,是将《大戴礼记》类著作附在礼类礼记子目之后;(4)卷105子部医家类存目后附《水牛经》《安骥集》《类方马经》《司牧马经痊骥通元论》《疗马集》《痊骥集》六书,是将兽医之书附在医书之后。这四类共六处附录了26种书,都是将某种小类附在相近或相关部类之后,其做法确与古代书目中的附录设置相同,符合古代书目设置"附录"的惯例,① 这在一定程度上可以说是对古代书目设立附录传统的继承。具体情况,如表2所示。

表2　　　　　收书较多的《总目》各部分附录情况

| 卷次 | 部类及子目 | 附录书 | 备注 |
| --- | --- | --- | --- |
| 卷6 | 经部易类 | 《乾坤凿度》《周易乾凿度》《易纬稽览图》《易纬辨终备》《易纬通卦验》《易纬乾元序制记》《易纬是类谋》《易纬坤灵图》 | 《七录》《隋志》《旧唐志》《新唐志》《直斋》皆经部立谶纬类 |
| 卷20 | 经部礼类仪礼子目 | 《内外服制通释》《读礼通考》 | 《明史志》入经部礼类仪礼目 |
| 卷21 | 经部礼类礼记子目 | 《大戴礼记》《夏小正戴氏传》 | 《隋志》《宋史志》入经部礼类,《明史志》入经部礼类礼记目 |
| 卷23 | 经部礼类仪礼子目存目 | 《五服集证》《读礼问》《服制图考》《读礼集略附婚礼广义》 | 《明史志》入经部礼类仪礼目 |
| 卷24 | 经部礼类存目礼记子目 | 《夏小正解》《夏小正注》《大戴礼删翼》《夏小正诂》 | 《隋志》《宋史志》入经部礼类,《明史志》入经部礼类礼记目 |

---

① 姚名达《中国目录学史》(北京:商务印书馆,2014)页84—85有书目分类一览表,所列《四库全书总目》栏之"道家类"注"道书附",非是。《总目》实合道书与道家为一,姚氏盖误解《总目》道家类序而注。

续表

| 卷次 | 部类及子目 | 附录书 | 备注 |
|---|---|---|---|
| 卷 105 | 子部医家类存目 | 《水牛经》《安骥集》《类方马经》《司牧马经痊骥通元论》《疗马集》《痊骥集》 | 《明史志》子部艺术类附医书类,但无兽医书。 |

古代书目附录只在类序中标明或注出,而不在书名前后做任何标志,其附录关涉的是小类,并不具体到某一种书,所以往往包括数种书。与古代书目附录不同,《总目》附录在书名和提要后都有了明确标志,虽然以上四类附录都包括多种书,属于小类,但此外也颇有些附录只有一种或两种书。《总目》共在12个类目之后各附录了一种或两种书提要,计15种书。如《总目》卷10易类存目后附录了《古三坟》提要,卷12书类存目后附录了《尚书大传·补遗》和《书义矜式》二书提要,卷16诗类后附录了《韩诗外传》提要,等等。这些很难说是对传统附录设置的继承,更大程度上属于《总目》的创新。具体这些附录之书及其在古书目中的位置如表3所示。

表3　　　　收录一两种书的《总目》各部分附录情况

| 卷次 | 部类及子目 | 附录书 | 备注 |
|---|---|---|---|
| 卷 10 | 经部易类存目 | 《古三坟》 | 《文献通考·经籍考》经部书类 |
| 卷 12 | 经部书类 | 《尚书大传·补遗》《书义矜式》 | 前者见于《隋志》《文献通考》经部书类 |
| 卷 14 | 经部书类存目 | 《别本尚书大传·补遗》 | 同上 |
| 卷 16 | 经部诗类 | 《韩诗外传》 | 《隋志》《旧唐志》《宋志》经部诗类 |
| 卷 23 | 经部礼类 周礼之属 | 《周礼井田谱》《周礼沿革传》 | 前者见于《文献通考·经籍考》《宋志》经部礼类。后者见于《明志》经部礼类 |
| 卷 29 | 经部春秋类 | 《春秋繁露》 | 《隋志》《旧唐志》《新唐志》经部春秋类 |

续表

| 卷次 | 部类及子目 | 附录书 | 备注 |
|------|------------|--------|------|
| 卷 33 | 经部五经总义类 | 《古微书》 | |
| 卷 42 | 经部小学类 | 《六艺纲目》 | |
| 卷 66 | 史部载记类 | 《越史略》《朝鲜史略》 | |
| 卷 111 | 子部术数类存目 | 《尚书天地图说》 | |
| 卷 115 | 子部谱录类 | 《云林石谱》 | |
| 卷 165 | 集部别集类 | 《心泉学诗稿》 | |

注：《书义矜式》不见于清代以前书目，自《古微书》以下皆不见于清代以前书目。

## 三　《总目》"附录"创立的过程

### （一）附录之例最早见于上海图书馆藏《总目》稿本，但不完善

四库馆较早编纂的是《四库全书初次进呈存目》（以下简称《初目》）和《四库全书荟要》，二者早于《四库全书》和《总目》的完成。[①]《初目》今存1878篇提要，未见附录。《四库全书荟要》在乾隆四十四年（1779）前后抄成两份，一份置于宫中御花园的摛藻堂，一份藏于圆明园东长春园的味腴书室，今唯前者存，亦未见附录。可见馆臣编纂《四库全书》前期并未采用附录之例。

上海图书馆藏《总目》稿本是后来定本《总目》的早期文本，

---

[①] 夏长朴认为《初目》写成于乾隆四十年（1775）五月至四十一年（1776）正月间，详见夏长朴《〈四库全书初次进呈存目〉初探——编纂时间与文献价值》，《汉学研究》第30卷第2期，2012年6月，后收入夏长朴《四库全书总目发微》，北京：中华书局，2020。刘浦江《〈四库全书初次进呈存目〉再探——兼谈〈四库全书总目〉的早期编纂史》，《中华文史论丛》2014年第3期，页297—306，后收入刘浦江《正统与华夷：中国传统政治文化研究》，北京：中华书局，2017，页240—248。吴哲夫考定摛藻堂《四库全书荟要》抄成于乾隆四十三年（1778）五月二十六日前，详见吴哲夫《荟要完成的时间》，《四库全书荟要纂修考》，台北：台湾"故宫博物院"，1976，页74。

约成书于乾隆四十六年（1781）前后，① 要早于天津图书馆所藏的《总目》稿本、中国国家图书馆所藏的《总目》稿本及中国国家图书馆所藏的内府抄本《四库全书简明目录》（以下简称《简目》）。② 天图和国图所藏两部《总目》稿本内容、体例已与定本《总目》大致相同，内府抄本《简目》也与定本《简目》大致相同，都已有附录且与通行本完全相同。上图稿本《总目》的原稿为工楷誊写，其上颇多朱笔、墨笔的批改文字，还夹有行书提要，批改文字和行书提要属于修改内容，要晚于原稿，时间在乾隆四十七年（1782）七月之前。上图稿本虽存世122卷，但残缺不全，即使算上重复提要也只有1539篇，仅占通行本《总目》10254篇的15%。上图稿本原稿提要

---

① 参见崔富章《〈四库全书总目〉版本考辨》，《文史》第35辑，北京：中华书局，1992，页159—173；刘浦江《四库提要源流管窥——以陈思〈小字录〉为例》，《文献》2014年第5期，页3—13，后收入《正统与华夷：中国传统政治文化研究》北京：中华书局，2017，页298—314；夏长朴《上海图书馆藏〈四库全书总目〉残稿编纂时间蠡探》，陈晓华主编《四库学》第一辑，北京：社会科学文献出版社，2017，页183—207，后收入《四库全书总目发微》，北京：中华书局，2020，页140—169；张玄《上海图书馆藏〈四库全书总目〉残稿小说家类考》，《文献》2019年第4期，页134—151；陈恒舒《上海图书馆藏〈四库全书总目〉残稿发覆——以清代别集为例》，《文献》2019年第4期，页152—165。

② 刘浦江认为天图稿本可能是乾隆五十一年为刊刻《总目》而缮录的一个抄本，参见刘浦江《天津图书馆藏〈四库全书总目〉残稿研究》，《文史》第4辑，北京：中华书局，2014，页163—184。夏长朴《天津图书馆藏〈纪晓岚删定四库全书总目稿本〉的编纂时间与文献价值》（《台大中文学报》第44期，2014年3月）认为天图稿本的编纂完成时间在乾隆四十六年二月十三日以前，后在《重论天津图书馆藏〈纪晓岚删定四库全书总目稿本〉的编纂时间》（《湖南大学学报》（社会科学版）2016年第6期，页8—20，后合并前文收入《四库全书总目发微》，页88—139）将天图稿本的编纂时间调整为乾隆四十八年二月。夏长朴认为国图稿的编纂时间在乾隆四十七年四月至七月之间，其编纂时间与天图稿本颇为相近，参见夏长朴《试论国家图书馆藏〈四库全书总目〉稿本残卷的编纂时间》，邓洪波主编《中国四库学》第3辑，北京：中华书局，2019，页56—79。杨新勋认为国图稿本原稿写成于乾隆四十七年七月以前，其修改可能在乾隆五十四年以前，国图稿本与天图稿本原为一部，后分置两处，参见杨新勋《中国国家图书馆藏〈钦定四库全书总目〉稿本解题》，《四库全书总目稿钞本丛刊》，纪昀等纂，上海：上海科技文献出版社，2021，页31—62。

中没有附录之篇，其类目统计也均未提到附录，说明《总目》编纂前期仍未采用附录这种形式，但上图《总目》稿本上的修改文字出现了"附录"，具体情况值得探讨。

上图稿本《总目》第2册卷23礼类存目一首叶原稿为《周礼井田谱》提要，被馆臣用朱笔勾除且在行间补写"《周礼补亡》六卷"，第5叶《周礼沿革传》提要亦被勾除，后周礼之属类目统计原稿无附录。但此卷夹有行书抄《周礼井田谱》《周礼沿革传》二书提要，《周礼井田谱》提要之右版框外标"附录"二字，此类之末类目统计处旁添"附录二部七十四卷"。说明上图稿本《总目》此处虽然原稿无附录，但馆臣修改时将《周礼井田谱》《周礼沿革传》调整为附录，并重新抄写了二书提要。又同卷仪礼之属类目统计言"礼类仪礼之属十六部二百一十八卷（原注：内一部无卷数），皆附存目"，无附录。但夹有行书抄《五服集证》《读礼问》《读礼记略》和《服制图考》四篇提要，《五服集证》提要之右版框外标"○○○附录"，意味着将此四书调整为附录，并重新抄写了四书提要。天图稿本和通行本恰将此四书作为附录且在类目统计中增加了"附录四部二十二卷"字样。

又《六艺纲目》提要在上图稿卷42经部小学类，卷末类目统计未提到附录，但此提要已被馆臣勾除，① 此书在通行本调入小学类附录。又上图稿本卷105医家类存目有《马师津梁》提要，馆臣仅题"换页"二字，并未调整为附录，而通行本作附录。又上图稿第14册卷115谱录类最后为《云林石谱》提要，其后类目统计云"右谱录类杂物之属一部三卷，文渊阁著录"，无附录，而通行本《云林石谱》列之入附录，且类目统计言"附录一部"，则上图稿此处也未将其调整为附录。

限于上图稿本的残缺不全，提要不但少而且多残损不完，又大多不见类目统计，可考上图稿本中与通行本"附录"对应者仅此五处，其中两处馆臣设置了附录，三处未作调整。

---

① 上图稿本被勾除的提要较多，情况多样：有调整为附录者，但更多是撤毁书提要、著录书调整为存目者，以及调整到别的位置、卷次或类目者。勾除者是否为附录应与类目统计或标"附录"的另纸抄写稿结合来判定。

不难看出，馆臣在上图稿本《总目》的修改中已开始采用附录之例，但很不全面。馆臣采用附录的是两例均在卷23，此后卷42、卷105、卷111三处未采用附录，说明馆臣采用附录在卷次上有从前往后的趋势。上图稿本《总目》反映出当时《总目》中部、后部的大多数附录还未做出，有待进一步完善。

### （二）《总目》采用附录之例始于附录易纬

从以上论述中不难推测，馆臣设置附录，当始于排在《总目》最前的经部易类，馆臣于此附录了易纬八种。

古代纬书与图谶合称谶纬。晋代《七录》之技术录有谶纬部，不在首部经典录。《隋书·经籍志》经部分十类，谶纬居其一，该类后云"列于六经之下，以备异说"，[①] 似有附录之意。之后书目对谶纬的处理不尽统一，主要有两类：一是《古今书录》《新唐书·艺文志》《直斋书录解题》《文献通考·经籍志》等在经部单列谶纬类；二是《郡斋读书志》《遂初堂书目》《宋史·艺文志》《国史经籍志》等均将谶纬书打散分别并入经部各类，不单列。

汉代七经本各有《纬》，这些纬书在民间多流传至唐五代，而亡佚于宋。四库馆臣自《永乐大典》中辑出了易纬八种，[②] 收录在《四库全书荟要》和《四库全书》里。《四库全书荟要》将易纬置之易类末，首有《易纬总目》一叶，《四库全书荟要总目》（以下简称《荟要总目》）在著录易纬八种后另行言"右易纬"，说明《荟要》收录易纬采用了单成一类的方式而非附录。《荟要总目》在"右易纬"行后有案语："今取其精粹者为经部首。至于谶纬之书，非说经之正，而流传既远，遗帙仅存，不可废也，因附见焉。"[③] 虽然馆臣此时尚未区

---

[①] 魏徵等撰：《隋书》，页1063。
[②] 清高宗《御制题乾坤凿度》题诗末署"乾隆癸巳孟夏"，则易纬辑出当在乾隆三十八年（1773）前后。
[③] 《景印摛藻堂四库全书荟要》第一册，台北：世界书局，1988，页104。《乾坤凿度》前有清高宗《御制题乾坤凿度》题诗："言《易》祖《系辞》，颇觉近乎理。……有醇亦有疵，稽古堪资耳。……钦若斯足征，抚卷励顾諟。"《四库全书荟要》《四库全书》经部皆收入易纬，或与此有关。

分纬书与图谶,且将易纬单列一类,但认为此类"非说经之正"而"因附见焉",已有视之为附录的意味,只是并未采用附录形式。

天图稿本《总目》卷六经部易类末已用附录方式收录易纬八种(后浙本、殿本《总目》均同之),有案语云:

> 儒者多称"谶纬",其实谶自谶,纬自纬,非一类也。谶者诡为隐语,预决吉凶。《史记·秦本纪》称卢生奏录图书之语,是其始也。纬者经之支流,衍及旁义。……盖秦汉以来,去圣日远,儒者推阐论说,各自成书,与经原不相比附,如伏生《尚书大传》、董仲舒《春秋阴阳》,① 核其文体,即是纬书,特以显有主名,故不能托诸孔子。其他私相撰述,渐杂以术数之言,既不知作者为谁,因附会以神其说。……虽相表里,而实不同,则纬与谶别。前人固已分析之,后人连类而讥,非其实也。右《乾凿度》等七书,② 皆《易》纬之文,与图谶之荧惑民志、悖理伤教者不同。以其无可附丽,故著录于易类之末焉。③

馆臣至此已认识到纬书与图谶不同,是经书的衍生品,所以要将之作为易类附录。此案语揭示了纬书的由来、性质、意义,尤其指出了纬书与图谶的差异,给出了客观评价,他们对纬书的认识非常深刻,④ 这

---

① 《总目》此处"《春秋阴阳》"当即董仲舒之《春秋繁露》,盖因此书以阴阳灾异解《春秋》而言。

② 《四库全书》实际收录易纬八种,《四库全书总目》亦有八种易纬提要,此处按语言"七书"有误,浙本、殿本《总目》亦作"七种"。

③ 永瑢、纪昀等撰:《纪晓岚删定〈四库全书总目〉稿本》第一册,北京:国家图书馆出版社,2011,页604—606。

④ 李学勤认为《乾凿度》上卷可远溯先秦,下卷略当孟、京易学之际,观点与馆臣接近,参见李学勤《易纬乾凿度的几点研究》,葛兆兆主编《清华汉学研究》第一辑,北京:清华大学出版社,1994年,页12—28。张学谦亦研究证明馆臣的这些认识是深刻而正确的,参见张学谦《易纬篇目、流传与辑佚的目录学考察》,《古典文献研究》第二十辑上卷,南京:凤凰出版社,2017,页95—105;张学谦《关于"谶纬"义界与性质的再检讨》,《中国典籍与文化》2020年第1期,页108—112。

是《四库》收录易纬并将之作为附录的原因。

馆臣设置附录始于易纬，除了考察上图稿本所获的启示和上引《总目》附录易纬的案语之外，还有三处附录案语提供了证据：一是《总目》卷 10 易类存目后附录了《古三坟》，其提要后有案语云"据所训释，则《三坟》乃书类，非易类也，然伪本既托于三《易》，不可复附于书类中，姑从易纬之例，附其目于诸家易说之后"，① 明言附录《古三坟》是"从易纬之例"，即采用附录易纬的做法；二是《总目》卷 12 经部书类之末附录了《尚书大传》，提要后案语云"《尚书大传》于经文之外，掇拾遗文，推衍旁义，盖即古之纬书……今亦从易纬之例，附诸经解之末"，② 亦言"易纬之例"，将《尚书大传》设为附录源于附录易纬；三是《总目》卷 16 经部诗类之末附录了《韩诗外传》，提要后案语云"王世贞称《外传》引《诗》以证事，非引事以明《诗》，其说至确……以其舍诗类以外无可附丽，今从易纬、《尚书大传》之例，亦别缀于末简"，③ 连言"易纬、《尚书大传》之例"，也是将《韩诗外传》设为附录溯及于易纬。三处按语均言设置附录是"从易纬之例"，说明附录易纬确为《总目》附录之始。可见，馆臣是在《总目》易类附录易纬时确立了附录之例，并由此推广到了经部它类以及史部、子部和集部的所有部类。

**（三）《总目》附录之类及书多为新设**

古代书目中的附录之书至《总目》时或已单独立类或已收入他类，大多不再视作附录。④ 虽然《明史·艺文志》设置了多处附录，但其设置颇多随意，合理性较小。《总目》所列附录与《明史·艺文

---

① 永瑢等：《四库全书总目》上册，页 89。
② 永瑢等：《四库全书总目》上册，页 105。
③ 永瑢等：《四库全书总目》上册，页 136。
④ 自唐代以来，尔雅类、经解类、论语类、孝经类、孟子类及四书类先后独立成类，名家、墨家、法家等类在《千顷堂书目》入子部杂家类杂学目，《总目》承之亦收入杂家类杂学目。另外，《四库全书》不收蒙书；《千顷堂书目》小学类附录的算学，《总目》改隶子部天文算法类。

志》差别很大,几无相同,则《总目》附录并非承自《明史·艺文志》。与《总目》编纂关系密切的目录书还有《千顷堂书目》和《经义考》。①《千顷堂书目》仅在小学类附录了算学和蒙书,算学在《总目》改入子部天文算法类,不入小学类,也不是附录,而蒙书则被馆臣排斥,不在四库收录范围之内;至于《经义考》,则根本未设附录。可见,《总目》附录的设置大多空无依傍,是馆臣在古代书目设置附录思路的影响下,②由设置易纬附录而逐渐扩展到所有书籍后,在重新认识书籍性质和类目标准的基础上做出的。也就是说,《总目》只是继承了前人书目设置附录的做法,而具体设置哪些附录和各附录包括哪些书籍都是馆臣的创新。这是古代图书分类的进步,表现了馆臣对图书小类和书籍性质认识的深入。如《总目》将服制类著作附录在礼类仪礼子目之后、将《大戴礼记》类著作附录在礼类礼记子目之后、将兽医类著作附录在子部医书类之后就都是首次做出,均在内容主旨上有很大合理性,表现了馆臣对古书性质和知识体系的深入认识。这样调整后,既保证了诸原有类目收书性质的一致,又使新设附录之书得到了很好安置,同时附录小类的性质也得以彰显,将附录之书与所附类别的关系做了有机的结合,处理恰当,从而使书籍性质与知识结构、分类体系都高度一致,确实使《总目》的图书分类更为科学、合理。

如上所论,《总目》还突破了古代书目设置附录限于小类的做法,在12个类目之后各附录了一种或两种书的情况,共15种书,这

---

① 有关《千顷堂书目》对《四库全书总目》编纂的影响可参见王建平、温庆新《黄虞稷〈千顷堂书目〉对〈四库全书总目〉编纂的影响》,《高校图书馆工作》2021年第2期,页84—88。有关《经义考》对《四库全书总目》编纂的影响,余嘉锡曾言"及按其出处,则经部多取之《经义考》"(余嘉锡:《四库提要辨证》,北京:中华书局,1980,页49),具体可参见张宗友《〈经义考〉研究》,北京:中华书局,2008,页299—340。

② 《四库全书总目·凡例》云:"自《隋志》以下,门目大同小异,互有出入,亦各具得失。……凡斯之类,皆务求典据,非事更张。"(永瑢等撰:《四库全书总目》上册卷首,页17)《总目》的编纂是在全面总结古代书目成就基础上加以改造、创新完成的。

更是不见于古代书目之附录中的，属于《总目》毫无依傍的创新。这些附录书，在《总目》之前的众多书目里大多混在其所附部类（即原来部类）中，如《尚书大传》《韩诗外传》《春秋繁露》在《隋书·经籍志》《崇文总目》和《宋史·艺文志》中就分别收在尚书类、诗经类和春秋类中，并没有作为附录。《总目》将之改隶附录，一方面说明通过古籍整理、审核，馆臣认识到这些书的性质与原来所在类目并不一致，有必要单列，另一方面也说明馆臣对附录的理解更深刻更全面，将附录的设置从附录小类扩展到了具体的一种或两种书。如上所引《总目》易纬按语"伏生《尚书大传》、董仲舒《春秋阴阳》，核其文体，即是纬书"，就意味着馆臣统筹审视，用易纬之例来判定《尚书大传》和《春秋繁露》两书的性质，并将其改隶附录。又如上所论，馆臣的三处按语明言将《古三坟》《尚书大传》和《韩诗外传》三种书分别附之易类、书类和诗类都是"从易纬之例"即沿袭设置易纬附录的做法，明确表现了馆臣用设置附录小类的方法处理具体的单书，反映了馆臣设置附录观念的深化，这发展了古人设置附录的实践和理论。馆臣设置附录突破了之前书目设置附录的传统做法，不再限于小类，而是将类目性质的认识精确到每一部书，从而使附录涵盖了所有书籍。可见，馆臣是从图书性质上去概括类目、归类书籍的，不管书籍是否构成小类，只要是略有异质的书就另加考虑，尽可能让同类之书性质一致，把性质与之相近而略有出入的著作调为附录，从而将前人的附录之举涵盖所有类目和书籍。

## 四 《总目》设立"附录"的意义及古代书目分类的成熟

《总目》大量采用附录的方法，在目录学史上有重要意义。一是《总目》在附录书之前明确标示"附录"二字，附录之后的类目统计也明言"附录×部×卷"，格式规范、统一、完整，表明其对附录的使用有明确的体例和理论意识，附录已成为《总目》目录体系的一个组成部分；二是《总目》共设附录18处，涉及经、史、子、集四部，总计41种书，既包括某些单独的小类，也包括一种或两种书，既有著录书，也有存目书，涵盖了《总目》所有图书部类，表明馆臣已全面采用附录法来编纂《总目》；三是馆臣所设附录，不管是小类还是单独的书，都是馆臣的创新，是馆臣从图书类目标准和书籍内容性质入手归纳的结果，表现了馆臣对图书性质和知识结构的深入认识；四是从目录学史上看，《总目》发展了附录设置的实践和理论，其附录突破了古代书目附录限于小类的藩篱，是古书目录设置附录最全最多者，使附录设置与图书分类和书目编纂全面结合，意味着附录的充分发展和走向成熟。

鉴于古书的繁多和复杂，图书分类在类目设置和层级安排上均有不足，有些书籍与具体类目难以吻合，置于其中既有削足适履之嫌，又有突破某类之虞，冲击着图书分类的标准。而附录的设置恰好解决了这一问题：《总目》附录是对图书分类不足的全面处理，是对图书分类理论的灵活补充，也是图书分类体系完善的表现。可以说，附录发展至《总目》已具备了完善的内容和体例，达到了理论自觉，成为古代目录学成熟的一种体现。

此后，《续文献通考》《续通志》以及《贩书偶记》《贩书偶记续编》等均采取了与《总目》类似的做法。

【作者简介】

杨新勋，南京师范大学文学院教授、博士生导师。主要研究中国古典文献学和四库学。主持国家社会科学基金一般项目"四库提要经部辨正"（18BZW092）。

# 中国学术史著述中的"学术"[*]

傅荣贤

(扬州大学文学院)

"学术"是学术史的研究对象,但"学术"并非不证自明的公理前提。基于对"学术"的不同理解,产生了中国学术史的不同书写方式与书写结果。

中国古代"把学术史定位在学术宗旨和分源别派上,因而以'目录体'或'学案体'为其表现形式"。[①] 降及近代,"有学术史,而复析为哲学史、科学史"。[②] 古代的"目录体"与"学案体"以及近代的"哲学史"与"科学史",是迄今关于中国学术史书写的四种主要类型。本文旨在比较四种学术史著述中关于"学术"的不同理解,提出"学术"的合理界定,最终回应中国学术史究竟应该"写什么"乃至"怎么写"的问题。

## 一 古代两种学术史著述中的"学术"

学术史以历史上有关"学术"的思想内容为研究对象,但思想内容的主体是人,成果形式是文献。

---

[*] 本文系国家社会科学基金重点项目"《四库全书总目》的学术史书写与学理建构研究"(21ATQ002)的阶段性成果。
[①] 张立文:《中国学术的界说、演替和创新——兼论中国学术史与思想史、哲学史的分殊》,《中国人民大学学报》2004年第1期,页1—9。
[②] 马叙伦:《史学大同说》,《政艺通报》1903年第16期,页18。

> 学术有载体才能流传，什么是学术载体呢？主要是两个：一是人，人的头脑；一是物，有文字图形的物，又主要是书籍，故书籍又称"载籍"……研究汉代学术史，从这最基本的载体——人和书问题谈起，也许更加牢靠一些。①

古代的学案体与目录体，正是从学术的两种载体类型着手书写学术史的，两者大致代表了古代学术传承中家法与师法的不同。

### （一）"以人为中心"的学案体

> 中国传统，重视其人所为之学，而更重视为此学之人。中国之学，每认为学属于人，而非人属于学。故人之为学，必能以人为主而学为从。当以人为中心，而不以学为中心。②

学案体"以学者论学资料的辑录为主体，合其生平传略及学术总论为一堂，据以反映一个学者、一个学派，乃至一个时代的学术风貌"，③是典型的"以人为中心"。而清初黄宗羲的《明儒学案》则代表了中国古代"以人为中心"之学术史的最高成绩，"中国自有完善的学术史，自梨洲之著学案始"。④"《明儒学案》为学术史不磨之创作。"⑤ 作为相对成熟的成果，《明儒学案》诞生之前已有学术史著述的萌芽。正如陈其泰指出：

> 我国学术史起源甚早，《荀子·非十二子篇》《韩非子·显学篇》《庄子·天下篇》是其滥觞，此后，有西汉司马谈《论

---

① 熊铁基：《汉代学术史论》，北京：高等教育出版社，2013，页15。
② 钱穆：《中国学术通义·序》，台北：台湾学生书局，1975，页6。
③ 陈祖武：《中国学案史》，北京：商务印书馆，2023，页259。
④ 梁启超：《中国近三百年学术史》，太原：山西古籍出版社，2001，页52。
⑤ 钱穆：《中国近三百年学术史》上册，北京：商务印书馆，1997，页34。

六家要旨》，《史记·儒林列传》，《汉书·艺文志》等，也都属于学术史早期形态的专篇……我国的学术史著作，是到了《明儒学案》《宋元学案》产生，系统地记载一代学术源流、学派的思想及其衍变，具有完整的体例，这才标志着成熟著作的出现。①

其中，除《汉书·艺文志》之外，都是"以人为中心"的学术史著述，其发展历程大致经历了三个阶段。

一是从《荀子·非十二子篇》到《论六家要旨》有关先秦诸子学史的文篇。

二是从《史记·儒林列传》到《宋史》《元史》《明史》的《道学传》有关儒家经学（包括理学）的史传。

三是源自朱熹《伊洛渊源录》、以《明儒学案》《宋元学案》为标志的各种学案体，是以人物学派为类别，梳理学术源流与传承谱系，在揭示各学派发生、发展、兴衰演变的基础上判明其思想归趣。

"以人为中心"的学术史著述，其"学术"所指有两个基本特征。

第一，指向意识形态。

先秦诸子学史从意识形态的高度反思诸子之学，如《论六家要旨》指出："夫阴阳、儒、墨、名、法、道德，此务为治者也，直所从言之异路，有省不省耳。"② 揭示了诸子"务为治"的共性特点。同样，以《史记·儒林列传》为代表的史传聚焦于儒家经学，经学"作为意识形态的载体，其属性当然就是意识形态……离开政治，离开国家意识形态，就无所谓学术。这是中国学术和中国历史的一个重要特征"。③ 而"学案体既以儒学为对象，亦以儒学为中心，因此近

---

① 陈其泰：《〈宋元学案〉的编撰与成就》，《史学史研究》1990年第3期，页37—45。

② 司马迁：《史记》，北京：中华书局，1959，页3288—3289。

③ 李振宏：《汉代学术史研究的新探索——读熊铁基先生著〈汉代学术史论〉》，《史学月刊》2015年第5期，页106—113。

代之前的学案体学术史实质上即是儒学史"。① 总之，古代"以人为中心"的学术史著述，反映官方的思想观念，具有明确的意识形态指向，直接关乎家国安危。因此，李心传《道命录·序》指出："道学之兴废，乃天下安危国家隆替之所关系。"② 刘宗周反省晚明时局认为："学术不明，人心不正，而世道随之，遂有今日之祸。"③

第二，具有哲学性质。

意识形态意义上的"学术"可以理解为有关身心、政治的官方认知，也即钱穆所云："中国传统学术，可分为两大纲，一是心性之学，一是治平之学。"④ 在身心层面上，以《中庸》第十二章所谓"仁者，人也"为指向，旨在提升个体道德境界；在政治层面上，以《论语·颜渊》所谓"天下归仁"为指向，旨在改造社会，提升群体和谐。而这两者也是中国哲学的基本内容，"我国无纯粹之哲学，其最完备者，唯道德哲学与政治哲学耳"。⑤

总之，"以人为中心"的学术史，其"学术"所指具有典型的哲学性质。曹树明认为：

> "中国哲学史"源远流长。从《庄子·天下篇》、《荀子·非十二子》、司马迁《论六家要旨》到《明儒学案》，都可以视为广义的中国哲学史。⑥

---

① 陈祖武：《关于中国学案史研究》，《传统文化与现代化》1996年第1期，页51。
② 李心传辑：《道命录·序》，朱军点校，上海：上海世纪出版股份有限公司、上海古籍出版社，2016，页1。
③ 刘宗周：《与黄石斋少詹》，《刘宗周全集》第三册上，台北："中研院"中国文哲研究所，1997，页528。
④ 钱穆：《学术与心术》，《学钥》，香港：香港南天印业公司，1958，页137。
⑤ 干春松、孟彦弘编：《王国维学术经典集》（上），南昌：江西人民出版社，1997，页106。
⑥ 曹树明：《20世纪二三十年代中国哲学史研究模式述论》，《中国哲学史》2007年第2期，页5—13。

《庄子·天下篇》等典型的学术史著述,都被视为哲学史文献。拿《明儒学案》来说,如上所述,梁启超认定其为中国"完善的学术史"之始,但梁先生又说:"在世界著作界中,关于哲学史的著述,恐怕没有比他(《明儒学案》)更早比他更详赡的了。"① 任继愈在《中国哲学发展史》(先秦卷)的《导言》、《中国哲学史》(四卷本)的《绪论》中都指认《明儒学案》是"封建社会的哲学史名著"。②

综上,"以人为中心"的学案体,将"学术"限定在"哲学思想"的范畴,"一部中国学术史主要是一部中国经学史"。③ 这一限定,抓住了"学术"的最核心内涵,但本质上只是专科学术之史,未能从广义学术的高度建构"学术"的知识系统与思想谱系。

### (二)"以书为中心"的目录体

目录是文献整理系统,但中国古代目录致力于梳理记载在文献上的学术演化历程,"通过目录一方面可以了解文献的产生和累积情况,另一方面可以了解相应的学术的发展情况",④ 由此形成"以书为中心"的学术史书写体例。古代目录有多种类型,其中《汉书·艺文志》《四库全书总目》等综合性目录,代表了古代目录的最高成就,反映了对学术的全局性理解与结构化认知。

第一,面向"图书"背后的学术。

中国古代文献可以划分为文书(档案)与图书两大类别,"文书是研究早期社会史的史料,古书是研究早期学术史的史料"。⑤ 早在

---

① 梁启超:《明清之交中国思想界及其代表人物》,《东方杂志》第21卷第3号,1924年2月。
② 任继愈:《任继愈谈中国哲学发展史》,北京:石油工业出版社,2018,页3、207。
③ 张林川、周春健:《中国学术史著作提要》,武汉:崇文书局,2005,页6。
④ 王锦民:《古典目录与国学源流》,北京:中华书局,2012,页5。
⑤ 李零:《简帛古书与学术源流》,北京:生活·读书·新知三联书店,2004,页6。

西汉末年刘向典校中秘,即以图书为对象而不包括文书档案。宋儒王应麟《汉书艺文志考证》即指出:"律令藏于理官,故《志》不著录。"① 余嘉锡亦云:

> 国家法制,专官典守,不入校雠也。《礼乐志》曰:"今叔孙通所撰礼仪,与律令同录,臧于理官,法家又复不传,汉典寝而不著,民臣莫有言者。"夫礼仪律令,既臧于理官,则不与他书"外则有太常、太史、博士之藏;内则有延阁、广内、秘室之府"者同。②

档案性质的法、律、令,以及同样具有档案性质的礼法一体背景下的礼典,都不在刘氏的文献整理范围之内。换言之,刘向以图书为对象,因而其整理的目录成为"研究早期学术史的史料"。后世目录"依刘向故事",也面向关于"学术史"的图书,而不涉"社会史"的文书档案。

第二,面向"学术"整体。

刘向在汉成帝"求遗书于天下"的基础上典校中秘,力求囊括当时几乎所有的"天下图书"。同样,《四库全书》虽然"严为去取",但仍广泛收罗经、史、子、集四大部类文献,使天下主要典籍"穷于是"。《四库总目·凡例十三》云:

> 文章流别,历代增新,古来有是一家,即应立是一类作者,有是一体,即应备是一格,斯协于全书之名。故释道外教、词曲末技,咸登简牍,不废搜罗。③

释道外教、词曲末技等边缘化的学术亦被网罗,成为"天下学

---

① 王应麟:《汉书艺文志考证》,二十五史刊行委员会编《二十五史补编》第二册,北京:中华书局,1955,页 1416。
② 余嘉锡:《古书通例》,上海:上海古籍出版社,1985,页 4。
③ 永瑢等撰:《四库全书总目》卷首,北京:中华书局,1965,页 18。

术"不可或缺的拼图。总之，以《汉志》《总目》为代表的综合性目录，力求"范围方策而不过"，面向的是"天下图书"背后的"天下学术"之整体。孙诒让《温州经籍志》叙例谓："择撣群艺，研核臧否，为校雠之总汇，考镜之渊椷。"① 图书收罗上求其"群"，对应于学术考镜上求其"总"。

第三，学术的结构性与层次性。

针对"天下学术"整体，古代目录借由分类的路径建构学术的结构与层次。《汉书·楚元王传赞》曰："《七略》剖判艺文，总百家之绪。"② "剖判"就是讲分类。在《七略》所分六略中，前三略（六艺、诸子、诗赋）和后三略（兵书、数术、方技）体现了"学"与"术"的区别。事实上，秦始皇焚书即首先将文献区别为文书与图书，文书掌之于"吏"，而图书掌之于"士"。"士"又分为文学士和方术士，简称学士和术士，《史记·秦始皇本纪》曰："悉召文学、方术士甚众，欲以兴太平。"③ 这两类"士"分别掌管学部图书和术部图书，此为《七略》学、术二分的语境背景。章学诚《校雠通义》从"辨章学术，考镜源流"的高度总结刘氏目录学，其所辨之"学术"正有"学"与"术"的分别，"学"具有"空言其理"的理论性，"术"具有"见诸行事"的实践性。④

魏晋以降，尤其是《隋书·经籍志》以后，古代书目以经史子集四部分类为主，作为"术"的兵书、数术、方技皆入"子"部，反映了中国古代总体知识结构由秦汉之际的学、术并重，向重"学"轻"术"甚至有"学"无"术"的转向。再就四部体系而论，史部、子部、集部分别对应记忆性的知识、理性的知识和想象性的知识，经部是三类知识的渊源与根本，而记忆性、理性和想象性

---

① 孙诒让著，许嘉璐主编：《温州经籍志》叙例，潘猛补点校，北京：中华书局，2011，页1。
② 班固撰，颜师古注：《汉书》，北京：中华书局，1962，页1972—1973。
③ 司马迁：《史记》，页258。
④ 傅荣贤：《"辨章学术，考镜源流"正诂》，《图书馆理论与实践》2008年第4期，页53—56。

的知识三分体系，又暗合于培根（Francis Bacon，1561—1626）对知识的划分，① 杨家骆亦指出：

> 《四库全书》意在保存以往原著的全文，而以其所认知识体系的分类法来部勒那些原著，使有秩序，以构成其所认为的知识整体，并以新作说明各原著内容及其相关事项的"提要"，来贯穿各不相属的原著，而使其在各个著作独立间发生联系关系。②

总之，综合性目录曲尽无遗地网罗天下图书，从而面向天下学术，并通过"类例既分，学术自明"的分类揭示学术的结构性与层次关系，借用南宋郑樵的话说，既"总天下之大学术"，又"条其纲目"，③ 形成学术多元并存而又层次有别的有机体系。

### （三）古代两种著述之"学术"比较

古代两种学术史书写都是从学术的载体入手的。"以人为中心"的学案体聚焦于哲学思想，抓住了学术的核心内容——道。"学者，学于道也。"④ "道"突出非对象性（non-objectivity）的主观经验特点，具有明显的实践维度，因而更加重视"人"的价值。一方面，"人"（而非"学"）是学习的对象，《荀子·劝学》曰："学莫便于近乎人。"傅斯年亦指出："（中国学术）所以学人，非所以学学也。"⑤ 另一方面，"做人"（而非"为学"）也是学习的目的，"中国学术传

---

① 黄庆萱：《傅荣贤著〈中国古代图书分类学研究〉序》，台北：台湾学生书局，1999，页2。
② 杨家骆：《四库全书通论》，杨家骆编《四库全书大辞典》卷首，北京：警官教育出版社，1994，页2。
③ 郑樵：《通志·二十略》，北京：中华书局，1995，页5。
④ 章学诚著，仓修良编注：《文史通义新编新注》，杭州：浙江古籍出版社，2005，页772。
⑤ 傅斯年：《中国学术思想的根本谬误》，《傅斯年全集》第4册，台北：联经出版事业公司，1980，页167。

统主要在如何做人"。①

"以书为中心"的目录体面向"天下图书"背后的学术整体，突出了知识的对象化特点。顾炎武《与黄太冲书》曰：

> 天下之事，有其识者未必遭其时，而当其时者或无其识。古之君子所以著书待后，有王者起，得而师之。②

"著书"可以突破"其时"（生命）的有限性而"待后"。当然，以书为主，必须"据籍而纪"，亦不免"拘拘于法度之内"，导致"类例难精而动多掣肘"。③唯其两种载体各有优长，学案体在"以人为主"的基础上注重文献的汇聚，例如《明儒学案》十分强调按各家各派的学术宗旨编选材料，其正文既选辑语录，也萃选原著，分别记述案主的行事和学术要点，从中"纂要钩元"而"未尝袭前人之旧本"。④而目录则在"以书为主"的前提下强调"知人论世"，如《四库总目·凡例》曰："每书先列作者爵里，以论世知人。"⑤

## 二　近代两种学术史著述中的"学术"

"学术"固然是人（学术主体）的创造，并积淀为现实的文献，但学术问题本身才是学术的本质。

> 盛清学者的治学精神和治学方法，开始显示出一种从以人为

---

① 钱穆：《学术与心术》，页137。
② 顾炎武：《与黄太冲书》，《顾亭林诗文集》，北京：中华书局，1959，页246。
③ 章学诚著，王重民通解：《〈校雠通义〉通解》，上海：上海世纪出版集团，2009，页78、90。
④ 黄宗羲撰：《明儒学案·凡例》，上海：世界书局，2009，页2。
⑤ 永瑢等撰：《四库全书总目》首卷，页17。

中心的学术向以学为中心的学术过渡的趋向。①

但学术史研究中"从以人为中心的学术向以学为中心的学术"的转向，是在20世纪初叶完成的。其中，1902年梁启超《中国学术思想变迁之大势》与1905年刘师培《周末学术史序》真正突破了以"学术载体"为对象的古代书写模式，分别代表了"复析为哲学史、科学史"的两种近代学术史书写体例。

诚然，"在早期章节体学术史研究的著作过程中，梁启超、刘师培贡献尤著"。其中，梁著"以学术思潮为范式，重在学术思想"，"是中国学术史研究实现从传统向现代转型并与世界接轨的重要标志，具有划时代意义，对近现代学术史研究的影响巨大而深远"；刘著"是中国学术史上首次以'学术史'命名并首次按照西学现代学科分类法为著述体例的学术史研究论著"，"以学科分类为构架，重在知识论层面。应该说，刘著更加凸显了现代学术史研究以'学'为中心的普遍特点"。②

## （一）梁启超的"哲学史"

梁启超1902年的《论中国学术思想变迁之大势》开宗明义：

> 学术思想之在一国，犹人之有精神也；而政事、法律、风俗及历史上种种之现象，则其形质。故欲觇其国文野强弱之程度如何，必于学术思想焉求之。③

显然，梁启超的"学术思想"突出"学术"中的思想精华，也

---

① 刘梦溪主编：《中国现代学术经典·总序》，石家庄：河北教育出版社，1996，页18。

② 梅新林、俞樟华：《中国学术史研究的主要体式与成果》，《浙江师范大学学报》（社会科学版）2009年第1期，页1—22。

③ 梁启超撰：《论中国学术思想变迁之大势》，上海：上海古籍出版社，2006，页1。

是以哲学为主要内涵的,因而与古代学案体所指"学术"渊源甚密。胡适即曾指出,"(《中国学术思想变迁之大势》)第一次用历史眼光来整理中国的学术思想,第一次给我们一个'学术史'的见解"。并由此萌发了"我后来做中国哲学史的种子"。① 不仅如此,李学勤讲道:

> 梁任公的《清代学术概论》,以及《中国近三百年学术史》,真是覆盖了中国学术的方方面面,使我们看到学术史应当是怎样的规模。后来的一些书,包括大家熟悉的钱穆《中国近三百年学术史》,便实际上是思想史,而且主要是哲学史了。站在今天的高度上,接续梁启超的学术史研究事业,是当前学术界应该承担的责任。②

梁启超重点突出广义学术中有关提升个人境界与重建社会秩序的意识形态内容。在这一意义上,"国家与学术为存亡";③ 学术兴替"实系吾民族精神上生死一大事者"。④

嗣后,有关中国学术史的书写主要是沿着梁先生狭义的"学术思想"的思路而展开的。唯其如此,"学术史"一般被定义为"以中国史学和哲学为基础的与历代社会意识形态密切相关的一种专门之学",⑤ 而"学术史"的范围,"基本上限于人文科学之内",⑥ 不仅不涉及科技史,文学史亦见摒弃。

高校教育中的"学术史"课程也指向"学术思想",桑兵即曾述及其"自执教以来,一直开设近代学术史或学术思想史课程,按照

---

① 胡适:《四十自述》在上海(一),北京:中国华侨出版社,1994,页57。
② 李学勤:《怎样重写学术史(笔谈)》,《文汇读书周报》,1998年10月3日,第5版。
③ 王国维:《沈乙庵先生七十寿序》,谢维扬、房鑫亮主编《王国维全集》第八卷,杭州:浙江教育出版社,2009,页620。
④ 陈寅恪:《金明馆丛稿二编》,上海:上海古籍出版社,1980,页318。
⑤ 张林川、周春健:《中国学术史著作提要》,页3—4。
⑥ 张国刚、乔治忠:《中国学术史·导论》,上海:东方出版中心,2002,页6。

今日分科治学的观念，此为一门三级或四级学科的内容"，① 也即中华人民共和国国家标准《学科分类与代码》（GB/T 13745-2009）中作为三级学科的"思想史"或思想史下作为四级学科的"学术史"。而"思想史"则从属于"历史学"（一级学科）下设的专门史（二级学科）。反过来说，以"学术思想"为主体内容的"学术史"已经成为一个公认的学科门类，得到国家标准的认可。

### （二） 刘师培的"科学史"

《周末学术史序》是刘师培拟写的《周末学术史》一书的提要（大纲），原载于《国粹学报》一期至五期（1905年2—11月）。其《总序》曰：

> 近世巨儒，稍稍治诸子书，大抵甄明诂故，掇拾丛残，乃诸子之考证学，而非诸子之义理学也。予束发受书，喜读周、秦典籍，于学派源流，反复论次，拟著一书，颜曰"周末学术史"，采集诸家之言，依类排列，较前儒"学案"之例，稍有别矣。（学案之体，以人为主。兹书之体，拟以学为主，义主分析，故稍变前人著作之体也。）今将序目列于后。②

刘师培的"学术"具有下述几个特点。

首先，刘师培区别了"以人为主"的古代学案，强调"以学为主"，并建构了16个"序目"，实即16个西方化的学科门类：心理学、伦理学、论理学、社会学、宗教学、政法学、计学、兵学、教育学、理科学、哲学学、术数学、文字学、工艺学、法律学、文章学。个别学科再分下位子目，如理科学分数学、天文学、历谱学、物理学、化学，形成若干分支学科。显然，《周末学术史序》是"依据他所理解的源自近代西方的学科分类重新编排"，"来达到与近代西方

---

① 桑兵等编：《近代中国学术思想·解说》，北京：中华书局，2008，页2。
② 刘师培：《周末学术史序》，《仪征刘申叔遗书》，万仕国点校，扬州：广陵书社，2014，页1461。

学术接轨的目的"。①

其次，力求面向学术整体，但着眼于"学"的学理性，而鲜及"术"的实践性。例如，从自然科学与技术的角度来看，16个学科中属于"技术"的类目只有一个"工艺学"；从社会科学与应用的角度来看，刘师培强调"政""学"二分，其曰：

> 诸子之学，各得古礼之一端者也。然溯其起源悉为礼家之别派，且诸子之书莫不有体有用。体也者，各尊所闻著书立说，属于学术者也；用也者，各尊其学以措之当代之君民，属于政治者也。学术、政治悉由礼教而生，则周代之时政学该于典利益可见矣。②

这样，实践层面上的"政治"就排除在了"学术"的范围之外。例如，从近代的西学书目来看，1902年《增版东西学书录》"政治法律"类、1904年《译书经眼录》"法政"类与《新学书目提要》"法制"类，都是既收《国家学原理》《政治学》等"政学"文献，亦收《欧洲新政书》《欧美日本政体通览》等"政事"文献，③但刘师培"政法学"则专就其"学"立说，体（学理）与用（实践）的二分体系，被改造为舍用言体的学术体系。

再次，试图揭示学科门类之间的内在关联，但16个"序目"总体上仍呈机械性凑泊的松散状态。

一方面，从类目关联来看。刘师培将"学术"分为物理、心理两大板块。《心理学史序》云：

> 吾尝观泰西学术史矣，泰西古国以十计，以希腊为最著。希

---

① 王锐：《诸子学与现代中国学术话语的重构》，《思想战线》2021年第4期，页106—115。
② 刘师培：《典礼为一切政治学术之总称考》，《仪征刘申叔遗书》，页4665。
③ 参见熊月之编《晚清新学书目提要》，上海：上海书店出版社，2014。

腊古初，有爱阿尼学派，立论皆基于物理。以形而下为主。及伊大利学派兴，立说始基于心理。以形而上为主。此学术变迁之秩序也……（见后《格致学史序》）①

所谓《格致学史序》，也即《理科学史序》，其曰："古代学术，以物理为始基，（见前《心理学史序》。）"② 可见，心、物二分是世界学术史的"达例"，也是其类目设计的宏观原则。其中，从心理学第一到教育学第九计 9 个"序目"属于"心学"；从理科学第十以后的 7 个"序目"属于"物学"。又如，刘师培首列"心理学第一"，次为"伦理学第二"，突出了人性之于伦理的基础地位。诚然，

> 人性善恶的争论贯穿整个中国哲学的发展历史，也是儒家展开其伦理秩序理论的基础；人的行为中的善恶现象以及如何在实践中为善去恶的确是世界主要伦理思想和宗教体系所关注的核心问题。③

另一方面，其 16 个学科及其排序仍显混乱，如《周末学术史序》先心学、后物学，实际上倒转了物学、心理起源的伦序。再如，"物学"中的法律学第十五更像是属于"心学"的学科；法律学第十五与政法学第六关系密切，但两者位次相去悬绝；文字学第十三与文章学第十六更具亲缘性，但有法律学第十五厕于两者之间。

因此，《周末学术史序》之"学术史"只是 16 门学科之史的机械叠加，而没有在整合众多学科史的基础上构建出"多元一体"的独立"学术史"学科。就其本质而言，是将

---

① 刘师培：《周末学术史序》，《仪征刘申叔遗书》，页 1463。
② 刘师培：《周末学术史序》，《仪征刘申叔遗书》，页 1496。
③ 干春松：《王国维对中国哲学核心范畴的解释尝试》，《文史哲》2021 年第 1 期，页 16—32。

原本一体化的文脉变成互相隔离的学科知识而使文史哲失去互证互释的思想立体性，切断了整体思想的流动性而使问题的性质发生变性，问题被逐出原来的生态而变得无助、孤立和零碎。①

最后，从《周末学术史序》的后续影响来看。刘师培将"学术"处理为一门门具体的学科化知识，也即马叙伦所云"有学术史，而复析为哲学史、科学史"中的"科学史"。学科化以专门知识的系统性为要义，王国维指出："凡学问之事，其可称科学以上者，必不可无系统。"② 时至今日，《辞海》《辞源》等权威工具书皆将"学术"定义为"有系统而较专门的学问"，正是对《周末学术史序》"学术"理解的回应。然而，《周末学术史序》只是16门学科之史的机械叠加，具有明显的"纵断之病"。

凡陈一事，率与他事有连，专治一目者，必旁及相关之政俗，苟尽芟缁复，又无以明其联系之因果，此纵断之病也。③

曹聚仁亦指出：

国故一经整理，则分家之势即成。他日由整理国故而组成之哲学、教育学、人生哲学、政治学、文学、经济学、史学、自然科学……必自成一系统而与所谓国故者完全脱离。④

曹先生又曰：

---

① 赵汀阳：《中国哲学的身份疑案》，《哲学研究》2020年第7期，页3—19。
② 王国维：《欧罗巴通史序》，谢维扬、房鑫亮主编《王国维全集》第十四卷，页3。
③ 柳诒徵编著：《中国文化史·弁言》，南京：正中书局，1947，页1—2。
④ 曹聚仁：《国故学之意义与价值》，许啸天编辑《国故学讨论集》上，上海：上海书店影印群学社，1991，页4。

待各学完全独立以后,则所谓"国故"者,是否尚有存在之余地?所谓国故学者,何所凭藉而组成为"学"?①

各门学科因没有梳理出学术的整体结构与层次,缺乏学术系统的意义关联,因而总体性质的"国故"只能被肢解为一门门具体的学科。

并且,针对众多学科门类,需要有专门的学术素养,"让经济学者去治经济史,政治学者去治政治史,宗教学者去治宗教史"。② 这样,对于一般学者而言,实际上只能从事某一学科门类的专科史研究,其成果在中华人民共和国国家标准《学科分类与代码》(GB/T 13745-2009)中,列在各学科门类,如逻辑学史入逻辑学类,物理学史入物理学类。因此,在"学术史"意义上,刘师培"科学史"的影响不如梁启超的"哲学史"。

## (三) 近代两种著述之"学术"的西方化取向

梁启超、刘师培针对"学术"内容的不同定位,选用不同的叙事框架,贡献了近代"中国学术史"的两种书写范式。但正如王国维1924年《论政学疏稿》说:

> 自三代至于近世,道出于一而已。泰西通商以后,西学西政之书输入中国,于是修身齐家治国平天下之道乃出于二。光绪中叶新说渐胜,逮辛亥之变,而中国之政治学术几全为新说所统一矣。③

梁启超、刘师培两种学术史都是近代"道歧为二"语境下的产物,深受西方"新说"的影响。就具体影响方式而言,江起鹏指出:

---

① 曹聚仁:《国故学之意义与价值》,页74—75。
② 陈源:《西滢跋语》,《胡适文存》三集,上海:亚东图书馆,1930,页217—218。
③ 谢维扬、房鑫亮主编:《王国维全集》第十四卷,页212。

> 我国学术之性质，大抵多哲学思想，而少科学实验……故今日而言学问，广求世界之智识，以证我固有之哲学，以补我未及之科学。①

如果说，梁启超大致是据西学"以证我固有之哲学"，用梁启超自己的话说，即"以新知附益旧学"；② 那么，刘师培则是据西学"以补我未及之科学"，即"依照西学分类的方式重新梳理中国学术"，③ 最终将"周末诸子"的知识图像转换为以西方学科化知识为主要内容的图像。

值得一提的是，梁启超和刘师培都曾给出过关于"学术"的定义。1911年，梁启超《学与术》曰："学也者，观察事物而发明其真理者也；术也者，取所发明之真理而致诸用者也。"并认为，"二者如辅车相依而不可离"。④ 刘师培说："学指理言，术指用言。"⑤ 又曰："周末诸子之书，有学有术。学也者，指事物之原理言也；术也者，指事物之作用言也。学为术之体，术为学之用（今西人之画，皆分学与术为二种）。"⑥

梁、刘二先生的定义，是西方科学与技术二分思维的产物，堪称当时的时代共识，严复即指出："学者，即物而穷理……术者，设事而知方。"⑦ 然而，梁启超《论中国学术思想变迁之大势》与刘师培

---

① 江起鹏：《研究国学之方法》，刘东、文韬编《审问与明辨：晚清民国"国学"论争》上册，北京：北京大学出版社，2012，页123。

② 梁启超：《清代学术概论》，朱维铮校订，北京：中华书局，2011，页141。

③ 章清：《"学归于一"：近代中国学科知识成长的意义》，《天津社会科学》2021年第5期，页207—224。

④ 梁启超：《学与术》，刘梦溪主编《中国现代学术经典·梁启超卷》，石家庄：河北教育出版社，1996，页723—724。

⑤ 刘师培：《古学出于史官论》，《仪征刘申叔遗书》，页4489。

⑥ 刘师培：《国学发微笺释》，焦霓、郭院林笺释，扬州：广陵书社，2022，页30。

⑦ 严复：《政治讲义》，王栻主编《严复集》第五册，北京：中华书局，1986，页1248。

《周末学术史序》中的"学术"显然另有所指,与这一共识性的"学术"定义并不相同。需要指出的是,这一共识性的"学术","把学术仅仅看作一种知识形态,而忽略了学术赖以建构的政教基础"。①因而也不符合中国古代的"学术"内涵。

## 三 结语

诚然,对"学术"的先行理解,是"学术史"书写的逻辑前提。然而,古代的目录体与学案体以及近代的"哲学史"与"科学史"对于"学术"内涵的界定都不尽相同,导致自梁启超、刘师培以降的百余年来,虽然产生了大量的学术史著述,但"学术史这一概念迄今尚无一致的界定"。②

比较而言,近代的两种"学术史"著录都从先验的西方话语与认知体系出发,重新诠释传统学术的意义。例如,梁启超《论中国学术思想变迁之大势》用"生理学之公例"论证"隋、唐间与印度文明相接触,而中世之学术思想放大光明";根据"进化与竞争相缘者也,竞争绝则进化亦将与之俱绝"的思想,认定汉代以来的"儒学统一者,非中国学界之幸,而实中国学界之大不幸也"。③类似这样的学术结论,显然不符合中国古代学术的建构原义。同样,刘师培"以学为主"的西方学科化转向,也不是中国传统学术的固有面貌,它"不能在本体论上被西方知识丝丝入扣地加以代替";"借助于西方的学科框架来更新学术,到陈寅恪的时代已对此深致不满"。④

古代的两种学术史著述本质上都是"道出于一"的产物,因而

---

① 王锦民:《古典目录与国学源流》,页3。
② 王彦辉:《引领学术方向是著述学术史的唯一宗旨》,《史学月刊》2011年第1期,页14—16。
③ 梁启超撰:《论中国学术思想变迁之大势》,页4、41、42。
④ 杨义:《现代中国学术方法通论》,济南:山东教育出版社,2009,页218、89。

也持守了中国古代学术的本位特点。但是,"以人为中心"的著述,仅仅聚焦于"学术"的核心内涵。如《论六家要旨》《史记·儒林列传》等都明确限定其"学术"指向诸子六家或儒学。同样,

> 《宋元学案》初无定名,称法不一:或称《宋儒学案》,或称《宋元儒学案》,或以《宋儒学案》和《元儒学案》分称。①

说明《宋元学案》是以宋元之"儒学"为对象的。这种专科性的学术史,与广义的"学术"相去甚远,它们在《四库总目》或《书目答问》等传统书目中,也没有设置专门类目,如《明儒学案》在《总目》中属于史部传记,在《书目答问》中分在子部儒家,只是从"史"或"子"的角度定位其类别,"都没有认识到这是一种总结学术思想发展的史书体裁"。②

综合而论,古代综合性书目视域下的"学术",具有真正的广泛性与深刻性。

首先,古代综合性目录面向"天下图书",从而确立了"范围天下"的学术史边界,突破了细节性学术考辨或专科性学术史书写的层次,超越了学案体著述的专科范围。例如,《四库总目》"定千载之是非,决百家之疑似",③ 完全是以清算当时的整个学术世界为职志的。

其次,在突出广义学术全面性的基础上,通过分类建构体系分明、门类有别的学术层次。例如《史部总序》以"义与经配"勾连经、史。《子部总序》曰:

> 自六经以外立说者,皆子书也……研理于经,可以正天下之

---

① 卢钟锋:《论〈宋元学案〉的编纂、体例特点和历史地位》,《史学史研究》1986年第2期,页68—73。
② 陈其泰:《〈宋元学案〉的编撰与成就》,《史学史研究》1990年第3期,页37—45。
③ 永瑢等撰:《四库全书总目》卷首,页17。

是非；征事于史，可以明古今之成败；余皆杂学也。①

既重申经史关系，又以子证经史，从而关联经、史、子。尤其是，以经学综统四部，确立其在整个学术体系中"提纲挈领"的地位，最终建构出以经学为中心，以史、子、集为辐辏的多体一元的学术体系，既书写各门类学术史以"达一宗"，又揭示"天下"学术的整体贯通与连续延展以"明大势"。

最后，顾颉刚指出："旧时士夫之学，动称经史词章。此其所谓统系乃经籍之统系，非科学之统系也。"② 古代书目作为文献整理体系，其分类并非西方式的"科学之统系"，因而更加符合"中国古代学术史"的建构原义。这种对"中国身份"的坚定持守，有助于重建中国的学术自信和理论自信。尤其在学案体和章节体成为主流体式的今天，需要彰显目录学在学术史书写中的价值。

【作者简介】

傅荣贤，扬州大学文学院教授，博士生导师。专志于古典文献学与《易》学研究。主持国家社会科学基金重点项目"《四库全书总目》的学术史书写与学理建构研究"（21ATQ002）。

---

① 永瑢等撰：《四库全书总目》，页397、769。
② 顾颉刚编著：《自序》，《古史辨》第一册，上海：上海古籍出版社，1982，页31—32。

# "天下一家"与儒家的秩序理想[*]

## ——重审马克斯·韦伯的中国论述

### 陈 赟

（华东师范大学中国现代思想文化研究所、
浙江大学马一浮书院）

马克斯·韦伯（Max Weber）不仅对现代性有冷静而深刻的认识，而且几乎对世界各大宗教都进行过系统而深入的研究。其对儒家的认识，集中展现了西方文明的中国镜像，在西方的中国认知方面具有代表性。同时，韦伯也是过去近半个世纪以来对中国思想、学术、文明的自我理解的基本格局产生过重大影响的少数西方学者之一。因此，韦伯的儒家论述所具有的重要性不言而喻。这一论述的核心是儒家秩序观被降格为"私天下"，换言之，他本质上是以"私天下"达成对"家天下"的理解；然而回到儒家的视域，韦伯式的"家天下"图像更多地聚焦于"一家之治"，即由皇帝家族作为支配者对天下的统治，却无视其中"天下一家"的秩序理想，后者构成"家天下"的更本质层面。"天下一家"才是儒家的秩序理想，而"天下一家"与"一家之治"的捆绑只是特定社会历史条件的产物，儒家提出"天下为公"的尧舜之道，其实质正在于实现"天下一家"与"一家之治"的分离，从而实现对"一家之治"的超越。

---

[*] 本文系国家社会科学基金重点项目"'礼运学'的综合研究"（18AZX009）的阶段性成果。原刊于《探索与争鸣》2021年第3期。

## 一　马克斯·韦伯视域下儒家传统与中国的家产官僚政制

马克斯·韦伯将传统中国视为有着统一文化的家产官僚制国家。本来，家产制与官僚制是分属传统与近代的两种不同的支配类型，传统中国的情况却是二者的综合，具有不古不今的过渡性质，既无法达到近代西方的合理化官僚制，又不同于古代的家产制。这种家产官僚制归属于支配的三个纯粹类型（法理型支配、卡里斯玛支配、传统型支配）中的传统型支配，[1] 其担纲者为儒士阶层。

儒士阶层就是家产官僚制国家中与皇帝共治的"管理干部群"。对于一个能够持续运作的政制系统而言，支配者与管理干部之间必须建立相当程度的利害一致关系。在"一王孤立于上"而"众民散处于下"的情况下，儒士成为介于被统治者与支配者之间的中介阶层，其使命在于连接无法使国家意志介入地方基层社会的皇权与具有地方性习俗及传统的地方社会。

另一方面，中央政府还必须考虑防止"官吏群转化为奠基于地方望族势力的、独立于帝国行政之外的领土君主或封建诸侯"，[2] 一种方法就是采用流官，官吏去异地就任时，必须依赖精通当地事务的主事以及非官方身份的本地幕僚，这些幕僚是出身本地的官职候补者。[3] 而在最基层的乡村，长老则是村落里实际上最有权力的人，因而官吏依赖幕僚，幕僚又依赖长老，这就进一步强化了中央权力进入基层社会的中介化，加强了中介化的层级结构，结果则是在习俗与传统中维持自身的家庭、家族等，不能被国家权力充分吸纳。近代西方的理性化过程在政教两个向度上都是让包括家在内的所有个人与

---

[1] "传统主义的支配形态下，最重要的职位大多为支配者家族成员所掌握，此种情况极普遍。"马克斯·韦伯：《支配的类型》，《韦伯作品集》Ⅱ，康乐等译，桂林：广西师范大学出版社，2004，页327。

[2] 马克斯·韦伯：《支配社会学》，《韦伯作品集》Ⅲ，康乐、简惠美译，桂林：广西师范大学出版社，2004，页160。

[3] 参见马克斯·韦伯《中国的宗教·宗教与世界》，《韦伯作品集》Ⅴ，康乐、简惠美译，桂林：广西师范大学出版社，2004，页95。

"上帝"（包括天上的神与地上的国家）之间的中介性力量弱化，而在传统中国，家及其衍生形式反而成了国家力量与个人生活的中介，无论是儒教阶层，还是国家统治者，都不得不顺应这种情况而强化家秩序尤其是家伦理。这一点似乎与以下政治—社会结构不无关联：支配者一方面对个别依附者具有无上权力，另一方面对依附者全体又软弱无力，这一总体格局导致了一种在法律上不稳定、在事实上却极为稳定的秩序。反过来，这一秩序一方面缩小了支配者自由裁量的领域，另一方面却又扩大了传统所制约的范围。[1] 在传统中国，秩序的稳定依赖于传统，受到来自传统的制约，因此韦伯认为缺乏从传统中进行突破与革命的动能。

　　防止重回封建身份，也就是防止官吏脱离中央权威的另一个著名步骤，则是科举考试制度，即根据教育资格而非出身或世袭等级来授予官职。这就使儒家士大夫阶层成为中国文明的真正担纲者。通过考试获得的文凭所具有的声望逐渐为社会普遍接受，使得官吏层的身份习律因此具有一种教养贵族的特色。科举考试不是与西方近代官僚制相联系的专业化考试，它支持的反而是非专业化的人文教养。对韦伯而言，孔子所说的"君子不器"真正表达了科举考试的理想：它指向"普遍的、个人自我实践的伦理理想"，而不是"西方之切事化的职业思想"，甚至这一理想本身就包含了"对任何专业训练及专门权限之发展"的妨碍；官僚制产生于对家产制的反抗，而科举制又是中国官僚制的环节，然而由于科举对专业化及其权限分工的抵制，因而又具有反官僚制、捍卫家产制的根本倾向，这一中国家产官僚制的内在张力，可以解释传统中国"行政的疏放性与技术的落后"。[2] 从长时段的视域来看，并不是科举制度及其内容决定了中国儒教阶层的非专业化取向，它只是西周以来把士而不是府史确定为治理主体（"士多府史少"[3]）的体制的一种延续，这种体制的核心是培养人

---

[1] 参见马克斯·韦伯《支配社会学》，页100。
[2] 马克斯·韦伯：《支配社会学》，页161—162。
[3] 王夫之：《读通鉴论》，《船山全书》第10册，长沙：岳麓书社，2011，页717。

的道德、伦理、诗书等方面的教养，而不是培养其处理某一类事务的专业能力。韦伯在儒教中看到的是一种敌视专家化的取向。① 而在列文森（Joseph R. Levenson）对明代官僚的分析中，我们也可以看到同样的看法："明代的风格即是一种非职业化的风格，明代的文化即是非职业化的崇拜"，这体现在，官僚群体并非某一领域的专家，他们被要求的也并不是行政效率；而且，官职的切事性质受到抑制，而被符号化为更高文化、知识和文明的终极价值。② 由于热衷于彰显体现身份或资格的人文教养，而排斥专业化在官僚教育中的作用，使得官僚本身也缺乏即事化的能力与对即事化效率的热望；然而这种对官僚的教养却成就了一种系统化与完整化的官僚伦理与官僚哲学。③

作为西方理性化进程所必需的专业知识训练并不是家产制官僚所必需，相反，这里有的是对身份与声望的追求。官僚的俸禄制并不意味着与专业化相关的权限分工，并不意味着理性化，而是一种定型，即官吏之官职（身份）的保持，因而家产官僚制的官员崇尚官僚身份，而这种身份一旦拥有又很难被撤换。对韦伯而言，儒家身份伦理无法孕育近代理性化形式所要求的权限分界。④ 这种权限的概念落实在官吏之公私事务的划界、公私财产的分殊等方面，然而在传统中国官僚体系中，权限的概念既然受到压制，上述划分也就难以存身。一个地方的长官可以合法地处理该地几乎所有事务，没有分权，当然也就没有责任的有效边界。同样，在官僚制秩序实行之后，中国的君主不是权限受到削减，而是反被赋予一种"高度巫术性的威严"，这一威严具有"在概念上的不可分割"；与此相应，官僚制之"身份凝聚性"及官僚对其仕途的利害关心，"助长了政治结构之技术上不可分

---

① 参见马克斯·韦伯《印度的宗教——印度教与佛教》，《韦伯作品集》Ⅹ，康乐、简惠美译，桂林：广西师范大学出版社，2005，页189。

② 参见约瑟夫·列文森《儒教中国及其现代命运》，郑大华、任菁译，北京：中国社会科学出版社，2000，页14—17。

③ 参见马克斯·韦伯《支配社会学》，页162；马克斯·韦伯《经济与社会》第2卷上册，阎克文译，上海：上海人民出版社，2019，页1439。

④ 参见马克斯·韦伯《支配社会学》，页150。

割性的趋势"。① 这种政治结构技术上的不可分割性趋势与其不追求理性的专业化取向相呼应，共同强化了儒教所塑造的身份伦理，这种身份伦理以对传统的遵循为导向，与"家天下"体制下支配者权力凭借传统获得正当性以及地方在农业社会结构下由非流动性而强化的传统权力等现象一道推进了对传统的信仰。

在韦伯看来，中国的家产官僚制最大的特征是缺乏近代官僚制的即事化品质。所谓即事化，意味着就事论事、以事务为本的取向，即关注事情本身的逻辑，围绕事情本身之客观化因果机制而行事，它要求权责分工明确、以事务之目的为导向的理性化态度，将事务从人际关系中解放出来。但在传统中国，事务被嵌入人际脉络里，人际成了处理事务的出发点，因而在理性官僚制中，朝向事务本身的切事性被忽略，被转化为支配政治学中处理人际关系的环节，事务自身变成第二性的东西。事务无法得到如其所是的处理，而是被卷入相关利益方的人际协调中去。人本而非事本，正是家产制支配方式的典型特征。

由于事务处理不是就事论事，而是看人论事，因而官吏并没有独立于人际性的自主的权责与义务观念，义务权责也被嵌入支配的人际关系结构中，这就造成了个人的任意性，但同时又为人际关系所限而缺乏切事精神必需的自由空间。只要不是基于事务本身的性质，而指望于支配结构的人际关系，那么对事务的处理就无法避免任意性与随意性，支配者的好恶与恣意就是影响事务之决定性要素。② 韦伯的观察基于西方思想对人与事关系的理解。形式化理性可以把事务作为一种虽然由人推动和实施，但可与人的情意欲等分离的程式化活动来操作，最大限度地减少人的主观介入与人际影响的因素。而此种形式化理性能够运作的前提，乃是在制度与观念上将事与人分开。官僚制作为世界历史上的重大发明，其精髓本来是区分人与事，以摆脱行政规则受制于支配者个人性、主观化的授予或恩宠的家产制取向，从而维护规则与权力的客观性。传统中国在一定程度上通过庞大官僚制实现

---

① 马克斯·韦伯：《支配社会学》，页168。
② 马克斯·韦伯：《支配社会学》，页131。

了将权力从皇帝一人之恩宠与任意中拯救出来的目的,然而,并未真正形成官僚制所要求的规范的客观性以及以即事化目的为指向的就事论事的态度,[1]而以人伦关系为核心的家庭以及儒士阶层的教养等,都倾向于将事作为人的活动来对待,如同练习射箭不以中的而以合乎礼仪的教养为目标,这样对文明的追求本身会回馈到对切事性品质的消解上。由此,当普遍规则被应用时,个人就不能被看作可以替换的对象,从而消解了儒教社会中社会秩序的可计算性与可预测性,其结果则是进行大规模(资本主义)生产的可能性被瓦解了。

  问题的深层张力在于,一旦将切事性自人的脉络切割并完全独立,一旦人被附着于其所从事的事务及其程序上,由此而形成的官僚制系统本身就会成为个人无法冲破的"铁笼"。韦伯面对现代铁笼又不得不求助于民主体制与之抗衡,然而民主制度本身又可以与"铁笼"合谋,如此加剧了生存者的"铁笼"困境。而在儒家传统中的钱穆,在讨论历史时对人事关系提供了不同于韦伯的相反看法:如果"把人物附属于事件",其前提性信念则是,事件本身自具一种发展的内在规律,这就会忽略人在历史进程中的主动力量,而走向一种"历史的命定观";如果历史书写纯以事件为主,事与事之间并不能紧相连接,这就导致历史过程的脱节,允诺了历史上每一事皆可骤然突发,从而导致另一种命定观。如果说前一种命定观决定者在事件本身,后一种命定观决定者则在事件之外。总而言之,历史进程成为命定,人便退处无力。作为一个连带的后果则是历史知识在人文社会里面便无意义、无贡献。[2]钱穆所说的"历史"替换为"社会",其论说仍可成立。一旦政制系统纯以事为中心,固然可以避免人的随意,但也没有给人提供自主空间,智慧与德性在切事性官僚系统中就不再有意义,发令的官僚不执行,执行的官僚并无自己的意志,因而导致责任无所系属,智慧与德性在此系统中只是机构系统的障碍者,而不是成就者。如此官僚系统越是理性化,人在其中便越是作为机构理性之程序化环节,则效率愈高。这就使得无法被挤压为系统化环节的人

---

[1] 马克斯·韦伯:《支配社会学》,页133。
[2] 钱穆:《中国学术通义》,北京:九州出版社,2012,页24。

不得不求助自发性机制以平衡过度理性化的系统性压力。① 钱穆看到，"认若事件可以外在于人而独立存在，则历史如等于自然界……好像与人不亲切"。② 政治社会的体制与程序一旦将人完全视为自然存在，那么它就失去了其人性基础；然而钱穆并没有给出切事性的可能性。因而，人与事的关系的核心，一方面要给出朝向事情本身机制的可能性，另一方面要给出人在其权能范围的自主性。就此而言，同样身为儒者的王夫之对人事关系的如下见解可谓深刻："以事而存人，不以人而存事。事系于人，以事为刑赏，而使人因事；人系于事，不以人为进退，而使事因人。人之臧否也微，事之治乱也大。故天下之公史，王道之大纲，不以人为进退。"③

## 二 "私天下"与"家天下"的降格

在韦伯看来，切事精神的消解，正是中国官僚制无法走上现代理性化道路的表现，根源则在于其家产制向度。④ 中国的政制系统无法在家与国的不同构造及其基础上进行形式化区分，从而将家内因素（传统、习俗、孝道等）带进了国的系统。由此导致公私分化无法在观念与制度性上呈现，这才有所谓"家天下"问题：整个国家被视为皇帝的个人家产（私产），以俸禄制供职于国家官僚系统的官员则被视为皇帝的家臣，国家的老百姓被视为皇帝的子民；而在地方的官僚系统中，地方官本身又被视为父母官，他治下的基层百姓则是其子民。基于家内因素延伸到了国家层面，家成了国家构造的秩序基础，韦伯在家产官僚制的中国看到的公私畛域混淆，被视为权限分界意识匮乏的

---

① 现代高度理性化与系统化的体制秩序之外，还存在着一种非正式的、非官方性的自发性秩序，正是以此秩序为深层背景，高度理性化的官僚制本身才能运作。参见詹姆斯·C. 斯科特《六论自发性：自主、尊严，以及有意义的工作和游戏》，袁子奇译，北京：社会科学文献出版社，2019。
② 钱穆：《中国学术通义》，页 24。
③ 王夫之：《春秋家说》，《船山全书》第 5 册，长沙：岳麓书社，2011，页 293。
④ 马克斯·韦伯：《经济与社会》第 2 卷上册，页 1153。

最大表现。类似的中国论述可以追溯到黑格尔（G. W. F. Hegel），后者强调，传统中国是建立在家庭关系基础上的人为国家组织，宗法关系或家庭关系构成这个组织的基础。韦伯在儒教中国中发现的权限划分的匮乏，在黑格尔那里则体现为皇帝一个人的"任意式自由"以及君主与政府"拥有不受限制的权力"。①黑格尔的这种理解，与他将中国归入由自由理念刻画的世界历史的开端时刻，即"一个人的自由"因而也就是没有真正自由的历史纪元相关。黑格尔对中国统治者的父亲化想象可与韦伯的如下表述相对应：

> "君父"（Landesvater）乃家产制国家的理想。因此，家父长制乃成为特殊的"社会政策"的担纲者，而当它有充分理由必须要确保子民对其保有好感时，它实际上也经常推行社会福利政策。②

皇帝本人将天下人视为其子民，爱民如子，这种慈父般的爱本身是家产官僚制的构成部分，后者一方面导向"私天下"，另一方面则抑制了个人自由运用其理性的空间。

上述理解的确注意到"家天下"体制的某些性相，特别是其与近代理性化形式的紧张，具有一定合理性甚至深刻性，但其理解并非充分，远未呈现从中国思想自身出发达成的理解。"秦、汉以降，封建易而郡县壹，万方统于一人，利病定于一言，臣民之上达难矣。"③这样的情况下，才出现将天下视为皇帝一家之财产的观念。然而以这样的理解为基础无法解释传统中国数千年的绵延性持存，更何况，本质上任何一种政治体都不可能建立在"私天下"的基础上，以"私天下"解释"家天下"其实是一种严重误解。黑格尔与韦伯在理解

---

① 黑格尔：《世界史哲学讲演录1822—1823》，刘立群等译，北京：商务印书馆，2015，页122、124。
② 马克斯·韦伯：《支配社会学》，页258。
③ 王夫之：《尚书引义》卷五《立政周官》，《船山全书》第2册，长沙：岳麓书社，2011，页401。

中国政制方面的问题在于，不是从中国思想的内在理路出发，而是从"普遍历史"的西方时刻的处境意识出发，给出一个在欧洲主导的世界历史叙事中居于边缘位置的中国文明图像，在这个图像中，"家天下"首先被降格为成就皇帝一人的任意自由的"私天下"体制，或者用韦伯的话说，成就不违背传统条件下的统治阶层的任意性的体制。

当然，韦伯所谓的君父理想并非无稽之谈。在《尚书·泰誓》中可以看到"元后作民父母"的观念，在《尚书·洪范》中有"天子作民父母，以为天下王"。但必须看到，作为这种观念前提的是《泰誓》所谓"惟天地万物父母"。王者既是天子，又是民之父母，其中传达的是一种宇宙论帝国秩序的图像：王者构成天与民的中介，在政治社会中代表上天，而在天道那里则代表人间的政治社会；由此，君父的观念构成宇宙论帝国秩序的建构环节，意在给出王者统治的正当性基础，即王者作为上天的代表而统治下民。[1] 但当心性的真理发现之后，儒学对宇宙论秩序的集体主义生存样式进行了革命性突破，[2] 于是，在儒学中，一方面"君父"被扩展到"民之父母"，主要不再是论证宇宙论帝国的统治正当性，而是用以确定君主与官僚阶层的责任，君主必须如同天地生养万物那样生养万民；[3] 另一方面，儒家更重视王者乃天之元子的观念，因为据此可导出天子乃万民之"宗兄"而非"君父"的身份。在张载《西铭》所建构的"天下"这一宇宙论大家庭中，君主就是以"宗兄"身份出现的：

---

[1] 参见陈赟《"治出于二"与先秦儒学的理路》，《哲学动态》2021年第1期，页53—65。

[2] 埃里克·沃格林：《秩序与历史》卷一《以色列与启示》，霍伟岸、叶颖译，南京：译林出版社，2010，页87。

[3] 对于"民之父母"观念及其意义的详尽探讨，参见刘丰《"为民父母"与先秦儒家的政治哲学》，《现代哲学》2019年第1期，页112—122。笔者以为，"为民父母"的表达存在着"精神突破"之前与突破之后的两种形态：突破之前的主体是王者，它对应的是礼法秩序下的集体性生存；突破之后的主体是每一个人，它的主体不再局限于王者一人；突破前它仅仅具有政治伦理意义，突破之后则具有精神生活层面的道德意义。

> 大君者，吾父母宗子；其大臣，宗子之家相也……凡天下疲
> 癃残疾、惸独鳏寡，皆吾兄弟之颠连而无告者也。①

在宇宙论大家庭中，君主如同其他人一样，都是天地之子，同为天地之子的天下人，则是君主的兄弟。君主作为统治者，乃是以宗兄（宗子、元子、嫡长子）的身份带领作为其兄弟的天下人，一起侍奉天地这个宇宙论意义上的大父母。② 正因为君主并非君父，而是以元子身份出现的兄长，故天下人才是其"同胞"："惟人也，得其形气之正，是以其心最灵，而有以通乎性命之全，体于并生之中，又为同类而最贵焉。故曰'同胞'。则其视之也，皆如己之兄弟矣。"③ 在"家天下"的秩序中，君主作为单数的宗兄（共同父祖的嫡长子）统领作为复数的庶弟（共同父祖的庶子），而父祖在这种"以兄统弟"④ 的政治结构中，乃是将兄弟团结凝聚为一家人的象征性符号。同样，当天作为人物所自出的宇宙论意义上的父母时，其核心乃是天下之人皆兄弟、万物皆伙伴，由此宇宙大家族内的兄弟、伙伴关系才是真正被关切的重心。与其说宗兄通过天而获得统治的资格与正当性，毋宁说同时获得来自天的不可推诿的统率兄弟与照顾伙伴的责任。《西铭》的这一思想远承《礼运》的"天下为一家"理念，极大颠覆了黑格尔与韦伯关于中国君主的肖像。朱熹在解释《西铭》时，再度回到这一思想："乾父坤母而人生其中，则凡天下之人，皆天地之子矣。然继承天地，统理人物，则大君而已，故为父母之宗子；辅佐大君、纲纪众事，则大臣而已，故为宗子之家相。"⑤ 韦伯与黑格尔将宇宙论秩序突破前的以王者为中心的中国图像，误置为随

---

① 张载：《张载集》，章锡琛点校，北京：中华书局，1978，页62。
② 参见陈赟《周礼与"家天下"的王制——以〈殷周制度论〉为中心》，北京：中国人民大学出版社，2019，页277—285。
③ 朱熹：《西铭解》，朱熹撰，朱杰人、严佐之、刘永翔主编《朱子全书》第13册，上海：上海古籍出版社/合肥：安徽教育出版社，2002，页142。
④ 关于"以兄统弟"作为宗法的核心，参见陈赟《周礼与"家天下"的王制——以〈殷周制度论〉》，页165。
⑤ 朱熹：《西铭解》，页142。

着心性真理发现而对宇宙性秩序进行突破后的中国图像。宇宙论秩序突破以后所产生的天下人皆为天子、天下人皆同胞的思想根本没有被意识到,君父思想反而被放大了。

"天下一家"的意识渗透在先秦思想中:一方面,子夏所传述的古老箴言"四海之内皆兄弟"(《论语·颜渊》),就是将天下每一个人都视为兄弟,这种兄弟之情既超越血缘,同时也超越了政治礼法为达成秩序而设定的等级;另一方面则与《庄子》所表达的每个人都是天子的思想呼应。① 这里可以看到一种韦伯与黑格尔未能看到的新图像:王者作为天之元子统率天之庶子以事天,一方面,作为统治者的元子与作为被统治者的庶子不再是父子关系,而是宇宙论父母之下的兄弟关系;另一方面,每个人皆可通过尽其心、知其性的方式在道德层面自事其天。由此,在兄弟关系背后隐藏的背景是人与超越性的天之关系,由天所带来的约束不仅适用于民众,也适用于君主与臣僚,以至于臣僚在面对其君主的任意时,可以依据在上之天与在下之民两个尺度进行抵抗,这种抵抗意识体现在对忠臣的理解上,它不是韦伯所谓恭顺之德行,相反,"恒称其君之恶者,可谓忠臣矣"。②

对"家天下"最早的明确刻画来自《礼记·礼运》,它将大同与小康对应于"天下为公""天下为家",二者又被视为"大道之行"与"大道之隐"。当郑玄将"天下为公"与五帝时代对应,而将"天下为家"与三代对应时,③ 二者被以一种历史叙事的方式展开于中国的文明论记忆中,但这种历史叙事绝非线性化的,"天下为家"并非"天下为公"的替代物,二者只是大道发生作用的显和隐的不同机制,并非天下不为"公"即为"家",或一旦"天下为家"则不能"天下为公"。在历代的主流解释中,从五帝之"天下为公"到三代

---

① 《庄子·人间世》:"与天为徒者,知天子之与己,皆天之所子。"《庄子·庚桑楚》亦云:"人之所舍,谓之天民;天之所助,谓之天子。"
② 《鲁穆公问子思》,荆门市博物馆编《郭店楚墓竹简》,北京:文物出版社,1998,页141。
③ 参见陈赟《"浑沌之死"与"轴心时代"中国思想的基本问题》,《中山大学学报》(社会科学版)2010年第6期,页126—127。

之"天下为家",乃是时势之不得不然,此中有出于天而不系于人的因素为之主导。从大同到小康的演变,一方面是大道之行到大道之隐的过程,另一方面则是礼从自发至自觉的过程,在"天下为家"的小康时代,大道即隐身或寄身于礼制之中,大同时代也并非礼的缺乏,而是如张载所说"礼义沛然""游心于形迹之外,不假规然礼义为纪以为急"而已。①"天下为家"在《礼运》中当然具有一家之治的意思,即以某家族集团来统治天下,在天下与国两个层面,统治者在家族内部成员中采用"世"(传子)"及"(传弟)的制度,这个意义上的"家天下"不同于"天下为公"所采取的推选贤能的机制。推选贤能在五帝时代乃是禅让,即在以氏族部落为单位的社会结构中,由具有领导能力的氏族部落首领来担任部落联盟的领导者,而这个领导之位对部落联盟集团内部的有德能者开放。由禅让到世及的变化,伴随着社会历史条件的变化,其正当性出于天时。但这两种特定体制("法")内蕴的理念("道")则超出社会历史条件,由"法"而"道",作为"道"的"天下为家"则指向一种"天下一家"的秩序理念。这是"天下为家"在《礼运》中的另一内涵,后者展现的是家作为秩序原型的意义,不仅整个世界被视为一个放大的家,国本身也被视为家的扩展形式,现代汉语所谓"国家"即包含着建国为家的意思。这并不是说齐家就与治国、平天下具有同质性,事实上,三者作为不同领域,具有分殊化的不同原则。②

由此,在《礼运》的内在逻辑中,"家天下"可区分为两个层次。(1)"天下一家"的秩序理念,这是中华文明的秩序理想,是超越特定历史时段的"治道"而非依附于特定时段的"治法"。(2)"一家之治",也就是通过家族集团内部的权力传承来对天下进行统治的方式,它是特定历史阶段的"治法"而不是"治道"。韦伯视野内的中

---

① 参见张载《张子全书》,林乐昌编校,西安:西北大学出版社,2015,页 336。标点略有改动。
② 参见王夫之《读四书大全说》卷一《大学》,《船山全书》第 6 册,长沙:岳麓书社,2011,页 437—438;王夫之《四书训义》卷一《大学》,《船山全书》第 7 册,长沙:岳麓书社,2011,页 76、87。

国政制图像局限在"一家之治"层面,而未及"天下一家"的理想,因而难免对"家天下"进行"私天下"的降格。

## 三 "天下一家"与"一家之治"的历史捆绑与理念分离

"天下一家"作为中国文明的秩序理想,意味着以家为原型构建的扩展性秩序;但理想总是落实在粗糙不平的大地上,因而在不同社会历史条件下有不同的落实方式。这一理想被提出的战国时代,乃是中国从封建—宗法的三代之治向郡县制大一统国家的过渡时期,而三代之治无疑构成这一理想的历史土壤。正是特定的历史现实导致了"天下一家"与"一家之治"的历史捆绑,其实质是三代政治的天下一家理想因应于当时的社会历史现实而不得不采取"一家之治"的形式。

从历史大时段看,夏、商、周三代并非秦汉以后的郡县制大一统国家,而是由众多邦国之中某一具有支配德能的邦国作为王国而实施对天下(实即众邦国)的分封制治理,这是"王制中国"的实况。夏、商、周在本然意义上是众多邦国中较突出的三个邦国,就它们自身作为这样的邦国政治实体而言,它们是同时性的;但它们在其作为王国——"有天下"之"中国"——的意义上,分别先后以共主身份实施对众多邦国的治理,在这个意义上它们是历时性的。分封制针对的是邦国林立而任一邦国都不可能使其治权抵达其他邦国内部的时代状况,由此形成的政治结构只能采取如下的形式:作为王国的"中国"的国家能力无法直接到达所治之天下的每一个邦国,但可以到达每一个具有自己文化传统而有其自治方式的邦国之最高统治阶层。由此就在共主式天子与邦国领袖(诸侯国君)之间形成由相互承认、结盟、分封与礼制等所保证的共主制支配形式。这种支配当然是有限的,而且充满着不稳定因素。支配正当性则来自宇宙论秩序中王者的中介性,即王者的双重代表权(在政治社会代表天地万物的大宇宙,在大宇宙秩序面前则代表人类社会的小宇宙)的确立,故而王国本身作为"中国"而存在,所谓"中国"意味着大宇宙与人类社会小宇宙之间进行连接的"宇宙的脐点",它是精神突破之前在宇宙论秩序中获得统治权力的"位点"。

正是在这种情况下,周人取得天下的统治权之后,形成了一套以亲亲、尊尊为核心的礼乐制度,其核心是将周王的兄弟分封到各个封国去做国君,从而使周人治下的天下成了众多"兄弟之国"的有机结合,而大小宗制度又将不同兄弟通过共同的祖先团结凝聚为宗族,对因功获得分封的异姓诸侯则与之联姻,从而形成天下各诸侯国君或为周王兄弟,或为其甥舅的状况,由此,周人的统治阶层形成了整体上的大家族格局,以周人之一族一姓构成的统治集体来统治天下的百姓万族,这一制度设计深刻地影响了夏、商以来的社会结构变迁,国之扩大与家之缩小成为其自然结果,最终使得传统中国时代家成了国的基本单位。周人的礼乐制度创设当然有其利好自身的意图,就是为了使其子孙能够长久掌握天下的治权,这当然是"家天下"的内涵之一,其实质是"一家(一族一姓)之治",即以家族的集体力量治理天下、应对世运变化。后人在"家天下"这一语词中看到的往往都是这一内涵,这个内涵进一步被降格为天下乃是君主的私有财产,"家天下"被理所当然地等同于"私天下",而当秦汉以后的大一统郡县集权政制以皇帝的"一人之治"表现出来时,似乎更强化了这一见解,[1] 而近代的进步—进化论又使郡县制大一统被视为相对于民主制的业已被历史进化叙事所克服的过时的政治形式,所有这些都强化了"家天下"等同于"私天下"的认识。

在《礼运》那里,"家天下"一出场就在表达"小康"理想,直到今天小康依然被视为政治社会的目标。"天下一家"的理想与"一家(一姓一族)之治"并不矛盾,前者是治之"道",后者是治之"法"。"法"总是与历史条件相关联,"天下一家"理想在三代状况下不能不寄身于"一家之治"的治法之中。反过来说,由于一家之治的治法在三代状况下现实地承担天下一家的理想,因而具有其历史合理性。王夫之曾深刻指出:在邦国林立、"人自为君,君自为

---

[1] 参见黄宗羲《明夷待访录·原君》,沈善洪主编《黄宗羲全集》(增订版)第1册,杭州:浙江古籍出版社,2005,页2—3。

国，百里而外，若异域焉，治异政，教异尚，刑异法"的三代现实状况下，万国林立、彼此征战的状况不可一朝骤革，而周人的智慧则在于以"大封同姓，而益展其疆域，割天下之半而归之姬氏之子孙"的方式，使天下"渐有合一之势"，为后来的郡县制大一统所带来的风教渐一准备了前提，避免了邦国间以相互征服为日常的社会状况。虽然周人"以一姓分天下之半"，达成一家之治，然而"天下之瓦合萍散者渐就于合"。换言之，周人"实以一姓之兴，定一王之礼制"，是以在当时的状况下以"一家之治"成就"天下一家"。这正是周人经略天下之伟大高明所在。① 在三代状况下，统治者之利家与利天下不得不整合到一起，如果不能维持天下的长治久安，周人也就无法本枝百世；反之亦然。周人的"家天下"正是在邦国林立的社会政治条件下将利家族与利天下结合的一种政治体制，在谋一姓之巩固时，也创造了使天下免于水火数百年的局面。② 这就是说，西周的王制，就周人自身而言，实现的是一姓之兴，但就天下而言，却达到了天下为公与天下一家的效果，不仅避免了数百年的政教失序，而且为政教生活达成了秩序的典范，甚至为数千年中华政制进行了制度性的奠基。③

虽然我们可以看到"溥天之下，莫非王土；率土之滨，莫非王臣"（《诗经·小雅·北山》）的叙述，似乎支持了西周乃是家产制国家的观点，然而，在儒家的论述中，更多的却是对"家天下"的如下理解："王者以天下为家"，"王者家天下。有家也，而后天下家焉，非无家之谓也"。④ 在这里，家被视为秩序的基础，家天下所要成就的不仅仅是王者之家，更是天下人之家。"天子家天下，诸侯家其国，庶人家其家。以家天下者而但家其家，则亡；以家其家者而为

---

① 参见王夫之《读通鉴论》，《船山全书》第 10 册，页 754—755。
② 参见王夫之《诗广传》卷四《大雅》，《船山全书》第 3 册，长沙：岳麓书社，2011，页 451。
③ 参见陈赟《论周礼的制度根基与精神基础》，《中州学刊》2018 年第 7 期，页 100—107。
④ 王夫之：《诗广传》卷三《小雅》，《船山全书》第 3 册，页 406—407。

天下人人谋其家，则王。"① 从这个角度不难理解："尊尊亲亲则犹是一家之治也，其使天下各尊其尊、各亲其亲，则非复一家之治也。"② 回到"大人世及以为礼"的"家天下"制度，其本质是以世及的制度化方式避免统治家族集团内部由于支配权而引发纷争。郭嵩焘指出，"自三代传子之法定，而唐虞禅让之风遂不复能行。圣人辨上下而定民志，尤以是为人伦之纪，考礼正刑，整齐天下，以奉一王之大法"，"制度者，所以范围天下之人心而不过其则者也"。③ 这里的制度即礼法，它不能完全还原为黑格尔意义上的伦理，按照黑格尔的观点，"在中国，伦理的东西变成了法"，④ 对于统治权力的更替传承，三代采用世及的礼法，这种礼法恰恰是以制度化方式对任意性的约束。熟悉《仪礼》与《礼记》的读者，随时可以感受到那种"经礼三百，曲礼三千"的礼乐氛围，后者指向的目标是："耳之于乐，目之于礼，左右起居，盘盂几杖，有铭有戒，动息皆有所养。"⑤ 在这个意义上，不难理解王国维的如下断言："古之所谓国家者，非徒政治之枢机，亦道德之枢机也"，"制度典礼者，道德之器也"，"故知周之制度典礼，实皆为道德而设"，"周之制度典礼，乃道德之器械"。⑥

"天下一家"作为"家天下"的理想内涵，在现实层面（如三代乃至在传统中国时代），由于历史的时势使然，不得不与"一家之治"意义上的"家天下"结合，于是产生历史的捆绑。然而，《礼运》通过"天下为公"的"大同"理想，意在从理念上实现"天下

---

① 魏源：《诗古微》中编 9《周颂答问》，《魏源全集》第 1 册，长沙：岳麓书社，2004，页 592。
② 黄道周：《孝经集传》卷四，《文渊阁四库全书》第 182 册，上海：上海古籍出版社，2003，页 238。
③ 郭嵩焘：《礼记质疑》，《郭嵩焘全集》第 3 册，长沙：岳麓书社，2012，页 253。
④ 黑格尔：《世界史哲学讲演录 1822—1823》，刘立群等译，页 131。
⑤ 程颢、程颐：《二程集》，王孝鱼点校，北京：中华书局，2004，页 7。
⑥ 王国维：《观堂集林》卷十一《殷周制度论》，谢维扬、房鑫亮主编《王国维全集》第八卷，杭州：浙江教育出版社，2009，页 317—318。

一家"与"一家之治"的解绑,"天下为公"超出了"一家之治",不再以家族内部的世及制度作为社会基础,相反,通过选贤举能的机制,以天下之人治理天下,其内涵正指向天下作为天下人的天下,所否定的乃是一人一家一姓之天下,所导向的则是这个意义上的"天下一家":"人不独亲其亲,不独子其子,使老有所终,壮有所用,幼有所长,矜寡孤独废疾者,皆有所养。男有分,女有归。"(《礼记·礼运》)这种大同秩序是否脱离了家秩序的原型,而构成一种与家的原型无关的秩序类型呢?其实,就《礼运》的整体脉络而言,"天下为公"的大同尽管在治法上不再支持"一家之治"意义上的"家天下"的制度安排,但在理念上仍然支持"天下一家"的治道,即将天下之人整合为一个宇宙大家庭。《礼运》强调:"故圣人耐以天下为一家,以中国为一人者,非意之也。"这里的"天下为一家"即"以天下为家",既是对"天下为家"内涵的理解,也以某种隐秘的方式连接着"大同"。事实上,儒家的重要经典如《论语》《孟子》《春秋公羊传》等,最终都回到尧舜之道,这可以理解为对三代之治中以"一家之治"承载的"天下一家"理想的分离,因为正是在尧舜之道中,"天下一家"不再寄身于"一家之治",尧舜禅让的历史遗存使得儒家可以由此思考以"选贤举能"超越一家之治,从而上达"天下为公",唯有在天下为公中,"天下"作为一个"民胞物与"的大家庭才能真正被给出。

可见。"天下一家"在传统中国被视为极高的政教理想。无论是将一家一姓一族之治为内核的"家天下"由治法误认为治道,还是将"家天下"从"天下一家"中抽离出来降为"私天下",都是儒家"家天下"思想的畸变形式。

## 四 "民胞物与":"天下一家"秩序理想之归宿

《礼运》所提出的"天下一家"的秩序理想,在张载《西铭》中获得了积极响应。"天下一家"的根据在于"天下"背后之"天",也正是基于"天"的概念,才可以提供一种超越血缘关系的宇宙大家庭（"天下"）的概念："乾称父，坤称母；予兹藐焉，乃混然中处。故天地之塞，吾其体；天地之帅，吾其性。民吾同胞，物吾与也。"①

张载将天下理解为一个大家庭，而天地则是生养所有人、物的父母；对于作为天地之子的个人而言，充盈于天地之间的气就是自己的形色身体，而统率天地成其变化的就是自己的本性。这里的关键在于，人与万物在生物性层面是一体的，张载突出的是宇宙之家的气缘论基础，而血缘不过是气缘的局部性特殊例证或有限层面，在"通天下一气"的前提下，一气贯通连接着所有存在者，他人、它物皆与我一气流通、痛痒相关、彼此互感："自一家言之，父母是一家之父母；自天下言之，天地是天下之父母；通是一气，初无间隔。"② 只要扩充自己的意识，便能意识到万物本来一体："大其心则能体天下之物，物有未体，则心为有外。"③ 这里的关键是，天下一家建立在"大心"的基础上，因而不再是精神突破之前的宇宙论秩序中那样，所有人因隶属于以王者为中心的共同体而生活在被给予的集体性生存样式中，而是基于人心真理发现之后，自我经由亲亲到仁民再到爱物的扩展而在更大更高秩序中进行自我确证。

在这里，"天下一家"最终指向了"民胞物与"——人与人之间的兄弟关系及人与物之间的伙伴关系。其突出特点是借助气缘论而将物纳入宇宙大家庭之中，人与物的和睦相处被纳入"天下一家"的秩序理想中，这使得后者具有生态性维度，而这一切又是从日常的伦理体验出发，因而人人皆可在其日常生活中达于此境，而不再系于某一宇宙论帝国秩序中的王者的中介作用。康有为明确地将"天下一家"与"万物一体"关联："万物一体，天下一家，太平之世，远近大

---

① 张载：《张载集》，页 62。
② 黎靖德编：《朱子语类》第 98 卷，朱熹撰，朱杰人、严佐之、刘永翔主编《朱子全书》第 17 册，上海：上海古籍出版社/合肥：安徽教育出版社，2002，页 3312—3313。
③ 张载：《张载集》，页 24。

小若一。"① 这种"民胞物与"思想在儒家关于仁者人格的构想中得到体现，程颢以为其实质是"仁者浑然与物同体"② 的体验，这意味着，一个充分完成的人格必须将自身从"社会人"提升到"天地人"的维度，也就是说，人必须以他自己的方式提升、转化自己，在更高的维度上，才能作为不仅与人而且与物亲密无间的宇宙大家庭成员、作为天下人，在天下这个大家中自在生活。这也在某个方面使得"天下一家"的秩序理想不再限于政治层面，而表现为将家的秩序原型扩展到一种连接着政治、历史、道德、伦理的复合型秩序构造，它深刻地表达了人在世界中建家的要求以及由此获得更大更高归属的深层渴望。

就人的深层渴望以及人性的归属要求而言，家作为秩序原型依然是人的普遍憧憬。在黑格尔那里也可以看到这种憧憬。在将家作为私有领域的西方大传统中，黑格尔发现了作为原初伦理生活形式的家，并以家作为客观性伦理生活之原型，将同业公会、市民社会、国家视为"第二性的家"，甚至将我们所居住的世界视为家，自由体验不是表现为无家之人的本己性和自主性，而是展开为群居之人的在家之感。③ 但是由于他所处时代西方文明的那些不言而喻的信念与假设，譬如精神与自然、人与物、物与物被设定无法突破的界限，在黑格尔那里不可能出现"天下一家"的意识，他所说的作为家园的自由世界，并不能以人伦性的亲亲为基础，更无法由亲亲而扩展到仁民、爱物。一方面，基督教文明背景中的人类中心主义图像很难被改变，人与物的关系成了管理者与被管理者的区分；④ 另一方面，法权性传统

---

① 康有为撰：《论语注》第9卷《子罕》，《康有为全集》第6册，姜义华、张荣华编校，北京：中国人民大学出版社，2007，页448。事实上，朱熹《西铭解》已经用"以天下为一家，中国为一人"解释《西铭》的"民胞物与"。(朱熹：《西铭解》，朱熹撰，朱杰人、严佐之、刘永翔主编《朱子全书》第13册，页142)。

② 程颢、程颐：《二程集》，页16—17。

③ 参见弗雷德里克·诺伊豪瑟《黑格尔社会理论的基础：积极自由》，张寅译，北京：北京师范大学出版社，2020，页23—26。

④ 基思·托马斯：《人类与自然世界》，宋丽丽译，南京：译林出版社，2009，页8、12。

很容易导向将物视为以财产形式呈现的所有物，物只是法权主体的所有物（res），仅仅具有被支配者的角色，与此相联系的观念是，"人只有作为财产所有者才是自由的。财产是外在的事物"。① 也就是说，所有权的意识极大地分割了以"所有者"和"所有物"来界定的人物关系之间可能的一体性。由此，在由万物总体构成的层级性存在链条中，人物之间存在着难以跨越的鸿沟，因而不可能出现"浑然与物同体"或"民胞物与"意识。黑格尔将国家作为伦理生活的最高形式，在一定程度上表达了某种建国为家的秩序理想，然而他所谓的国家客观上无法排除与帝国、殖民主义的纠缠。② 而且，随着国家被神化，个人很难找到一种力量应对和抵抗那种来自魔性利维坦及其权力毛细血管扩张性吞噬的力量，这一切使得家秩序的意义被削弱，家并不能构成庞大的国与渺小的人之间的缓冲形式，牢笼般的现代动员化体制构造仍旧继续支持着国之扩张与家之萎缩的并行趋势。所有这些又都将人引向出离这个世界的灵知主义渴望，而内蕴在这种渴望之中的乃是对家秩序的颠覆。沃格林（Eric Voegelin）对西方文明危机尤其是其灵知主义现代取向的检讨，给中国思想在现代处境下的自我理解提供了新的维度。

如果不能在这个世界重新建"家"，如果不能达成"民胞物与"的"天下一家"理想，我们就有可能遭遇从这个世界的灵知主义式逃离；与之一同发生的，乃是人性、"天下"乃至"天"之本身在人性那里的一并沉降。尤其是，在我们的时代，儒家"天下一家"的秩序构思早就在现实层面实施了与"一家之治"的分离，没有谁还会认可某一特定家族对天下或国家的统治仍具有正当性，时代的问题早已不是对已经丧失了正当性的"一家之治"意义上的"家天下"进行批判，而是如何在这个世界建设人类共同的家园，无论人们对秩序有多少种不同的可能想象，但最终都必须以殊途的方式同归于这一中心，即作为家园的这个世界的维系乃是人类当下与未来的迫切事

---

① 黑格尔：《世界史哲学讲演录 1822—1823》，页 130。
② 参见陈赟《文明论视域中的"家"》，《杭州师范大学学报》（社会科学版）2020 年第 6 期，页 58。

务。如果不能围绕着这一枢轴，那么，一切秩序的建构就会偏离秩序的本性，在这个意义上，儒家的"天下一家"的秩序构想与其说是一个仍然有待努力去实现的目标，毋宁说是一种仍在路上、其开放性无法被封闭的建构人类生活秩序的方式。

**【作者简介】**

陈赟，哲学博士，华东师范大学哲学系教授、中国现代思想文化研究所副所长，浙江大学马一浮书院副院长，教育部长江学者（特聘教授、青年学者）。研究专长为中国古典哲学与文明、中西古典学比较。主持国家社会科学基金重点项目"'礼运学'的综合研究"（18AZX009）等。

# "诗言志"的内传理解*

## 刘小枫

（中国人民大学古典文明研究中心）

多年前，笔者曾撰文讨论亚里士多德《诗术》的性质，力图说明其诗学属于政治学，并提到廖平的《诗》学亦为政治学。① 前不久，廖平关于《诗纬》的文稿经潘林整理出版，引发了笔者的进一步思考。②

poiētikē［诗术］这个希腊文衍生自极为日常的制作行为，已经让柏拉图和亚里士多德思考如下问题：这种行为与人世中的其他制作行为有何不同，"作诗"技艺与其他制作技艺在性质上有何差异。在中国的古代经验中，这样的问题存在吗？

## 一 何谓"诗，志也"

按今天的日常用法，"诗"指成言之作，在上古时期也多指成言的《诗》篇，似乎并不包含行为意味，其实不然。按古典辞书《说文》《释名》的解释，"诗，志也"，"之也，志之所之也"，明

---

\* 本文原刊于《安徽大学学报》（哲学社会科学版），2018年第3期。
① 参见刘小枫《"诗学"与"国学"：亚里士多德〈诗学〉的译名之争》，《中山大学学报》（社会科学版）2009年第5期，页127—129；后收入刘小枫《比较古典学发凡》，上海：复旦大学出版社，2015，页36—59。
② 参见廖平《诗说》，潘林校注，上海：华东师范大学出版社，2017。以下凡引此书随文注页码。

显带有行为含义，尽管特指一种灵魂行为。这一语义源于《书·舜典》著名的"诗言志"说法，而"志"显然是灵魂行为，如《书集传》中的名言："心之所之谓之志，心有所之，必形于言，故曰诗言志。"① 这一说法既是在解释成言的《诗》篇，也是在解释作为一种灵魂行为的"诗"，如《诗·国风·关雎序》所言："在心为志，发言为诗"。

如果"志"是一种灵魂行为，即所谓"志者，意所拟度也"（《仪礼·大射》郑玄注），相当于古代西方人所谓 intentio animi，那么，"诗，志也"究竟是什么意思，我们应该如何理解作为灵魂行为的"志之所之"？

从今天能够看到的古典文籍中，《诗纬·含神雾》对"诗"即"志之所之"给出的解释最为明晰：

> 诗者，持也，以手维持，则承负之义，谓以手承下而抱负之。（《诗说》，页 18）

"持"是一种具体的日常行为，即紧紧握住、执而不释。这里被用来训释一种灵魂行为，即灵魂对某种高远景象或高贵生活方式的向往，苏格拉底称之为"缪斯式的"爱欲疯癫。② "承"则指将这种志之所之的心意追求奉纳怀中，也就是通常所说的有抱负。所谓"假诗为持"，用今天的话来讲，就是指有抱负或有胸襟者的心智意愿。如果说某人天生有诗性，那么，意思首先并非指他有如今所谓的写诗之才，而是指有高远的抱负。这种抱负的结果固然是成言的诗作，所谓"心有所之，必形于言"，但显然不能说，如此抱负之志仅止于立言，不见诸行事。众所周知，从古至今，我国都不乏极富诗性的伟大政治人物——毛泽东是离我们最近的伟大典范。

有人会说，《诗纬》属于纬书，而纬书早已被儒家判为荒诞不经

---

① 蔡沈撰，朱熹授旨：《书集传·虞书》，严文儒校点，朱杰人等主编《朱子全书外编》第 1 册，上海：华东师范大学出版社，2010，页 19。
② 比较柏拉图《斐德若》245a1-247e5。

之言，何以可能凭靠《诗纬》的说法来理解"诗，志也"？

1918年，廖平在为胡薇元《诗纬训纂》撰写的序文中说，把纬书判为荒诞不经之言，是宋儒所为：

> 六经为其正文，六纬（纬亦作微，即秘密之传授）为其起例，亦如奇门、六壬、火珠林，诸术数家学者，必先详其起例，而后能通其书，非有起例不能读也。（《诗说》，页59—60）

这里提到的"术数"，会让我们想到古希腊智术师所说的"技艺"，但廖平借"术数"说明汉代六经学有一种近乎秘术的内学传统，而古希腊智术师的"技艺"并非"秘术"，除非特指苏格拉底与普罗塔戈拉所讨论的"治邦术［政治术］"。①

廖平说，纬书乃通达六经微言的门径，"刘歆以后，东汉古文家别立门户，乃专以训诂文字，采《春秋》录时事，专以史事立序"，才开启了如今所谓考据式实证经学的路向。即便如此，从魏晋至隋唐，儒者大多仍兼通内学［秘术］，到北宋理学兴起之后，这一古老传统才几近断绝，纬书也因之被判为"妖言"（《诗说》，页60）。

其实，纬学在东汉时遭到攻击，绝非仅仅因为刘歆别立经学门户。桓谭（约公元前23—公元56）说：

> 今诸巧慧小才伎数之人，增益图书，妖称谶记。（《后汉书·桓谭传》）

王充（27—约97）轻蔑地以为：

> 有神灵，问天地，俗儒所言也。（《论衡·卜筮篇》）

张衡（78—139）则愤然曰：

---

① 柏拉图：《普罗塔戈拉》316c5-317c5；比较陈侃理《儒学、数术与政治：灾异的政治文化史》，北京：北京大学出版社，2015。

> 自中兴之后，儒者争学图纬，兼复附以妖言。衡以图纬虚妄，非圣人之法。（《后汉书·张衡传》）

凡此表明，纬学受到攻击，且自隋以降遭王朝禁绝，其政治史原由相当复杂，要理出头绪并不容易。[①] 我们不能设想，廖平对东汉时的政治思想冲突一无所知。事实上，对于图谶之士及术数家利用纬书的情况，廖平了如指掌，但他并不因此抛弃纬书：

> 纬者，先师经说入于秘府，与图谶并藏。哀、平以来，内学大盛，侈言符命者，猎取纬说，以求信于世。故凡纬说术数家言，并为图谶所混。今其书冠以"七经"名，则纬书之本名也。其下之名，则皆图谶及术数家言。如《雌雄图》《钩命诀》之类是也。其书皆藏于秘府，写者含混写之，遂成定本。然解经者当引纬说，图谶之言，不可用也。[②]

可见，廖平称内学传统为"旧法"，恰如其分，他更多强调理学兴起导致儒家古老的内学传统血脉断绝，自有其用意。今天的我们值得琢磨这样的问题：为何廖平要在清末民初的历史时刻重拾中国文史传统中隐而秘传的"旧法"。也许，他对"诗言志"的内学式理解，能够让我们得到理解的线索。

在廖平看来，依循《诗纬》提供的指引，我们对"诗言志"乃至《诗》的品质会有另一番理解：在汉代儒生那里，《诗》学首先与天象学（廖平称为"天学"）相关，或者说与永恒的自然秩序相关。在《〈诗经〉天学质疑》一文中，通过解读《韩诗外传》中孔子答

---

[①] 比较拙文《纬书与左派儒教士》，刘小枫《儒教与民族国家》，北京：华夏出版社，1999/2015，页1—84。

[②] 廖平：《何氏公羊春秋再续十论》，亦参见廖平《经话乙编》2，李耀先主编《廖平选集》，成都：巴蜀书社，1998，页523。此说与《四库全书总目提要》分辨"谶"与"纬"，并无不同。

子夏所问"《关雎》何以为《国风》始也",廖平告诉我们：

> 按后世以《序》说《诗》，《关雎》一篇，今所传古说，尚有八家，不知名者更无论矣。《外传》所论其文，直与《列》《庄》《楚词》同，则知《诗》为天学，为神游思梦、上征下浮、鸢飞鱼逃，为孔子六合以外天真至人之学。(《诗说》，页57)

倘若如此，"诗"即"志之所之"的"志"指"天真至人"之志。从《庄子·天下篇》中可以看到，"至人"身位在圣人之上，"天人"及"神人"之下，品位相当高。但我们能用今天的话说，这种"天真至人"之志等于古希腊自然哲人的爱欲吗？

问题恐怕未必如此简单。《纬书》早已不传，今本靠清人辑佚而成，残缺颇多，《诗纬》尤甚。为了重拾汉儒"旧法"，廖平做了一件工作：将《纬书》其他篇章中与《诗纬》相关的言辞辑录在一起，以便对观。在廖平的《〈诗纬〉搜遗》中，有这样一段出自《春秋纬·说题辞》的言辞：

> 诗者，天文之精，星辰之度 [十五国上应天宿，大小《雅》五际合于五星、十二辰]，人心之操也 [操者持也，故《含神雾》曰："诗者，持也"]。在事为诗 [寄托往事，以为比兴]，未发 [《中庸》："喜、怒、哀、乐之未发，谓之中"] 为谋 [《小雅·旻天》多言谋]，恬淡为心，思虑为志 [在心为志，志主思虑，思出于脑]，故诗之为言志也。(《诗说》，页32—33；引文方括号内字为廖平弟子黄镕笺注)

这里所说的"人心之操"不会指平常人之心，而是指极少数人的灵魂所向。毕竟，对"天文之精，星辰之度"天生有探究热情和能力的人，不可能是多数常人，只可能是亚里士多德在《尼各马可伦理学》开篇所说的那种有高贵灵魂之人。按照这一说法，"诗"即"志之所之"的"志"指极少数人对自然秩序的痴迷。无论如何，廖平说《诗》学包含"天学",绝非自己臆度,而是本于汉儒成说。

《〈诗纬〉搜遗》中有一段出自《乐纬·动声仪》的文辞甚至说到"诗人":

> 诗人感而后思,思而后积,积而后满,满而后作。言之不足,故嗟叹之;嗟叹之不足,故咏歌之;咏歌之不足,不知手之舞之、足之蹈之也。(《诗说》,页35)

按廖平的理解,这里所谓"诗人"指制作《诗》篇的孔子,"感而后思"的思相当于西人所说的"热爱智慧"。于是,"思而后积"被廖平心领神会地解释为热爱智慧之思"由近及远,由小推大,由卑及高,由地及天"。至于"积而后满",则意味着"天地六合,理想周至,充满于心"(《诗说》,页35)。由此看来,汉儒所理解的"诗,志也"之志,的确类似于苏格拉底所谓热爱智慧者对天地六合的整全之思。

接下来的从"言之不足"到"嗟叹之不足"乃至"咏歌之不足"句,在廖平看来,实为描绘"天真至人"之志凭靠哲思上升天界时的灵魂所往状态:目睹诸天界美色时"言语不足形容"只能嗟叹,继而情不自禁咏歌"赞其美大"。《论语》中的那句我们耳熟能详的说法,描述的正是这种灵魂神游周天的感受:

> 仰之弥高,钻之弥坚,瞻之在前,忽焉在后,欲罢不能,虽欲从之,莫由也已。(《论语·子罕》)

由此看来,这段言辞堪称"天真至人"之志的表白。我们可以说,孔子成为"诗人"制作《诗》篇,乃因自己的灵魂神游思梦周天有感而为。可是,按廖平的指引,其弟子黄镕为"满而后作"句作笺注征引的古人证词,既有孟子的名言"王者之迹熄而《诗》作",也有我们往往会忽略的太史公言:"周道缺,诗人本之衽席,《关雎》作"(《诗说》,页35)。这意味着,因周道不继而深感痛惜,孔子的"天真至人"之志才制作《诗》篇。换言之，孔子成为"诗人"的真正动因，乃人世间政道不济。

然而，由于"满而后作"句在中间，我们也许更应该说：孔子成为"诗人"的真正动因在于，其"天真至人"之志既向往六合之外，又不舍六合之内，以至于被衰世的现实扯回头。我们值得问：难道孔子心性中有某种灵魂品质让他没法抛舍六合之内的人世？如果情形的确如此，那么，这种心性是一种什么样的灵魂品质？

紧接下来，《乐纬·动声仪》的作者转向了"贤者"，也就是所谓君子：

> 召伯，贤者也，明不能与圣人分职，常战栗恐惧，故舍于树下而听断焉。劳身苦体，然后乃与圣人齐〔贤者为其易，圣人为其难〕。是以《周南》无美，而《召南》有之。以《雅》治人〔《小雅》五际，《大雅》五际，气交（指天地二气交合）之中，人之居也；气交之分，人气从之〕，《风》成于《颂》〔《含神雾》："《颂》者，王道太平，功成治定而作也。"〕。有周之盛，成康之间，郊配〔《孝经》："周公郊祀后稷以配天。"〕封禅〔《左传》："山岳则配天，物莫能两大。"〕，皆可见也。（《诗说》，页35；引文方括号内字为廖平弟子黄镕笺注）

"明不能与圣人分职，常战栗恐惧"表明，贤者之为贤者，乃因为他有这样一种自我意识：懂得自己的心性不及圣人。这里出现的"圣人"一词，让我们应该想起《庄子·天下篇》说过，在天真至人与君子之间还隔着圣人身位。与天真至人不同，圣人"以天为宗，以德为本，以道为门，兆于变化"。由此我们得知，孔子作《诗》是圣人行为。

所有人都置身天地之间，但每个人与天的距离则因个体性情而有巨大差异。可以设想，并非每个人的"人心之操"都向往"天文之精，星辰之度"，即便有这种向往，也并非人人都有"由近及远，由小推大，由卑及高，由地及天"的心智能力。圣人之为圣人，乃因为他顾及平常人的"人心之操",即所谓"兆于变化"。从而,"诗人"之志在天地之间,并沟通天地,以救政道衰微。如《诗纬·氾历枢》所言,"圣人事明义以焰燿,故民不陷"(《诗说》,页 17)。由此可见,廖平把"满而后作"的"作"的真正动因理解为圣人之志贯通六合内外,并非自己臆度,而是本于古人成说。

廖平的理解让今天的我们想到苏格拉底的老师第俄提玛所说的"大精灵",即在贯通六合内外方面"有智慧的人"。与这种精灵在身之人的作诗相比,"在设计技艺或手工活方面有智慧的人,不过是某种低的匠人而已"(《会饮》202e1—203a5)。可是,按廖平对《乐纬·动声仪》的释读,所谓"圣人"指"以《雅》治人"的王者,圣人与王者是同一身位,从而,孔子作《诗》是王者行为。

按廖平的指引,黄镕笺注在这里引用了《诗纬·含神雾》中的"《颂》者,王道太平,功成治定而作也"句,以此汇通《乐纬·动声仪》所说的"《风》成于《颂》"。《诗》中有大量纪事,这些纪事并非如今实证史学意义上的纪实,而是被孔子用来展示,圣人的"诗"性或者说"志之所之"的"志"最终意在六合之内的王道太平:"有周之盛,成康之间,郊配封禅,皆可见也。"

我们没有理由说,这种释读是廖平的臆度,因为,我们在《诗纬·推度灾》中可以读到:

> 如有继周而王者,虽百世可知。以前检后,文质相因,法度相改。三而复者正色也,二而复者文质也。……庚者更也,子者滋也,圣人制法天下治。(《诗说》,页 6、12)

由此看来,对我们来说,如今即便要理解廖平的心志也难乎其难。比如,我们今天能够理解廖平为何要在辛亥革命之后(1914 年)编撰《〈诗纬〉新解》吗?

## 二 《〈诗纬〉新解》与现代大变局

廖平编撰《〈诗纬〉新解》的意图并非不清楚:明"诗人"即

圣人，圣人即"王者"，但仅仅是"制法"的"素王"，而他的作诗就是制法。在为胡薇元《诗纬训纂》撰写的序文中说到纬书"旧法"不可废时，廖平首先提到，太史公和董仲舒论及《春秋》诸大义，无不"吾因其行事而加乎王心焉"（《诗说》，页60）。问题在于，如今的我们是否还能承认纬书作者是淳儒，并虚心舍于树下而听断。

贤者"舍于树下而听断焉"表明，君子自知心性不及圣人，即自知天性欠缺不可遏止的神游周天的爱欲。尽管如此，贤者对此心向往之，圣人诗性因此成了君子仰止的境界，以至于"仰之弥高，钻之弥坚，瞻之在前，忽焉在后，欲罢不能，虽欲从之，莫由也已"。换言之，君子也有"诗"性。即"志之所之"的"志"。但君子的诗性并非"天真至人"之志，而是以圣人为楷模，"劳身苦体，然后乃与圣人齐"，参与圣人的制礼作乐，即《乐纬·动声仪》作者所说："以《雅》治人，《风》成于《颂》。"（《诗说》，页35）

现在来看《诗纬·含神雾》中"诗者，持也"句的完整段落，其义已焕然可通：

> 孔子曰："诗者，天地之心，君德之祖，百福之宗，万物之户也。诗者，持也，以手维持，则承负之义，谓以手承下而抱负之。在于敦厚之教，自持其心，讽刺之道，可以扶持邦家者也。"治世之音温以裕，其政平；乱世之音怨以怒，其政乖：《诗》道然也。（《诗说》，页18）

这段"孔子曰"未必真出自孔子，但其要义的确道出了孔子之志。[①] 首句"诗者，天地之心"并没有划分天与地，或者说并未分割"天学"与"人学"，而是以"诗"贯通天地，即凭靠圣人诗性为人世立法，因为圣人心志贯通六合内外。如果"诗者，持也"句把"诗者，志也"的含义引向了天道，从而指圣人之志，那么，"承负之义"句就把"诗者，志也"的含义引向了人道，而"承负"者首

---

① 参见冯时《中国古代的天文与人文》，北京：中国社会科学出版社，2009，页254—272。

先指圣人，然后指贤者，从而有"劳身苦体，然后乃与圣人齐"一说。

由此看来，汉儒所理解的"诗者，志也"既指圣人之志又指贤者之志。与此相应，"诗人"既指圣人又指贤者。用《诗纬·含神雾》作者的说法，所谓贤者之志，指对圣王之道"悉心研虑，推变见事也"（《诗说》，页29）。

《诗纬·含神雾》意在秘授"王者德化充塞，洞照八冥，则鸾臻"的道理（《诗说》，页25），而自唐代佛法大盛，尤其禅宗盛行之后，君子改变心性，以为自己"明心见性"即可成圣，自然不会再对圣人"仰之弥高，钻之弥坚，瞻之在前，忽焉在后"，纬书被判为"妖言"，就一点儿不奇怪。在现代之后的今天，常人也有政治权利作诗，以顺其自然欲望，纬书甚至会被判为"反动透顶"的封建余毒。廖平把《诗纬》界定为"《诗》之秘密微言"（《诗说》，页3），迄今得不到学界中人原谅，没有什么不好理解。反之，当今天的我们看见海德格尔说诗人的作诗就是创建"持存"时，[①] 自然会觉得他太切近我国古人的看法。

《诗纬》作者在这里两次解释"诗者，持也"的行为意涵：要么"敦厚之教，自持其心"，要么讽刺之道"扶持邦家"。两者都堪称"诗术"，即所谓作诗技艺。今天的我们难免会产生联想：这不就是雅典城邦的肃剧和谐剧技艺吗？然而，在《诗纬》作者看来，"敦厚之教"和"讽刺之道"的作诗意在援天道入人道，我们更应该问：雅典戏剧诗人有这样的诗性吗？亚里士多德会如何解释雅典诗人的作诗呢？

廖平的《〈诗纬〉新解》虽成于辛亥革命之后，他对《诗纬》的思考却始于此前十年。在中国面临"三千年未有之大变局"时刻，为何廖平致力重拾纬书"旧法"？

从廖平所辑轶的《诗纬·含神雾》残篇中的一段言辞，我们也许可以找到理解的门径：

---

① 海德格尔：《荷尔德林诗的阐释》，孙周兴译，北京：商务印书馆，2000，页180。

四方蛮貊，制作器物，多与中国反：书则横行，食则合和，床则交脚，鼓则细腰，如此类甚众。中国之所效者，貂蝉、胡服、胡饭。天下和同，天瑞降，地符兴。岁星无光，进退无常，此仁道失类之应。填星晕，此奢侈不节，王政之失。(《诗说》，页28—29)

　　"四方蛮貊"指汉代中国人所认识的华夏周边其他民族，他们不仅"制作器物"多与中国不同，种种生活方式也与中国相异。今天的我们会感到惊讶，汉代中国人甚至知道，蛮貊之书横着书写，而非像中国之书那样竖着书写。廖平弟子黄镕笺释这段言辞时所引《礼记·王制》中的说法让我们看到，汉代中国人已经知道：

　　广谷大川异制，民生其间者异俗，刚柔、轻重、迟速异剂，五味异和，器械异制，衣服异宜。(《礼记·王制》)

　　廖平弟子黄镕还引《史记·大宛传》中的说法证明，我国当时的古人知道，"安息（[引按]西亚的帕提亚王国）以银为钱，钱如其王面，画革旁行，以为书记"。黄镕还说，由此可见"结绳字母之遗迹"，言下之意，蛮貊在"文质相因"方面，远不及华夏中国。[①]

　　廖平没有预见到，仅仅半个世纪之后，中国人已经习惯横着书写，反倒看不惯竖写文字。对古人来说，"以前检后，文质相因"指华夏文明政制自身沿袭因革时的损益。孔子说："殷因于夏礼，所损益可知也；周因于殷礼，所损益可知也。"(《论语·为政》)所谓"文质相因"意指华夏文明政制在人世沧桑中的前后相依，乃至以夏化夷。但对廖平乃至今天的我们来说，"文质相因"成了以西检中，新的"文质相因"问题——中西相因——随之而来。

　　按廖平的提示，黄镕在笺释这段文辞时还告诉我们，汉代中国人

---

[①] 比较 William M. McGovern, *The Early Empires of Central Asia: A Study of the Scythians and the Huns and the Part They Played in World History*, with Specific References to Chinese Sources, University of North Carolina Press, 1939。

已经懂得，"五方之民，各有性也，不可推移"（《礼记·王制》），从而主张"天下和同"。中国人早就面对五方之民，并非到汉代才如此。所谓"天下和同"，其实是中国人对五方之民融入华夏政体的基本国策：中国上古时期的王者已经有"四方民大和会"（《书·康诰》）以及"和恒四方民"（《书·洛诰》）之类说法。按孔颖达的训释，所谓"天下和同"即指"和协民心，使常行善"。纬书家用切合自然秩序的天象学语言来表达，称为"天瑞降，地符兴"。若"天下"即华夏政体失"和同"，"仁道失类""奢侈不节，王政之失"，则"岁星无光，进退无常""填星晕"。

这里的所谓"天下"当指秦汉以来进一步扩大的华夏政体，"天下和同"指更多周边五方之民加入文质相因的华夏文明政体后的政道原则。① 廖平——乃至今天的我们——面临的历史时刻与此截然不同：中国人遭遇的西民并非来自周边陆地，而是越洋而来。他们也并非要加入华夏文明政体，而是要华夏"天下"接受他们的"异制"之"文"，即如今我们耳熟能详的科学技术、商化生活和民主政治这三大法宝。

如果今天的中国人已经无从凭靠"天下和同"的古训来应对华夏文明面临的沿袭因革问题，那么，我们面临的"文质相因"问题便与过去的历史遭遇不可同日而语——现在的问题是：如何损益西方"异制"。

也许正是因应这一根本问题，廖平才致力重拾儒家内学"旧法"。② 可是，这与《诗纬》有什么关系呢？

## 三 "正于内，则可以化四方矣"

在《〈诗纬〉新解》的引言中，廖平说道：

---

① 比较冯时《中国古代的天文与人文》，页 22—37。
② 比较廖平 1898 年在《蜀学报》上发表的《改文从质说》一文，收入廖平《四益馆杂著》，王夏刚校注，上海：华东师范大学出版社，2020，页 116—122。

每怪世说《老》《庄》、译佛藏，皆与进化公理相背，遂流为清谈寂灭，生心害政，以致儒生斥为异端。苟推明世界进退大例，则可除一人长生久视之妄想、有法无法之机锋。庄生曰："大而无当"，"游于无有"。《诗》曰："众维鱼矣，兆为旟（yú，画有鸟隼之旗）矣。"此固非一人一时之私意所可侥幸者。苟卿曰《诗》不切，其斯为不切乎？（《诗说》，页3—4）

我们不难体会到，生活在清末民初的廖平所面临的问题直到今天还没有过时。因为，指责《老》《庄》佛藏"流为清谈寂灭，生心害政"，背后的理据是西夷的"进化公理"，而今天的我们仍然信奉这个"公理"。现代新儒家"开宗大师"熊十力比廖平晚出，他把"挽耽空溺寂之颓"视为复兴儒学的根本理由，进而致力于让儒学接应西方的民主政治理想。[①] 当今的儒学争议，仍然没有超出熊十力的关切。

熊十力面临的时代处境与廖平并无二致，但他重拾儒家传统却与廖平大异其趣。《〈诗纬〉新解》的引言表明，廖平宁可相信"世界进退大例"，也不相信"进化公理"。因为，国之体无论大小，民性依政体而生，或治或乱，时纪时梦，即世之进退；君主民主，以势力哄斗而定。如果说"进化公理"背靠一套历史进步法则，那么，"世界进退大例"则背靠一套天象学法则，按照这种法则，人世的政治变迁说到底不过是"世界进退"，而非世界"进化"。即便科学技术、商化生活算得上是一种"进化"，民主政治也意味着"进化"吗？人世政治生活的根本性质会有"进化"式的改变？

16世纪的牛津亚里士多德主义者卡瑟（John Case，1539—1600）疏解亚里士多德《政治学》的著作题为《论城邦的球体》（*De Sphaera Civitatis*），前言有一幅著名图表，将伊丽莎白女王标识成宗动天，宛若"天下"的统治者。

---

[①] 比较拙著《共和与经纬：熊十力〈论六经〉〈正韩〉辨正》，北京：生活·读书·新知三联书店，2012。

欧洲现代史学之父兰克（Leopold von Ranke）承认，人类"在物质利益领域确实存在着一种绝对的进步"（ein unbedingter Fortschritt），因为，人在自然科学即"支配自然"的认识方面确实谈得上进步。但是，人类"在道德方面"很难说有这种进步。① 所谓"世界进退"指人世的道德状态有"进化"，也有"退化"。如布克哈特（Jacob Burckhardt）所说，世界历史并非呈现为一个从野蛮到文明的不断进步过程，否则，难以解释两千多年前的古希腊文明迄今难以企及：

> 难道远古民族就不会在我们的文明中也发现某些野蛮的东西，即与他们的伦理相抵触的东西？②

廖平在《〈诗纬〉新解》的题头说，《诗纬》"每以天星神真说《诗》"（《诗说》，页3）。换言之，按照儒家内学"旧法"，贤者"推明世界进退大例"凭靠"天星神真"的天象学视野。这意味着，看待人世的道德状态应该凭靠自然秩序的法则；反过来说，天象学实际上是关涉人世秩序的政治哲学。《诗》为"天学"，但《诗》与

---

① 参见兰克《历史上的各个时代》，约尔旦、吕森编，杨培英译，北京：北京大学出版社，2010，页8、11。
② 布克哈特：《历史讲稿》，刘北成、刘研译，北京：生活·读书·新知三联书店，2009，页4。

《书》《春秋》一样，又无不切近人事，而如此切近意味着，"但论先王故事而不委曲切近于人"（廖平附注：杨倞注荀卿"《诗》不切"）。

直到17世纪初，欧洲的思想者仍然凭靠天象学来看待人世的政治，历史进步论的景观兴于17世纪，盛于18世纪。因此，凭靠"天星神真""推明世界进退大例"，未必与西方古代的政治观念有实质性的差异。

廖平在为胡薇元《诗纬训纂》所写的序文中说：

> 《诗纬》不以人事立序，详四始五际。以《国风》配北斗、二十八宿，又分配十二舍、十二律吕，其文尚见于汉唐注疏中，此孔门相传师说，犹存十一于千百者。考《诗纬》说多与《山经》《楚辞》同，帝王卿相与稷、契，比比皆无父而生，此为太史公以前，六经异传之旧法。（《诗说》，页60—61）

如今我们对古代天象学完全陌生，纬书才难以卒读。廖平的《〈诗纬〉新解》采用了古典的注疏方式来揭示《诗纬》作者怎样描述"世界进退"，对今天的我们来说同样难以卒读。但是，廖平同时强调，"纬"字有两义：第一，"'纬'亦作'微'，即秘密之传授"；第二，"纬"亦同"繙"即"翻绎"，也就是《庄子·天道》中所谓"翻十二经以说"（《诗说》，页59）。今天的我们若想要读懂廖平，显然需要我们自己下一番艰难的翻绎功夫。比如，《〈诗纬〉新解》辑录了《诗纬·推度灾》中的这样一句：

> 百川沸腾众阴进，山冢崒崩无人仰，高岸为谷贤者退，深谷为陵小临大。（《诗说》，页11）

一旦经过翻绎，今天的我们就会觉得，这话简直就像是在刻画当代西方的民主政治现实。按廖平的提示，黄镕在笺释这句话时征引汉代贤者之书（班固《汉书·五行志》、京房《易传》、董仲舒《春秋繁露》等），从而让我们看到，这些文句如何深切描述了一幅政治失序的景象，其要害是上下失序。用汉儒的话来说，"山崩者，大夫排主，阳毁失基"（《春秋纬·运斗枢》）；"山者君之位也，崩毁者阳失制度，为臣所犯毁"（《春秋纬·考异邮》）；"君道崩坏，下乱，百姓将失其所矣"，"臣下背上、散落不事上之象"（《汉书·五行志》）。从世界历史来看，这样的景象反复可见——这就叫"世界进退"之象。

从"进化公理"的观念来看，天象学式的"世界进退大例"属于封建思想，与极权专制沆瀣一气。哈佛大学毕业的一位中国文史学家凭靠人类学式的古典学家法说：

> 中国文化（根深蒂固者如阴阳五行）并无永恒不变的实质实体；极权政治，也非铁打的衙门。其发生、应用、兴衰，都在活人，不在祖先。当年建立一统天下，汉武帝董仲舒立天为神，尊孔为圣，持春秋为大一统。这一统和独尊，一直被奉为是上承三代圣王之天道，下启两千年儒教道统，是中国文明始终一贯的典范；其实，那是通过几百年兼并血战、灭国屠城、焚书坑儒、罢黜百家，是通过暴力与机遇的偶合，走出的一条曲曲折折的血路，哪里是什么中华文明深层结构的必然规律。①

这番道理基于我们耳熟能详的自由民主"普世价值"信念，似乎西方的民主政治不是通过几百年兼并血战、灭国屠城以及暴力与机遇的耦合走出的一条曲曲折折的血路。西方学界脑子清楚的学者会说：

> 对西方而言独特的是，被我们恰当地理解为历史要素的那些偏见、激情和残忍，如何构造出诸多同时造就了繁荣和民主的"自由神龛"。西方的民主不是某种奇迹般地孑然独立于历史现实的东西，而是权力争夺带来的无心插柳之作。②

---

① 王爱和：《中国古代宇宙观与政治文化》，金蕾译，徐峰译注，上海：上海古籍出版社，2011，中文版序，页3。
② 戴维·格雷斯：《西方的敌与我：从柏拉图到北约》，黄素华、梅子满译，上海：上海人民出版社，2013，页1。

一旦接受了"进化公理"的政治观念，我们也就不可能理解，古代天象学式的"世界进退大例"基于对人世政治本性的认识：所谓国之无道，"不在失国，在不知人"（比较《论语·公冶长》）。天象学式的政治观的重要大例是"五行说"，而"五行说"的根本是人性差异论。即便宋儒倚重的孟子也懂得：

> 夫物之不齐，物之情也。或相倍蓰，或相什百，或相百万。（《孟子·滕文公上》）

在《〈诗纬〉搜遗》中，廖平辑录了一段《春秋纬·钩命诀》的文字：

> 性者，生之质。若木性则仁，金性则义，火性则礼，水性则智，土性则信。情者既有知，故有喜、怒、哀、乐、好、恶。（《诗说》，页33）

由此可见，五行说的要核在于区分人的性情差异：以金木水火土配肝肺心肾脾，再与仁义礼智信五德联结。如隋代儒者萧吉所说：

> 五性在人为性，六律在人为情。性者，仁、义、礼、智、信也。情者，喜、怒、哀、乐、好、恶也。五性处内御阳，喻收五藏；六情处外御阴，喻收六体。故情胜性则乱，性胜情则治。性自内出，情自外来。情性之交，间不容系。（《五行大义·论性情》）

"五行"知识与《诗》学有什么关系呢？按廖平的提示，其弟子黄镕引《汉书·翼奉传》中的文字告诉我们：

> 诗之为学，性情而已。五性不相害，六情更兴废。观性以历（日历），观情以律（十二律）。（《诗说》，页33）

这意味着,"诗之为学"的内学含义在于:洞悉人世的自然性情的差异。

> 北方之情,好也;好行贪狼,申子主之。东方之情,怒也;怒行阴贼,亥卯主之。南方之情,恶也;恶行廉贞,寅午主之。西方之情,喜也;喜行宽大,巳酉主之。上方之情,乐也;乐行奸邪,辰未主之。下方之情,哀也;哀行公正,戌丑主之。辰未属阴,戌丑属阳,万物各以其类应。(《汉书·翼奉传》,转引自《诗说》,页33)

现在我们当能理解,在为胡薇元《诗纬训纂》所写的序文中廖平为何说:

> 《诗》为知天,《中庸》所谓"质(征询)诸鬼神",为孔子"性与天道"。比之佛法,《诗》为大乘华严三界诸天,如"瞻彼日月"、此日彼月之类是。(《诗说》,页61)

"知天"为的是知人世,不先"知天",无从透彻认识人世。在《论语·公冶长》中,子贡有一句著名说法:"夫子之文章,可得而闻也;夫子之言性与天道,不可得而闻之也。"这"不可得而闻之"的知识,就是内学的知识。廖平这样来翻绎这句话:

> 子贡初不能学《诗》,故曰"不可得而闻"。《学而》篇始可言,则进境也。文章可闻,为《书》之尧舜;不可闻,为"性与天道",则《诗》《易》。(《诗说》,页61)

《诗》中隐含着关于"性与天道"的微言,这是内学的根本。因此,廖平把《论语·学而》中子贡与夫子的著名问答理解为如何进入《诗》学的内传微言:

> 子贡曰："《诗》云'如切如磋，如琢如磨'，其斯之谓与？"子曰："赐也，始可与言《诗》已矣，告诸往而知来者。"（《论语·学而》）

这里提到的《论语》中的言辞，我们无不耳熟能详，但经廖平的翻译，我们又会感到极为陌生，有如闻所未闻，难免视其为"恢怪之论"。尽管如此，我们现在至少能够理解，为何廖平会在为胡薇元《诗纬训纂》所写的序文中愤然痛斥宋儒的《诗》学：

> 朱子本义由《毛诗》而推衍，变本加厉，作者非一人，每篇立序，尽废古说，创诸臆断，立意与纬说相反，淫词绮语，连篇累牍。……大抵宋人师心自用，猖狂灭裂，成为宗派，若欲祖述《诗纬》，推衍翼翼，其途至苦，不如循毛序轨涂，可以别参新说，并可以得创作之名。畏难取巧，以致如此，其罪不在国师公（[引按]指刘歆）颠倒五经下。（《诗说》，页62）

自唐代以来，为了因应佛法入华的挑战，宋儒理学更改了君子德性教养的根基，其结果是儒家内学传统血脉断绝。我们应该能够体会到，在廖平看来，当今贤者若不站稳自己的德性根基，难免迷失于"大而无当""游于无有"。

西方"异制"之"文"基于其"制作器物"的技艺，即如今统称的科技文明。廖平看到，西方"异制"进入华夏引发的"文质相因"问题在于：一方面，华夏政体必须化用西夷"制作器物"的技艺，商化生活方式也随之势在必行；另一方面，接纳西式民主政治的结果很可能会是华夏政体"仁道失类""奢侈不节，王政之失"，最终沦入"岁星无光，进退无常"的境地。

换言之，科学技术和商化生活未必会损害华夏政体的"天下和同"，关键在于谁来主导科学技术和商化生活：是贤者共同体依"圣人事明义以炤燿"，还是听任西式民主观念更改华夏政体的德性根本。倘若如此，损益西方"异制"的关键在于，如何将科学技术、商化生活与民主观念切割开来。

与廖平的纬学观相比,晚近史学界的纬学实证式研究有显著进展,但在理解纬学的政治哲学含义时,明显要么犹疑要么局促。虽然肯定纬学的史学价值及其在历史上的政治作用,论者仍不会忘记说,纬学是儒学"神学化"的表征,"为君主独裁提供了最好的精神武器和理论自信"。或者说,儒家重"德治"和"教化",但由于"将君王推到人间至高无上的地位,反对任何可与制衡的现世权威","对严格贯彻法律和法治始终抱有疑虑乃至轻蔑",只能求助于灾异论。①

民主政制能够改变人的自然性情的德性差异吗?或者说,人类学、社会学或实证史学能抹去人的自然性情的德性差异吗?如果答案是否定的,那么,当今史学或古典学家的道理让人们看到的不过是自己的性情而已。倘若如此,今天的我们就不能说,五行性情论没有道理,或者说能够被如今的人类学、社会学乃至心理学取代。

古代的"诗之为学"为人的性情之学,这对我们今天研究诗学问题乃至美学问题有什么意义吗?亚里士多德的《诗术》与苏格拉底—柏拉图所关切的智术师问题有关,而智术师堪称近代欧洲科技之士的原型。既然中国的现代化不得不模仿近代欧洲的新兴科技,那么,我们与古希腊的智术师问题就不会不相干,而智术师问题与"诗术"问题几乎是同一的。在柏拉图—亚里士多德那里,诗学是立法学。按廖平对《孔子闲居》的释读(《诗说》,页42—51),孔子《诗》学同样是立法学,中西方古圣如此相契,难道纯属偶然?

不用说,雅典城邦的政治变局与孔子所遭遇的政治变局在性质上不可同日而语:"周道衰微"堪称如今所谓分离性内乱,民主政治的内乱则来自"人人平等"原则。②可是,希罗多德让我们看到,雅典民主政制是各种因缘巧合的结果,并非如今人们以为的所谓历史必

---

① 参见孙英刚《神文时代:谶纬、术数与中古政治研究》,上海:上海古籍出版社,2015,页4—5;陈侃理:《儒学、数术与政治:灾异的政治文化史》,页6。

② 比较罗米伊《希腊民主的问题》,高煜译,南京:译林出版社,2015,页18—71。

然。在亚里士多德看来，世上各种政治制度无不是各种偶然因素的结果：毕竟，偶然是人类生活的永恒特征。①

我们与其翻来覆去想雅典出现民主政治的种种成因或中国为何没有出现民主政治，不如跟随苏格拉底思考雅典民主政治引发的人世生活的品质问题，"舍于树下而听断焉"。

**【作者简介】**

刘小枫，中国人民大学一级教授、吴玉章高级讲席教授、博士生导师，古典文明研究中心主任。中国外国文学学会古典学研究分会会长，中国比较文学学会古典学专业委员会首任会长。主要从事中西古典学研究、古典政治哲学研究、政治史学研究。主持国家社会科学基金重大项目"《牛津古典大辞典》中文版翻译"（17ZDA320）。

---

① 比较戴维斯《哲学的政治——亚里士多德〈政治学〉疏证》，郭振华译，北京：华夏出版社，2012，页102。

# Selected Papers of Classical Studies

## Volume Ⅱ. Chinese Classics

Edited by Office of Philosophy and Social Sciences of China

# Contents

Re-Understanding the Confucian Classics: Viewing the Internal Basis of the Confucian Classics from the Phenomenon of World Classics

*Jiang Guanghui* / 3

The Symbols' System and the Sequence of Ancient History in *the Book of Changes*: on the Foundation of Chinese Civilization

*Zhang Wenjiang* / 24

A Discussion on the Pre Qin Musical-Drama Education System: Based on the Book of Zhou's Rites (*Zhou Li*) and the Book of Rites (*Li Ji*)

*Wang Shunran* / 39

The Joy of the Noble Man: The Beginning of *Analects*

*Lou Lin* / 56

The Law Thoughts of Confucius: Focusing on the Chapter *Five Punishment* of the *Classic of Filial Piety*

*Tang Wenming* / 73

Explanatory Notes and Comments on the Chapter of "Chi Jiu zhi Ji Tang zhi Wu" on the Bamboo Slips of Tsinghua University

*Hou Naifeng* / 94

**Rebuilding the Foundation for the Rites and Music Civilization: A New Explanation of** *Zhong Yong*

*Meng Zhuo* / 117

**"Six Schools", "Six Classics" and "One School of Interpretation": Rethinking** *Taishi Gong's Preface* **by Sima Qian**

*Li Changchun* / 137

**Sima Qian as a Narrator and an Innovator: A Study of His Selection and Judgment of Different Source Materials in the** *Annals of the Five Emperors*

*Li Lin* / 165

**New Progress in Researches about Six Dynasties'** *Yi* **Studies**

*Gu Jiming* / 186

**Cultivation and Humanization: On the Formation and Features of Zhu Xi's Thought Structure of "the Basic and the Great of Learning"**

*He Qinghan* / 208

**The Investigation and Discussion on** *Provisions of Civil Office Board* **in** *Yongle Encyclopedia*

*Dai Jianguo* / 229

**"Doctrines of the Emperor":** *The Imperial Collection of Four* **and** *The General Catalogue* **in the Construction of Qing Dynasty's Official Education**

*He Zongmei* / 249

Explores the "Appendix" of the *Siku Quanshu Zongmu*: A fully-fledged Classification of Ancient Chinese Bibliography

*Yang Xinxun / 272*

"Academics" in Chinese Academic History Writing

*Fu Rongxian / 288*

"The Family World" or "The World Family": Rethinking Confucian Order Ideal from Max Weber's Comment on Confucian China

*Chen Yun / 308*

An Esoteric Understanding of "The Poetry Expressing One's Will"

*Liu Xiaofeng / 329*

# Abstract

## Re-Understanding the Confucian Classics: Viewing the Internal Basis of the Confucian Classics from the Phenomenon of World Classics

Jiang Guanghui

(Yuelu Academy, Hunan University)

**Abstract:** In the history of world civilizations, there is an important phenomenon that many civilized nations have classics as their spiritual beliefs to reflect the values and lifestyles of that nation. The classics of Chinese civilization are the Confucian "Six Classics". Compared with religious classics such as the Bible of Christianity and the Quran of Islam, the "Six Classics" have distinct humanistic colors and reflect the thinking of the Chinese ancestors on major issues that humans care about, such as nature, society, and life. They have many originalities, and many later thoughts can find the original prototype from them, thus forming the way of thinking of the Chinese nation to understand and grasp the world. The five major characteristics of the suitability of value orientation, the revelatory nature of cultural origin, the openness of the ideological system, the deductive nature of the meaning of the text, and the transcendence of the theme of the times constitute the internal basis of the "Six Classics" as a classic.

**Key words:** phenomenon of classics; confucian "Six Classics"; type characteristics; internal basis

# The Symbols' System and the Sequence of Ancient History in *the Book of Changes*: on the Foundation of Chinese Civilization

*Zhang Wenjiang*

(School of Humanities, Tongji University)

**Abstract**: In classics handed down for generations, the commanding height of Chinese civilization is summarized in chapter 2 of *Xi Ci* which traditionally ascribed to Confucius, might have been finished during the Warring States period. The chapter demonstrating the system of the observed patterns of the world and the sequence of the ancient history builds the structure of Chinese academic and summarizes the basis of Chinese civilization. After Han dynasty, *the Book of Changes* has become the most important among the Six Classics, so the cognition about Chinese scholarship could correspond to the chapter 2 of *Xi Ci* in different ways. The paper tries to analyze the thoughts of the chapter, which will be helpful to recognize the shape of things to come, to enhance the consciousness of civilization, to retrospect the evolution of the origins and the development of civilizations in the world and to comprehend the evolution of the origin and the development of Chinese civilization at the same time.

**Key words**: *the Book of Changes*; the Six Classics; system of the observed patterns of world; sequence of ancient history; Chinese civilization

## A Discussion on the Pre Qin Musical-Drama Education System: Based on the Book of Zhou's Rites (*Zhou Li*) and the Book of Rites (*Li Ji*)

*Wang Shunran*

(Jao Tsung-I Institute of Culture Studies, Shenzhen University)

**Abstract**: By reviewing the records of literature such as "*Zhou Li*" and "*Li Ji*", this paper argues that: (1) the system of "school-education", which based on musical-drama, awakens and cultures the virtuous consciousness in the process of learning and practice the artistic forms such as poetry, music, and dance related to musical-drama; (2) the system of "musical-sacrificing" practiced through musical-drama has established a sense of responsibility and sense of responsibility among scholars towards their country and the whole society through the serious and mysterious process of participating in and experiencing the musical-drama; (3) the system of "collect folk songs or other manifestations of local cultures" with musical-drama as a supplement to politics has made it possible for social mobility, exchange of opinions, and cultural education. In conclusion, the systems such as "school-education", "musical-sacrificing", and "folk songs collection", designed and formed around "musical-drama", have ensured the cultivation of talents in the pre Qin period and led to a virtuous cycle of talent recommendation.

**Key words**: Pre Qin musical-drama education; musical-drama system; education; talent cultivation; talent selection

## The Joy of the Noble Man: The Beginning of *Analects*

*Lou Lin*

(Center for Classical Civilization, Renmin University of China)

**Abstract**: "Junzi is careful with the beginning", *The Analects of Con-*

*fucius* was regarded as an introductory towards the Scriptures in the Han Dynasty, and the first chapter of *The Analects* is equally important as the beginning of this beginning. This paper examines the first chapter of *The Analects* in detail in the context of Confucian Scriptures and traditions, which include the content of "learning", which begins with the *Shijing*, *Shangshu*, *Rituals* etc. ; the political philosophical meaning of "Le" (乐) and "not huffing" (不愠); and finally, the Le of Confucius is examined for its civilisation significance.

**Key words**: *The Analects of Confucius*; "Learning"; "Le"; "Junzi"; civilization

## The Law Thoughts of Confucius: Focusing on the Chapter *Five Punishment* of the *Classic of Filial Piety*

Tang Wenming

(Department of Philosophy, Tsinghua University)

**Abstract**: Through the detailed analysis of the Chapter *Five Punishment* of the *Classic of Filial Piety*, we can clearly present Confucius' law thoughts, which mainly have the following three points. Firstly, the purpose of criminal law is to stimulate people's desire to do good. Secondly, filial piety is a fundamental law, which is the basis of other laws regulating social order, and the law of all laws. Thirdly, the Confucius law from "Zushu YaoShun, Xianzhang WenWu", can be summarized as "four respects and five donot": respect for heaven, respect for relatives, respect for the holy, respect for the king, do not kill, do not commit adultery, do not invade the territory of others, do not rob and injure, do not steal.

**Key words**: image punishment; corporal punishment; Tian Mu; relationship between man and nature; relationship between father and son; confucius law

# Explanatory Notes and Comments on the Chapter of "Chi Jiu zhi Ji Tang zhi Wu" on the Bamboo Slips of Tsinghua University

*Hou Naifeng*

(School of Literature, Shandong University)

**Abstract**: The chapter of "Chi Jiu zhi Ji Tang zhi Wu" (赤鸠之集汤之屋) on the bamboo slips of Tsinghua University is the earliest novel text in ancient China. In the chapter of "Chi Jiu" (赤鸠), the Chinese character "pan" (洀) in the sentence "shu pan wu geng" (孰洀吾羹) should be interpreted as "tou" (偷 stealing) according to the relevant research results of the Warring States characters; the Chinese character after "Tang Nai" (汤乃) should be interpreted as "sui" (祟), which means haunt; the so-called "xin ji" (心疾) Chinese character written together should be interpreted as "ji xin" (疾心) written together according to the text examples of oracle bone inscriptions. "Chi Jiu" (赤鸠) chapter provides the earliest example of classical Chinese novels, which is a novel derived from mythology and ancient history. The text can reflect the social living environment of the people at that time. The moral significance embodied in the text seems to have been influenced by Confucianism.

**Key words**: the bamboo slips of Tsinghua University; Chi Jiu zhi Ji Tang zhi Wu (赤鸠之集汤之屋); ancient novel; legend of Shang Tang (商汤) and Yi Yin (伊尹)

## Rebuilding the Foundation for the Rites and Music Civilization: A New Explanation of *Zhong Yong*

Meng Zhuo

(School of Liberal Arts, Beiing Normal University)

**Abstract**: The exegetical history of *Zhong Yong* (*the Doctrine of the Mean*) can be characterized by two major systems: the studies of human nature and destiny, and the studies of rites and music. Both can be integrated in understanding the entirety and historicity of this classic. Facing the crisis of the collapse of rites and music, Zi Si creatively expounded the relationship between human nature and natural law and in this way reestablished its philosophical tradition. In the hermeneutical path called "from exegesis to philosophy", "Mu" "Zhong" "Jing" and "Di" are the key words for comprehending natural law, human nature, as well as rites and music in *Zhong yong*. Natural law is endowed with the meanings of subtlety, vitality, and orderliness, which can be summarized as "the harmony of vitality". The doctrine of human nature reflects an inherent orderly nature. Based on the harmonious and orderly way of nature and human, Zi Si created a philosophical foundation for rites and music that bridges nature and human, the past and the present. The interpretation of "Cheng Ming" in *Zhong yong* also embodies a profound spirit of rites and music, which promotes the expansion of "Cheng (Sincerity)" within such culture. The characteristics of Chinese philosophy are reflected in the match between the philosophical foundation and the civilizational tradition, which offers the key to understanding the unity of *Zhong yong*.

**Key words**: *Zhong Yong*; natwe law; human nature; rites and music; "from exegesis to philosophy"

## "Six Schools", "Six Classics" and "One School of Interpretation": Rethinking *Taishi Gong's Preface* by Sima Qian

Li Changchun

(Department of Philosophy, Sun Yat-sen University)

**Abstract**: Sima Tan's comments on the six schools and six classics together constitute the main part of the "Taishi Gong's Preface". "On the Essential of Six Schools" in *Records of the Grand Historian* is a political treatise rather than a common research. Sima Qian's discussion on the six classics target at his comments of the six schools, not only implies the refutation to the essentials, but also reveals the subtle relationship with the *Spring and Autumn Annals*.

**Key words**: on the essential of the six classics; the six arts; *Spring and Autumn Annals*

## Sima Qian as a Narrator and an Innovator: A Study of His Selection and Judgment of Different Source Materials in the *Annals of the Five Emperors*

Li Lin

(Research Center of Ancient Chinese History, Peking University)

**Abstract**: The purpose of Sima Qian's compilation of the *Shiji* was not merely to recount history; his "narrative of the past" was intended to "think of future generations". To explore Sima Qian's "intention of innovation," one can focus on his craft of "narrative" and employ source criticism methodology to scrutinize the potential selection and judgment of different source materials in the *Shiji*. The *Annals of the Five Emperors*, as the opening chapter of the *Shiji*, is imbued with profound significance.

Through cross-referencing the *Annals of the Five Emperors* with its historical sources, including the *Wudide* (Virtue of the Five Emperors), the *Dixi* (Genealogy of the Emperors), the *Guoyu*, and the *Shangshu*, it reveals that the chapter distills Sima Qian's reflections on the issue of dynastic succession. The unique arrangements in the chapter, such as tracing the lineages of the Five Emperors and the Three Dynasties back to Huangdi, claiming the Five Emperors share the same surname, and highlighting Huangdi's military achievements, are related to Sima Qian's theory of "receiving the mandate through surname alteration." This theory is pivotal to comprehending the entire *Shiji*.

**Key words**: *Annals of the Five Emperors*; receiving the mandate through surname alteration; *Wudide*; *Dixi*

### New Progress in Researches about Six Dynasties' *Yi* Studies

Gu Jiming

(Department of Philosophy, Tongji University)

**Abstract**: From the perspective of classical exegesis, as the Han Empire declined, the ideals of classical scholarship became difficult to directly realize, thus turning into objects of textual interpretation and intellectual pursuit. By the time of the Wei and Jin dynasties, although there were masters of classical scholarship who carried on the tradition, this tendency evolved into the study of knowledge, and then further into discussions. *The Book of Changes* (*I Ching*) could not escape being expounded as a classic for metaphysical discussions. The true reintegration of the classics and principles had to await the rise of Neo-Confucianism. From a civilizational standpoint, the Book of Changes was enriched by three sages and can be considered the foundational principles of Chinese political and educational philosophy; its concrete implementation lies in the rites and ceremonial codes. Therefore, when Buddhism was introduced to China, those who sought to draw comparisons and integrate it found *the Book of Changes* and the mourning garments to be the most significant among the classics. From the three aspects of philosophy, classical scholarship, and civilization, it is evident that the study of *the Book of Changes* during the Six Dynasties period holds dual significance for the history of I Ching studies and the study of thought during the Six Dynasties period.

**Key words**: *I Ching* studies; metaphysics; classical scholarship; exegesis, Six Dynasties period

## Cultivation and Humanization: On the Formation and Features of Zhu Xi's Thought Structure of "the Basic and the Great of Learning"

*He Qinghan*

(Faculty of Humanities, Party School of the Central Committee of C. P. C)

**Abstract**: As a thought structure of great master Zhu Xi's thoughts, "Different Learning with Different Focuses" is yet fully discussed by academic community. Regarded the knowledge "science exists universally, while all finally return to science" that acquired from his teacher Yan Ping as an opportunity, Zhu Xi summarized his thought "different academic researches with different focuses" as a research philosophy of "study from basic education to moral education" and "study daily issues to know laws of nature" after refining the ideas from chapter Zixia's apprentices. Under the influence of the thought, Zhu Xi divided the concepts of "basic learing" and "great learing" into the "practice learning" and the "moral cultivation" within the scope of personal work. By doing this, Zhu Xi put them as the basic philosophy to compile basic learning and great learning, which reshaped the cultivation system on the basis of "basic learning" and "great learning". Zhu Xi introduced "basic learning" with "interaction, music, archery, royal book, number", interpreted "adult moral education" by "contents and definition of adult moral education", therefore constructed an equal educational system for all to have chances to be scholars, and kept the required order of virtue at the same time. Generally speaking, the type of education suits a person determined by three factors: age, moral cultivation and virtue. The same can be obtained that basic learning is the foundation of great learning, and great learning is the self-extension of basic learning. Based on "basic learning" and "great learning", Zhu Zi integrated the "Cultivation" of the individual and the "Humanization" of the whole people into the system of "basic learning" and "great learning", thus profoundly affecting the arrangement of politics and religion after the Song Dynasty. The ideological structure of "the basic and great of learnings" played an important role in Zhu Zi's endeavor.

**Key words**: Zhu Xi's thought; basic learning; great learning; cultivating; humanization

## The Investigation and Discussion on *Provisions of Civil Office Board* in *Yongle Encyclopedia*

Dai Jianguo

(Institute of Ancient Books, Shanghai Normal University)

**Abstract**: *Provisions of Civil Office Board* in *Yongle Encyclopedia* is an important code which was compiled and revised in the period of Jingding in the Southern Song dynasty. This paper investigates and discusses the relationship between *Provisions of Civil Office Board* and *General Types of Provisions of Civil Office Board*, and *The Decree of Chunyou*, *Orders of Chunyou*, *Shenming*, *General decrees*, and whether the current version of *Provisions of Civil Office Board* is complete or not. It indicates that the *General Types of Provisions of Civil Office Board* was compiled and revised on the basis of *Provi-*

sions of *Civil Office Board*, and they were not equated, for the actual name of *Provisions of Covil Office Board* in current version was *General Types of Provisions of Civil Office Board* in the *Period of Jingding*, in which the old laws of haixing in the period of Qingyuan had already been changed based on the new ones of *Types of Edict in the Period of Chunyou*. The current version of *Provisions of Civil Office Board* is not a complete version.

**Key words**: the Song Dynasty; *Provisions of Civil Office Board*; *General Types of Provisions of Civil Office Board*; the decree of Chunyou; orders of Chunyou

## "Doctrines of the Emperor": *The Imperial Collection of Four* and *The General Catalogue* in the Construction of Qing Dynasty's Official Education

He Zongmei

(The College of Liberal Arts, Southwest University)

**Abstract**: Official education reached its peak in Qing Dynasty, a time when the essence of official education was the doctrines of the emperor. The compilation of *the Imperial Collection of Four* and *the Catalogue of the Imperial Collection of Four* (*the Catalogue*) as Qing Dynasty's major national cultural project, was an important step in the construction of the official education. Two forces had restrained the Qing Emperors from having an absolute voice, namely, their predecessors in history and the Confucians who had already held dominant positions in thought and culture. Therefore, the doctrines of the emperor depreciate preceding dynasties and sneer at the Confucians, thus the Qing Dynasty and the emperor's role are honored. Hence, these "words for generations a lesson to the country", became the supreme model for unifying all schools of thought. The two fundamental points of the doctrines of the emperor incorporate the emperors' cultural mentality and governing arts. Firstly, "the way of the sage is great and all-embracing". Secondly, "when opinions vary, follow the sages". The Construction of the doctrines of the emperor was the political means Qing Dynasty used to achieve ideological unity, thus it is also the general outline for understanding *the Imperial Collection of Four* and *the Catalogue*, and the politics, thoughts, culture and academia of the Qing dynasty as well.

**Key words**: the doctrines of the emperor; *the Imperial Collection of Four*; *the Catalogue of the Imperial Collection of Four*; the construction of official education

## Explores the "Appendix" of the *Siku Quanshu Zongmu*: A fully-fledged Classification of Ancient Chinese Bibliography

### Yang Xinxun
(School of Literature, Nanjing Normal University)

**Abstract**: Book classification is the structural system of ancient bibliography. There are some appendix books after some categories related to book classification, which are rarely talked about by predecessors. There are 18 appendixes in *Siku Quanshu Zongmu*, involving four categories, with a total of 41 books. These appendixes begin with the eight kinds of Yi Wei attached to *the Book of Changes* of the ministry of classics. There are not only sub category appendixes, but also one or two kinds of books after a certain category or sub item. Most of them are new induction by the library officials, with perfect style and comprehensive content. This means that the appendix to the general catalogue has had a perfect content and style, reached the theoretical consciousness, and became an embodiment of the maturity of ancient bibliography.

**Key words**: appendix; *Siku Quanshu Zongmu*; the manuscripts in Shanghai library; Yi Wei

## "Academics" in Chinese Academic History Writing

*Fu Rongxian*

(School of Literature, Yangzhou University)

**Abstract**: Defining "scholarship" is a prerequisite for writing "academic history". Among the four types of writings on Chinese academic history so far, the three types of writings, namely, the ancient "scholarly style", the modern "history of philosophy" and "history of science", have certain limitations in defining "academic". The definition of "scholarship" in Chinese academic history writings has certain limitations. The first two types of academic history focus on ideology, forming a specialized academic history in the philosophical sense; the latter uses the Western idea of academic subdisciplines to sort out Chinese materials, forming a mechanical superposition of the history of 16 academic disciplines, and failing to distill the meaning of the overall academic system. Ancient comprehensive catalogs are oriented to the "world's scholarship" behind the "world's books" and construct a structural system with both margins and centers through classification, which is the most refined expression of Chinese "scholarship".

**Key words**: academics; academic history; classical catalog

## "The Family World" or "The World Family": Rethinking Confucian Order Ideal from Max Weber's Comment on Confucian China

*Chen Yun*

(Institute of Modern Chinese Thought & Culture, East China Normal University; Ma Yifu Academy, Zhejiang University)

**Abstract**: Max Weber regards China as a bureaucratic state of family property, while Confucianism is the identity ethics of the bureaucratic class. The whole country is regarded as the family property of the emperor, the bureaucracy is regarded as the family minister, and the citizens are regarded as the people, which inevitably leads to the "private world" understanding of "family world". Weber believes that this "private world" resists the division of authority, specialization and the spirit of doing things as a necessary part of rationalization, so that China cannot get rid of the tradition and move towards modernity. However, Confucian thought that "the rule of a family" reached "the world is a family".

**Key words**: Max Weber; family property bureaucracy; family world; world family; Min-Bao-Wu-Yu

## An Esoteric Understanding of "The Poetry Expressing One's Will"

*Liu Xiaofeng*

(Centre for Classcial Civilization, Renmin University of China)

**Abstract**: Plato-Aristotle's poetics, as well as Confucius' poetics, is the science of legislation. When ancient China was facing the impact of the "foreign system" of the West, Liao Ping, a great Confucian in the late Qing Dynasty and early Republic of China, devoted himself to regaining the "old way" of Confucianism, especially focusing on *Shiwei*. In the late Qing Dynasty, "Gongyang Doctrine" was the first choice of ancient learning resources in response to the challenge of the "foreign system" of the West, but unlike Kang Youwei, who used "Tuogu Gaizhi" to respond to Western democracy, Liao Ping insisted on the true nature of the royal politics of "Gongyang Doctrine". Liao Ping believes that, "Suwang Theory", "Santong Theory", "Zhongwai Theory" and "Wenzhi Theory" advocated by "Gongyang Doctrine", all originate from Confucius'

Poetics. In order to understand this source, we must follow the guidance of the *Shiwei*, because, as the Poetry teacher said, "the subtle examples are all in the Latitude". In response to the old theory of taking the Poetry as ancient matters and using the preface to talk about the Book, Liao Ping deduced the essence of the poetics of Confucian esoterism "in the meaning of the four beginnings, the five sides, and the six feelings, as well as the principle of the use of texts", and proposed that "The Poetry Expressing One's Will" is "empty words", which provides a thought-provoking esoteric idea for thinking about the relationship between China's New Deal and the situation of globalization.

**Key words**: "The Poetry Expressing One's Will"; *Shiwei*; esoterism; saint; gentleman